Gonzalo Torrente Ballester

Fragmentos de Apocalipsis

Gonzalo
Torrente Ballester

Fragmentos de Apocalipsis

Premio de la Crítica 1977

Ediciones Destino
Colección
Destinolibro
Volumen 175

© Gonzalo Torrente Ballester
© Ediciones Destino, S.L.
Consejo de Ciento, 425. Barcelona-9
Primera edición: junio 1977
Primera edición en Destinolibro: mayo 1982
(Revisada y aumentada por el autor)
ISBN: 84-233-1215-1
Depósito legal: B. 16135-1982
Impreso y encuadernado por
Printer industria gráfica sa.
Provenza, 388   Barcelona-25
Sant Vicenç dels Horts 1982
Impreso en España - Printed in Spain

A mis amigos de Compostela

*El mayor de los magos sería aquel que pudiese embrujarse
de tal manera que al mismo tiempo sus propios sortile-
gios se le representasen como extraños a él mismo, como
manifestaciones autónomas. ¿No podría suceder que tal
fuese nuestro caso?*

NOVALIS, *Los fragmentos*, III, 382

*Una historia es, en realidad, un producto de la inteligen-
cia y de la voluntad, sin cuya acción no hay historia en absoluto; pero, por el contrario, es la intervención de ambas
la que permite que cualquier cosa pueda convertirse en
historia, por ejemplo, en imagen de una ley.*

Ibíd., VII, 4

Prólogo a esta edición de Destinolibro

Fragmentos de Apocalipsis *no fue, no es un libro pública-mente afortunado: esta edición aparece bastante después de la primera, cuyos ejemplares se fueron vendiendo con parsimonia que a otro editor menos paciente que Vergés hubiera desesperado: o acaso haya sido que, con un par de excepciones explicables, mis libros se venden siempre con reflexión y cautela por parte de los lectores, y el editor esté acostumbrado. De un modo u otro, gracias. Pero el caso de estos Fragmentos... no coincide con los de los otros libros míos, no se parece a ellos, no puedo equipararlos. Doy por sentado, y de esto no hace falta persuadirme, que mi escritura, pese a mis mejores intenciones, no es de las aconsejables para el tren o como preparación del sueño, y así no deben extrañar a nadie las precauciones que el lector toma ante cualquiera de mis textos, si bien los informes que a veces llegan son tan contradictorios que si aplico a la situación un mínimo razonamiento, de este ejercicio sólo se puede sacar la invitación a la perplejidad. ¿Me leen? ¿No me leen? Existe, sin embargo, una circunstancia que es al mismo tiempo una coincidencia, la que concierne a la función desempeñada, en mis libros, por las páginas cin-cuenta. Unos, bien definidos y caracterizados, dicen que no han podido leer más allá de esa página; otros, bastante menos numerosos, proclaman que precisamente a partir de ahí empieza lo bueno, y otros, los últimos, lamentan que la totalidad del libro no sea como las primeras cincuenta páginas, porque entonces, ¡ay, entonces!, el libro rozaría las zonas míticas de lo extraordinario. Fue esta del ¡ay!, por precisar un poco más, la opinión de alguno de los que juzgaron los Fragmentos..., juicio que recibí melancólico, que respeto por ajeno, pero que no he logrado entender, como acaso no haya entendido ninguno de los demás que se*

III

refieren a la función de la página cincuenta como línea
divisoria, ecuador o frontera de lo bueno y lo malo; como
tampoco he logrado advertir, en ninguno de los casos, la
necesaria diferencia entre esas primeras páginas de algunos
de mis libros y las tantas restantes. Decididamente, o no
entiendo en absoluto lo que escribo, o, lo que es peor, lo
entiendo a mi manera. Y por si esa manera personal sirve de
algo en este caso y pone a los lectores en la pista de lo que
van a leer, escribo este prólogo para la edición popular de
Fragmentos de Apocalipsis: pienso que a algunos profesores, de aquí y de fuera de aquí, se les ocurre recomendarlo
como libro de lectura, y pienso también que a los estudiantes, obligados a leerlo y que por lo general andan escasamente avezados a estas investigaciones, no les vendrá de
nones un conocimiento previo de lo que piensa el autor
acerca de su propia obra: que, por supuesto, ni tiene que ser
acertado, menos aún definitivo.

La cual obra, ante todo y conforme a mi propósito, no es
propiamente hablando una novela, al menos según mi
modo de concebir y practicar el género, puesto de manifiesto a lo largo de unos cuantos años de ejercicio y mediante
una media docena de ficciones que llevan ese nombre. Son
todas ellas distintas, lo reconozco, que parecen salidas de
distintos talleres, y si no fuera porque el nombre que las
cobija es de un hombre de fiar, sería cosa de conjetura,
o quizá de investigación, la legitimidad de la autoría
proclamada; porque, ¡se dan tantos casos de fraude! Sin
embargo, y a pesar de las diferencias, también es cierto que
todas ellas contienen alguno de esos elementos que siempre
he considerado indispensables y que me sitúan de modo
bastante claro entre los seguidores de la novela clásica,
aunque en algunas ocasiones me haya apartado de lo que
esa novela tiene o dice tener de realista. Pero los tiros no van
ahora por ese lado. Lo que me importa recordar aquí como
base de mi explicación, es que, como se ha dicho muchas

IV

*veces y suele ser lo cierto, entre el autor de un relato y su
lector se establece una suerte de pacto tácito que puede
resumirse (o expresarse) en estas pocas palabras:* mientras
dura la operación de leer, haz como si lo que lees fuera
cierto; *con una coletilla que anda perdida en el ánimo de
bastantes autores, pero que ni siquiera suele pensarse:*
porque si no consigues creer que eso es cierto, he fracasado. *Hay quien intenta salir del paso ofreciendo al lector la
narración de acontecimientos* reales *llevados a cabo por
personas* reales *o que simulan serlo, mientras que otros, con
el más lamentable desenfado, se meten de rondón en el
mundo de lo* inverosímil, *si bien lo cuentan luego con tal
arte, que el lector, embaucado, se lo cree, en tanto que los
otros, los de los sucesos reales y de los reales personajes, no
alcanzan del lector la adhesión suficiente, la credibilidad
estética. ¿Por qué? Pues porque no es la naturaleza de lo
que se cuenta, sino el arte puesto en el cuento, lo que lo hace
creíble. Pero no era de esto de lo que yo iba a tratar, pido
perdón por el excurso, sino de cierto pacto. Sí. Del pacto
implícito entre el autor y el lector. Pues bien: debo confesar,
y lo hago aquí por primera vez, que recuerde, o al menos es
la primera vez que lo escribo, que con un par de excepciones
a lo largo de mi carrera de escritor, ensayé o intenté romper
el pacto, o, por lo menos, despojarlo del rigor obligatorio
o tomarlo con visible y condenable frivolidad. Así, nunca invité a nadie a que tomara en serio lo que se cuenta
en* Don Juan, *lo cual no dejó de proporcionarme disgustos,
porque con* Don Juan *no se juega; y si no recuerdo mal, el
texto de* La saga/fuga de J.B. *contiene algunas insinua-
ciones en el sentido de aconsejar al lector que no crea en
absoluto lo que se le está contando, pues el autor, o quien
figura como tal, es el primero en no creerlo: muchas veces
he llegado a sospechar, sobre todo mientras escribía el libro,
que todo eso de Castroforte do Baralla y de los J.B. no
pasaba de invención de José Bastida, el narrador. ¿No será*

V

lo más discreto mantener, desde el principio, una prudente actitud desconfiada? Porque eso de que una ciudad se eche a viajar por los aires... No, no. decididamente, lector, mejor que no lo creas, ni siquiera de modo pactado y transitorio.

Pues bien: mi propuesta al lector, al publicar Fragmentos de Apocalipsis, fue justamente la contraria, *quiere decirse ésta:* Todo lo que te cuento en este libro es rigurosamente cierto: —créelo—. Pero, ¿cómo es posible...? ¿Un libro por el que anda un dragón, en que se corporeíza una muchacha que no sabemos si existe, en que se insinúa el viaje cósmico de un loco, de un tonto y de su enamorada? ¿En el que, finalmente, se nos obliga a presenciar cómo una ciudad se desmorona a fuerza de campanadas? Permítame, caballero, que le diga que intenta usted tomarme el pelo.

Pues, no, lector, no está en mi ánimo. Yo no propongo a nadie en este libro que crea en el dragón, en Lénutchka, en los viajes al cosmos y en los efectos destructores de la campana. Todo eso, y casi todo lo demás, es pura ficción y se presenta como tal, *sin pacto previo y al desnudo.* Pero, si te fijas bien... ¿Tendré que insistir en la recomendación de que los libros poéticos (y éste lo es, en cierto modo) deben leerse con la mayor atención? Si te fijas bien, repito, la lectura que se te ofrece es la de un diario de trabajo *escrito por un novelista que no oculta su nombre;* un diario de trabajo *en el que se recoge un proceso de invención real, pero en cuanto tal proceso de invención, en cuanto camino de la nada a la obra,* no como la obra misma. *Dicho con otras palabras: este libro no es una creación poética, sino el testimonio de un proceso creador difícil y finalmente frustrado; en que los contenidos serán ficticios (acaso algunos no lo sean), pero el proceso, no.* Fragmentos de Apocalipsis *no es una obra realista, sino el testimonio de una realidad.*

Referirse aquí a lo que antes se llamaba la *falacia genética* acaso sea útil, si no para la crítica, al menos para la historia.

VI

A mí, cuando era niño y me enseñaron un poco de retórica como iniciación a la literatura, me explicaron también, fuera de texto y tal vez fuera de clase, el ejemplo clásico de los escudos, el de Ulises y el de Eneas, y los modos distintos que tuvieron de describirlos en sus poemas Homero y Virgilio, respectivamente: pues Homero nos relata, cómo en la fragua de Hefaistos se ve fabricando el escudo, pieza a pieza y golpe a golpe, en tanto que Virgilio nos describe el suyo ya fabricado y completo. Los viejos retores, gente quizá anticuada, entendían que el primer modo era poéticamente superior al segundo; pero eso no hace al caso, y ya se sabe que las posiciones estimativas varían. Lo que importa ahora es que el recuerdo de los escudos y de las distintas técnicas de descripción me sugirió la idea de presentar, no una novela terminada y redonda, sino el proceso de su invención: el cual, en el caso de algunos autores, se parece mucho a un estado de posesión sublime mezclado a una situación obsesiva, de tal manera que se eliminen de la mente, o de lo que sea, todas aquellas ideas, imágenes u ocurrencias que no concurran a la perfección del propósito y del tema: aventuras poco ejemplares por lo que tienen de excepcionales, pero de cuyo examen no debe descartarse la presencia activa, quizá el socorro, de alguna divinidad: no en vano en otros tiempos eran Apolo y las Musas frecuentemente invocadas. ¿Quién nos dice que hoy no se conjure a los dioses modernos, esos que vienen de los agujeros negros del espacio y nos amenazan o nos sonríen? Los que así trabajan son muy afortunados y pasan por la historia dejando un rastro de luz; pero el mío, si acaso, será una polvareda, y no de estrellas. Yo no he logrado jamás disciplinar mi imaginación y mi fantasía hasta hacer de ellas dos yeguas dóciles y rápidas que conducen hacia la meta celeste mi voluntad de creación. Tampoco soy de esos otros cuyo «sexus» les conduce, entre inefables orgasmos y novedades orgiásticas, a la publicación de su importante intimidad, de cuyo conocimiento, emulación y envidia los demás hombres no nos podemos privar. Mi actitud es más bien pasiva: las ideas, las imágenes, las ocurrencias, van y vienen, entran y salen, son o no son oportunas y útiles. Con cierta frecuencia, lo que imagino no me sirve de nada, y con la misma frecuencia quizá imagine cosas que me serían aprovechables para una obra distinta de la que me propongo escribir. Pero también, ¡ay!, me acontece que tardo en saber qué me propongo, o no logro saberlo, sino una intuición oscura y peligrosa. Yo creo que todas estas etapas del proceso quedan bastante bien reflejadas en Fragmentos de Apocalipsis: las vacilaciones acerca del tema (primeras páginas), las ocurrencias impertinentes e inútiles (por ejemplo, la del Agente de las pistas que se bifurcan), e incluso la invasión de la mente por imágenes tan inesperadas y extrañas que se piensa que no tienen nada que ver con uno, que son allegadizas y ajenas y de las que es casi imposible desembarazarse, si no es dándoles forma, como sea: la historia entera del Supremo, que no sé de dónde vino ni cómo pudo metérseme en la imaginación, ya que de esos Supremos, como es obvio, carezco de experiencia, y sin experiencia no hay imaginación que valga. ¿Tendré que concluir que he sido objeto de un milagro? Hay escritores afortunados que, durante el proceso de invención, prescinden de sus facultades críticas, se dejan arrebatar por el libre, irrefrenable viento del desierto, de raros gérmenes cargado, o por el dulce recuerdo de las felices horas que hallan en sí toda su justificación, sin necesidad de criticar, y después, sólo después, como al desgaire, hacen intervenir la inteligencia, caso de que sea menester, y juzgan. Yo jamás he logrado esa situación óptima: lo que en mí puede haber de crítico, no sólo no se repliega y enmudece, no sólo no se oculta, deslumbrado por mi potencia imaginativa, sino que está siempre presente, y atento, y actuante, y muchas veces mete el freno, cuando

VIII

no arroja encima de mi entusiasmo (transitorio) eficaces dosis de agua fría. Para dejar constancia de esta realidad, recurrí a un procedimiento figurativo, es decir, objetivé mi raciocinio estético y lo confié, como función justificante, a la figura de Lénutchka. ¡Ah, Lénutchka! Es una de las realidades impepinables del libro, mujer de carne y hueso; lo es aún, por fortuna, porque vive y colea, y algunas veces nos vemos, y otras nos hablamos por teléfono; pero, entonces, en aquel entonces, sólo nos escribíamos cartas, intercambiábamos libros o discos y, por supuesto fotografías. Se me ocurrió introducirla en el libro, a Lénutchka, no con su realidad de ser real, sino, como todo lo demás, con la realidad de la palabra: entró como fantasía entre caprichosa y lírica, porque me pareció bien, porque sí. Con independencia de que una persona viva responda a su nombre y mire con sus ojos, ¿qué diferencia hay entre ella y cualquier otra figura instituida también por la palabra? De calidad estética sí que puede haberla; pero, en pura ontología, no. Es tan legítima mi Lénutchka como Fedra o como Manon. Y, ¡lo que son las cosas! Una muchacha sensible, de las pocas personas que entendieron el libro rectamente y sin el recurso de mis aclaraciones, me habló una vez de lo que le había emocionado cierta escena de amor entre el Narrador y Lénutchka ¡en la que se afirma o da por afirmado que uno y otro no son más que palabras, meras palabras, y que como tales pueden desvanecerse! También es cierto que otra muchacha me confesó que el Dragón Feo le hizo llorar, pero esto ya no me extraña, porque a esta última, nacida en el barrio en que nací, casi pared por medio de mi casa, pero cuarenta y tantos años después, algo se le tuvo que pegar de lo que mi valle regala a quienes inconscientemente se dejan envolver por su melancólica hermosura.

Quedamos, pues, en que aproveché la circunstancia de que Lénutchka era profesora de literatura en la Universidad de Leningrado, y de que me había enviado algunos trabajos

IX

críticos, para convertirla en receptáculo de mi conciencia alerta, en mi «Pepito Grillo» literario; pero esto se me ocurrió más tarde, al correr de los días y de las imaginaciones, tal y cómo lo cuento, ni más ni menos que así. Igual que todo lo demás. Sin embargo, necesito aclarar un extremo de los menos advertidos y considerados, no sé si por misterio o por disimulo: al igual que muchas obras modernas y de alguna que otra antigua, Fragmentos de Apocalipsis contiene elementos satíricos, no de carácter moral o social, como alguien quiso ver, sino precisamente literarios. A lo largo de Fragmentos de Apocalipsis se pone en tela de juicio, si bien con benevolencia, la entidad de la novela en sí, del género novelesco, y se intenta dejar al descubierto alguna de las muchas convenciones que permiten mantener su continuidad, así como también se deslizan algunas bromas verdaderamente inocentes, a cuenta de usos y técnicas que no considero justificadas. No voy a decir ahora cuáles, que ahí está el texto, escrito en castellano claro para quien quiera entenderlo, pero sí precisar ciertos detalles también mal entendidos. Coincidieron algunas suspicacias al afirmar que yo imitaba a Unamuno nada menos que en una de sus mayores originalidades, en una de sus más alabadas ocurrencias: las relaciones entre el autor y el personaje, entre el mismo Unamuno y Augusto Pérez, de Niebla, puesto que yo, como tal autor, sostengo una conversación con el personaje Almanzora y le digo aproximadamente que él es mi criatura. Hasta aquí es cierto, no cabe duda: se trata de una repetición flagrante de lo hecho por Unamuno. Pero mis jueces se han detenido aquí, el texto continúa, y no han visto, o no han querido ver, el final de la secuencia. Por lo pronto, debería hacerles pensar la circunstancia de que, en mi conversación con Almanzora, plagio (o imitación, si somos benévolos) de Unamuno, se cite al propio Unamuno. «¡Me desespera usted y no lo entiendo!» (dice Almanzora); «¡Si hubiera leído a Unamu-

no...!» (le respondo yo) (pág. 306 de la primera edición).
Pero un poco más adelante, pág. 308, el Narrador lee esta
escena a Lénutchka y ella «me dijo que estaba montada
sobre un sistema de trucos: el primero, la referencia
a Unamuno; el segundo, el hecho de que yo fuera el
inventor de las dos partes del diálogo. "Al ser de tu
invención el personaje, responde lo que quieres y lo que te
conviene. Augusto Pérez es independiente de su autor; el
padre Almanzora, no. Reconozco, sin embargo, que lo de
Augusto Pérez es irrepetible, al menos dignamente. Has
hecho lo que has podido".» Pues bien, Elena Panteleeva,
o sea Lénutchka, además de persona real, es personaje de
mi invención, y, como tal, también dice lo que yo quiero
que diga, y lo que dice en esa ocasión, o, lo que da
a entender al buen entendedor, es, 1.—Que a la invención
de Augusto Pérez y sus relaciones con su inventor subyace
un truco, es decir, que lo mismo que Almanzora en su
relación conmigo, Augusto Pérez hace y dice lo que Unamuno quiere que diga y haga, ni más ni menos, y que todos
los personajes de ficción hacen y dicen lo que quieren los
autores, y quien afirme la independencia del personaje, ésa
con que quiso jugar Unamuno, si pasa del mero juego
o pretende complicarlo con metafísicas, mitifica gratuitamente algo de la más absoluta patencia. No se trata, pues,
de una imitación o plagio, como aseveraron algunos lectores perspicaces, sino de un juicio literario expresado por
medio de figuras, y referencias. Yo creo que es bastante
evidente la ironía que se contiene en la respuesta de
Lénutchka: «Augusto Pérez es independiente de su autor;
el padre Almanzora, no». ¿Cómo es posible decir esto, si la
relación de invención y de situación es la misma? Pero
Lénutchka conoce y practica los modos indirectos de afirmar y negar, que son precisamente los literarios.
Cervantes inauguró (que yo sepa) un truco, o audacia,
o delito, cometido por otros muchos después: a veces

lealmente, con nombre y apellidos; a veces, cambiando la apariencia, a ver si cuela: me refiero al robo de un personaje ajeno y su introducción en la propia ficción. Cervantes lo hizo con don Álvaro Tarfe; otros se aprovecharon del mismo modo de las creaciones de Cervantes, y yo, en estos Fragmentos... echo mano del doctor Moriarty, el enemigo de Sherlock Holmes: lo hice porque me divertía, porque se me ocurrió, y porque Moriarty, lo mismo que Sherlock Holmes, son ya bienes mostrencos, y a nadie le parece mal su explotación: se corre un riesgo, eso sí, el de dejarlos quedar mal, pero hay que pasar la mar. Pues bien: eso que hice con Moriarty, y que otros hicieron y hacen, y otros muchos harán, lo puse también en práctica, como recurso cómico, en el interior mismo de Fragmentos... y con sus propios materiales: precisamente hacia el final, cuando yo mismo me había armado un lío, cuando las imágenes y las situaciones podían más que yo, o, al menos, cuando temí que me sobrepujasen, y el libro perdía durante muchas páginas su condición de diario para aparecer ya como ficción: el mes de noviembre de aquel año no me fue favorable: en diciembre a poco me deja seco una angina de pecho, y ya por los días anteriores del otoño las cosas de mi cuerpo no iban bien: ¡ay, esas tardes doradas, esas hojas que crujen con delicado rumor, traen la muerte dentro! Todo lo cual queda convenientemente aludido, a veces nombrado, en el texto. Temí no vivir lo suficiente para dar a mi diario un desarrollo armónico, para redondearlo. A días de pereza sucedieron otros de fiebre. El 26 de noviembre cuento los términos de un viaje a Andalucía y el olvido en que dejé el trabajo. El día tres del mismo mes se consignan mis dudas acerca del valor y de la significación de lo escrito, y se consigna una frase: «diario de un fracaso», que encuentro suficientemente reveladora. Fracaso en mi intento de escribir una novela, no en cuanto redactor de este diario en que el fracaso queda explicitado por sus pasos... Pero, ¿a qué viene ahora esto? *Perdón, pero se me fue el santo al cielo, porque de lo que iba a hablar era precisamente de haber utilizado en el interior de esa frustrada ficción el recurso de Cervantes, es decir, el robo de personajes, si bien con ciertas modificaciones, ya que de lo que se trata es de que una de las figuras inventadas por mí se apodera de otras que también yo había inventado y hace con ellas lo que no me conviene. Nos hallamos en el meollo mismo de la literatura. La realidad, lo verosímil, quedan lejos. Con las palabras puede crearse todo, y, a mí, en esa situación depresiva anterior a la angina de pecho, es lo que me levantó por encima de mí mismo, lo que me quedó para crear o para destruir. De repente la situación a que había llegado me obligó a deshacerme de Lénutchka: el juego había ido lejos: el bibliotecario acababa de robármela, intentaba transformarla, darle un destino que no era el suyo. Yo tenía que rescatarla para aniquilarla, porque, si no, quedaría disponible, como tal personaje, se entiende, porque la adorable muchacha rusa de Leningrado allá seguía entre sus nieves. Jamás me sentí tan cerca del demonio como al escribir aquella escena (páginas 386 a 388). Si crear es placentero, la sensación (o el sentimiento) que se experimenta cuando se destruye, si pertenece por su naturaleza al orden de lo tenebroso, no deja por ello de conducir igualmente al placer, aunque al oscuro, aunque al diabólico. Destruir permite realizarse, sentirse dioses, a los incapaces de crear, al mismo Supremo que se entró en mi diario como Perico por su casa y me lo echó a perder. Pues dominado de esa furia aniquiladora, por fortuna fugaz, escribí la escena de despedida, desbaraté con palabras a Lénutchka, hecha también de palabras: y no la volví a nombrar, porque eso la hubiera re-suscitado. Pero necesitaba acallar las protestas de mi conciencia, y me quedé con su bufanda: Lénutchka ya no existía, pero me había dejado un recuerdo que valía como un testimonio. La conservo, aquella bu-*

fanda, la arrollo a veces a mi cuello, serpiente o lazo de cuerda.

¿Cómo se debe interpretar todo esto sino como el paroxismo del delirio imaginativo, como afirmación de lo que da de sí la imaginación en libertad, sin que la vigilancia crítica la organice o rectifique? Pero, esa libertad de combinar, de imaginar, ¿no es precisamente la poesía? ¿Qué importa la lejanía de la realidad, qué importa la inverosimilitud, qué importa la carencia de sentido, de intención, de significación, si la muerte del Arzobispo está ahí, con sus testículos de calidad excepcional; como estaban los nocturnos Templarios que Manoliño vigila, y el anarquista de Barcelona pisoteado por los caballos? ¿Y esa visión del mundo, infinitamente repetido, no está ahí también? (He dicho «visión», no concepto. Quiero decir «imagen».) Todo esto requería, lo comprendo, una estructura artística, una forma; pero a mí, que siempre fui formalista, que todavía lo soy, se me ocurrió dejarlo así, en los puros fragmentos de un edificio inconcluso, arcos, columnas, bóvedas, paredes, que también pueden ser unas ruinas. El diario de trabajo de un poeta manipula inevitablemente la materia poética, de la cual algo queda, briznas, residuos... Yo acometía la redacción de una novela que no conseguí organizar, cuyos restos, no obstante, figuran en mi diario. Esto es todo. Y si algún día, como espero, se publican mis Cuadernos de un vate vago, que son diez años de notas al margen de mi ejercicio de la literatura, se verá su semejanza con los Fragmentos de Apocalipsis; se verá que lo del diario en sí no es ningún pretexto o ficción. O que lo es todo, el vivir incluso. Pero yo no lo creo.

Yo soy, en cierto modo, un escritor disciplinado y respetuoso. Alabo la existencia y ejercicio de esos caballeros que elaboran nuestra reputación o la destruyen, que aclaran nuestras oscuridades o las denuncian, que fijan nuestro valor o nos los niegan y que nos señalan el sitio que tenemos que ocupar o nos desalojan del espacio para siempre. El hecho de que no me hayan tratado demasiado bien, al menos hasta cierto momento de mi vida literaria, jamás me ha conducido a negarles el pan o la sal, antes bien, siempre he reconocido la necesidad que tenemos de ellos y su utilidad en el desconcierto, aun en el caso de que sean ellos quienes lo provocan y sostienen. Esto no obstante, tengo que formular algunas quejas, que se refieren precisamente a mi pasado, a esos años en que, o me despreciaron, o me atacaron con armas pueriles. ¿Cómo podré pensar mal de aquel señor que negaba, a la vista de un personaje mío, que pudiese ser prostituta una licenciada en Filosofía y Letras? ¿O de aquel otro que, como suprema objeción estética a otra de mis figuras, frecuentadora ilegal de entrepiernas femeninas, adujo su convicción de que en la tierra de donde el objetante procedía, a semejante personaje lo hubieran matado? ¿O, por último, la de un tercero que, ante la presencia de un mito en una de mis narraciones, protesta de que «su carácter no esté bien dibujado»? Eran los tiempos, es cierto, en que un censor, en vista de que la protagonista de una novela se retiraba a las tres de la mañana, anotó al margen: «¡¡A las once!! Una señorita decente no anda a esas horas por la calle». No cabe duda de que, entre el censor y los críticos citados, existían misteriosas afinidades, quizá la misma sustancia gris entre todos compartida, cuya influencia en el desarrollo de nuestras letras no ha sido aún bien estudiada. Pues estas y otras aseveraciones tuve que soportar en el pasado, y si en el presente me fue algo mejor, no puedo dejar pasar en alto y sin comentario (quizá un poco tardío) la coincidencia de algunos de esos lectores experimentados al afirmar que, en La Isla de los Jacintos Cortados, «La Gorgona» se convierte en un navío. Yo pensaba, inexperto, al escribir la novela, que si la poesía es el arte de decir indirectamente las cosas, un profesional de la lectura entendería los modos indirectos de narrar. Me equivoqué, y en la segunda edición de esa novela tuve que hacer un añadido, a ver si así se daban cuenta, con la colaboración de Cagliostro, de lo que en verdad sucedía. Reconozco, sin embargo, que los profesionales, abrumados, se obligan a lecturas rápidas, a imperfectas lecturas. Pero también traen viciados, y por sistema, los juicios. A mí, por ejemplo, se me dice ya y sin remedio visible que «mi novela» —la que sea— es inferior a La saga/fuga de J.B. Lo han dicho de estos Fragmentos... y lo han dicho de La Isla de los Jacintos Cortados, y lo seguirán diciendo cada vez que yo publique un libro. Probablemente tienen razón, pero ésa no es manera de hacer crítica, sino de pasarle por las narices al escritor sus incapacidades, reales o supuestas. Creo que cada obra tiene sus valores propios, positivos o negativos, cuya mejor manera de entender, y no digamos de expresar, no consiste en la comparación. ¡Arreglados estábamos! «Don Fulano de Tal ha escrito una novela que, desde luego, es inferior al Ulises». ¡Pues mira qué bien! Las comparaciones entre las obras del mismo autor pueden ser útiles para exponer movimientos o evoluciones, repeticiones o modificaciones de estructuras o de técnicas, variaciones de estilo. Y cuando son testimonio de una decadencia, ¡existen tantos modos delicados de rogar a un autor que se calle! Si bien no sabemos aún en qué consiste de verdad la decadencia, y cuándo empieza. Lo que me pasa a mí con La saga/fuga... pertenece a ese orden de cosas. Quizá los que la toman como término de referencia no quieran darse cuenta de que una saga/fuga se escribe sólo una vez en la vida, y que el resto de la obra tiene que ser inferior necesariamente, lo cual no le impide ser bueno o encerrar valores propios. No por eso un autor va a callarse. «Es inferior a La saga/fuga..., dijeron a propósito de cada una de mis obras, anteriores y posteriores, y muchos además se alegraron. Yo creo que son simplemente distintas, que son otra cosa, y que ésta es un diario de trabajo. Afirmar que carece de interés, decir que «el señor Torrente podría muy bien guardarse sus diarios, cuya publicación no le favorece», mostrar o demostrar que está mal escrito, todo esto, y cuanto se le parezca, es legítimo. No lo es equivocarse, aunque sea por comparación. Sin embargo, y si tuviera ahora mismo su permiso, podría citar la opinión de uno de los más grandes de nuestros poetas jóvenes, que es al mismo tiempo un gran crítico, quien me aseguró en una carta que Fragmentos... supera a La saga/fuga... Confío en que se me crea, si bien todos quedan en libertad de hacerle caso o no al mencionado poeta. ¡Pues no faltaba más! Si traigo aquí su opinión, no es para ampararme en ella como en un escudo que me proteja de los golpes, sino sólo para mostrar que no todos andan de acuerdo, y que los valores literarios son materia disputable. Lo que yo pretendo únicamente con esa cita y con el prólogo entero es, como dije, orientar al lector no especialista, al de mediana cultura, y advertirle de que no va a leer una novela al uso, ni siquiera una novela, sino el testimonio verídico de cómo un autor se propuso llevar un trabajo a buen término, y no lo consiguió; y prevenirle también de que, si alguna vez sintió curiosidad por saber cómo funciona la cabeza de un escritor, en este libro puede verlo, o quizá sólo conjeturarlo, pero, en cualquier caso, hacerse una idea bastante exacta. Pero si a lo que aspira es a encontrar aquí los elementos acostumbrados que le permitan operar una identificación con el protagonista y su destino, que es lo que suele pedirse «en estas santas novenas», que pase entonces de largo, porque el protagonista de este libro es su propio autor, quien no se atreve en modo alguno a invitar a nadie a la identificación. ¡Pues no faltaría más!

Unas palabras antes de concluir: el final de esta aventura, esa presencia de la campana destructora (y atronadora), fue en un principio escrito con algunas variantes que no me atreví a publicar y que sustituí por el texto actual. Me *parece, sin embargo, que el otro, el primitivo, estaba más de acuerdo con la naturaleza de la historia: que era —en una palabra— más lógico. Lo añado a esta edición como apéndice. Las variaciones comienzan en la página trescientas noventa y dos de la primera edición, y si bien los textos son bastantes semejantes, cambian un poco ciertos entrefiletes.*

Gonzalo Torrente Ballester
Salamanca, 15 de marzo de 1982

El verdadero comienzo de este relato, primera fecha de un diario, al parecer no existe. De las palabras con que empieza la segunda, acaso se colija que alguna vez lo escribí, pero yo no lo recuerdo, si bien no sea aconsejable confiar en mi memoria, rica en lagunas y oscuridades, en confusiones, y, lo que es más sospechoso, en recuerdos ajenos, que van y vienen como propios, que suplantan a los míos y me tienen perplejo acerca de mí mismo. Me sucede, por ejemplo, que si recuerdo hacia atrás, con paciencia y con método, alcanzo más o menos a mis veintiún años, y aunque el todo recobrado no sea coherente sino contradictorio, y aunque me cueste a veces discernir lo mío de lo allegado, puedo al menos reconstruir algo muy parecido a una figura, por defectuosa que sea — y lo es —, por vacilante, por excesiva, por incompleta. Una figura, sin embargo, que resultase de sumar otras, una especie de remiendo general, que, si lo ves por un lado, parece como un Alberto Caeiro, y si por otro, como un Abel Martín, sin que ninguno predomine y sirva como de percha en que se cuelgan los demás, aunque a veces abarque uno el conjunto excluyendo a los otros, también a mí, que actúo como punto de referencia y, contra lo que acabo de decir, de soporte. Pero desde los veintiún años, y conforme intento remontarme hasta el origen, mi pasado ha sido pura y sencillamente sustituido por otro, precisamente por el de Napoleón, con un único nombre y una compacta coherencia, de manera que mi infancia transcurre en Córcega, enamorado de Giaccominetta; paso después a un colegio militar, donde soy mal mirado, y en plena juventud me envían a un París hambriento y revolucionario, donde carezco de zapatos decentes y donde me distingo (o paso inadvertido) por mis ropas astrosas y mis largas guedejas. Hablo mal el francés y algunos me llaman Napolione, si bien les lleve la ventaja de una cabeza llena de ideas, no de las que se cambian en ideologías, sino en actos.

En circunstancias más propicias, semejante pasado me hubiera servido de palanca para una carrera fulminante, llegar a emperador y morir en Santa Elena; pero en el tiempo en que me ha tocado vivir, ¿adónde puede irse así lastrado? El odio, el resentimiento, la ambición, el desprecio que guarda ese corazón lastimado, a otro hubieran ayudado en la pelea con el mundo; a mí más bien me estorban, porque ni odio, ni ambiciono, ni desprecio y no creo ser resentido, aunque esto nunca se sabe. No me sirven de nada, además, a causa de su tardío descubrimiento, quizá revelación, la cual aconteció no hace mucho, en una ocasión en que intenté escribir unas memorias. Porque, en ese momento aciago de una vida de escritor, cuando decrece la inventiva, si no se alcanza esa voluntad clarividente que lleva a la renuncia, vuelve el escritor sobre sí mismo y se transforma en tema único y monótono, un ratón encerrado, con la insensata pretensión de que su caso sea ejemplo universal. "Yo y los hombres", "Yo y la Patria", "Yo y yo mismo", sin que falte en ciertos casos el soberbio "Dios y yo". No llegó a tanto mi insentatez: pretendí limitarme a mis recuerdos y a ordenarlos de la mejor manera, y, así, se inició la inquisición preliminar, que siempre empieza por los padres, y, cuando *vi* a los míos, no los reconocí. Y digo *verlos* porque lo primero que me vino a las mientes, sus imágenes fueron. Cuando inmediatamente las siguieron los nombres, mi confusión fue mayor. ¿Leticia y Carlos? ¡Jamás en mi familia había habido devoción por esos santos, que yo supiese! Y, sin embargo, allí estaban, y con ellos nombraban a los que me habían engendrado. Tampoco reconocí a mis hermanos, ni a mis amigos, ni al paisaje en que vivía, ni la lengua que hablaba. Y acabé, lógicamente, por no reconocerme. ¿Qué tenía que ver conmigo el joven Napolione?

Se me ocurrió, en un principio, que lo que a mí me sucedía le aconteciese a todo el mundo, y que al llegar a cierta

10

edad, precisamente la madurez, cada quisque viese crecer en su memoria los recuerdos de un personaje famoso por el que hubiera sentido admiración o envidia, o la necesidad de una identificación imaginaria que fuese como la equivalencia de la propia identidad, sin la cual parece ser que las cosas le van mal a todo dios y que por eso andamos como andamos, sobre todo los pobres y los ricos y algún que otro medio volante, de esos que jamás encuentran su lugar; pero mis cuidadosas pesquisiciones me llevaron a la conclusión, bastante inquietante, de que se trataba de un caso singular, y de que dados algunos de sus matices bien pudiera tratarse de una enfermedad desconocida.

Acudí al médico. Me escuchó. Los médicos, aunque no curen, aciertan con frecuencia en el diagnóstico. El que me examinó puso en claro que existía un hiato en mi conciencia y que, hasta cierto punto, era Napoleón y, a partir de él, era otro. Que cómo me había sucedido, no podía explicárselo; que la sustitución de mis recuerdos por los de otro era un hecho evidente, y que lo mejor que podía hacer era dejarlos dormidos, a fin de que no se interfiriesen en mi vida presente, para lo cual me aconsejaba que llevase con cautela cualquier introspección o recurso al pasado; que al menor síntoma diese vuelta a la hoja y que no me dejase llevar por la curiosidad. Lo consigo durante la vigilia, pero, en cuanto empiezo a dormirme, mientras se mantiene mi conciencia en esa zona que llaman el duermevela, las cautelas se aflojan y los recuerdos napoleónicos saltan de su escondrijo como perros de caza a los que se ha dado suelta de la traílla. Espantoso.

"¿Y de los otros? ¿Qué hago de los otros?", le pregunté. "¿Los otros? ¿Quiénes son?" "Mis heterónimos, ese que se parece a un tal Alberto Caeiro, y el que se parece a un tal Abel Martín." Se me quedó mirando, algo perplejo. "Pero, hombre, ¿es que todavía hay más?" "¡Ya lo ve usted!, pero con una diferencia: que de éstos no me consi-

11

dero ajeno, pues me acompañan hace tanto tiempo que no sospeché hasta ahora que pudieran ser allegadizos, sino más bien que cada hombre llevaba dos o tres naturalmente. Marchábamos de acuerdo, nos sustituíamos tranquilamente, en una especie de turno establecido y pacífico, y sabíamos unos de otros. Pero, en los últimos tiempos, algo ha debido de cambiar, y esto es lo que justifica mis sospechas: nos ocultamos, actuamos cada cual por su cuenta, se ha roto la armonía y convivimos como extraños, quizá como enemigos." "Pues no deja usted de ser un caso bastante raro, querido amigo, un caso, además, oscuro." Le interrumpí: "Es que eso no es todo. El otro día me encontré, dentro de mí, con un desconocido; al día siguiente, con otro, y, ayer, con uno nuevo. No he conseguido aveguar quiénes son, sino sencillamente que temen y se esconden; algo así como si yo fuera un refugio." El médico me respondió: "A lo mejor, lo es." "¿Se han dado casos?" "No los registran las estadísticas, pero, como usted sabe, no se lleva jamás cuenta de lo extraordinario, y su caso lo es, aunque quizás…" El médico se interrumpió, cerró los ojos, y, al cabo de un buen rato, continuó: "… aunque quizás no lo sea tanto. Ahora mismo acabo de explorar en mi interior, y he descubierto cierto número de hombres agazapados, en actitud de esconderse. Algo está sucediendo en el mundo que la gente tiene miedo…".

Bueno, ¿y qué? No existe relación alguna entre el temor de la gente y el hecho de que yo haya querido escribir una novela y llevado al mismo tiempo, sin guardar las distancias, un diario de trabajo. Las cosas se implican por causas ajenas a nuestra voluntad; en este caso, ignoradas. A mí, se me mezclaron. Y puesto a tapar un hueco que a lo mejor no lo es, lo que se me ocurre es hablar de Napoleón. ¿Habrá disparate mayor teniendo más a mano, sobre todo, al Canciller de Hierro? Ahora mismo discute con von Moltke la cuestión de un solo frente o de dos. ¡Pues ni más ni menos que el problema capital de la historia contemporánea! De la solución que se le ha dado dependió el miedo de la gente. Y, ¡quién sabe, todavía!

Ahora me pregunto a qué viene todo esto. No sé lo que me pasa. Mejor será dejarlo. Nada de lo que escribo ni de lo que he escrito tiene que ver con la realidad. Su espacio es mi imaginación, su tiempo el de mis pulsos. Si con ciertas palabras intento configurar imágenes de hombres, es por seguir la costumbre, pero que nadie lo tome en serio.

Diario de trabajo

22 de mayo

Esto que acabo de contar aconteció hace unas cuantas semanas, no muchas. Acababa justamente de corregir segundas pruebas de mi último libro, y no estaba contento, sino más bien temeroso de lo que fuera a suceder con él. Lo estoy aún, ahora que es inminente su aparición, pero ésta es ya letra muerta y agua pasada. Lo que quería decir es que, al releerlo, por eso de las pruebas, su mundo se me fue representando y se reconstruyó otra vez dentro de mí. Lo tengo todavía dentro, y es lo peor que puede suceder a quien comienza otro relato, y mucho más en este caso, en que no sé de qué va a tratar, en que me embarco con rumbo incierto aunque lastrado y sin los fondos limpios. Llevo bastantes días de bandazo en bandazo, explorando mi mundo y sin encontrar nada firme en que aferrar el ancla. Vacío, lo que se dice vacío, no lo estoy, sino poblado de restos de otros viajes, frustrados en buena parte, verdaderos naufragios. Pasan figuras como fantasmas, y se me escurren si quiero asirlas, así son de in-

13

conscientes. Ni nombre les puedo dar. Son, sin embargo, mi materia, la única. O con ella o con nada.

Las viejas de mi tierra, en otros tiempos, obraban, con retazos, mantas multicolores que llaman farrapeiras, como tejidas de harapos que eran. Eso, harapos, es lo mío, harapos que fueron telas suntuosas y brillantes, rasgadas ahora y hasta podridas antes de alcanzar forma. Cuelgan o se amontonan, si están inertes; y si las mueve un viento y las alumbra la luz, ellas solas se organizan en grupos caprichosos, fuera de cualquier lógica y de cualquier razón. Ahora mismo las veo, algunas de ellas, caras y cuerpos olvidados, como un capitel románico, unas narices aquí, allá una pierna, entre un torso tetudo y un brazo armado: unos ojos estúpidos y grandes, la espalda y las caderas de una mujer desnuda, una mano gigante con una bomba encendida, la torre de una iglesia.

Esa bomba, y la torre... Empiezo a recordar. El grupo de anarquistas que se reunía en casa de Ramiro, el sastre de la torre Berengaria: alrededor de la mesa brillante donde corta los trajes con aquellas tijeras enormes y que Rosina, su mujer, cubre de una esterilla para que no la manchillen con los vasos de vino. ¿Cuándo era esto, y en dónde? El nombre de la torre me lleva a Villasanta de la Estrella, una de mis ciudades, de mis cuatro ciudades, dos de ellas ya contadas. Una de las historias que no llegué a escribir pasaba en Villasanta. Podría reconstruirla, pero ya no se trata de eso: era una buena historia de las de antes, de las que se cuentan solas, sin narrador visible; una de esas en las que el autor no participa sino, todo lo más, como testigo, pero ejerciendo su omnisciencia cacareada, su petulante y engallado saber universal. "Pero, oiga, amigo, ¿cómo es que sabe usted lo que sus personajes piensan, o lo que hacen a solas?" "Porque yo los invento, ni más ni menos." ¿Habrá presunción mayor? "Porque yo los invento." ¡Como si no estuviera demostrado ya que nadie inventa nada, lo que se dice nada, ni las palabras, ni las figuras, ni los acontecimientos. Por eso, yo que lo sé, no puedo recaer en más errores. Me siento comprometido.

Volviendo a los anarquistas, es un hecho que me andan por la imaginación, pero no por haber nacido en ella, sino por haber entrado, lo mismo que pudieron haber entrado en otra: porque sí, y lo mismo pueden salir, y emigrar, y adiós. Aunque, claro, tan sólo por el hecho de haberlos mencionado, eso que acabo de hacer, quedan en cierto modo obligados a quedarse aunque sea del modo en que ahora están, fragmentos agrupados como figuras de un capitel, en posturas absurdas. ¿Estallará la bomba? Y, si estallara, ¿qué? No hay nada a su alrededor. Además, para que estalle, tengo que decirlo, y para que destruya la torre Berengaria tengo antes que levantarla con palabras. Hasta ahora no hice más que nombrarla, y eso no basta. Sin embargo, si escribo: "Estalló la bomba y derribó la torre", pues se acabó: adiós torre, y capitel, y todo lo que está en él. Por eso no lo escribo. Entre otras razones, porque la torre me es necesaria. Si asciendo hasta el campanario, puedo, desde sus cuatro ventanas, contemplar la ciudad hacia los cuatro puntos cardinales: la ciudad entera. Será cosa de hacerlo, a falta de otra mejor. ¿Cómo son las escaleras? ¿De caracol quizás? En cualquier caso, muchas, demasiadas para un hombre de mi edad. Si las subo, me canso. Pero ya están ahí, ya las nombré, ya trepan hasta la altura encajonadas en piedra. Hace frío, y los sillares rezuman humedad. Algunos tramos están gastados y resbaladizos, pero no hay pasamanos donde agarrarse. Lo cual, sin embargo, no es un inconveniente. Si yo fuera de carne y hueso, y la torre de piedra, podría cansarme, y resbalar, y hasta romperme la crisma. Pero la torre y yo no somos más que palabras. Sús, y arriba. Voy repitiendo: piedra, escaleras, yo. Es como una operación mágica, y de ella resulta que subo las escaleras.

Lo normal es que llueva: una lluvia menuda, azulada, caliente. Desde aquellas alturas se ve la masa gris, inmensidad vacía y silenciosa y nada más. Detrás tienen que estar las campanas; delante, los balaustres de piedra; un poco más arriba, el remate redondo de la torre, con su correspondiente veleta.

Mi mano golpea el bronce, acaricia el antepecho: hay un sonido sordo, y en los dedos se prende la humedad. ¡Qué fácil! Pero no es conveniente entusiasmarse y olvidarse de uno mismo. He nombrado la torre, y ahí está. Ahora, si nombro la ciudad, ahí estará también. Entonces, digo: catedral, monasterios, iglesias, la universidad, el ayuntamiento, el palacio del arzobispo; y digo: rúas, plazas, travesías, la carrera del Duque, el callejón de los Endemoniados, el pasaje de Vai-e-ven; digo: columnas, pórticos, bóvedas, ángeles, santos, profetas, volutas, pilastras, pináculos. No te olvides de que eres un conjunto de palabras, lo mismo da tú que yo, si te desdoblas somos tú y yo, pero puedes también, a voluntad, ser tú o yo, sin otros límites que los gramaticales. Gracias a eso, respondo, puedo, si quiero, descender de la torre, atravesar las plazas, guarecerme de la lluvia bajo los soportales y preguntar qué hora es al sereno de comercio. Sigo diciendo: puertas, balcones, ventanas, aleros, esquinas, ménsulas, todo de piedra, con variedad de líquenes, verbenas y jaramagos que nacen alegremente en las junturas y ponen una floral prolongación a la nariz de un santo. ¡Y aquel nido de gorriones entre las tetas de santa Úrsula! Gárgolas, grandes falos de piedra o simples tubos cilíndricos. En las archivoltas nacen hierbecillas verdes; en el capitel en que la reina de Saba se ofrece a Salomón, una hiedra menuda tiende un puente vegetal de boca a boca. ¡Ay, las arcadas solemnes de los claustros, las bóvedas de cristería, las crujías oscuras! ¡Ay, los altares dorados, las columnas de pámpanos cargadas que sostienen la luna y el sol! Casas de pocas plantas, encaladas, los marcos de piedra, las maderas pintadas de verde. Abacerías, tabernas, mercerías, quincallas, lleve usted un *souvenir* de Villasanta de la Estrella, platerías, bancos, azabacherías, *boutiques* para niño y prenatal, anticuarios, bares, *boîtes de nuit*, y el sacrosanto barrio de los burdeles, al fondo y a la izquierda, según se baja. Y gente, claro: la señora de Pita, la viuda de Méndez, los señores de Pérez Fernández, que no hay que confundir con los Fernández Pérez; y todos los Landeiras, Viqueiras, Mosteiros, Piñeiros y Carneiros, y los Taboadas, Varelas, Saavedras y Moscosos. El presbítero Raimúndez prepara oposiciones a canónigo, el doctor Valdés Meis las prepara a catedrático; el canónigo Verdera juega al tresillo en casa de su colega Villafines con el catedrático Manrique y el comandante Soutomaior; el comandante Carcagente se juega el tinto a los chinos con unos estudiantes de Medicina, la señora Benita va al rosario a las siete, la señora Rosario va a la misa a las ocho. A las nueve, Isidoro Tacón, que es muy putero, mete en la cama a Carola Lorenzo; a las once, Margarita Asorey, que es muy cachonda, sale del tapadillo más bien apresurada porque ha de prepararle la cena al padre. Fernando Valerio ficha libros en la biblioteca universitaria; José Manuel Artola instruye en el marxismo-leninismo a los clientes de "La hoja de parra. - Vinos y comidas". También hay muertos. Sin muertos no hay ciudades. Los del claustro, canónigos ilustres; los de la nave, arzobispos; los de los muros, damas y caballeros de prosapias antiguas, orantes o yacentes. Muertos humildes del cementerio de Valdediós; o el de anteayer, que se enfrentó a la policía a la salida de un mitin prohibido. El de mañana, se ignora quién, todavía. Cuando alguien muere, tocan las campanas de su parroquia, el Carmen, San Pancracio, San Tirso o las Tres Marías: tan, tan, tan. ¿Quién habrá muerto hoy? Y si la catedral se ha levantado sobre un sepulcro, como algunos aseguran, se dilucidará a tiempo: todo consiste en que lo afirme o en que lo niegue, en que se cuente o en que se calle. Por último, las torres: eclesiásticas todas; entre grandes, pequeñas y medianas, veintiocho. Las hubo militares y nobles, pero fueron cayendo: los señores feudales no pudieron con la mitra, sus lanzas se quebraron contra las excomuniones. ¡Anatema, Fernando Deza! ¡Anatema, Manuel Ozores! ¡Anatema, Pero Madruga! El poder de la mitra se extiende por los valles, trepa por las colinas, cobra foros a los granjeros, portazgos y pontazgos, maquilas, diezmos y primicias del ganado y la cosecha. Y más allá, en las rías, impone sus tributos a mareantes y pescadores. Y más allá todavía, desde la ancha Castilla, le envían rentas en oro por privilegio real. Pero eso fue en el pasado, había que pagar a los canteros y a los maestros de obras que labraban la piedra y levantaban palacios. Había que mantener con el debido decoro a las hermosas barraganas, había que dejar bien heredados a los hijos bastardos. Doña Felicia Díaz de Montenegro, vestida de varón, entró en el seminario, se distinguió en las letras humanas y divinas, llegó a canónigo, se descubrió el pastel porque quedó preñada, la calle donde vivió se llama "da Gonega".

29 de mayo

Tengo ya la ciudad, un poco de su historia, un nombre y unas gentes. Palabras, ¡ah, las palabras! Dos me insisten en la memoria sin poder aplicarlas: parámetro e isotopo, una llana, otra esdrújula. Combinando esdrújulas y llanas se logran frases de cabal eufonía. ¿Valdrá decir, sin más, parámetros isotopos? Aparte de que no quiere decir nada, no suena bien. ¿Isotopos parámetros? Suena mejor, pero queda también vacía. ¡Es una lata, esto de las palabras cuyo significado se desconoce! Si me enredo en estas dos, adiós corriente de conciencia, adiós continuidad. Más me

18

vale volver atrás, a lo ya escrito. Lo releo y no quedo satisfecho: es como si de antemano me hubiera limitado o señalado un camino que no quiero seguir. En una ciudad así, ¿qué puede suceder? Cosas reales, humanas. Y yo, ¿qué puedo hacer con ella? Más o menos, lo que con Pueblanueva del Conde, con ligeras variantes, pero siempre personas que se odian o se aman, que ambicionan, que fracasan, que van detrás de la felicidad, esa estúpida ilusión. Ya no se trata de eso, aunque no sepa bien de qué se trata. Mas, por lo pronto, hay que ampliar un poco la ciudad: no meterla en el campo, que eso no importa, sino hacia arriba y hacia abajo, y corregir la superficie, no sea todo calles mollares y utilitarias. Partamos, por ejemplo, de ese sepulcro que se oculta. Dicen que hay huesos en una arqueta, y que son de un apóstol. ¡Bah! Prefiero que lo sean de Esclaramunda Bendaña, un nombre que acaba de ocurrírseme, así, de pronto, a causa de ciertas relaciones, y que me gusta. Una vez inventado, habrá que justificar con una historia su situación de privilegio, porque no es lo corriente que los huesos de una muchacha que no fue santa reposen en un lugar tan distinguido. ¿Quién pudo ser la señorita Esclaramunda? Por su apellido, una de la casa de Bendaña, cuyos varones servían al arzobispo con el cargo y oficio de mariscales. Era bonita y tenía unas tetas puntiagudas que el brial no conseguía refrenar. El arzobispo se enamoró de ella. ¡Ay, aquellos arzobispos medievales, tan poco celosos de su reputación! El mariscal lo sospechaba y escondía a la niña en torres y castillos, cuando no podía guardarla personalmente. El obispo se llamaba don Sisnando, ¡mira qué nombre!, y era un sagitario testarudo. Tenía puestas espías que le llevaban noticias de la moza, a la que amaba más por referencias, pues no la había visto más que una vez; pero su información era completa, ya que las azafatas, pagadas con dinero de la mitra, le contaban cómo tenía el ombligo, el color de los pezones y la situación exacta de aquel lunar en la cara interior del muslo. "Mañana, la señorita va a bañarse", le advertían las guardianas, y, a la hora del baño, don Sisnando se desvanecía en imaginaciones eróticas: con lo que andaba adolecido y urgido de posesión, que la desconfianza y las cautelas del mariscal dilataban. Hasta que un día las vigías de la costa anunciaron escuadra de vikingos, a cuyo rey, don Olaf, había también llegado la fama de Esclaramunda y la quería robar: venían tantos barcos, que la hueste de las Torres no daría abasto, y entonces el arzobispo ordenó al mariscal que acudiese a la defensa con todos sus soldados, sin que uno solo quedase de guarnición en ciudad o fortaleza: así, desguarnecidos los refugios, podría él apoderarse de su amada y meterla en el palacio para siempre, ya que allí le bastaban, como defensa, las bulas y excomuniones. Pero el mariscal de Bendaña vistió a la chica de paje y la llevó consigo. Lo supo, por confidencias, don Sisnando. "¡Pues me lo ha puesto más fácil!", exclamó, y envió a la mesnada agentes que le comprasen los soldados de la guardia del mariscal y le robasen a la moza, aunque fuese dando muerte a su padre, si se ponía terco. Vino el encuentro con los vikingos: la batalla de Catoira, donde murió tanta gente, se hundieron tantos barcos, y el rey Olaf, de retirada, juró ante sus dioses que al cabo de mil años volvería a castigar a Villasanta: de ahí el temor que guarda la ciudad, todo ese tiempo pasado, a que el vikingo regrese. Lo hicieron los soldados del arzobispo, victoriosos, y, a la altura de Padrón, los conjurados quisieron poner en práctica su trama, que era de matar a su jefe y de robarle a la hija; pero él se percató, y, antes de morir, apuñaló a Esclaramunda, de modo que fue su cuerpo ensangrentado lo que llevaron a don Sisnando, que vio así tronchada su esperanza; ordenó lutos duraderos y apercibió a los mejores artífices a que le labrasen un sepulcro en que la enormidad de su amor y la belleza de

Esclaramunda perdurasen. Para guardarlo, concibió la idea de un lugar inaccesible en cuyo centro se instalase el sarcófago; y, no contento, dispuso que encima se levantase la catedral que el pueblo reclamaba para gloria y memoria de su pontificado. Se eligió como lugar idóneo la vecindad de un cementerio antiguo, cuyas calles cubrieron recias bóvedas, y cuando todo estuvo llano, vinieron los masones de Francia y trazaron los cimientos de la catedral, que iba a ser espaciosa y solemne; pero no levantaban un palmo de los suelos cuando murió don Sisnando, se dijo que con ayes y sollozos por Esclaramunda, y como no dejó peculio, no se pudo continuar la fábrica, hasta que cuatro o cinco pontificados después, con el santo Marcelo, se le dio a lo principal remate, y es lo que hoy se admira. Al santo obispo Marcelo, que llegó de tierras lueñes y hablaba una lengua extraña, le llegó a los oídos la historia de su ilustre antecesor, y no la quiso creer, por lo que se aplicó a borrarla del recuerdo de las gentes y sustituirla por esta otra, más piadosa, de que debajo de la seo yacía el cuerpo de un amigo del Señor traído milagrosamente por los coros angélicos a tierras tan apartadas, y para que a don Sisnando no lo olvidasen, hizo grabar en piedra su victoria sobre los vikingos, sin nada que recordase al mariscal y a su hija: de ahí el gran friso narrativo que rodea el presbiterio, donde se ve a Sisnando, que nunca estuvo en la guerra, calzar espuelas y alancear escandinavos como novillos en corrida portuguesa. Las figuras que le rodean son de gran utilidad para que los arqueólogos reconstruyan los uniformes militares de aquel siglo. Pero el recuerdo de Esclaramunda se transmitió en secreto a través de las generaciones, si bien se fue debilitando, de tal manera que, pasados siglos, una vaga leyenda perduraba de su nombre y su desventura: sabida de pocos, creída por nadie. Ni el mismo don Procopio estaba al tanto.
Con todo lo cual ya tengo: una historia real que se opone

a la oficial, y un punto de partida para la ciudad subterránea: porque del laberinto donde yace Esclaramunda salen caminos oscuros que no figuran en los planos, calles de sarcófagos antiguos, catacumbas de muertos anónimos, con salidas secretas a sótanos eclesiásticos y a las casas de los herejes y los brujos; cubículos en que se reunían adeptos de cultos extravagantes traídos por los poetas peregrinos, las sinagogas secretas de los judíos en tiempos de persecución, las mazmorras donde se les encerraba una vez descubiertos y que sirvieron de escondrijo a los republicanos cuando la guerra civil. Nada de lo cual sería sospechable a la vista de la ciudad de arriba, tan armoniosa y visitada por los turistas, si no fuese por esas callejas que se interrumpen en una rinconada en que orinan los marineros francos de ría que van, vienen y pasan, y por esas escaleras que no llevan a ninguna parte, y esas casas laberínticas de pasillos estrechos e interminables que le devuelven a uno al punto de partida, y por esos fragmentos de arquitecturas viejas que asoman por el costado de una casa reciente, y esa cara de ángel estupefacto que aparece en los cimientos de una casa de putas, y los brazos, piernas, torsos de aquí y de allá, y lo que hay enterrado, y lo que robaron, y el arranque de un pasadizo tapiado en el palacio de los Aires, y el remate de otro semejante, también tapiado, en el convento de las clarisas, y el misterio impenetrable del monasterio de las benedictinas, cuyos cuatro inexplorados claustros encierran una flora y una fauna ignoradas y probablemente fantásticas, y todos esos tipos que sólo conocemos los madrugadores, en cuyas caras se lee fácilmente que viven bajo la tierra, de donde salen de noche y a donde vuelven apenas el sol despunta: me gusta reunirlos a todos, viejos y viejas, mozas lisiadas y muchachos enclenques, en un enorme friso de piedra, románico de traza, como el del presbiterio, en que se agrupan, sin dejar espacio libre, las caras y los cuerpos donde caigan, apenados y estúpidos, con la tara común de la macrocefalia. Y tengo ya donde usar las palabras inservibles: pues estos de debajo serán los isotopos, y, los de arriba, de régimen diurno, los parámetros.

Bueno, ¿y qué? ¿Voy a escribir una novela en que contiendan unos y otros, el bien y el mal, con escaramuzas a la salida y a la puesta del sol, momentos únicos en que confluyen y se encuentran? "Historia de los parámetros y de los isotopos, con los amores ridículos de Matilde Peinado, que vive en un sotabanco, y don Excelso Figueiras, que habita en una bohardilla." No sé qué puede dar de sí. Por lo pronto, don Excelso Figueiras, jubilado del catastro, es impotente y asmático, y si bien es cierto que puede bajar las escaleras, le resulta más difícil subirlas, de modo que sus amores, claramente contemplativos, los ejerce desde el churriolo por el que el sol penetra en su zaquizamí, cuando lo hay, y desde el que se contempla el patio interior al que abre las negruras de su entrada el habitáculo de Matilde. Don Excelso madruga, espera la llegada de su amada, le chista, ella levanta la cabeza, él le hace señales lúbricas de un amor imposible, ella se remanga las faldas y le enseña el culo, él le envía unos besos, ella se mete en casa y prepara el café con leche del desayuno. Y así hasta la mañana siguiente: no da más de sí la historia, considerada su atroz monotonía. Un día de éstos, además, don Excelso morirá de ese enfisema de pulmón que no se le cura porque sigue fumando, el muy terco. A lo mejor hay otros casos de amor entre parámetros e isotopos, o viceversa, pero no los conozco. De manera que no he avanzado apenas. Tengo escenario, me faltan personajes. Se me dirá que Villasanta está superpoblada, y que cualesquiera sirven: que hay curas y militares, estudiantes y catedráticos, tenderos y rentistas, comunistas y reaccionarios, pobres y ricos, y que con eso tengo un mundo. Pero, no sé por qué, me siento escasamente interesado por todos ellos. Además, no hacen lo que yo quiero, sino lo que les da la gana. Ahora mismo se me han puesto a bailar, un gigantesco baile en una pista gigantesca, todos con todas, isotopos, parámetros, jóvenes, viejos, hombres, mujeres, curas, paisanos, putas, monjas, muchachitas que andan a lo que cae, vírgenes prudentes, profesores sapientísimos, peones analfabetos, aristócratas, villanos, listos, tontos y medianos. El gran órgano catedralicio ha sido trasladado a la fachada del norte y ejecuta una música que combina los lentos y los rápidos, con todo el aire en juego, tubos gordos y flacos, enormes y chiquitos, de flauta, de trombón y de fagot, y el organista suplente dale que tienes a los teclados, con las manos, con los pies, venga a danzar todo dios, tangos, valses, foxtrotes, buguis-buguis, y la baraúnda que arman expulsa el silencio de las calles silentes, menea las madreselvas colgantes de una tapia, arrebata la teja a un cura reumático que escapa del barullo, levanta la pollera a una mocita que ha bajado a comprar aceite a la tienda de la esquina. Las beatas de rosario y misa se santiguan ante el escándalo y dicen lo que hay que ver, y la gente está loca, y ha llegado el Anticristo, y luego, para saber qué pasa, van a mirar y se quedan. La danza es como un torbellino de radio cada vez más ancho, que todo lo engulle y todo lo incorpora al ritmo de la conga: cogidos de la mano, los danzarines se mueven en una espiral inmensa, a cuya cabeza brinca la abadesa mitrada de Santa Eufemia del Tránsito: marcando con el báculo el compás, arrastra fuera de la plaza a aquella sierpe enloquecida. Salen a la rúa del Mirmidón, suben por las Casas del Rey, atraviesan la placita del Salgueiro, siempre tan quieta y luminosa; de allí, por el callejón del Aceite, bajan al paseo del Mirador, recorren la Avenida de los Tristes hasta la rúa de los Franceses, y por la Carrera del Marqués del Monte entran en el Pasaje de Las Monjas Locas, por el que se regresa a la plaza de la Catedral. Durante el recorrido, los taberneros les ofrecen

vasos de vino generoso, refrescos variados y aceitunas re-
llenas. Un tropel de chiquillos marcha delante, marcando
el paso del baile, y no se sabe de dónde han sacado una
pancarta cuya leyenda roja demanda a gritos una total amnistía para los pecados de la carne.

10 de junio

Durante varios días anduve obsesionado por este baile, que
empezó a repetirse como un disco rayado, sin el aliciente
de una variación, porque se me había fijado como una fotografía; hasta que, de repente, cesó la música, la gente se
sumió en una niebla súbita, de esas que a veces engullen
la ciudad entera, y no quedó más que el silencio. Preferi-
ble, por supuesto, a aquel estrépito de que tenía llena la
cabeza. No puedo decir cuánto tiempo estuve así, pero sí
cómo era, porque lo considero curioso: yo estaba como
asomado al borde de un acantilado inmenso, que limitaba
de esta parte un espacio interminable entre el cielo y la
mar. Allá al fondo, a mi derecha, había unas piedras blancas contra las que el mar batía, y del oleaje me llegaba un
lejano rumor. Acaso alguien hablaba, pero quizás no. Era,
naturalmente, de noche.
Después se me representó la sala capitular catedralicia,
con sus rojos, marfiles y oros, y aquel espejo tan bonito
que cuelga encima del solideo del deán. En vez de lámpara, un globo como de piñata, de muchos colores, bastante grande. Los canónigos votaban con fichas de marfil o ébano en una caja de caoba muy taraceada, y, a cada
uno, decía el deán: Votó. La piñata, como si no estuviera.
Se hizo el recuento, ganaron los blancos, los negros cuchi-
cheaban en los rincones que se había hecho trampa, y la
sesión se disolvió. A mí no me veían, seguramente a causa
de mi condición verbal, o, a lo mejor, porque yo no estu-

viera allí, o por alguna razón por el estilo: tampoco era cosa de preguntarlo, ya que corría el riesgo de que me respondiesen con silogismos latinos y me embarullasen más. Así que quedé solo. Entonces, empezaron a abrirse las aristas de la piñata y a descender de ella, con cautela, algunos personajes. No personas, entiéndaseme bien, sino precisamente personajes, los que andaba buscando, conjuntos de palabras más o menos como yo, y como todo lo que hay aquí. Los campeones encerrados en el vientre del caballo tuvieron que descender con el mismo sigilo la noche aquella memorable dentro de las murallas de Ilión, y el símil no dejó de darme miedo, no fuera el diablo que apareciesen Ulises y los otros; pero me tranquilicé al verlos vestidos de manera civil y moderna. No parecían relacionarse entre sí sino de una manera contingente y meramente espacial, ya que, en llegando al suelo, cada uno de ellos buscó asiento sin decir palabra y se sumió en una especie de mudez aletargada y algo estúpida, como figuras de cera.

Aquí no tengo más remedio que interpolar, y lo siento. Debo decir ante todo que los reconocí en seguida, pero no por haberlos visto antes, o por haber sabido de ellos de algún modo, sino de esa manera en que podría reconocer un *puzzle* construido quien hubiera de antemano visto y revisto los componentes. Así, por ejemplo, en la figura esbelta, en la cabeza romántica, en el traje raído de Bernárdez pude identificar el recuerdo de mi amigo Cortés Brage, quien sin embargo era bajo y enteco y parecía reventar, pese a su delgadez, metido en el escueto abrigo que se ponía en el invierno. ¿Qué había, pues, en Bernárdez de Cortés? Lo que en la rana del renacuajo, pero eso fue lo que me dejó perplejo, ya que contravenía mis últimas convicciones. Si renacuajo al entrar, ¿qué sucedió dentro de mí para que saliese rana? Dentro de mí, precisamente: toda la operación metamorfósica, de la cual, sin embargo, no había tenido conciencia ni constancia. Y como podía predicarse otro tanto de las demás figuras, cátate aquí un suceso del que se desprendían algunas conclusiones: la primera y más alarmante, su independencia de las palabras, ya que aquellas figuras estaban formadas sólo de elementos visibles (yo los estaba viendo): cada una de su facha, su color de pelo y rostro, su traje y fisonomía. La segunda, la autonomía de su voluntad, ya que no sólo se habían formado sin mi permiso, sino que estaban allí sin haberlas llamado, por inercia o — ¿quién lo sabe? — porque así lo querían: a no ser que obedeciesen a una ley que desconozco, y en virtud de la cual los presuntos personajes de una novela se descuelgan de un globo de piñata imaginario en una imaginaria sala capitular localizada en el mismo interior de mi cerebro.

El que me queda a la izquierda es Bernárdez. Se llama Pablo, pero yo hubiera preferido, no sé por qué, que se llamase Roque. Esa cara delgada, espiritual, y esa melena de un rubio ceniciento me recuerdan a alguien que se llamaba Roque, alguien que tenía, además, unas manos ágiles y pálidas, de dedos largos. Transfiero inmediatamente a Pablo esas manos de Roque: habré de tenerlas siempre en cuenta, porque hablan moviéndose, lo dicen todo, como lo dicen todo las calandrias que vuelan.

Viene después don Procopio. ¿Por qué este nombre? Sale en alguna canción antigua, me parece, una de aquellas de mi infancia, un poco pícaras, cuyo sentido se me escapaba al cantarlas. "¡El buen señor es un conquistador!" Pero ésta no era la de don Procopio, y, por otra parte, no le cuadra en absoluto. Don Procopio viste traje talar, una sotana limpia aunque un poco raída. Y tiene el rostro avispado y burlón. ¿Por qué lo relaciono con el Apocalipsis? He aquí otra noción inesperada, la del Apocalipsis, con la que no había contado, y que puedo desechar, pero decido que no, así, de pronto, sin pensarlo. Se me organiza una baraúnda de recuerdos, un rápido proceso combinatorio, y de él sale establecida la relación: don Procopio es el canónigo fabriquero de la catedral y tiene bajo custodia un manuscrito famoso, *Los comentarios al Apocalipsis, de san Beato de Liébana*, escrito y pintado por la monja Eleuteria en el cenobio de Santa Cristina de Valconejos, diócesis de Zamora, año del nacimiento de Jesucristo novecientos setenta y cinco. ¡Mil años, ni más ni menos! "Sí, se va a cumplir el milenario — dice una voz a mi derecha; vuelvo la cabeza, y escucho —. Mil años también pasados desde que las tropas de Olaf huyeron tras la batalla de Catoira. El rey juró volver a los mil años y arrasar la ciudad de Villasanta, después de ajusticiado su arzobispo. Está para llegar de un momento a otro." El que ha hablado es un hombrecillo bastante grueso, con gafas de miope; un hombre desaliñado, pero en modo alguno vulgar. "¿Quién es usted?", le pregunto. "Soy don Justo Samaniego, bibliotecario de la Universidad. ¿No conoce mi nombre? Especialista en manuscritos medievales. Se me consulta desde Moscú, desde Dublín, se me llama a los Estados Unidos, se me invita a todos los congresos, simposios, mesas redondas y reuniones informales en que se trata de mi especialidad. Mi padre se llamó Samaniego, como es lógico, se llamó también Justo, lo cual ya no es tan lógico; y fue famoso por haber rectificado la fecha del Evangelio de Armagh. ¿No lo sabía usted? En mil novecientos treinta y tres, comunicación enviada al congreso de Upsala. Aquella gente quedó estupefacta. Si algo había seguro en este mundo era la fecha del Evangelio de Armagh, pero el razonamiento de mi padre, sobre pruebas, no admitía réplica. El nombre de mi padre adquirió reputación universal. Essex y Sussex lo admitieron, y ya no hubo qué hablar." Se echó, de pronto, a reír. "¡Essex y Sussex!", continuó; "los dos especialistas de mayor reputación, los que ponen el mingo en materia de manuscritos irlandeses! Aceptaron la fecha propuesta por mi padre. Un par de asnos". Iba a continuar, pero don Procopio alzó la mano diestra suavemente. "¿Quiere decir, entonces, que su padre estaba equivocado?" El señor Samaniego se volvió hacia él con una especie de compunción burlona entre la barbilla y la nariz. "¿Qué quiere usted que le diga? Ustedes piensan que hablar mal de un padre es de muy mala educación, indicio de los peores sentimientos, pero rectificarle en una cuestión fundamental tiene que ser mucho peor, algo así como una traición. Ahora bien: si yo traiciono a mi padre y divulgo la verdadera fecha del Evangelio de Armagh, me traiciono a mí mismo, o, lo que es peor para un hombre de ciencia, me rectifico. Porque, señores — añadió —, con esa manía que tienen los extranjeros de eliminar el apellido materno, hoy confunde todo el mundo a Justo Samaniego Pérez, mi padre, con Justo Samaniego López, servidor de ustedes. Y, sin embargo, la confusión es absurda y revela lo poco que se piensa, porque cuando mi padre envió su comunicación al congreso de Upsala tendría aproximadamente la misma edad que tengo ahora, porque yo entonces, señores, no había nacido aún." "Eso se evita, le respondió don Procopio, distinguiendo entre el *senior* y el *junior*. Éste puede perfectamente rectificar a aquél sin traicionarse a sí mismo. A no ser — agregó, después de una pausa — que se sienta usted tan identificado a su padre que considere la rectificación como traición." "Mi padre, respondió con voz sorda Samaniego, me importa un cuerno. No le conocí jamás. Cuando nací, él ya había muerto. ¿Saben ustedes? Lo llamaron a filas en el treinta y siete, y murió después en el frente del Ebro. R.I.P." "También es raro que sin haberle conocido haya seguido usted la misma afición." El señor Samaniego tardó unos segundos en responder, como dudando. "Bueno. Ésa es otra historia, ¿sabe?, y no hay por qué hablar ahora de ella. Cabalmente tengo un asunto de qué tratar con usted. A propósito de manuscritos, claro.

Usted tiene a su cargo el del Apocalipsis, ¿verdad?" "Sí, lo sabe todo el mundo." "¿Y qué piensa hacer con él cuando lleguen los vikingos?" "¿Los vikingos? ¿A qué vikingos se refiere?" El señor Samaniego miró primero a Bernárdez, que parecía sumido en sus personales preocupaciones, y, después, a mí. "Ahí tiene un ejemplar respetable del clérigo irresponsable. Me pregunta que a qué vikingos me refiero, pero yo le respondo que no hay más que una clase de vikingos. Usted, señor canónigo, acaso lo haya olvidado, pero yo recuerdo perfectamente la profecía del rey Olaf. Figura en su saga, cuyo texto crítico tengo encima de mi mesa en la edición de Peterson, Copenhague, 1954. No es una versión irreprochable, pero es al menos válida, y en la parte que nos afecta los errores son mínimos. El rey Olaf, cuando fue derrotado por el obispo don Sisnando en la batalla de Catoira, profetizó en tono de amenaza que volvería al cabo de mil años a destruir la ciudad. Los mil años se cumplen precisamente ahora." "¿Y qué ha hecho el rey Olaf durante tanto tiempo?", le preguntó el canónigo; "porque esperar mil años debe ser muy aburrido, incluso para un vikingo". "Usted puede reírse lo que quiera, pero yo le aseguro que de Villasanta no quedará una sola piedra en pie, lo que se dice una sola piedra. De modo que su precioso manuscrito..." "¿Qué me sugiere?" "Que lo ponga a salvo. Entréguelo a la Biblioteca Nacional, al menos, para su custodia." "Es propiedad de la Iglesia, como usted sabe." "¡Propiedad de la Iglesia! ¿Y qué me importa eso? Yo no creo en Dios." "Yo dije que era propiedad de la Iglesia", insistió don Procopio, «o, más exactamente, de la mitra». Aquí, Bernárdez levantó la cabeza como si despertase. Y nos miró a todos. "¿Por qué discuten de tonterías? ¿Por qué hablan de cosas sin sustancia? Reconozco que el manuscrito del Apocalipsis es una verdadera joya. Lo tuve alguna vez en mis manos, era una de esas tardes en que uno está cansado y perdida la moral. Creo que había salido de la cárcel, cuando aquella amnistía... Sí, había salido de la cárcel, estaba enfermo y sin esperanza. No sé por qué me metí en la catedral. Allí encontré a un amigo. Él iba a ver no sé qué en el Tumbo A, o quizás en el B, no lo recuerdo bien, y me dijo: «Mientras yo veo esto, entretente tú con el Apocalipsis». Estaba con nosotros un cura, no recuerdo si era usted." "Sí, era yo", le respondió, con amabilidad, don Procopio; "Era yo. Le mostré las miniaturas, y hasta le presté una lupa para que las viese mejor." "Fue usted muy amable. ¿Recuerda lo que entonces hablamos?" "Sí. Me dijo usted que la suerte del mundo había dependido de la vida de Marat. Sin Marat que pudiera detenerlo, vino después Napoleón, con todas sus consecuencias. Me picó usted la curiosidad, y leí los discursos de Marat, uno tras otro." "Lo malo fue el Código Civil, continuó Bernárdez; nos tiene prisioneros. Marat lo hubiera evitado." "Con Napoleón o con Marat, los vikingos hubieran venido lo mismo, se lo aseguro", terció Samaniego, "y eso es lo que nos importa a nosotros. Nos van a destruir como Tito destruyó a Jerusalén, como los alemanes a Guernica. Ni una sola piedra". "Eso que usted dice tiene sentido alegórico, ¿verdad?", le preguntó Bernárdez; "supongo que quiere decir que la revolución no dejará títere con cabeza." "¿La revolución? ¿Y qué me importa a mí la revolución? Lo que me preocupa es la conservación del manuscrito. Deben ustedes saber que existen unos pocos en el mundo, en la catedral de Gerona, en la Universidad de Valladolid, en Toledo, en Madrid, en el Escorial, en la colección de Pierpont Morgan, Nueva York, y algunos más. El de aquí es uno de los más antiguos y de más meritorias ilustraciones. Intacto, no le falta un solo folio, y estupendamente conservado. Su pérdida sería una catástrofe irreparable." "No vale la vida de un solo hombre", dijo, sin dirigirse a nadie en particular, Pablo Bernárdez; y como si de repente le hubiera vuelto el sueño, regresó a su mutismo. Entonces empecé a recordar lo que había dicho, y por qué, y comprendí que, durante la charla anterior a su primera intervención, yo había andado buscándole una personalidad, y que, inconscientemente, le había transferido la de mi amigo Cortés Brage, anarquista teórico y escritor dramático, si bien no había logrado estrenar ninguna de sus comedias, sino sólo publicar una de ellas, costeada la edición por un grupo de amigos, allá por el treinta y cinco: una comedia social en que los malos hacían una enorme carnicería de los buenos. Me dirigí, amablemente, a Bernárdez. "Y sus comedias, ¿cómo van?" "¿Mis comedias?" "Sí. ¿No es usted autor dramático?" "En cierto modo." "¿Es que hay varios modos?" "Tres, al menos, que yo conozca: el de los que escriben y estrenan; el de los que escriben y no estrenan, y el mío." "¿Cuál es, entonces, el suyo?" "Yo no escribo." "Entonces no se le puede llamar autor dramático con entera propiedad." "Según cómo se mire. No escribo, pero escribiré. Ahora no puedo hacerlo: dedico a la revolución todas mis energías. Cuando triunfe, entonces empezaré a escribir. Será lo que se llame en el futuro mi primera época: un teatro épico, cargado de ardor revolucionario y de fe en el porvenir del hombre. Pero, después, cuando la revolución se estabilice y empiece a cometer errores, sobrevendrá inexorablemente mi segunda época, un teatro crítico, causa inevitable de que se me persiga y acaso de que se me destierre, con lo cual se iniciará mi tercera época, la del desengaño. Mis mejores comedias serán éstas, precisamente: *El ciprés derribado*, *Funeral por un mosquito sin entusiasmo*, *Libertad*, aunque esta última acaso no me dé tiempo a escribirla." "¿Se lo van a prohibir?" "Me matarán." Don Procopio, desde su silencio, alzó un poco la mano y le envió una muda absolución.

15 de junio

No dejé de sentirme contento tras aquella entrevista. Aunque no supiera aún qué hacer con ellos, tenía al menos tres personajes, de los cuales uno podría además, sólo tirando de las palabras, ponerme en relación con el grupo de anarquistas de la torre Berengaria, a quienes no conocía sino de nombre, pero con los que cuento desde el principio. Estos tres de que vengo hablando insistieron en su presencia durante algunos días, aunque sin añadir nada nuevo a lo sabido, sino que repetían la escena con variantes, ninguna de las cuales tiene valor informativo o caracterizador. Sólo al señor Samaniego se le ocurrió una vez presentárseme, lo cual, por otra parte, indicaba la madurez de la figura, y tendría que repetirse con los otros, si quería sacar algo de ellos. Con Samaniego estuve en su despacho de la universidad una mañana de lluvia. Tenía instalada una camilla en un rincón, y me invitó a sentarme junto a él y a tomar un café y una copa de aguardiente de yerbas. "Yo creo que conviene que descubramos las cartas", me dijo; y asentí, aunque yo tuviera muy pocas cartas que descubrir. "Porque hay cosas, continuó, que no pueden decirse en público, pero que importa que sepa alguien, en este caso, usted. Los demás pueden juzgar absurda mi conducta; por ejemplo, el magnífico y excelentísimo señor rector, que me llamó el otro día para interrogarme acerca de esto y de lo otro. ¿Y a él qué coño le importa? No es mi superior jerárquico. Puede, eso sí, caciquear en el ministerio para que me cambien de destino, y no le será difícil conseguirlo, porque, como usted comprenderá fácilmente, en el ministerio me detestan. ¡Claro! Continuamente se ven obligados a concederme permisos para ir aquí y allá, Berlín-Este, Chicago, Reykiavik. ¿No sabe usted que también soy una autoridad en manuscritos escandinavos? Las sagas y todo eso. Conozco al dedillo la vieja lengua de los

escaldas. Por eso… Y el ministro recibe telegramas de súplica a los que no puede negarse. «Que manden a ese señor Samaniego a Oslo y le den dinero para el viaje.» ¿Me
comprende? Los de la dirección general obedecen y callan
la boca, pero me detestan. En este país nadie puede des-
tacar sobre sus compañeros. Aquí naide es más que naide,
y del rey abajo, ninguno. ¡Viva la democracia frailuna!
Pero se joden. Yo soy el que soy." Lo dijo con cierta
energía, y acaso haya dado un puñetazo en la mesa, pero
yo no me fijé bien porque en aquel momento estaba distraído por la aparición de una gallina negra que, primero,
asomó la cabeza por detrás de los legajos de un anaquel
e, inmediatamente, sacó todo el cuerpo y empezó a pico-
tear aquí y allá, con parsimonia de gallina tranquila y
acostumbrada. No me pareció muy normal, sobre todo si
se tiene en cuenta que estábamos en un despacho instalado en el archivo universitario, pared por medio de la gran
sala de la biblioteca, y no en el domicilio particular del
señor Samaniego, en el que era muy dueño de tener las
gallinas en libertad y hasta de dormir con ellas si le apetecía; pero, cuando iba a advertírselo, él había tomado
otra vez la palabra. "Sin embargo, yo no le traje aquí para
quejarme del rector ni de los chupatintas del ministerio,
sino para explicaciones de más enjundia. Debo decirle de
antemano que, además de especialista en manuscritos medievales, soy un hombre bastante culto, y, por supuesto,
versado en los principios del psicoanálisis. Si se molesta
en levantarse y ojear ese anaquel de la esquina, verá que,
desde Freud a Lacan, todo está ahí, todo lo concerniente
a la Escuela de Viena y a sus derivados. Lo que he estudiado al respecto me permite diagnosticarme: padezco de
un complejo de Edipo y siento vivísimos deseos, o, más
bien, urgente necesidad, de matar a mi padre." "Pero, le
dije, si no recuerdo mal, su padre está muerto. Fue un
héroe de la batalla del Ebro por la parte republicana."

"¡En eso precisamente consiste la originalidad de mi caso! No conocí a mi padre, al cual, por otra parte, estando muerto, difícilmente podré matar." "Pues, sí, difícilmente, a no ser que los adelantos de la técnica lleguen a permitírselo." "No lo creo viable, al menos de momento. El interés de la técnica, incluso de la psicoterapéutica, marcha por otros derroteros. Sin embargo, si no mato a mi padre, no me curaré jamás." "Supongo que si se pone en manos de un médico competente…" "No lo deseo. El médico acabaría por convencerme de que lo mismo da matar, por ejemplo, a un gallo, y yo lo mataría y me creería curado; pero, al llegar el momento cumbre, descubriría que sigo tan enfermo como antes." "¿El momento cumbre? ¿A qué llama usted momento cumbre?" "Al de acostarme con una mujer. Hasta ahora no he conseguido hacerlo por causa de mi padre. Y ya va siendo hora, ¿no le parece? He nacido en el treinta y ocho. ¿Le dije ya que mi madre murió del parto? Pues, sí; y yo me salvé por un pelo, pero ésa es otra historia que ahora no viene a cuento. Va siendo hora de normalizar mi vida sexual y, sobre todo, de casarme. Estoy harto de pensiones y de criadas. Mi ropa blanca es un desastre, no hay quien me planche los pantalones ni quien se cuide de mis corbatas ni quien me haga la cama. ¡Ay del solo!, dice la Biblia. Y es una pena, porque la profesora Diéguez, la adjunta de lingüística moderna, se casaría conmigo de buena gana, me lo está recordando constantemente. Pero, yo, ¿cómo voy a decirle que sí mientras esté seguro de que se interpondrá mi padre?" En aquel mismo momento, una nueva gallina, también negra, pero con la cabeza parda y amarilla, saltó del suelo a la mesa camilla, la atravesó sin mirarnos y, en un vuelito corto, saltó al repecho de la ventana próxima, que estaba entreabierta, y desapareció. Don Justo Samaniego no le prestó atención: se conoce que lo consideraba como la cosa más natural del mundo, por lo cual entendí más discreto no darme por enterado del paso de la gallina y responder con otra a su pregunta: "¿Y cómo hace su padre para estorbárselo?". "¡Ay, amigo mío! ¡A voces! Me grita desde la ultratumba: «¿Qué vas a hacer? ¡No te acuestes con tu madre!». Y yo me quedo paralizado, presa de una inhibición total." "¿Es una voz que le llega del exterior, o le brota más bien de la conciencia?" "¿Por qué me lo pregunta?" "Porque si son voces exteriores, podría usted proveerse de unos tapones para los oídos y usarlos la noche de bodas." "Es una voz interior", me respondió con tristeza; "y la vengo oyendo desde que mi tía Malvina quiso meterme en su cama el día en que cumplí diecisiete años. Mi tía Malvina fue la que me crió. Era una muchachita veinteañera cuando murió mi madre, y le reconozco el mérito de haberme sacrificado su vida, aunque, si bien se mira, no es todo mérito en su acción. Estaba enamorada de mi padre, ¿sabe?". "Se da con cierta frecuencia", le respondí. "De modo que yo, en cierto modo digamos espiritual, era su hijo; hasta que fui mayorcito, y ella todavía una soltera de buen ver, con los calores reprimidos, ¿me entiende? Yo soy bastante comprensivo y no la acuso. Además, soy el vivo retrato de mi padre." No quiero ponerme pesado, pero la verdad es que una nueva gallina, la tercera, ésta parda con pintas y un moñito colorado muy pintoresco, incidió en mi campo visual: caminaba por encima de la alfombra, tan oronda y satisfecha de sí misma, y yo la seguí con la mirada, e incluso volví la cabeza, hasta que desapareció. "¿Qué mira?", me preguntó Samaniego. "Nada, nada. Continúe." "Pues quería decirle que esta tía Malvina es la única responsable de mi desgracia; porque lo natural hubiera sido que un hombre que no ha conocido a su padre carezca de complejo de Edipo, o lo enmascare de alguna manera. Pero ella no hizo en su vida más que hablarme del mío, y convencerme de que yo había venido al mundo para sustituirle y continuarle.

Mire: cuando estaba en el colegio, había un niño que presumía de que su padre construyera el puente más largo de España, y otro de que el suyo había muerto heroicamente en el Escamplero. ¿Sabe de qué presumía yo? De que mi padre había descubierto la fecha exacta del Evangelio de Armagh. ¿Qué le parece?" "Depende de cómo se mire. Los niños, ya sabe usted cómo son." "Los de mi colegio, naturalmente, tontos. Todo se les iba en hazañas militares o técnicas." "Hay gustos, claro." "Pero lo malo del caso es que yo estaba convencido ya de que la fecha exacta de un manuscrito era más importante que el puente más largo de España." "¿Sigue pensando lo mismo?" "Naturalmente." "Pues le felicito por su constancia. En general, cuando se llega a la mayoría de edad, se cambia de puntos de vista sobre casi todo." "Es que yo no llegué aún a la mayoría de edad, ¿no lo comprende? Soy como un adolescente virgen, pese a las intenciones de tía Malvina sobre el particular." "Perdóneme que me meta un poco donde no me llaman, pero supongo que el fracaso con su tía se debió exclusivamente al peso de los viejos tabúes sobre el incesto. Tenía usted que haber probado más veces." "Ya lo hice." "¿Y qué?" "Mire: en los congresos, simposios, mesas redondas y demás, surgen ciertas ocasiones de fornicar fácilmente. Ya sabe usted: se discute durante horas y horas, le dan a uno un copetín, y llega un momento en que uno se da cuenta de que todo aquello es una manera brillante de perder el tiempo. Es ese momento, generalmente nocturno, en que las mujeres, aún las más sabias, se ponen cachondas y le miran a uno con ojos de invitación. Yo me defendía diciendo que estaba enamorado y que guardaba fidelidad a mi amor. Pero, una vez, en Heidelberg, una chatita iraní se me puso cariñosa, me dio el número de su habitación y dijo que no cerraría la puerta. Era una mujer imponente, se lo aseguro. Aquella tarde, mientras examinábamos juntos los microfilmes de unos manuscritos persas (ya sabe usted que son enormemente eróticos) había tenido ocasión de tocarle los muslos. No podía olvidar su dureza. ¡Ah!, me dije; ¡al carajo mi padre! Y a medianoche me acerqué a la puerta de su cuarto. Fue una suerte que, en aquel mismo momento, me llegasen las voces. «¿Adónde vas, insensato? ¡No puedes acostarte con tu madre!» ¿Se imagina lo que hubiera pasado si la oyese ya dentro?" "Pero, ¿les hizo caso?" "¿Qué remedio? La inhibición fue inmediata y absoluta." "¡Pues sí que es una lata!" "Comprenderá que no me quede más remedio que matar a mi padre." "Aun así, no veo el cómo. Ya se lo dije antes." "Sin embargo, yo tengo mi teoría." "Pues dígala." "En realidad, el padre no es sólo el que le engendra a uno biológicamente, sino también el que prohíbe cosas. El rector, el alcalde, el arzobispo, todos los que llevan bastón de mando, ¿me comprende? Pues con matar a uno de ellos." "Estoy de acuerdo, pero tiene el inconveniente de que le meterán en la cárcel." "Sí, ya lo he pensado. Por eso no maté al rector el otro día." Algo suave y móvil me hurgaba o se frotaba contra mis piernas. Miré. Era otra gallina. Pensé que había llegado el momento de llamar la atención a Samaniego acerca de las gallinas en libertad en un lugar tan impropio y delicado como aquél; al levantar la cabeza, vi con estupor que la habitación entera se había llenado de gallinas, por el suelo, por encima de las mesas, por los anaqueles de libros y legajos. Picoteaban aquí y allá y alguna de ellas dejaba caer su caquita sobre papeles clasificados. Aquello me pareció ya excesivo. "Oiga, ¿y estas gallinas?" "¿Qué gallinas?" "¿Es que no las ve? Las hay por todas partes. Ahí mismo, detrás de su cabeza, hay tres o cuatro, y no van a dejar un documento sano." Samaniego me miró con desconfianza. "Usted está loco." "¿Cómo que estoy loco? Las gallinas han invadido este lugar. La primera apareció cuando apenas nos habíamos sentado, y ahora hay a la vista lo menos un centenar." Se echó a reír. "¿Por qué bromea?" "¡No bromeo, se lo aseguro! ¡Mire, mire ahí, junto a su mano! ¡Y está clueca!" Don Justo Samaniego se levantó rápidamente. "Perdóneme. Nunca creí que una sola copa de aguardiente pudiera sentarle mal. Una copa, en realidad, la puede tomar un niño. ¿Quiere que le acompañe?" Me tomó de los brazos y me arrancó suavemente del asiento. Yo me dejé llevar. "Le aseguro que está la biblioteca invadida por las gallinas. Mire, mire. Las hay a miles. ¿No las ve cómo vuelan?" "Sí, sí, ya las veo. Venga conmigo. El servicio está cerca."

16 de junio

Va siendo hora, pienso yo, y creo no hacerlo mal, al menos en esta ocasión, de que te enteres con más detalle de quién soy, ya que si por una parte el viaje verbal con un desconocido no deja de tener sus alicientes, hay que reconocer sin embargo que, por la otra, resulta más atractivo el coloquio con alguien de cuya filiación se tiene cabal noticia. Sobre todo si, como en este caso, la noticia, aun siendo falsa, enriquece de algún modo la figura y la saca un poco de la vulgaridad mostrenca. Las palabras tienen esa ventaja: lo dicho, dicho queda, como quedan puestos, y para siempre, los ladrillos que añades a una torre. Aparentemente, pues, soy sólo un profesor que con cierta parsimonia escribe libros de ficción: ambos marbetes, juntos o separados, me acompañan a mi paso por la realidad. ¿Son mentira? En cierto modo nada más: la máscara no es mentira si como tal se la toma, cada cual tiene la suya, y es un valor convenido cuya oportunidad o inconveniencia no vamos a discutir. Tengo, pues, que confesar, y lo hago con ánimo abierto y juguetón, que esa doble personalidad me ha servido para disimular mi profesión verdadera, que lo es ni más ni menos la de agente secreto al servicio de quien pague: ejercicio del que me vienen los distintos sucesos de mi zarandeada vida. Algún día los contaré, y si no llego a hacerlo por anticipo de la muerte o por carencia de una ocasión idónea, el mundo se quedará sin un lúcido relato cuya publicación, que debo retrasar lo más posible, ha de servir para poner en claro varios asuntos oscuros de la historia contemporánea. No pienso ahora dar anticipo de ellos, pero sí considero conveniente el insistir un poco y explicar, de paso, algunas facetas de mi persona. Soy conocido en el mundo de los agentes secretos como "El maestro de las pistas que se bifurcan", a causa de mi habilidad para crearlas falsas y desorientar a mis perseguidores: como que nunca me han descubierto, y en la carpeta que me tienen abierta en todas las cancillerías del mundo, un signo de interrogación de color rojo figura en la portada. Mis muchas operaciones se identifican por el estilo, y cuando se envían en mi seguimiento jaurías de los mejores colegas, saben ya de antemano que no van a descubrirme. El manejo que me traigo con las pistas excede lo necesario, se recrea en sí mismo, y en una conferencia de prensa que concedió hace unos cuantos años el director del Intelligence Service, reconoció que mis procedimientos rayaban en el virtuosismo y que cada una de mis escapatorias era ante todo un juego en el que parecía complacerme. Cuando lo de las cartas de la reina de Escocia, aquel tropiezo que hizo temblar al Parlamento británico, míster John W. Keats, sabueso de finísimas dotes, siguió cuidadosamente las cinco pistas dejadas, y al final de cada una de ellas se halló persiguiéndose a sí mismo. A Percy B. Dodge, de la C.I.A., le aconteció que tras un año de trabajo meritorio, creyéndome al alcance de la mano, se dio de bruces con un poema de Li Tai Po. Son bastantes los agentes que, persiguiéndome, fueron a dar a países imaginarios, la Trapobana, las Quimbambas y el Castillo de

Irás y no Volverás. Nixon P. Nixon se halló a caballo del cuadrado de la hipotenusa cuando pensaba haberme identificado ya, y por el Laberinto de la Oreja de Neptuno yerran aún, desesperados, dos agentes de la NATO y dos del Pacto de Varsovia, poniéndose unos a otros trampas en que ellos mismos caen. El año pasado, en Mariembad, tuve ocasión de apoderarme de una correspondencia erótica del máximo interés político, la que escribió para mí mismo la señora Bambarandaina, la jefe de Gobierno de un país oriental que había ido a tomar las aguas y a preparar, de paso, un golpe de Estado de evidente color autoritario en el que actuaba de acuerdo con los Estados Unidos. Mi presencia en el balneario como agüista provecto me tenía a cubierto de sospechas. Intimé con la señora, llegamos a mutuas confidencias, y cada noche, cuando se retiraba, escribía en su cuarto un comentario de las entrevistas, sesiones y purparlers mantenidas durante la jornada, que al día siguiente, a la hora del té, me leía para común regocijo. Tenía cierto talento la señora Bambarandaina, relataba con gracia, describía con precisión irónica, y sus apostillas revelaban una gran penetración; pero en lo que se mostraba insuperable era en la evocación poética de sus aventuras sexuales con los diversos representantes de los partidos políticos, singularmente los de la oposición, a los cuales se llevaba a la cama para convencerlos con la dialéctica de sus hermosísimas tetas y de otros encantos de menos fácil conjetura, si bien igualmente eficaces. Le robé los papeles por pura deformación profesional y como reconocimiento de su valor literario, no para venderlos a nadie, sino para guardarlos, pero nadie lo creyó así. Y como andaban implicados representantes de todas las potencias, y como la publicación de aquellas notas podría armar un lío gordo, llegaron a un acuerdo unos y otros y, en colaboración, se pusieron a rescatarlas. El sutil Iussupov, cuya reputación no baja de la genialidad, anda ahora por la China en busca del loto azul, donde espera encontrarme. El doctor Rudolf Klein busca en las páginas de la *Divina Comedia*, en la que cree encerrada la clave que le conduzca a mi detención y acaso a mi ejecución. Por esta vez los colegas anglosajones, a fuer de pragmáticos, conducen una red de investigaciones que incluye todos los sindicatos del mundo, donde por supuesto nunca me encontrarán. El cerco, sin embargo, que me han puesto unos y otros, es más amenazador que en otras ocasiones, y por eso me he refugiado en el interior de esta novela, mero conjunto de palabras, como el gusano se esconde en el ovillo que él mismo se fabrica. Quienes trabajan con más acierto, creo yo, en este caso, son precisamente los franceses, a juzgar por la presencia, hace muy pocos días descubierta, de un tal monsieur Mathieu. Monsieur Mathieu es un sujeto muy desenvuelto y simpático que se pasa el día en la catedral de Villasanta con cuadernos y lápices en la mano sacando primorosos dibujos de todas las estructuras. Se ha hecho muy amigo de don Procopio, y éste me lo presentó. Se dice especialista en el románico, y, séalo o no, sabe del tema una enormidad, con lo que su conversación y opiniones hacen feliz al clérigo. Y lo que nos asombra, a él y a mí, es que, a propósito de las excavaciones que se están haciendo, nos anuncia lo que se va a encontrar y en qué dirección deben trabajar las piquetas. "Un metro más allá, y hacia ahí, debe estar el sepulcro de don Sisnando", y al día siguiente don Sisnando aparece, revestido de pontifical, con mitra y báculo de piedra. "Por ese lado tiene que haber una pila bautismal de traza sueva", y la pila resurge de los antiguos escombros. Tanto saber me lo hace sospechoso, y ando con pies de plomo en las conversaciones que tenemos, que son todos los días: como que don Procopio nos tiene acostumbrados a tomar el café juntos y a discutir largas horas de problemas específicos. La visita que hicimos al manuscrito del Apocalipsis nos dejó turulatos: se lo sabía de memoria, y aún aclaró algunos puntos dudosos acerca de la interpretación de las figuras. Pero lo que me ha sorprendido más, y confundido, es que cree también, como don Justo Samaniego, en la inmediata invasión de la ciudad por los vikingos y en su segura destrucción. "¿Por qué creen ustedes que hago tantos apuntes de columnas y bóvedas? Porque de esta catedral no quedará muy pronto más que un montón de polvo." Dice que va a publicar un libro. Pero a mí, naturalmente, no me convence: soy muy experimentado en cierta clase de ardides, y recuerdo que Tatiana Ivanova, poeta existencialista, estuvo a punto de echarme el guante tras una discusión sobre cierta metáfora: Tatiana era una agente soviética. Y si monsieur Mathieu la empareja en el saber y en la astucia, una opinión banal sobre un relieve románico puede dejarme al descubierto.

Pero no he contado aún, y lo creo importante, la primera visita que hice al manuscrito del Apocalipsis antes de la aparición del espía francés. Había quedado citado con don Procopio a las seis, en el claustro, y como faltaba tiempo, pensé en detenerme en cualquier tasca y tomar un refrigerio.

17 de junio

Por el camino se me ocurrió de súbito que el claustro no lo tenía pensado y que nos íbamos a encontrar en el vacío, o, lo que es peor, en un claustro imaginado por don Procopio de acuerdo con sus gustos y preferencias. Pedí un café solo en lugar del refrigerio proyectado, y, bebiéndolo a sorbos, fui componiendo un recinto con recuerdos de lo visto y conocido en la materia, titubeé al principio, si hacerlo gótico o románico tardío, pero acabé decidiéndome por éste, que fue siempre de mi agrado, de modo que combinando lo de Silos con lo de Ripoll y Santillana, más el aditamento de algunos capiteles de procedencia diversa, me quedó un edificio precioso, con sus losas sepulcrales, sus mirtos recortados, sus cipreses sombríos y su fuente manadora. Lo encontré tan bonito y tan sugeridor, al hallarme dentro de él, que deploré no haberme metido también en una novela del pasado cuyo tema me permitiese sacar monjes atormentados, clérigos militantes y artistas recoletos. ¡Ah, con qué gusto habría descrito, por ejemplo, lo acontecido en el monasterio desde el momento en que llega la petición de don Sisnando, de que le copien e ilustren el texto del Beato, hasta que sale el infolio concluido de manos del artista, estupefactos los presentes y sonriente el autor de aquella maravilla! Por lo pronto, mi escondrijo sería más seguro, ya que a Bond no se le ocurrirá jamás buscarme en el seno de la Edad Media, época que desconoce, y tendría además la ventaja de poder prescindir de los temas, las preocupaciones y las ideologías actuales, alguna de las cuales ya se me ha insinuado. Pero la cosa, a estas alturas en que me encuentro, con quince folios escritos, no tiene ya remedio. Sin embargo, me demoré unos minutos en aquellas fantasías y llegué a penetrar en el *scriptorium* y a fisgar un poquito por encima del hombro del artista, que, con sus largos pinceles, trazaba imágenes de ángeles de extraños vuelos, demonios espantosos y monstruos inverosímiles, aunque atractivos. Pero lo que más me llamó la atención fue un laberinto formado de letras visigóticas que copiaba de un dibujo tosco, escondido de mi vista en cuanto se la eché encima. Le pregunté por qué. Me dijo que era orden secreta del obispo.

Don Procopio me esperaba en un rincón, echando un cigarrillo. No pude disimular, al verle, un movimiento de sorpresa, e incluso de desagrado: llevaba encima de la

.cabeza — destocada — una plateada sardina de buen tamaño, más que muerta, moribunda, ya que a veces se arqueaba, daba un fuerte coletazo y salpicaba de gotas salobres los aledaños. Estuve por preguntarle al don Procopio la razón de aquel ornamento tan escasamente adecuado, pero, al recordar las gallinas de don Justo Samaniego, me abstuve, no fuera que se tratase, una vez más, de una creación incontrolada de mi mente. Debí de parecerle estúpido. "¿Se quedó usted abstraído?", me preguntó. "Sí", le respondí. "No habrá sido el canto del ruiseñor." "Pues, ¿quién lo sabe? Pero es el caso que he vivido unos mil años atrás." "Entonces, ya habrá visto el manuscrito." "¿Cómo lo ha adivinado?" "Por la cara que trae, bastante estupefacta." "Lo he entrevisto, más bien, y me han quedado deseos de contemplarlo a mis anchas." "Pues, venga." Me llevó por unos corredores hasta llegar a una puerta de hierro que abrió con siete llaves enormes. La habitación no tendría más de dos metros cuadrados de superficie, techos más bien bajos y con un churriolo enrejado en una de las paredes: las cuales eran de piedra viva, y no sé por qué se adivinaba su extraordinario grosor. Encima de una mesa se hallaban varias cajas, de las que fue sacando don Procopio los dos tumbos, A y B, el Becerro y, por fin, el volumen del Apocalipsis. "Ahí lo tiene." Lo abrí temblando, fui pasando una a una las hojas de pergamino, y se me fueron mostrando genealogías y mapamundis, escenas de la Pasión y capitales decoradas, las Siete Iglesias con sus ángeles, la Gran Ramera, el árbol, santos y diablos a barullo, escenas infernales, el Paraíso Terrenal con sus protagonistas, murallas de la ciudad celeste, otras arquitecturas, elegidos y precitos. Pero lo que más me llamó la atención desde que vi el primero, fueron los varios dragones allí representados: como una sierpe enorme, con las siete cabezas al cuerpo pegadas, pero todas sin cuello. Nunca al dragón lo hubiera imaginado de aquel

45

modo, que no dejaba de tener gracia, pero con el inconveniente de la monótona condición reptil que regía las figuras: puestos a imaginar siete dragones yo los hubiera inventado diferentes. Y nada más verlos, aconteció algo así como si dentro de mí empezase a funcionar un sistema de resortes que pusiera en marcha una nueva serie de imágenes, pero tan escondidas en su proceso que, de momento y por algún tiempo, no salieron a la superficie. "¿Y qué le parece el librejo?", me preguntó don Procopio, y yo lo respondí que bien, y que me gustaba. Él, entonces, tomó la palabra y me endilgó una larga explicación erudita, que me interesó poco, tras la cual añadió ciertos comentarios estéticos, que me interesaron más y me permitieron comprender que don Procopio no era un hombre vulgar. Pude, también, averiguar, a lo largo de la conversación, que, además de canónigo de la santa catedral, era profesor agregado de Historia del Arte Medieval de la Universidad, y que en el seminario explicaba Teoría e Historia de la Liturgia. Se me fue haciendo simpático. Fumaba mucho, sabía más, y por algunas de las frases que intercalaba en la conversación se traslucía que era hombre de ánimo burlón, tirando a escéptico. Cuando salimos de aquella cueva paseamos por el claustro. Caía la tarde y cantaban los xilgaros en la maraña de los cipreses. "Me gustaría conocer a fondo los ambientes eclesiásticos de la ciudad", dejé caer; y, él: "No sabe usted dónde quiere meterse". "Andarán divididos por la política, como todos." "Eso no es lo peor. Andamos divididos a causa de la Madre Transfiguración." "¿Cómo dice?" "Transfiguración del Monte Tabor, para los íntimos Transfi." "¿Y qué le pasa?" Antes de responderme sacó otro pitillo. "Pues mire: que se nos va al infierno todos los fines de semana, y, a su regreso, trae la lista de los que encuentra allí; no muertos, sino vivos." "¿Vivos?" "Ésa es su originalidad. Y, claro, sus revelaciones se conocen con la velocidad de los chismes políticos, se entera todo el mundo, y los interesados quedan en la peor situación imaginable. A don Claudio Cimorra, el maestro organista, no le cupo otra salida que poner tierra por medio, y ahora mismo hay un colega que está caigo no caigo." "Pero eso es disparatado." "Llámelo como quiera, incluso criminal, si le apetece, pero no lo diga muy alto. La Madre Transfi tiene muy eminentes agarraderas: nada menos que el padre Casto Almanzora…" "No sé quién es." "Ni falta que le hace." "Siento, no obstante, curiosidad." "Pues es el secretario del obispo auxiliar. Dicen que tiene mucho talento y grandes ideas para la reforma de la Iglesia. ¿Sabe usted?, uno de esos tipos que aparecen en los períodos de crisis y que traen soluciones para todo. En el tiempo que lleva aquí se ha hecho el amo, y el que no está con él tiene que disimularlo mucho, si no quiere que la Madre Transfi se lo tropiece en el infierno." "¿Es que hay relaciones entre ellos?" "A la Madre Transfi ya la habrían enviado a otra diócesis si no fuera por él, que es su director de conciencia y que la defiende. Más aún: estoy persuadido de que también la inspira y hasta de que la hipnotiza. A ella la han visto los médicos, y ni siquiera es una histérica. Hasta hace poco se dedicaba normalmente a la enseñanza y consejo de estudiantes universitarias, de esas que dudan si acostarse o no con sus novios, pues pertenece a uno de esos institutos seculares inventados para que sus monjas se metan en todas partes y gobiernen las voluntades débiles: vestidas de paisano, muy a la moda y con los labios pintados. Lo que menos se esperaba de una de esas monjitas eran revelaciones y accesos místicos de estilo medieval. Hasta que cayó en manos de Almanzora. Fue éste quien la transfiguró, de eso no me cabe duda." "¿Y qué se propone con esto el Almanzora?" "Ante todo, gobernar las diócesis y también echar al arzobispo." "Pero el arzobispo tendrá alguna clase de defensa contra ellos."

"¿Qué sé yo? Aquí, a los arzobispos, no los conoce nadie, porque nadie los trata. Tradicionalmente están encerrados en palacio, sin relaciones con el cabildo, que es su enemigo por definición; pero a este de ahora se le quiere peor que a sus antecesores porque no es de esta tierra y le consideran intruso. En su nombramiento hubo algunas irregularidades: parece que fue un empeño del Vaticano, que quiso premiar así sus méritos y la ayuda que prestó al Concilio. Procede del monacato, dicen que es un teólogo importante, pero de los modernos, y la impresión que me causó un par de veces que hablé con él fue de que es hombre sin ambiciones. El peor pecado, créame. Sigue vistiendo de monje, lleva un pectoral de hierro con pedrezuelas de río y se alimenta de verduras y chocolate. ¿Habrá cosa más inocente que tomar un poco de chocolate cuando se es tan frugal? Pues le han levantado fama de goloso." "Usted parece tenerle simpatía." "Se la tengo, pero sólo lo saben algunos amigos de mucha confianza, ninguno de los cuales es clérigo." Caminamos unos pasos en silencio. "Le interesaría conocerlo", dijo, después, don Procopio; "y al padre Almanzora también. Usted queda, necesariamente, fuera de sus maquinaciones." Después que se marchó reclamado por sus obligaciones quedé pensando en él, y, sobre todo, en cómo había aparecido y se había constituido en personaje. El origen de su figura es, desde luego, la de don Calixto, un clérigo torpón que fue mi profesor de Arqueología, pero muy mejorada: don Calixto sabía poco y de una manera arbitraria, memorística y confusa, y tenía, además, una gran panza de comilón y unas manos enormes llenas de sabañones en el invierno, en tanto que don Procopio me resultaba esbelto e incluso elegante, y sus manos eran finas, y su saber parecía tocado de cierta gracia intelectual, que se manifestó sobre todo al explicarme, durante el paseo por el claustro, un capitel en uno de cuyos ángulos aparecía una sirena de dos colas. "Tratándose de un bicho femenino, me dijo, parece más lógico que tenga dos, o, al menos, así lo pensaba el escultor que la talló." "Pero perturbaría la imaginación de los clérigos más que si tuviera una." "No creo que necesitaran de dos colas para perturbarse. Les bastaría con los pechos." "¿Usted cree que en aquellos tiempos la gente pecaba menos?" "Los hombres han sido siempre iguales." De modo que lo que en este personaje queda de don Calixto es bastante poco, y lo demás se lo fue apropiando de otros que ahora no recuerdo. El origen de la historia que me contó sí que lo tengo bastante claro, pues esa monja que baja a los infiernos los fines de semana vivió en Madrid hace unos cuantos años, yo me enteré de su existencia y hazañas, y con cierta frecuencia la recuerdo. En cuanto al arzobispo y al padre Almanzora, como todavía son poco más que nombres, nada puedo decir de ellos, pero ya irá saliendo.

17 de junio, más tarde

En conjunto, creo que don Procopio me había dado una situación y un tema, e inmediatamente decidí aprovecharlos, no como hilo principal de mi relato, caso de haber alguno, sino como uno más entre otros elementos, pues no desdeñaba el del señor Samaniego, y el mundo y la persona de Bernárdez estaban aún por explorar, pero en cartera.
Anduve algunas horas dubitativo, si continuar con el tema de los clérigos o bucear en otra parte. Por fin me decidí a visitar al arzobispo, y allá me fui una noche, a la hora en que ya había cenado. Partía del supuesto de que él lo habría hecho también, y de que podríamos charlar sin límites urgentes de tiempo. Le imaginaba ya sentado ante una mesa, una pastilla de chocolate al alcance de la mano

y leyendo un libro de teología recién llegado de Alemania. ¿Tendría también, al modo de don Procopio, un pez encima de la cabeza? No una sardina, sino, por razones de jerarquía, un pez de más entidad, bacalao, besugo o pescadilla; o acaso, ¿por qué no?, un pez farol, que iría bien a su condición de repartidor de luz. No dejó de ocurrírseme, pero el cuidado que esto pudiera causarme desapareció en seguida, expulsado por otros dos temores que me sobrevinieron, agarrado uno de ellos a la cola del otro. Era éste el primero: ¿estaría el arzobispo enamorado de una muchacha, al modo de don Sisnando su antecesor? Porque, de ser así, mi narración tendría que transcurrir en unos términos y tomar unos derroteros con los que no había contado y cuyos trámites se me antojaban arduos, ya que si bien me creo capaz de inventarle una historia apasionada a un prelado medieval, mi experiencia de arzobispos modernos es tan escasa que ni barruntos tengo de cómo podría discurrir un amor en estas circunstancias. Confié en mi corazón no verme en el aprieto: al fin y al cabo, los datos que don Procopio me había anticipado no autorizaban la hipótesis, y también cabía dentro de lo posible el que, aunque el señor arzobispo estuviese enamorado, lo disimulase de tal manera ante los demás e incluso ante sí mismo que fuese difícil de colegir por mera observación o análisis de su conducta. Quedé, pues, más tranquilo al respecto, pero fue entonces cuando irrumpió la segunda ocurrencia, con repercusión emocional inmediata: ¿no sería también el arzobispo un agente secreto? Me pareció al primer momento disparatado, aunque lógico al instante siguiente, si bien no inevitablemente necesario, de acuerdo con estos razonamientos sintéticos: podía serlo como yo lo soy y estar donde yo estoy, o por una decisión libre, o por motivos estrictamente profesionales, que muy bien podrían ser mi propia persecución. Pero también cabía dentro de lo posible que se tratase de un agente apartado del servicio o supernumerario, como si dijéramos, lo cual me resultaba bastante más aceptable y verosímil, ya que el señor arzobispo, según informes, había actuado como perito en teología, asesor de los padres conciliares, y, lo sabe todo el mundo, en el Concilio se habían congregado, bajo las apariencias más triviales de eclesiásticos menores, obispos africanos y observadores metodistas, miles de agentes secretos que operaban a favor de las potencias reaccionarias o de las progresistas, que llevaban y traían mensajes e incluso órdenes, y que colaboraron en la redacción definitiva de las conclusiones, ya que fueron escogidos entre los más versados en cánones y en lenguas muertas; de modo que, cuando entré a verle, iba persuadido de que me entrevistaría con un colega. Le hallé, como dije, leyendo, y antes de hablarle pude observarle a gusto: me bastó el primer vistazo para enterarme de que ningún ornamento piscícola decoraba su testa; lo que apaciguó mi preocupación, ya que debe resultar muy inquietante hablar con un prelado que lleva un tiburón en el lugar del solideo. Tenía una cabeza magra, de relieve románico tallado en roble y policromado, de esos a los que da la pátina un especial encanto sentimental: espabilado el rostro y melancólico; y como no recordase haber visto antes cabeza parecida, y porque su singularidad indisimulable hubiera bastado para estorbar la carrera del agente mejor dotado, me sentí más tranquilo, con los pies en la tierra y, como si dijéramos, el dueño de la situación. Tuve, pues, tiempo, antes de hablarnos, para pensar que aquella condición de espía que me había atribuido con alborozo de gran ocurrencia, aunque sin la menor necesidad, resultaba a fin de cuentas una verdadera lata, ya que orientaba las situaciones en un sentido unívoco y como si dijéramos especializado que acabaría por ser monótono y que en todo caso me dejaba pataleando en el aire al sospechar de todo el mundo relaciones policiales que en la mayor parte de los casos estaban muy lejos de tener. "Voy a ver si me olvido — dije para mí — del Maestro de las Pistas que se Bifurcan y de toda esa gaita, que no hace más que estorbarme y deformarme y colocarme en situaciones falsas. Este arzobispo que me contempla no tuvo jamás que ver con el Servicio Secreto", y allí mismo quedó libre de toda sospecha. Me dijo: "Puede pasar y siéntese", y yo lo hice. "¿Le importa que termine esta página?" "Está en su casa." Me agradeció el cumplido con una amable sonrisa y me dejó en libertad para llevar a cabo el examen atento que estaba deseando: saqué la conclusión, de sus rasgos faciales, de sus delgadas manos y de sus movimientos, que la figura estaba elaborada con elementos de indiscutible procedencia artística, fragmentos de pintura o de escultura que me habían complacido alguna vez; y también de que, en aquella síntesis, resaltaba una intención idealizante que al principio me asustó, pero que en seguida acordé dar por buena, ya que por muy ideal que resultase siempre estaría más cerca de la realidad humana que la de un arzobispo coronado de relucientes parrochas. "Pues, usted me dirá", cerró el libro y abrió las manos en un mudo *dóminus vobiscum*. "Nada", le respondí; "que tenía ganas de conocerle personalmente". "Aquí me tiene." "¿Podría hacerle algunas preguntas?" "¿De qué índole?" "Pongamos que personales." Se encogió de hombros. "Carezco de vida privada." "Sin embargo, es usted víctima de una conspiración tenebrosa." "Si víctima, sólo presunta; en cuanto a tenebrosa, lo será en el caso poco probable de que el infierno sea un lugar escasamente iluminado." "¿Qué me dice de la Madre Transfiguración?" "¡Oh, es una pobre chiflada!" "¿Y del padre Almanzora?" "A ése no se le puede despachar con una sola palabra, porque es algo más complejo. Pero quizá lo entienda si le digo que ha regalado, a las Madres Zurcidoras de los Harapos de Cristo, en cuya residencia tiene montado su cuartel, una estatua de la Virgen cuya cara es el retrato de su madre." "Vanidoso, entonces, ¿no? ¿O le parece mejor sacrílego?" "No se adelante. Al menos entendedor se le ocurre que quien pone a su madre en el lugar de la Virgen es porque se considera a sí mismo en el de Jesucristo. Ahora bien: como a la Virgen la instituyó el Padre, el citado presbítero, al constituir a su madre en Madre de Dios, se atribuye también las funciones de la Primera Persona. Estoy ahora esperando que de su actuación se pueda deducir que opera como el Espíritu Santo para que en su figura se reúna la Trinidad completa. Lo cual nos causaría cierto quebranto a los teólogos, porque sería el primer caso de encarnación de la Santísima Trinidad." "Pues no parece una hipótesis descabellada", le respondí; "pero me gustaría conocer los alcances de semejante suplantación". El arzobispo alargó la mano y, de debajo de unos papeles, sacó un paquete de chocolatinas. "¿Quiere? Ayudan mucho a pensar." "Bueno, gracias." Empezó a morder la suya con mucha parsimonia. "Este libro que estoy leyendo me ofrece algunas aclaraciones que no estoy, sin embargo, seguro de poder utilizar. Se sostiene en él que Jesucristo es un mito solar del que se valió la burguesía para defensa de su sistema económico." "No veo la relación." "¿No sabe aún que don Casto Almanzora promete la vida eterna a cambio de suculentos donativos en moneda contante? ¿No sabe que proyecta convertir a la Iglesia en una sociedad por acciones de la que él, naturalmente, sería consejero-delegado? ¡Ay, amigo mío, deploro su ignorancia! Convendría que escuchase sus sermones, y, sobre todo, sus conversaciones privadas. Yo tengo la fortuna de oírle casi todas las noches, porque cena conmigo y con mi obispo auxiliar, que es un alma de Dios, aunque un poco ampuloso, y está ya persuadido de que el padre Almanzora es el instrumento visible de la Providencia." "Mal enemigo, ¿no?" "¿El obispo? No lo crea.

Es un bendito que se siente feliz cuando se reviste de pontifical, porque le gusta el boato y delira por los bordados en oro." "Me refería al padre Almanzora." "Pues no sé qué decirle. Si por un lado esa autoidentificación con Dios refuerza su osadía, le ofrece por otra parte bien livianos fundamentos. Psicológicamente está seguro; ontológicamente, la brisa más sutil se lo puede llevar." "En todo caso, ¿me recomienda usted que lo conozca?" "Sí, pero con precauciones. Usted no es arzobispo." "¿Debo temerle?" "Eso depende de usted. Pero, de momento, le ruego que cambiemos de conversación. El tema de Almanzora no merece más tiempo del gastado." Se levantó de pronto. "¿Le gusta el mus?" "No estoy seguro. No lo he jugado nunca." "Yo tengo una partida nocturna, y le invito a acompañarme." "No quisiera servirle de estorbo." "¿Estorbo? De ninguna manera. Los amigos con quienes juego son gente razonable y muy simpática. ¿No ha oído usted hablar del sastre de la torre Berengaria?" Casi me dio un soponcio. "¿El anarquista?" "Los anarquistas. Ramiro y sus correligionarios." "Pero… usted…" "¿Va a resultarme tan escrupuloso como el obispo auxiliar? Porque él se codea con lo mejor de la ciudad y hasta ejerce su monopolio, de manera que a mí no me dejó más que los menestrales." Me señaló una puerta. "Por ahí", me dijo, "se va a un pasillo que a su vez conduce a la escalera por la que los arzobispos bajamos a la catedral. Los peldaños están un poco resbaladizos, como que tienen más de ochocientos años; pero, bajando con cuidado, no hay peligro. Me valgo de una linterna eléctrica, porque la escalera, de noche, carece de luz". Abrió la puerta. "Iré delante", añadió, "para alumbrarle". Entramos en un pasillo estrecho, de cuyo cabo arrancaba una escalerilla de caracol. "Procure no hacer ruido, porque esto es una escapatoria." "¿Hay espías?" "Cuando lleguemos abajo le enseñaré las sombras del obispo auxiliar y de Almanzora. La presencia de

54

estos dos me obliga todas las noches a operaciones a que no soy aficionado, pero imprescindibles en cada caso. Almanzora quiere convencer al obispo de que conspiro con los anarquistas, y yo lo siento, porque la catedral, a estas horas, está fría, y el pobre obispo, que tiene tendencia a acatarrarse, puede coger un buen resfriado." Habíamos bajado ya unos cuantos peldaños, cuando apagó su linterna. "Agárrese bien al pasamanos y no respire." No sé cómo, me encontré en la catedral. No veía las naves, pero sentí que mi espacio se agrandaba, y que el silencio se poblaba de esos rumores que surgen en los grandes ámbitos vacíos. "Mire, allá, a la izquierda, hacia ese resplandor rojizo", me susurró el arzobispo; "¿no ve dos sombras?". "Más bien las adivino." "Son ellos. Están alertas porque nos han oído." "¿Y cómo vamos a hacer?" "Cójase de mi mano." Me agarró fuertemente. "No tenga miedo", dijo, y de pronto me sentí arrebatado y cruzando un espacio que no veía; no sé si muy arriba o muy abajo, pero, en todo caso, por el aire. Hasta que sentí bajo mis pies un suelo pétreo. "Estamos en la galería del crucero del lado de la epístola. Ahora puede mirar abajo. Cuando sus ojos se acostumbren, distinguirá algún detalle." Sí. A mis pies iban surgiendo unos fantasmas de arcadas, pero allá abajo, muy lejos. Sentí un escalofrío y, con él, la tentación de preguntar al arzobispo que cómo había hecho para volar; pero me pareció que rozaba un secreto de cuya naturaleza lo ignoraba todo, y preferí callarme. Mis ojos investigaban en las sombras, y, en efecto, me pareció ver dos bultos oscuros. "Agárrese a mi brazo y sígame." Caminamos unos pasos; empujó una puerta y volvió a encender la linterna. "Ya estamos en lugar seguro. No sabe lo que me divierte dejar a esos con un palmo de narices. Me divierte tanto, que temo que sea falta de caridad." Echó a correr escaleras arriba, y yo tras él; hasta que se detuvo ante otra puerta y llamó con los nudillos. La escalera se iluminó, y en el cuadrado de la puerta apareció una mujer con un quinqué en la mano. "¿Es usted, señor arzobispo?" "Buenas noches, Rosina. ¿Están ya todos?" "Esperándole, señor arzobispo, y preocupados por su tardanza. Como que Pepe el Dinamita hablaba de bajar y darles una buena corrida a esos que tan mal le quieren." "No fue por ellos el retraso, sino por este amigo que me acompaña, con el que tuve que hablar." Me presentó a Rosina, y ella me tendió la mano: era una cuarentona de muy buen ver, un poquito preñada. El arzobispo siguió pasillo adelante, hacia una habitación que se veía a su final; mientras cerraba la puerta, me dijo Rosina: "¡Qué hombre más bueno!, ¿verdad? No tiene más defectos que creer en Dios". Y me empujó hacia adelante. Los anarquistas se habían puesto de pie; saludaban al arzobispo y me saludaron también, y no había en sus fachas, en sus movimientos y en sus palabras nada de extraordinario. Se trataba de tomar unos cafés, de echar una partida y de pasar el rato. Al arzobispo le trajeron una taza de manzanilla, que dejó a un lado mientras se organizaba el juego. Yo quedé de mirón, y al no entender, pues esta cuestión del naipe no se me da, menos aún lo que se decía, comencé a desinteresarme y a quedar como dormido. "¡Pues buen arzobispo me he inventado y buenos anarquistas! En vez de discutir el destino del mundo y su purificación por el fuego, se ponen a jugar y a pegar gritos en una lengua desconocida." Tenía la silla un poco echada hacia atrás y la cabeza apoyada en la piedra de la pared. Mi café se enfriaba. Creo haberme dormido, aunque quizá no haya pasado de mera transposición poblada de visiones hipnagónicas. Esto fue, más menos, lo que fui viendo.

Narración (I)

18 de junio

Durante toda la noche, la lluvia había rumoreado en el
cristal de la claraboya; pero, hacia el amanecer, un redoble de granizo surgió como una alarma, y la gota que cada
cuantos segundos caía en la palangana aumentó el ruido,
el tamaño y la frecuencia. Entre sueños, Pablo tenía la
impresión de que el recipiente estaba a punto de llenarse,
y de que, si seguía durmiendo, el agua se derramaría por
el suelo. En la oscuridad, en medio del tumulto del chaparrón y de su tableteo en las tejas, justo encima de su
cabeza, el ruido de la gota se individualizaba, se aislaba
por el tono y la altura de su sonido, que, sin embargo, no
era ya el mismo de la noche anterior, cuando al acabar de
acostarse Pablo, entró su madre a darle un beso. En la
madera carcomida del pavimento se había formado un
charquito. Su madre lo pisó, y como sus zapatillas estaban
agujereadas por la suela, pudo advertirlo. "Aquí hay una
gotera." Había ido al aguamanil y había manipulado, hablando sola, durante un rato. Pablo leía, no le hacía mucho caso. En las tejas vecinas repicaba la lluvia. Sintió
el ruido de la palangana al chocar contra el suelo, porque
su madre, al ir a colocarla debajo de la gotera, la había
soltado antes de tiempo. Su madre no veía bien. Andaba
a tientas, estaba casi ciega. "Ten cuidado, no vaya a llenarse y se derrame el agua por el piso." Al principio la
gota de agua escurrida de la claraboya tardaba en formar-
se, y, al caer en el fondo de la palangana, hacía un ruido
metálico, sin demasiados contornos, como si, en su choque, se rompiera en gotas más pequeñas y se desparra-
mase. Hacía más bien: "Chas". Y Pablo imaginaba su
fraccionamiento y las distintas trayectorias de las partes

57

resultantes; aunque él no lo pensase con estas mismas palabras, ni siquiera con palabras, sino con la imagen reiterada, a la vez visual y sonora, del choque de la gota gorda y el surtir súbito de las fracciones. Hasta que el fondo de la palangana estuvo lleno. Entonces, más que romperse, parecía entrar la gota en la masa de agua, y sonaba cristalina. Muy espaciadas una de otra: tanto, que le habían desvelado. Hasta que consiguió acostumbrarse a ellas, hasta que el ritmo de su espíritu se acomodó al de la gotera. Sólo entonces consiguió dormir. Se había despertado varias veces y había escuchado: el ruido de la gota, la distancia entre una y otra, le tranquilizaban y le permitían seguir durmiendo. De pronto recordó que, en el rincón, cerca de la palangana, había un montón de libros y que, si el agua se derramaba, podría extenderse hasta ellos y mojarlos. Sacó la mano del embozo; luego el brazo. Tentó en el aire hasta tropezar con la pantalla, en cuyo borde había pegado un trozo de periódico a modo de visera. Apretó la bombilla y se encendió la luz. Deslumbrado, medio cuerpo fuera de la cama y una mano encima de los ojos, miró: el agua estaba a punto de alcanzar el filete azul del borde, que ya mojaban las ondas minúsculas promovidas por cada gota. Tardarían en rebasarla unos minutos. Por lo demás, el chaparrón había pasado, y las gotas volvían a espaciarse. Eran las ocho menos cuarto. Acababa de dar la hora en la catedral, y el sonido de la campana lo inundaba todo, como si sonase encima; hacía estremecerse el papel de la pantalla y quizás la superficie del agua de la palangana. También la cabecera metálica de la cama y el cristecillo oxidado que su madre se empeñaba en colgarle allí todas las noches y que él, a veces — cuando se retiraba tarde, cuando volvía cansado — se olvidaba de descolgar. Sintió ruido en la habitación de al lado, y a poco se entreabrió la puerta, y su madre asomó la cabeza despeinada, casi calva. La luz le lastimaba los ojos y los cerraba. "¿Te pasó algo, hijo?" "Son las ocho menos cuarto." "¿Ya?" A través de los cristales pintados de blanco sucio, Pablo adivinó un resplandor tenue. Inmediatamente, su padre empezó a toser, y tosió durante largo rato. Diez minutos, quizá más. Cuando el reloj de la catedral dio las ocho, continuaba tosiendo. Volvió a oírse a su madre y, un momento después, cesaron las toses. Casi en seguida, su madre entró. Traía, en una bandeja de peltre, un tazón desportillado y una cuchara de aluminio mate. Lo dejó todo en una silla al lado de la cama, después de haber tentado el asiento con la mano libre. "Ahora te traeré el pan." "¿Tiene azúcar?" "Un poco." "No traigas pan." Cascarilla de cacao cocida en agua: olía bien y, con mucho azúcar, se lograba un buen sabor; pero, escasamente azucarada, a poco más sabía que a agua caliente. Pablo registró los bolsillos de la chaqueta, halló medio terrón y lo echó en la taza. Sorbió poco a poco la cascarilla, recreándose en el olor. Al menos, calentaba el estómago. Dejó la taza en la bandeja y alcanzó los pantalones. Mientras se los ponía, intentaba recordar dónde había dejado los calcetines. Se había acostado con ellos puestos — tenía los pies helados —, y debían de estar en el fondo de la cama. O quizá hubieran resbalado y caído al suelo. Hurgó entre las sábanas y los halló. Al ponérselos, un dedo asomó por un agujero. Calzado ya, se puso en pie y estiró los brazos. "¡Pablo! ¡Espera, que te llevo un poco de agua caliente!" "Deja, mamá." Su padre volvía a toser. Pablo se inclinó, recogió la palangana y, con cuidado para no derramar el agua, la colocó en el aguamanil, y se chapuzó las manos y la cara. El frío le hacía dar diente con diente y levantaba la piel en cada poro. Hizo un esfuerzo y se refrescó el cuello, los brazos, el pecho. Las gotas le resbalaban hasta mojar el borde de la camiseta. Entonces entró su madre con el agua caliente en un puchero de barro. "¡Estás loco, Pablo! ¡Vas a coger una pulmonía!" Pablo se frotaba ya con la toalla rota, y la piel enrojecía. "Pásame la camisa." Se la puso. Mientras la abrochaba, su madre le trajo el jersey y esperó con él en las manos. Los ojos de la vieja no le miraban; iban a aplastarse contra la pared encalada, o quizá se perdían en los rincones donde verdeaba la humedad. "Papá tosió mucho esta noche." "Como siempre. ¡Si no fumase tanto!..." Su padre había tomado ya la cascarilla, y fumaba: el olor acre de la picadura barata llegaba hasta las narices de Pablo. "A ver si le sobran unas raspas para mí." Cogió el jersey. Su madre salió. La oyó hablar con su padre, y las protestas de éste. Decía algo así como: "¿Por qué no trabaja? ¡Ni para comprar tabaco gana!"

Pero su madre le trajo las raspas en el cuenco de la mano, y un papel de fumar entre los dedos. "Dile buenos días antes de marchar. El pobre no es malo", susurró la vieja al oído de Pablo. "Ya lo sé, mamá, ya lo sé. No te preocupes." Buscó las cerillas en la chaqueta y encendió. "¿Quieres pegarme un botón del abrigo? Se me cayó anoche." "¿Y lo perdiste?" "No; debe de estar en el bolsillo. Trae la aguja, que te la enhebro." "¡Si yo puedo...!" "Sí, mamá; puedes, pero tardas una hora en acertar con el agujero, y yo tengo prisa.". "¿Tan temprano?" "Creo que tengo un trabajo." Los ojos muertos de la madre se animaron. Iba a decir algo. "No digas nada a papá por si falla." Salió la madre con el abrigo al brazo. Pablo metió la imagen de su rostro en el cuadrado de un espejillo. El pelo crespo, rubio, excedía las aristas melladas. Con un pedazo de peine se alisó, y encasquetó la boina. Sacó luego del bolsillo un montón de calderilla y contó: poco más de dos pesetas. Volvió a guardarlas. Colgaba, de la claraboya, una barra de hierro en forma de cadena: la empujó y recibió en el rostro unas gotas de lluvia. "¡Mamá, dejo aquí abierto!" Apagó la bombilla y cerró tras sí la puerta cristalera. Su padre volvió la cabeza y le miró por

encima de las gafas. "Buenos días, papá." "Hola, Pablo."
Hablaba con voz ancha, áspera, como si las palabras, al
salir, se arrastrasen por una superficie de lija. Sacaba del
embozo el cráneo mondo y el rostro bigotudo, y unos
dedos de la mano en que sostenía el cigarrillo. El resto
de su cuerpo menudo se arrebujaba bajo el capotón militar que casi cubría la cama. "¿Adónde vas tan temprano" "Tengo que hacer." Junto a la cama, encima de la
cómoda, lucía la lamparilla de aceite que su madre en-
cendía todas las noches a la Virgen de Regla. La imagen,
ennegrecida, había perdido ya los dedos de una mano, y
la corona se ladeaba. "Si puedes, tráeme el periódico."
"Te lo traeré." "Dímelo con seguridad, porque, si no, se
lo encargo a tu madre." "No, papá, te lo traeré, descui-
da." "¿Tienes dinero?" "Para eso, sí." Su madre, en la
cocina, pegaba el botón del abrigo: dificultosamente, buscando con la punta de la aguja los orificios del botón. La
luz de una bombilla gastada le caía encima de la figura y
mandaba su sombra contra el suelo de baldosas, quebra-
das y movedizas aquí y allá. "¿Hay algo de política?",
preguntó el padre. "Lo de siempre. Ni más ni menos."
"Si conoces a alguien por ahí que esté enterado de lo de
las pensiones… El otro día me dijo no sé quién que las
van a subir. O quizá lo haya leído." "No conozco a nadie." "Podías buscar. El Gobierno tiene que preocuparse
de nosotros. Los duros que me dan, en estos tiempos, no
son dinero para un veterano de Alhucemas." La cantilena
diaria. Cada mañana, despertaba su padre con la ilusión de
que el Gobierno hiciera a los veteranos de Marruecos la
justicia que otros gobiernos no habían hecho. Y cada noche, al acostarse, almacenaba en su corazón un nuevo
desencanto. "… porque aún quedamos muchos supervi-
vientes. Ya ves: aquí, en Villasanta, éramos nueve, y hace
días se descubrió que en el Pombal vive otro, un sargento
de artillería de la armada, que se portó como un león, y

que ahora tiene una tienda de comestibles." "¡Si nosotros tuviéramos una tienda...!", suspiró la vieja; luego se levantó y se acercó con el abrigo. "Ya está." El abrigo le venía estrecho. Se le pegaba al cuerpo, como una funda, y no podía estirar los brazos ni los hombros. Caminaba encajonado, inflexible, como un maniquí. Antes de salir echó un vistazo al espejo colgado en la pared, entre la puerta de la calle y la puerta de la cocina. En el espejo, como en una lejanía oscura y turbia, se reflejaba la cama de sus padres y la lámpara de aceite de la Virgen, temblorosa. Pablo alzó el cuello y las solapas. "Tápate, papá, que voy a abrir." Llegó, de la escalera, una bocanada violenta de aire que hizo temblar la llama humilde de la lamparilla. La puerta se cerró con fuerza, y el ruido conmovió las paredes. La escalera estaba ya sin luz, y los peldaños se estremecían. Bajó agarrado al arambol. Al llegar al portal metió las manos en los bolsillos y, antes de echarse a la calle, sorbió el aire húmedo. Era de noche todavía, y el resplandor de un farol apenas alumbraba la pared frontera, de cal ennegrecida y desconchada. Corría el agua por el centro de la calle y por los canalones. Una gárgola enviaba a las baldosas su chorro estrepitoso. "Llevamos así dos meses." El pitillo se había agotado. Intentó sacarle la última bocanada y lo escupió. El frío de la mañana le entumecía ya los dedos. Con las manos en los bolsillos y los brazos apretados al cuerpo se echó a la calle; sus zapatos chapoteaban en el agua: "¡Chas! ¡Chas!" Sintió las salpicaduras mojarle los calcetines y la humedad en los pies. Al llegar a la plaza, un chiquillo descalzo pasó voceando el periódico. Bajo el soportal de la esquina, una vieja asaba castañas: su cuerpo se acogía a la sombra del arco, y el tenderete humeante recibía la luz de los faroles. Pablo se acercó a comprar una perra de las cocidas. "Que estén calientes." "Hace frío, ¿eh?" "Sí, señora; un frío perro." "¡Y esta lluvia! Como siga así, no sé qué va a ser de mis piernas este invierno." En la iglesia vecina tocaban a misa de ocho y media. Un poco más abajo tocaban en la iglesia de las Ánimas. Y en la de San Roque, y en la de San Tirso, y en la de Santa María Salomé. La campana de la catedral las ahogó a todas: también tocaba a misa de ocho y media. Pasó un paraguas con un cura debajo, bien agarrado al mástil, y un grupo de estudiantes corría calle abajo hacia la facultad de medicina. Las castañas estaban tibias y blandas, y su vaho olía a anís. "Sí, el año viene malo para el reúma." Siguió adelante, pegado a las fachadas. Esquivaba las goteras y los charcos. Al atravesar las bocacalles, el viento aplastaba contra su frente gotas robustas. El agua de los aleros le empapaba el hombro izquierdo del abrigo, y sus zapatos estaban ya encharcados. "Ahora, sólo me falta coger un resfriado." En el mercado empezaban a abrir las tiendas. Todavía aquí y allá lucían bombillas y lámparas de carburo. Pasó por un tenderete donde se amontonaban las hogazas de pan reciente. En otro, una aldeana desempaquetaba quesos dorados y pucheros de miel. Hablaban a voces de un puesto a otro, maldecían del tiempo. La lluvia oscurecía la luz de la mañana, entristecía el aire. Pablo, ante dos calles, vaciló; luego, se decidió por una estrecha, mal empedrada, un poco lóbrega, pero que se ensanchaba al final y clareaba un poco. Se detuvo ante la última casa, a la izquierda, el 17: entró y llamó suavemente: "¿Quién es?", preguntó, desde muy adentro, una voz de mujer; y, en seguida, se oyeron pasos. Alguien abrió la mirilla. "¡Ah, es usted!" Abrieron y una muchacha joven asomó la cara. "¡Mamá, es el amigo de papá, don Pablo!; porque se llama don Pablo, ¿verdad?" Pablo le respondió que Pablo solamente, y su respuesta se mezcló a la lejana de la madre. "Atiéndelo tú, que yo aún no estoy vestida." "¿Quería ver a papá?" "Quería saber si todo sigue bien." "No se movió desde ayer, ¿sabe? No se movió nunca. Parece un muerto y casi da miedo mirarlo, de tan blanco… ¡Si una no supiera…!" "Pero, ustedes, no lo habrán movido, no lo habrán tocado." "¡Qué va! Ni acercarnos a él. Ayer vino don Salustiano, el encuadernador…" Empezaba a contar lo que había dicho y hecho el encuadernador, don Salustiano: que si darle algo de comer, que si con una jeringa se le podía meter en el cuerpo un poquito de caldo… "Le digo que fue a su casa, y lo trajo, un caldo de pollo que daba gloria verlo, y una jeringa grande que le prestaron en la botica, y entre él y mi hermana le dieron la vuelta, pero no hubo manera de meterle aquello por el trasero, usted dispense, porque estaba duro y frío como el de un muerto, y, así, hubo que dejarlo." "No debieron de haberlo hecho. Él ordenó que no se le tocase." "Sí, y yo se lo recordé a don Salustiano, pero él me respondió que sabía lo que tenía que hacer, y que patatín, y que patatán, y bien triste se marchó por no haberle podido administrar el caldo. Él lo dijo así: administrar." "¡Si pudiera verlo! Un momento nada más. Es para tranquilizarme." "Espere. Voy a ver. Porque, como es tan temprano, las casas no están barridas ni arregladas. Ya oyó a mi madre, eso que ella tiene que abrir a las nueve la relojería." Desapareció la chica; Pablo buscó algo, inútilmente, en los bolsillos. "Bueno. Usted es de confianza. Puede pasar." La chica le franqueó la puerta, y Pablo recorrió un pasillo estrecho y oscuro. Olía a café y a aceite frito. "Deje, que le abro." La habitación, también a oscuras, quedó un poco más iluminada cuando la chica abrió las contraventanas. Pablo se aproximó a la cama, y, con delicadeza, tocó la mano inerte del bonzo Ferreiro, tan largo, tan estirado: cubierto con la sábana, los brazos y la cabeza fuera, Cristo yacente. Le había crecido la barba, eso sí. "No habrá muerto, ¿verdad?, porque, digo yo, si se hubiera muerto, ya habría empezado a oler." Pablo no respondió: se fijó en que las ropas del lecho, en la parte que no ocupaba el cuerpo del bonzo, estaban revueltas, sábana y manta, como de haber dormido alguien allí. La chica adivinó la mirada de Pablo. "Como no tenemos muchas camas, nos toca dormir aquí cada noche a una. La pasada durmió mi hermana." Pablo, por decir algo, le preguntó si no les daba miedo. "Al principio, sí; pero a todo se acostumbra una, hasta a dormir con un difunto." "No lo está." "Ya." Se retiró hacia la puerta y salió al pasillo. "No le toquen, que no le toque nadie. Son las últimas horas. Si no eché mal la cuenta, esta tarde hace veinte días." "Hoy, no; mañana." "¿Mañana?; pienso que es hoy." "Se durmió el diecisiete del mes pasado." "No, el dieciséis." "Pues yo me dejaría cortar un dedo de que fue el diecisiete." "El dieciséis, domingo." "Pero, ¿no se acuerda de que el domingo estuvieron aquí, con él, don Salustiano y usted, haciendo los preparativos?" "Era sábado." "Me dejaría cortar..." Un dedo, una mano, el brazo entero, se dejaría incluso matar; y como Pablo, en sus respuestas, no pareció dispuesto al sacrificio de ningún miembro de su cuerpo, menos aún al de su vida, ganó la chica, y lo despidió diciendo que, si quería, que volviese al día siguiente, a las ocho de la noche, que era cuando el bonzo había dicho que, más o menos, despertaría. "Pero también volveré esta tarde, a ver cómo va." "No muy temprano, ¿eh? A lo mejor no estamos en casa." Había cesado la lluvia fuerte, pero persistía el agua de los aleros. Pablo caminó por el medio. El reloj de la catedral dio la media. Pablo hurgó de nuevo en los bolsillos, volvió sobre sus paso, llamó otra vez a la puerta del bonzo, le abrió la misma chica. "Perdone. Son todavía las ocho, los estancos están cerrados, ¿no tendrían por ahí un pitillo?" "Papá no fuma." "Sí, ya lo sé; pero a la mejor... Pudo habérselo dejado don Salustiano ayer." "Espere. Voy a ver." Se metió en el interior, y Pablo oyó cómo preguntaba a Pepucha si tenía tabaco, y cómo Pepucha, desde muy lejos, le respondió que en la cocina había dejado el paquete. "¿Para qué lo quieres, si no fumas?" "Es para el amigo de papá, ese tan guapo, que, como no están abiertos los estancos…" "¡Dale el paquete entero!" Pablo enrojeció y se retiró hacia la penumbra; cuando la chica le dio el tabaco, fue bastante confuso su agradecimiento, pero ella seguramente lo entendió, y quizás también las razones de la confusión, porque le dijo "De nada" con jovialidad, y le sonrió. Cuando sintió sus pasos alejarse, lió un cigarrillo en el mismo papel en que venía, lo encendió, chupó ávidamente, y, después, salió a la calle, y se dirigió a la catedral, casi ya sin prisa, pendiente todo su ser del cigarrillo, del humo que le entraba en los pulmones, y del efecto allá dentro, y por todo el cuerpo. Cuando llegó a Bautizados, justo en la esquina con Peregrinos, vio a don Felipe Segundo debajo de una gárgola que arrojaba a las baldosas un chorro violento: el sombrerito, interpuesto, desviaba el chorro, y el agua le resbalaba por la capa. Apoyado en las muletas metálicas, la pata seca en el aire, parecía una cigüeña oscura. Pablo quiso volverse atrás, pero el monarca le había visto ya. "¡Eh, don Pablo, no se me escurra!", le gritó; y avanzó ambas muletas, y en dos saltos quedó a su lado. "Vaya mañana, eh?" "De perros. Y usted debajo del chorro, por si fuera poca la que le cae del cielo. Un día de éstos va a coger una pulmonía que le lleve pateta." "¿Llevarme? ¿Olvida que estoy muerto?" Pablo le sonrió. "Perdóneme." "Perdonado. ¿Lleva prisa?" "Voy a la catedral." "¡No irá usted a volarla!" "Las ganas, no me faltan." "Pues, si espera un minuto, le contaré una historia estupenda. No llega al minuto." "Bueno." Pablo se había arrimado a una pared húmeda, blancuzca, a cubierto de la lluvia; el monarca se acomodó a su lado. "Pues, mire: es uno de cabrones. A usted no le molestarán los de cabrones, ¿verdad?" "Soy soltero." "Pues yo enviudé cuatro veces, pero ninguna de las cuatro me los puso." "¡Vaya suerte!" "Es que las mujeres de antes no eran como las de ahora." "Sobre todo, las reinas." "Sí. Hay que reconocer que las reinas eran bastante miradas, pero, además, estaba el protocolo. Según el protocolo secreto de la Corte de Borgoña, que fue el que rigió en la de Madrid, si una reina coronaba a su marido, se la llevaba secretamente al campo, en carroza de cuatro alazanes empenachados, y, allí, se le ataban las extremidades a los caballos, y, ¡hala, a correr por el campo! Por el miedo que les daba, se guardaban muy bien de engañar a los maridos, aunque a algunas no les hayan faltado ganas." "¿De las de usted también?" "Eso, nunca se sabe. ¡Lo que hubiera dado yo por conocer el secreto de los pensamientos! Pero, en mi tiempo, no había nada que sirviese, más que los espías pagados. Y, ya se sabe, de los espías no puede uno fiarse; pero, además, ni los espías penetran en los corazones. De todos modos, si en mi tiempo hubiera habido electrónica, y todo eso, como ahora, yo habría instalado micrófonos secretos en todos los hogares de mi imperio, que, como sabe, daba la vuelta a la tierra, y, si no lo que pensaban, sabría al menos lo que hablaban mis súbditos." "Algunos lo harían en tagalo, y no les entendería." "Pues también es cierto." "Aunque, claro, bien podría usted organizar un buen equipo de traductores, en el mismo Escorial. En vez de frailes." "¡Pues no se me había ocurrido, mira!" "Váyalo pensando. Mientras, si no le molesta, voy hasta la catedral." "¡Espere, hombre, que aún no le he contado el cuento! Ya le dije, uno de cabrones. Era una viejecita, muy viejecita, de esas que ya no quedan: vestida toda de moaré, y un camafeo al cuello. A sus pies, la nieta preferida leía un libro, y, cuando no entendía una palabra, se la preguntaba a su abuela, y la abuela, muy cariñosa, se la explicaba. Pero, de pronto, la niña se le quedó mirando. «Abuela, ¿qué es adulterio?» «¡Eso no te importa todavía, niña! Cuando seas mayor…» Pero se interrumpió, una sombra apareció en su clara frente, a la que llevó la mano. «¡Ay, Pepe!», exclamó. Corrió a su cuarto, abrió un armario, y el esqueleto de Pepe cayó a sus pies, en medio de una nube de polvo. ¿Verdad que es un buen chiste?" "Ya lo creo, de los mejores." "Muy delicado, además. Se puede contar entre señoras." "Ahora, entre señoras, se puede contar todo." "Sí, las costumbres evolucionan. Pero el chiste revela que el ingenio español es inagotable." "Eso, ya lo sabíamos." "Cuéntelo, cuéntelo por ahí. Propagar estas cosas es un modo de hacer patria." "Que lo diga." Don Felipe se llevó la mano al sombrero chorreante. "Le dejo. Voy al café Varela, a contar y a que me cuenten. Que no le vaya a caer la catedral encima." "Escaparé a tiempo." Don Felipe Segundo, con la pata tiesa en el aire, marchaba calle abajo, por el centro, por el reguero del agua, en que hundía el pie sano. Pablo fue hacia la catedral. La colilla era ya pequeña, casi no podía cogerla: le dio la última chupada y la escupió a un charco. Después entró. Decían misa en un altar lateral: pasó de largo. Por la puerta abierta del claustro soplaba un aire frío: subió el cuello del abrigo y atravesó el crucero. Blanqueaban las bóvedas, allá arriba, por encima de la penumbra, y, al otro extremo, una puerta abierta dejaba paso a un cuchillo de luz. Subió las escaleras de la torre: cincuenta, ochenta; cada tantas, descansaba. La puerta roja, en la pared de piedra, estaba cerrada. Llamó. Dentro se oyó un ruido, como lejano, opaco. Entreabrieron. "¡Ah! ¿Es usted?" "¿No está Ramiro?" "A estas horas, ya sabe, cuando no tiene mucho trabajo, va al mercado." La mujer llevaba el pelo recogido y prieto, con un moño. "Es que… pasaba por aquí, y pensé…" "Le diré que estuvo." "Bueno." Ella le miraba, le miraba a los ojos. "¿Se va ya?" "Él va a tardar, supongo." "Nunca se sabe, pero, si quiere pasar…" "Estoy un poco cansado, tantas escaleras." "Pase, ande, pase." Más que empujarle, casi le arrastró. Una ventana, que Pablo no veía, inundaba de luz la estancia. Las paredes, el techo mismo, eran de granito; el pavimento, de grandes losas gastadas. La mujer acercó una silla y la arrimó a la gran mesa brillante, en cuyo extremo, como abandonadas, había unas tijeras de sastre, un cartabón, una cinta métrica. "Le puedo dar un poco de café." "Ya tomé cascarilla." "Un poco de café no le vendrá mal, con aguardiente. ¿No es lo que le da siempre mi marido?" Salió sin esperar respuesta, y regresó en seguida con la cafetera, la botella, la taza y el azucarero. "Ahora, por la mañana, siempre viene bien un poco de café caliente, y cuando se anda de un lado para otro…" "¿Usted sabe si vino uno de fuera? Un compañero de Barcelona." "Me parece que no. Ayer estuvieron aquí los otros, y hablaron de eso, pero no les oí que fuera a venir hoy." "Pues tiene que estar al llegar." La mujer le revolvió el azúcar en la taza y se la acercó. "Si piensa ver a Ramiro, a lo mejor no está en el mercado. También le oí que tenía que tomar las medidas a alguien, me parece que a un niño." "Puedo volver." Ella permanecía de pie, contra la luz: casi no le veía la cara. "Pero, si necesita algo…" "No, nada. Ya está bien con el café." "Mire que se lo digo con toda confianza." "No, no. Vendré después, o mañana." Se apresuró a terminar y se levantó en seguida. "Sí, esta tarde o mañana. Muchas gracias por el café. Y, si viniera ese de fuera, que me manden recado." "¿Y no necesita nada?" Pablo ya estaba en la puerta, y no la miraba. "Muchas gracias." Dejó la puerta entreabierta y echó a correr, pero ella lo llamó. Se volvió, la miró sin llegar al descansillo. "Mire, dijo ella; ya sé que mi marido, a veces, le presta dinero. Si era a eso a lo que venía…" "No, no. Gracias." "…algo debo de tener en la mesa de noche. Dos o tres duros. Espere." Pablo quedó arrimado a la pared, donde no le daba la luz de la tronera, abierta en la pared profunda. "¿No se lo decía? Dos duros. Ya se lo diré a él cuando venga." "Pero, yo…" "No me diga nada. Si no se los diera, él me reñiría." Alargó la mano, y él recogió las monedas. "…Ya le diré que le mande recado si viene ese de fuera." Cerró. Pablo apretaba en la mano las dos monedas, que empezaban a calentarse. Bajó de prisa. En un lugar remoto sonaban latines arrastrados, gorigoris cansinos. Intervino una voz de tiple: el coro, el órgano, le respondieron. Pablo se acogió a un rincón: los muros de piedra reflectaban el rumor de los rezos como las imágenes de un espejo. Se estuvo quieto. Allá, al fondo, la claridad del pórtico; más acá, una sombra de rodillas. Y se mezcló a los rezos y al órgano el ruidito metálico de una contera que golpeaba el suelo cada tantos segundos. Vio, al asomarse, al ciego, que avanzaba por la nave: tranquilo, como escuchando. Se arrimó más a la pared, y el ciego pasó, pero se detuvo, volvió sobre sí mismo, y apuntó a Pablo con el bastón. "¿Qué hace ahí?" "¿Y usted? ¿A misa, por casualidad?" "No sea bobo. Vengo a ver la catedral, más o menos como usted." "Como yo, no. Yo vengo a verla." El ciego dejó caer el bastón. "Y, yo, a oírla." "No creí que valiera la pena. Con esas voces…" Los ojos muertos del ciego parecían buscarle. "He dicho a oír la catedral, no a esos curánganos medio dormidos que vocean ahí arriba. Pero, ahora que le he encontrado, no me importaría que charlásemos un poco." "Nuestra última entrevista no fue muy pacífica." "Lo último que yo podía imaginar es que un anarquista fuese dogmático." "Y, yo, que un conservador no creyese en nada." "Sin embargo, es lo corriente." "… de modo que no vamos a ponernos a gritar en la iglesia: nos echarían." El ciego le agarró del brazo. "No hay por qué gritar. Si lo que quiere es enterarse de cómo oigo la catedral, no tengo por qué levantar la voz." "¿Por qué me supone tan curioso?" "Porque usted es un artista como yo, pero de otra manera. ¿Dramaturgo, verdad? Eso tengo entendido. ¿Cuándo estrena?" Pablo se dejó arrastrar, pero preguntó: "¿Adónde me lleva?" "Al claustro. A esta hora está vacío, y no cobran la entrada." Unos pasos más, y Pablo dijo:

"¿Por qué me hizo esa pregunta?" "Si fuera usted pintor, le preguntaría cuándo expone." "Es que yo no pienso estrenar, al menos de momento." "¿Qué es lo que espera?" "El triunfo. Al de la revolución me refiero, por supuesto." Habían llegado a la puerta del claustro: la mano de Pablo halló la del ciego en el picaporte. "¿Sabe que acabo de venir de Madrid? Anoche, en el expreso. Por eso me apresuré a visitar la catedral: estaba necesitado de una cura de belleza." "¿Por qué me lo dice? Mi pregunta de antes no llevaba veneno." "Es que, en Madrid, pude enterarme de que el teatro anda mal. No hay autores ni público. De modo que me explico que usted se demore. Una remoción popular siempre crea un público nuevo." "No lo hago por eso." Pisaban ya las losas funerarias de los canónigos muertos durante los últimos cuatrocientos años, y la de algún que otro obispo humilde. El ciego se detuvo. "Ya ve. El claustro no puedo oírlo." "¿Por qué?" "Porque se me escapan los sonidos. Es demasiado alto, y, los arcos, excesivos. El de la colegiata, en cambio, lo oigo perfectamente." Sostuvo el bastón en alto, y lo dejó caer tres o cuatro veces. "¿Se da cuenta? El sonido toma la forma de los espacios interiores, cuando están cerrados. Aquí, se desfarrapan hacia la izquierda, escapan por las arcadas. No puedo oírlos, no puedo saber cómo es el claustro, no puedo gozar de su belleza." Pablo se había acodado al balaustre de la arcada. "Lo de menos, dijo, es que la revolución traiga o deje de traer un público distinto. Nunca he pensado en eso. Lo que me importa, lo que es mi deber, lo que no puedo abandonar, es la revolución misma. He sacrificado a ella, hasta ahora, mi vocación de artista, que está aquí, esperando…" "¿Y si la revolución no llega?" "Eso es imposible." El ciego rió. "En Madrid, oí decir que las cosas no andan bien." "¿Para la revolución?" "Para la reacción. Todos mis amigos andan preocupados, y muchos piensan marchar al extranjero." "Un día, dijo

Pablo, puedo hablarle del teatro que haré." El ciego había sacado la mano por encima del balaustre y recibía en ella las gotas de la lluvia. "¿Usted cree en la revolución?" "Sí." "¿Cree en ella como remedio de todos los males?" Pablo tardó unos segundos en responder: miró la cara del ciego, vuelta hacia el patio, indiferente. "Eso, no. El remedio de todos los males lo tuvo el mundo en una sola ocasión, y la perdió. Sabrá, supongo, quién fue Marat." "Sí, claro…" "Marat tenía el secreto de la felicidad humana. Pero fue asesinado." "Por Carlota Corday, una chica muy guapa." "Sólo quien alcance a restaurar su pensamiento y a aplicarlo en el momento favorable, hará la verdadera revolución, la definitiva. Todas las demás no son más que esbozos, ensayos, remedios parciales a la desventura colectiva. Éste es el pensamiento central de mi teatro." El ciego se volvió bruscamente hacia él. "¿Por qué no me lee una comedia?" "Porque no está escrita." Habló durante un rato de su teatro y de los períodos en que había de dividirse. El ciego daba vueltas al bastón. "¿Quiere hacerme un favor?", le interrumpió. "Supongo que sí." "Vamos al otro lado del claustro, adonde está la Coca." Pablo le miró con sorpresa, sin decir nada. Empujó al ciego hacia adelante, y caminaron. A la vuelta de la esquina estaba el catafalco de madera pintada, con ruedas, y la Coca encima. "Mire, Pablo, mis recursos son impotentes ante la escultura. Porque en mi último viaje he aprendido a comprender la pintura, lo he logrado merced a un esfuerzo mental y a una técnica de urgencia; pero la escultura se me escapa allá donde mis manos no llegan. Conozco la parte inferior del pórtico como cualquiera, pero nada más. Y, de este monstruo, las garras y el arranque de las piernas. ¿Quiere decirme cómo es?" Pablo se echó a reír. "¿Por qué le interesa tanto este muñeco?" "Para mí, es la clave de la ciudad. ¿Tiene el cuerpo de una serpiente, como dicen?" "No, al menos de una

72

serpiente vulgar. Yo diría que es como un tigre alargado, aunque con escamas. Y, con tantas cabezas, la impresión se desvanece. A mí, al menos, ni el cuerpo ni la cola me atraen. Lo que suele divertirme, cuando la sacan en procesión, es el juego de las cabezas. ¡No sabe usted con qué solemnidad mecánica suben y bajan, abren y cierran las bocas, se vuelven todas juntas a la derecha y a la izquierda, sin tropezar, sin equivocarse! Son movimientos previstos, los que les imprime el mecanismo primitivo que las mueve. Con la cola, pasa algo semejante. Se enrosca y desenrosca lentamente. ¿Sabe que los niños le siguen el ritmo de los movimientos sin equivocarse? Es un bicho de conducta muy monótona. Los que la hicieron tenían muy escasa imaginación." El ciego, con el junquillo, golpeaba los bajos del vientre del muñeco, recorría el perfil de las patas retrepadas. "¿Nunca la oyó cantar?" "¿Cómo?", preguntó Pablo. "Nada, nada. Veo que no la ha escuchado nunca." "Ahora me entero de que cante." "Usted no es de aquí, ¿verdad?" Volvió la espalda al monstruo. "Podemos seguir hablando. Eso de los tres períodos de su teatro me interesa. ¿Cómo puede haberlos previsto?" "Sin más que pensar lógicamente. Sé de antemano que la revolución me decepcionará, porque ése es el destino de las revoluciones. Está claro, pues, el punto de partida." El ciego le interrumpió: "¿Y si le devora?" "¿Qué quiere decir?" "Veo que no cuenta con el azar de la muerte, querido Pablo; un azar, por otra parte, bastante frecuente en épocas tumultuarias. Por eso me parecería mejor que escribiese ahora sus comedias, o sus tragedias, aunque sean las de las tres épocas juntas. Así, al menos, si usted se va, nos quedará su obra." Pablo había vuelto la cabeza y miraba al cielo. "Usted no es nada idealista, ¿verdad?" "No. Yo soy un ciego que conoce la realidad a través del dolor." "¿Sin esperanza?" El ciego se había soltado de su brazo, y caminaba derecho mostrando la seguridad de su paso. De pronto, se detuvo. "¿Oyó usted hablar de los sótanos de la catedral?" "Más o menos, como todo el mundo." "Yo los conozco. El mundo de las sombras es mi mundo. Hay una entrada cuyas llaves guarda el sacristán mayor, pero el sacristán mayor es mi amigo porque enseñé a tocar el piano, gratuitamente, a su hija Olga, que tiene talento. Si yo se lo ordenase, el sacristán pondría una bomba a la catedral o mataría al arzobispo. Bueno, esto acaso lo haga sin que yo se lo mande, porque le odia, como los odia a todos, porque no expulsan de la torre al sastre Ramiro que vive amancebado." "Es mi amigo", interrumpió Pablo. "Ya lo sé, pero el sacristán es de derechas. Bueno. Yo, siempre que quiero, tengo esas llaves. Y, siempre que quiero, me hundo en los vericuetos oscuros del subsuelo, que exploré a riesgo de quedar allí para siempre, pero que hoy conozco mejor que las calles de la ciudad. Hay un laberinto." "¿Un laberinto? ¿Allí debajo?" "Los hay en otras catedrales de la época. Un laberinto formado de letras que componen una frase latina. Yo entré en él con un ovillo en mi mano, como el viejo Teseo, y, siempre que voy allí, me guío por el bramante." Metió la mano en el bolsillo del pantalón y sacó un ovillo. "Esta mañana estuve allí. En el centro del laberinto. Entré pisando huesos, rozando con mis pies las calaveras de muchos que han entrado antes que yo. Porque, en el centro del laberinto, está el sepulcro de Esclaramunda Bendaña, muerta en la flor de la edad, y muy bella. Los huesos que pisoteo cuando voy a visitarla son los de quienes arriesgaron la vida, y la perdieron, por llegar hasta ella." Pablo le escuchaba con atención. "La gente ignora que Esclaramunda está ahí debajo; pero yo sé dónde. Era bellísima. Mis manos conocen su sepultura, la forma de sus labios, la curva de la nariz, las almendras de sus ojos, un poco asimétricos, y el doble bulto glorioso de sus pechos. Hay una mujer en la ciudad que es como ella, pero no puedo acariciarla. Cuando me

74

desespero, desciendo a las tinieblas. Esclaramunda no se me niega. Es dócil e indiferente." "Acabará usted volviéndose loco." "No. Ya lo estoy, y usted también; pero, como conozco mi locura, y su causa, la tengo dominada, y sólo salta cuando aflojo la vigilancia. Claro que un día la dejaré suelta…"

20 de junio

Un niño me tiraba de la manga: delgado, moreno, de grandes ojos oscuros y una chispa de brillo en las pupilas. "Soy Manolito, el hijo de Ramiro. Tampoco sé jugar." "¿Y cómo no estás en la cama? Pronto serán las doce." "Es que me ponen el colchón encima de la mesa, ¿sabe?, y mientras esos juegan…" Me seguía mirando, y en la mirada había algo de invitación o ruego. "¿Por qué no viene?" "¿Adónde?" "Ahí abajo. Los Caballeros Templarios están a punto de llegar. ¿Usted no los ha visto?" "No lo recuerdo, pero creo que no." "Pues, venga, venga." Me daba tironcitos de la manga. "Venga, que a ésos no les importa." Me levanté y le seguí: no me había soltado. De su mano recorrí el corredor y atravesé la puerta. "No haga ruido, no sea que se escapen. Una vez tenía en la mano un trompo, se me cayó, y ya ve el ruido que pudo hacer. Pues desaparecieron todos." Bajábamos con cautela de ladrones nocturnos, él delante sin soltarme; hasta que llegamos a la galería de la catedral. "Tiene que fijarse en la parte de allá, porque ahora, como el suelo está levantado, no pueden ir por el medio, que es lo que a ellos les gusta. Llevan meses con eso. Andaban buscando pasadizos secretos y encontraron sepulcros con obispos de piedra. Fíjese en esos faroles rojos: señalan dónde empiezan las obras y donde acaban." Efectivamente, la nave central, desde delante del presbiterio hasta el pórtico, aparecía flanqueada por farolillos. "Por eso no bajamos, se puede uno caer y romper el alma. Si no, le llevaría a inspeccionar los santos." "¿Qué santos?" "Los de los altares, los que llevan ropas de tela. Los hay que tienen pija. Cada vez que viene un niño nuevo, tiene que recorrerlos uno a uno, y levantarles las faldas. El que la tiene más grande es San Miguel." Me contó, en voz baja, que sus amigos y él tenían una sociedad secreta, y que para entrar en ella, el neófito había de recorrer cuatro tramos de la galería por la parte de fuera, los pies en el saliente y las manos en la barandilla. Mientras tanto, él, Manolito, que era el jefe, golpeaba con un martillo muy cerca de los dedos. Al oírlo me dio un escalofrío. "¿Y yo también tengo que hacerlo?" "No, usted no es de la sociedad." "¿Y podré serlo alguna vez?" "Hay que presentar solicitud y pagar una ronda de pitillos. Después, nos reunimos en cabildo y votamos." "¡Ah, bueno!" "Si quiere, dígamelo. Lo de los pitillos no le saldrá muy caro. Somos siete." "Pues ya hablaremos, ¿no?" "Como quiera." Me había llevado hasta el lugar en que la galería hace ángulo y abandona el crucero, para marchar paralela a la nave mayor. "¿Tiene hora?" Se la dije. "Entonces nos quedamos aquí. Fíjese bien. Los Caballeros Templarios salen de aquel rincón oscuro y recorren la iglesia todo alrededor, y al llegar al rincón de enfrente, desaparecen." "No vendrán a caballo." "Sí, señor; caballos negros. Ellos vienen de blanco." "¿Y quiénes son esos Templarios?" "¿No leyó el libro que habla de ellos?" "No." "Mi madre lo tiene. Hay uno que lo quemó el rey de Francia, que está enterrado en una capilla azul que hay detrás del altar mayor. Le llaman la capilla del rey de Francia. Entonces, los Caballeros Templarios pasan por delante, le llaman en la tumba con tres golpes y le dicen: «Comparece, traidor», esperan un poquito y se van, y así hasta la noche siguiente. El rey no sale porque les tiene miedo." "¡Ah! ¿Sí?" "Sí, porque lo llevarán al Juicio de Dios, en que será condenado." Soltó mi mano y apuntó al fondo de la nave del evangelio. "Mire, ya empiezan. ¿No los ve? El de delante lleva el estandarte con la cruz encarnada, que no se ve en la oscuridad. Se llama el portaestandarte. Y el que viene detrás lleva la espada de la justicia y se llama el portaespada. El tercero es el jefe. Se le reconoce por las plumas blancas que lleva en el chapeo." "¿Y no se llamará el portaplumas?" "Eso no lo sé, señor. Ahora vienen de dos en dos, todos con las caras negras, que les quedaron así del chamusqueo. Da miedo verlos, pero no se meten con nadie. Ellos van a lo suyo." "¿Y no sabes sus nombres?" "Los leí, pero no me quedaron. Son nombres en francés." "Lo raro es que los caballos no relinchen ni huelan." "Es que son caballos fantasmas, ¿sabe? Tampoco comen." "Pero hacen ruido con los cascos." "¿Los escucha?" "Sí." Un ruido acompasado y lento, de caballos educados en la marcha militar: recorrieron la nave, entraron en la girola y el estandarte se detuvo ante la tumba del rey de Francia. Hubo un redoble de tambor lejano y un toque de trompeta más lejano todavía. Todos los caballos se detuvieron. "Escuche ahora", me dijo Manolito; y escuché. Se oyeron tres golpes como de aldaba y una voz del otro mundo que gritaba: "Rey de Francia, ¿estás ahí?" Lo dijo por tres veces, y después de unos minutos de silencio, la misma voz ordenó: "En marcha". Se repitió el rumor de cascos, un poco más intenso cuando pasaban por debajo. Hasta que todo quedó, otra vez, en silencio. "¿Se fijó en cómo se apagaban los faroles?", me preguntó Manolito. "No me fijé, no." "Pues se apagaron, y ahora se encendieron otra vez. Mírelos." Siete faroles rojos a cada lado, y dos en cada cabecera. "¿Y tú vienes aquí todas las noches?" "Sí, señor, todas. Con Quique y con Carlitos cuando sus padres los traen, y, si no los traen, solo." "¿Y no te aburre ver todas las noches lo mismo?" "No, señor. Porque el día en que responda el rey de Francia y diga:

«estoy aquí», se celebrará el Juicio de Dios, aquí, en la catedral, y entonces vendrán todos los papas, todos los reyes y todos los arzobispos del mundo, y entre todos quemarán al traidor." "Se va a llenar de humo la catedral." "No lo había pensado, pero tiene usted razón." "Sería cosa de pedir a los Templarios que lo quemasen en la plaza." "Eso tendrá que hacerlo el arzobispo." "Pues si un día te cuadra, se lo dices." "Sí, un día en que haya ganado, pues se pone muy contento cuando gana." "¿Y gana mucho?" "Cuatro o cinco pesetas todo lo más. Como todos somos pobres, se juega poco, y lo que ganan, se queda en una caja que guarda mi madre para fondos de ayuda a los amigos en malos pasos, de cárcel o de hambre."

22 de junio

Con lo pensado hay ya para un capítulo, y es la hora del balance, y de ver qué hago ahora con esta escasa materia granjeada, y dicho queda en el mejor sentido, en el de los que creen que vale más lo poco diestramente administrado que lo mucho derrochado. Descarto, por supuesto, cualquier salida realista, de esas que conducen a ficciones sociológicas, necesitadas de apoyos algo más convincentes que los míos, porque puestos en esa tesitura, ¿hay quién se trague lo de un arzobispo que se escapa volando de su palacio para jugar al mus con una trinca de anarquistas? La verosimilitud de semejante situación sólo se adquiere si la insertamos en una gran estructura de ambiciosas significaciones, símbolo cósmico o alegoría moral de impresionante catadura. ¿Y qué mejor que un nuevo enfrentamiento entre las fuerzas eternas, jamás vencidas aunque nunca victoriosas, del Bien y del Mal? Sí, ya recuerdo que, páginas más arriba, rechacé una idea de tal guisa, pero fue porque esa dicotomía de isotopos y parámetros me parecía de alcance insuficiente. Dispongo ahora de otras figuras, y la intención desechada resurge más vigorosa y realizable. Es, además, oportuna, ya que el tiempo en que vivimos es testigo y víctima de esa jamás resuelta escaramuza entre Ormuz y Arimán, cuyos nombres o máscaras modernas podrían ser el Orden contra el Caos, y también la Justicia contra el Orden, según se mire: entidades no obstante tan abstractas que están pidiendo a voces imágenes más próximas, conocidas o sospechadas de todo el mundo, en las que puedan figurarse. Tal y como lo veo, el desarrollo de la idea exige por su naturaleza un sistema de ficciones con personajes comunes y tramas paralelas, y un personaje central, héroe y al mismo tiempo eje, que no puede ser otro que nuestro Pablo Bernárdez, por el que siento simpatía, a pesar de lo poco que llevo imaginado de él; pero de ciertas palabras y ciertos hechos colijo su heroica disposición a cualquier acto que redunde en bien de la humanidad, aunque arriesgue su vida. Imaginemos dos lugares desde los que se mueven los hilos de la trama universal, dos palacios, nada menos. Si recordamos que el uno fue teatro de siniestras historias y pavorosos crímenes, y que en él hay mazmorras asfixiantes y larguísimos pasillos donde resuenan todavía y, con un poco de suerte, se pueden escuchar, gritos de víctimas atormentadas, podemos hacer de él el antro desde donde se organiza la universal subversión que nuestros amigos los anarquistas representan; pero si prescindimos de semejantes leyendas, y sólo consideramos sus cúpulas doradas, sus jardines fragantes y la música del río que lame sus murallas, no hallaremos un sitio que con más propiedad sirva para instalar al equipo en que se organiza el general levantamiento en pro de la justicia que representan también los anarquistas. El segundo palacio es muy distinto: nuevo en su construcción, racional en su arquitectura, enteramente iluminado, sin pasado y sin leyenda, sirve de asiento al estado mayor del

Bien y de él emanan las consignas directrices de su estrategia y su táctica; pero si se tiene en cuenta que en sus despachos se han organizado golpes de Estado, crímenes políticos, guerras parciales, contrarrevoluciones, etc., puede muy bien servirnos como sede siniestra de los enemigos de la Justicia. El señor arzobispo, en la primera ficción, actúa como agente de los buenos, y pelea en la sombra contra el agente de los malos, que es, sin duda, don Justo Samaniego; porque, ¿qué mejor máscara para un instrumento del Mal que la de un archivero especialista en manuscritos daneses? Organizadas así las cosas, el padre Almanzora interviene como francotirador del Bien, medianamente informado y torpe en su interpretación de lo que tiene delante. De ahí que ponga en peligro al arzobispo, a quien considera esbirro del mismísimo demonio; pero, cuando las cosas se esclarecen, reconoce su error y se arrepiente, lo cual no implica renuncia a su proyecto de convertir la Iglesia en una sociedad anónima. En esta primera ficción, Pablo Bernárdez, creyendo servir al Bien, sirve al Mal, hasta que le cae la venda de los ojos; salva entonces la vida al arzobispo, coopera a la derrota del enemigo y recibe al final el premio de una vagina pequeño-burguesa, limpia de polvo y paja, en cuyos arrumacos consoladores adormece su decepción. No se convierte todavía, pero es presumible que lo hará poco después de terminada la novela. El archivero, los anarquistas y demás personajes protervos reciben su merecido. Ficción, como se ve, de un simbolismo sencillo, al alcance de los más limitados cacúmenes, y que muy bien pudiera complementarse con una segunda historia hábilmente embutida en la primera, en que Pablo Bernárdez sea un muchacho de buena familia, contaminado de ideas liberales, metido en aquella conspiración cívico-militar que terminó desastrosamente con los fusilamientos de Carral. Fugitivo y salvado por una señorita de pazo, el amor le redime y acaba combatiendo a sus antiguos cómplices. ¿Verdad que el relato queda bonito? En la segunda ficción, el arzobispo es un señor que prefiere la Justicia al Orden, y su enemigo es el padre Almanzora, que es quien actúa al dictado de la Injusticia. Don Justo Samaniego no pasa, en este caso, de mero personaje pintoresco, para crear ambiente, y lo mismo don Procopio y otros que ya hemos mencionado. Se prepara la Gran Revolución Universal, que, en Villasanta de la Estrella, tiene su centro en la torre Berengaria y a Pablo Bernárdez como ejecutor. Un buen día, después de algunos dimes y diretes, cuando la situación del arzobispo es difícil y están a punto de expulsarlo de la Sede, salen los isotopos de sus covachas y escondrijos, Pablo viene a su frente, lo arrasan todo, ganan los buenos, mueren los malos, y Pablo, triunfante, recibe el premio de una vagina pequeño-burguesa, limpia también de polvo y paja, cuya agradable propietaria no se convierte todavía a la revolución, pero es de esperar que lo haga de un día a otro. En cuanto al arzobispo, es admitido al nuevo orden a causa de su buena voluntad y de la simpatía que sienten hacia él los anarquistas. Episodio atractivo de esta segunda ficción pudiera ser la huida de la monja milagrera por las calles vacías, pegando fuertes gritos y yéndose a morir al lado del cadáver, todavía insepulto, del padre Almanzora; pero de esta secuencia puede muy bien prescindirse, ya que estrictamente necesaria no lo es. Ahora bien, en el caso de que aceptásemos para la primera ficción el doble argumento paralelo (lo que daría lugar a intrincadas complejidades técnicas de mucho lucimiento), sería necesario, por razones de equilibrio, que la segunda también lo fuera; entonces, ¿qué mejor que contar el levantamiento y guerra de Espartaco, con su lamentable fin? Puesto en parangón con Pablo, idénticos en el arrojo, parejos en la intención, la diferencia de soluciones, aquélla trágica, ésta feliz, serviría para que el menguado lector comprendiera, sin grandes razonamientos, la distancia que nos separa de Roma y lo mejor que se resuelven las cuestiones en nuestro tiempo, vocado resueltamente a la universal felicidad.

Releído, sin embargo, lo que acabo de escribir, no acaba de convencerme. La primera ficción pensada, a poco que se distraiga uno, acabará convirtiéndose en una historia más de James Bond. En cuanto a la segunda, toda vez que el triunfo de la revolución no parece cercano, y que el propio Mao-Tse-Tung le ha dado un par de siglos de plazo, peca indudablemente de idealismo. No sé qué hacer. Tendré que discutirlo con Lénutchka.

23 de junio

En estas dudas estaba, cuando se me presentó don Justo Samaniego. Traía unos papeles que me quería leer, o, en caso de encontrarme atareado, me los dejaba, confiado en mi discreción y cuidado. "Le iré trayendo más, conforme vaya escribiéndolos. Y le suplico que no los tome a broma: son símbolos y alegorías de un futuro inmediato del que he tenido revelación, si es que esta palabra conserva todavía su significación estricta. Le aconsejo que se prepare con una lectura previa del Apocalipsis, pues, *mutatis mutandis*, tienen mucho en común, si no es la inspiración, que aquélla fue divina y ésta más bien pertenece al orden de la intuición histórica. Las cosas serán así, o, al menos, parecidas. Hágame caso y léalas." Lo hice, cuando se fue, y saqué de la lectura la conclusión de que don Justo Samaniego, como agente del Mal, no me servía, y que habría que buscar, o que inventarlo, un personaje más apto. El capítulo primero de su Revelación decía así:

82

Esto no es una historia. Es una profecía.
Esto no es un poema. Es una estupidez.

Primera secuencia

I

Iré, como todos los días, por la calle, a la hora de siempre, a dar ese paseo que recomiendan los médicos a causa de la circulación (sanguínea). Quedará atrás mi oficina, y, en el aire, el saludo del bedel: "Que usted lo pase bien, don Justo, hasta mañana". Con esa su sonrisa humillada de hombre que quiso ser profesor o que, al menos, le hubiera gustado serlo, y que hace todo lo posible para que lo sea su hijo. Habré bajado la escalera mientras me pongo el abrigo, y antes de entrar en la plaza, tentaré el aire, a ver si llueve. Y lloverá. Como todos los días. Una lluvia pertinaz, sosegada. La torre de la Compañía estará renegrida del agua que lleva caída en lo que va de otoño, y los magnolios de la plaza, mustios y chorreantes.

Al entrar en la calle, pasará por mi lado esa gente de siempre, a la que no conozco pero casi conozco; a la que no saludo pero debiera saludar. Saldrán, como yo, de su trabajo, e irán, como yo, a dar un paseo, si no son de los que entran en el autoservicio de la esquina, con puertas a una avenida y a una calle y anuncio de gas neón. SELFSERVICE. HAMBURGER. HOT DOGS. COFFEE SHOP. Con dos señoritas rubias, iguales entre sí y sin embargo distintas, Nelly y Molly, mellizas. A Nelly le habrá salido un granito en la frente, y por eso se distingue de Molly, que no tiene granito, aunque sí una verruguita bajo la oreja. La tapa con los grandes pendientes, para eso los lleva. Los de Nelly son pequeños.

Estará en su rincón el italiano que come sus spaghetti, y en el opuesto el húngaro que come su gulash. El español que protesta porque los huevos fritos no lo son de verdad, sino a la plancha con sabor a margarina, no habrá llegado todavía, acaso por haberse encontrado a Margarita y haberse ido con ella.

Entraré y diré: Good evening, *ni más ni menos que otras veces, y ellos responderán con un gesto, o con un movimiento de cabeza, o con unas palabras que no se oyen. Entraré y diré* good evening, *como todas las tardes, pero ellos no advertirán que el mundo ha cambiado de pronto, que el mundo es otro, y que mis buenas tardes no querrán decir precisamente buenas tardes, en sentido afirmativo-optativo, sino que me saldrán cargadas de una dramática connotación, como si hubiera dicho: ¡¡¿Buenas tardes?!! Así, con doble signo admirativo, a causa de esa situación imprevisiblemente alterada, pero con un interrogante en que se expresa, más o menos, eso que me acongoja y que no puedo decir a nadie: "¿Qué va a ser de nosotros?".*

Porque ellos no lo sabrán y tardarán tiempo en saberlo. Tardarán, al menos, doce horas. Cuando mañana, al salir, lo lean en el periódico, titulares enormes a toda plana, ya será tarde, y lo dirá el periódico también, un poco más abajo, en letras razonablemente más pequeñas: "¡Ya es tarde para detenerlos!" A mí, en cambio, no me cogerá de sorpresa porque, al entrar en el self service, *lo sabré ya todo.*

Por haberlo visto y casi palpado. Unos minutos antes, casi al llegar a la esquina, y gracias a esa costumbre que tengo de fijarme en lo que pasa, y no a la de transcurrir, como ellos, indiferente: convencido, como ellos, de que lo que acontece es normal. ¿Un negro vestido de almirante? ¿Una puta desnuda? Lo de todos los días. El negro se sitúa, por las tardes, en la esquina de la biblioteca y agita de vez en cuando la chatarra de su pecho: nadie le mira.

84

La puta atraviesa a saltitos la calle y, si acaso, el descar-
gador de un camión — latin people — le dice: "¡Que vas
a coger una pulmonía, guapa!". Pero no pasa de ahí.
En cambio, un indio... Porque será un indio lo que se
escurra reptando por mi lado, con el cuchillo en la boca
y dos enormes plumas sujetas al cogote, el mismo que
reptaba por la pradera en las historias del coronel Cody: su
cuerpo resbaladizo, aceitoso, se deslizará, como una sierpe
oscura, por el ángulo que forman la acera y la pared: se-
guro y rápido como una sierpe, ya lo dije.
El indio no es lo mismo que la puta y el negro. Al indio
no se le ha visto nunca por el asfalto, menos así, desnudo
y con los colores (de guerra) pintados en su cuerpo. ¿Qué
pasaría si yo entrase y dijese, a Nelly y Molly, al italiano
de los spaghetti y al húngaro del gulash, incluso al hispa-
no del par de huevos fritos: "¡Eh, cuidado, alerta todo
el mundo! ¡Las avanzadas de Sitting Bull están llegan-
do!". Se reirían de mí. Y, probablemente, Molly guiñaría
un ojo a Nelly para darle a entender que yo me había
propasado en mi ración de cariñena. "Pero, hombre de
Dios — diría el de los huevos fritos —, ¿cómo van a de-
jarlos sueltos por la calle? ¡Vaya a dormir la mona!"
Y me empujaría amablemente hacia la calle, acaso para
que me despabilara el aire fresco de la noche.
De modo que no entraré en el self service *ni gritaré la*
alarma, sino que volveré sobre mis pasos hasta entrar otra
vez en la plaza, bajo la torre de la Compañía y los magno-
lios, con intención de reintegrarme a mi despacho y seguir
trabajando en mi edición bilingüe de La saga de Enrique
el Rojo. *Pero sucederá que el bedel habrá cerrado ya la*
puerta, y yo me encontraré desamparado, en medio de los
indios que se deslizan bajo la lluvia al amparo de aquella
oscuridad. La plaza de los magnolios, encima de cuyas co-
pas se abre mi ventana, pululará de indios, todos oscuros,
todos iguales, que se escurrirán unánimes hacia una direc-

85

ción desconocida. Como miñocas debajo de una piedra. ¡Ay de la ciudad y del mundo! Se cumple la amenaza milenaria, ya están ahí. Ahora, disimulados todavía; mañana, patentes y victoriosos. Y, si hace sol, sus plumas brillarán a la luz como amenazas.

¡Las plumas! Si yo llevase un cuchillo lo clavaría en la nuca más cercana, y allí mismo abatiría la altanería de las plumas, erectas como falos paternos, como las torres, como los rascacielos, como el bastón del rector y el báculo del arzobispo. Y en medio de la plaza solitaria se escucharía el grito de mi conciencia liberada: "¡Padre, ya te he matado! ¡Padre, ya he callado tu voz!". Tal día hizo un año. Y, al siguiente, diría a la profesora Diéguez, que se quiere acostar conmigo: "¡Oiga, Felisa! De aquello que desea, cuando quiera. Y si verdaderamente le apetece cuidarse de los puños de mis camisas y de los bajos de mis pantalones, como anda diciendo a todo el mundo, pues cuando guste. Ya he matado a mi padre y puedo casarme. ¡Yupi!".

Pero como el indio se habrá escabullido, como mi mano carecerá de cuchillo, ni podré gritar de júbilo ni satisfacer para siempre las ansias amorosas de Felisa. Lo que haré inmediatamente será abandonar la plaza, a sabiendas de que a la vuelta de la esquina me encontraré a don Felipe Segundo. "¡Hombre, don Justo! (me dirá), ¿adónde va a estas horas con esta lluvia?" "¿Y usted?" (le diré, a mi vez). "¡Pues, ya ve, mi querido don Justo! Ando buscando a alguien a quien contar un chiste. Si no tiene mucha prisa..." "Alguna tengo, es la verdad, a causa de los indios. Salen por todas partes, no hay manera de andar sin tropezárselos. Mire, ahora mismo, precisamente detrás de usted... ¿Lleva encima un cuchillo, por un casual?" "Pero, hombre, ¿cómo quiere que lleve encima un cuchillo? No llevo más que las muletas, y ese chiste de que le hablaba. En cuanto al indio, no creo en paparru-

chas." "¡Detrás de usted, precisamente detrás de usted!
Y allí, en aquel balcón, y en los aleros, bajo los arcos, en
la puerta de la iglesia, en el portal del señor Domínguez,
arriba, abajo, en todas partes. ¡Estamos invadidos! ¡Las
huestes de Sitting Bull han tomado la ciudad! ¡Alarma,
alarma, señores!" ¡Cómo se mirarían, al oírme, Nelly y
Molly! Y el español de los huevos fritos gritaría: "Este
tío está chalao". Don Felipe Segundo soltaría una de las
muletas y me cogería de un brazo. "Déjese de fantasías y
metámonos en ese portal, que llueve mucho. El cuento
que le quería contar es éste: Iba un tío por la calle y vio
un grupo de personas alrededor de un cadáver. «¿Qué
sucede?», preguntó. «Nada», le respondieron; «un maricón muerto». Siguió adelante y vio otro grupo alrededor
de otro cadáver. «¿Qué sucede?» «Que han matado a un
maricón.» El tío se metió en la cabina del teléfono, marcó
un número y dijo: «Oye, Pepe, no salgas a la calle, que
esta mañana anda suelta una pija envenenada»." Don Felipe Segundo se echará a reír. "¿Verdad que es bueno?
No hay como el ingenio español para estas cosas. ¡Y en
la situación en que vivimos! A este pueblo lo salvará el
sentido del humor."

II

A la mañana siguiente la ciudad parecerá vacía. Parecerá, sólo parecerá, porque detrás de cada vidrio habrá un
rostro anhelante, blanco o negro, chino, judío, italiano,
spanish, galo, finés, arábigo, indochino, africano del norte, africano del sur, persa, turco, libanés, griego, georgia-
no, magiar... La ciudad parecerá vacía, pero el aire moverá las banderas de los consulados, izadas como en día
de fiesta, y hará remolinos con los papeles que casi cubrirán el asfalto de la avenida: octavillas de colores en las

87

que se podrá leer: "¡Bienvenidos!". Manos medrosas las
habrán impreso durante la noche; manos más temerosas
todavía las habrán arrojado al aire antes de tiempo, por-
que el ejército no ha entrado aún.
La radio dará música y noticias: "Un grueso contingente
militar se ha reunido en Calo, y avanza a paso de marcha.
En Milladoiro se congregan escuadrillas dispersas. Los de
a caballo esperan en Faramello. Hay unas avanzadas que
están llegando a Saint Lawrence". ¡Chin, chin, chin! Cha-
rangas castrenses, compases heroicos: Bajo la doble águi-
la, Barras y estrellas, Banderita.

> ¡Ay, ay de la gran ciudad,
> de Babilonia, la ciudad poderosa!
> ¡Que haya bastado una hora
> para que llegue tu castigo!

Es lo que cantarán los coros innumerables acogidos a los
pórticos antiguos: el de la catedral presbiteriana, dirigido
por John F. Foster, y el de la catedral católica, que dirige
Foster F. John. Aquél en lengua vulgar; en gregoriana
éste.
Los diversos oficios, estamentos, profesiones liberales,
cargos públicos, empleados interinos y toda clase de tra-
bajadores, cooperarán a la función con arreglo a instruc-
ciones muy concretas:
Clérigos de las distintas confesiones dirigirán sus preces
al Altísimo, invocado con nombres antiguos y modernos,
de diversas raíces y representaciones más distintas to-
davía;
el estado mayor conjunto, alrededor de una mesa de gran-
des dimensiones, como las de los consejos de administra-
ción, aunque menos lujosa, acordará la estrategia oportu-
na según las noticias van llegando; soldados de varios
cuerpos y especialidades, con visible predominio en los de

transmisiones, cubrirán ciertos sectores de la ciudad, conforme a las decisiones del mando;

policías vestidos de paisano se ocultarán tras las esquinas, a lo que salte;

funcionarios municipales asomarán sus jetas antropoides por las entradas del metro, en misión claramente informativa;

piquetes de bomberos, provistos de escaleras contra incendios, colocarán guirnaldas de papel multicolor y otros alegres ornamentos;

obreros a las órdenes del municipio levantarán el tablado en que el señor alcalde dará la bienvenida a Sitting Bull;

preciosas azafatas, pagadas por la misma entidad, dispondrán los asientos del referido tablado; grandes sillones fraileros, de envejecida pasamanería, que honraron posaderas de los munícipes antiguos;

ejércitos de camareras, blancas, negras y de otros muchos colores, prepararán los refrescos que han de ofrecerse a los fatigados mílites;

mujeres de la vida, a retaguardia, provistas de certificados médicos recientemente expedidos y de anticonceptivos de resistente goma, esperan el toque de "¡rompan filas!" para insinuarse sin discriminaciones a los soldados sedientos de carne exógama;

el alcalde, por fin, y las demás autoridades, reunidos en el despacho del primero, esperarán a que se acerque el invasor para ocupar sus sitiales en el tablado y recibirlo: en una mesa aparte, sobre un cojín de terciopelo rojo, yacen las llaves de oro de la ciudad que han de ser ofrecidas a Sitting Bull por dos hermosísimas niñas, vestidas a la antigua usanza, hijas gemelas del oficial mayor del municipio.

Mientras tanto:

El cabildo catedralicio se habrá reunido bajo la presidencia del señor deán, que no entiende lo que sucede y de-

manda aclaraciones en latín macarrónico. Las preguntas se dirigen, sobre todo, a don Procopio, como más enterado de la historia local, en procura de precedentes conocidos u olvidados; a lo que don Procopio responde que no se sabe que hayan venido jamás a la ciudad ninguna clase de navajos, comanches o sioux, aunque sí etíopes, libaneses y toda suerte de ortodoxos, sobre todo en los siglos anteriores al gran cisma de Oriente; pero que de gente emplumada no se guardaba registro en los archivos. Como don Casto Almanzora no pertenece al cabildo se habrá quedado fuera, aunque con un canónigo de sus secuaces que ejercerá de correveidile, y que en un momento dado, cuando hayan concluido que el acontecimiento carece de explicación teológica, enviará recado por el mismo propio de que él tiene la clave y desea ser escuchado por la corporación; la cual, después de una consulta y votación favorable, le autorizará a deponer sus opiniones, si bien sin derecho a sentarse: decisión respetable y muy de acuerdo con las prácticas inmemoriales que rigen el funcionamiento de aquel cónclave. Introducido, pues, el dicho padre y autorizado a manifestarse, expondrá, en un breve discurso, sin florituras ni citas escatológicas, a las que es tan proclive, su especial punto de vista acerca de lo que pasa y de lo que debe hacerse, cuya síntesis se expresa en este párrafo: "Nos hemos olvidado, venerables señores, de que nuestros antepasados cristianizaron América. ¿Es que los nombres de Bernardino y de Junípero no dicen ya nada a nuestras conciencias dormidas? El regimiento de indios que se aproxima no es ni más ni menos que el fruto de aquellas predicaciones: hijos de Dios, como nosotros, que vienen en peregrinación al santuario y que lo hacen de acuerdo con sus leyes y costumbres: vestidos de guerreros, que es como ir a una fiesta. Visto lo cual me atrevo a proponer a vuestras reverencias que sean recibidos de acuerdo con la costumbre en estos casos, y que sea el pre-

lado quien lo haga al frente de esta corporación, revestido y bajo palio, sin olvidar que el que manda en los indios merece los honores de un jefe de Estado y las mismas consideraciones". Uno de los presentes preguntará que cuál de los prelados, a lo que puntualizará el orador que el mayor en dignidad y representación, si es que su salud se lo permite. Por todo lo que se acordará que el señor vicario y otros dos cuyos cargos no se especificarán, por lo que quedarán ad libitum, se trasladen a palacio y comuniquen al señor arzobispo la decisión del cabildo, por si es conforme. Esto dicho se disolverá la sesión. Será entonces cuando el padre Almanzora, rodeado de sus fieles, afirmará en voz alta, para que le oiga don Procopio: "Espero que no se le ocurra a nadie mostrar a Sitting Bull ese famoso sepulcro que dicen haber descubierto debajo del presbiterio, en el lugar precisamente en que deberían hallarse los huesos del santo epónimo. Lo cual por cierto me brinda la ocasión de manifestar públicamente mi convicción de que se trate de un amaño perpetrado por seculares enemigos de la Iglesia. Circunstancias sospechosas abonan mi desconfianza. ¿Por qué razón o razones se han levantado los suelos de la catedral? ¿Por qué se han autorizado las obras? ¿Qué personas han tenido a su cargo la vigilancia de tan delicada operación? ¿Quién es ese pintamonas llamado monsieur Mathieu, que entra y sale como Perico por su casa sin que nadie se cuide de lo que hace? Los trabajos, en caso de haber sido necesarios, que no lo creo, se han llevado con negligencia por parte de las autoridades eclesiásticas, y no quiero señalar a nadie; y es más que verosímil que ese sepulcro nefando no sea más que una tremenda falsedad encaminada a negar la venerable tradición de que bajo el altar de nuestra santa basílica se ocultan huesos sagrados. Si yo tuviera poder llevaría el asunto a la policía". Palabras estas pronunciadas con energía desafiante, como de quien habla cargado de razón;

tras las cuales el perorante abandonará la sala capitular, en cuyo puesto presidente debería sentarse a juicio de muchos, y no el Juan Lanas que lo hace ahora. Y en ese momento mismo, a través de los vidrios emplomados de las ventanas, se escuchará un sonido lejano de trompetas. "¡Ya están ahí los indios!"

Sí, ya estarán. Las vanguardias asomarán sus plumachos allá al final de la rúa Bendita, y del pueblo congregado en las aceras saldrán murmullos de júbilo y sorpresa. La banda municipal, advertida, después de un golpe de bombo, iniciará la serie de alegres pasodobles con que los visitantes acompañarán su presentida y deseada marcialidad: lo cual se verificará en seguida, al verlos desfilar de ocho en fondo, rítmicos y simétricos, aunque un tanto abigarrados en su vestimenta. Y detrás de las vanguardias vendrá el grueso del ejército, en cerrados cuadros de impecable formación, si bien igualmente abigarrados. Dejarán detrás de sí un largo espacio vacío, un tiempo de suspensión, y cuando ya se supone que han llegado a la plaza y que se han detenido, un escuadrón compacto de jinetes con plumeros flotantes al aire húmedo y lanzas ornamentadas (algunas de ellas sustentarán la rubia cabellera de un rostro pálido, lo que llenará de pavor a las madres de las criaturas que aplaudirán con entusiasmo); un escuadrón compacto, digo, recorrerá la calle a galope tendido hasta perderse en las revueltas finales. Otra vez el vacío, el tiempo en que se escucharán los corazones anhelantes. La música de la banda recibirá la orden de callarse, traída por un indio a caballo, que volverá sobre sus pasos. Al vacío se sumará el silencio, roto al cabo de unos minutos por el pausado caminar de un grupo de caballos, no más de cinco, dos, dos y uno, el último lujosamente enjaezado. Los niños saltarán en los vientres de sus madres; sus dedos inocentes señalarán el rostro de aquel que, entre las plumas, ostenta una calavera. "¡Es Sitting Bull!" El

*entusiasmo estallará en aplausos y vítores. Sitting Bull,
indiferente, recorrerá la calle hasta el final, con la mirada
perdida y el recuerdo de las lejanas praderas en el fondo
de los ojos.*
*Entre tanto, ¿qué habrá ocurrido en la plaza? Los escua-
drones habrán cubierto su espacio, arrinconando a la gente contra los límites de piedra. Unos oficiales empluma-
dos habrán derribado los sillones de terciopelo rojo, las
mesas de caoba, las llaves de oro de la ciudad y expulsado
del tablado a las autoridades, a los bedeles y a las preciosas azafatas. No quedará más que el lugar desnudo y eminente, aunque también el terror en las gargantas. "¿Quiénes son éstos — se preguntará la gente — que así se atre-
ven a faltar al decoro a personalidades tan empingorota-
das: alcalde, con la corporación bajo mazas, autoridades,
jerarquías y representaciones? ¡Y si no han echado también al arzobispo es porque éste espera a la puerta de la
catedral, revestido y con palio!" (Aunque el clero, a la
vista de lo que está aconteciendo, habrá cerrado y atran-
cado las puertas, y corrido a las azoteas a presenciar lo
que siga.) Todo se quedará en silencio, hasta los niños de
teta, si no es una vieja mirona que disputa a`otra vieja
mirona un lugar de preeminencia. "¡Váyase de ahí, tía
zorra! Que llevo aquí bastante más de media hora y usted
acaba de llegar." Palabras que acallarán los murmullos de
espanto suscitados por la calavera cabalgante en el soberbio* mustang. *"¡Dios nos coja confesados!", gemirá el pueblo. Pero el espanto no le impedirá contemplar la cabal-
gada final de aquellas plumas que llegan de la cabeza al
suelo; de aquel manto en que se escribe la historia de la
tribu; de aquel caballo sin nombre, único digno de soportar tal jefe. Hasta que lleguen junto al tablado, hasta que
suban a él, y se ordenen, dos a dos, a ambos lados del
caudillo; hasta que finalmente, Sitting Bull adelante un
paso, alce la mano y con voz ahilada, aunque potente,*

grité: "¡Heil!", palabra que sorprenderá a los pocos que saben el alemán, y a cuyo conjuro se operará un cambio súbito en los soldados y capitanes: por un momento se llenará el aire de plumachos, con violencia arrojados; y, cuando hayan caído, y se hayan precipitado los niños a la rebatiña, los indios y sus jefes aparecerán vestidos como un ejército cualquiera, uniformes verde oliva, si no son los cascos cornudos de que se tocarán. Y será entonces cuando la multitud enloquecida grite: "¡Son los vikingos!" y huya por las calles adyacentes, a refugiarse en los sótanos, en las iglesias, en las alcantarillas, con olvido de los niños, entusiasmados con sus tocados de plumas y sus lanzas, cuchillos y tomahawks *los que han logrado cogerlos: fuga a la desbandada de todo el pueblo, mientras las autoridades, paralizadas del miedo, se mantendrán en sus puestos y darán ejemplo de valor cívico; y seré yo quien, al contemplar el rostro obsceno, de falo descapullado, del hasta entonces Sitting Bull y a partir de entonces Olaf Olafson, reconozca en mi interior, no sé aún si con júbilo o con rabia, que aquel rey de vikingos es mi padre. Y entonces despertará, en el silencio de mi conciencia dormida, el ansia de matarle.*

Continúa el diario de trabajo

30 de junio

Lénutchka leyó lo escrito y no lo juzgó en seguida, sino que pidió algún tiempo para meditarlo, e incluso leyó dos veces algún que otro pasaje, y sólo después de haberlo hecho me dijo que escribir una sola de las ficciones le parecía un error, por cuanto cualquiera de ellas ofrecía una

94

visión muy parcial del universo, y que lo mejor sería escribir ambas y publicarlas en un mismo libro compuesto a tres columnas, con una historia a la derecha, otra a la izquierda, y las acciones y palabras de Bernárdez, ya que servían igualmente para la una y para la otra, puestas en la columna del centro, con lo que se ahorraba composición y se evitaban repeticiones. Y fue en esto en lo que quedamos. Lo que ella hizo después fue hurgar de nuevo mis papeles con esa escrutadora parsimonia que pone en el examen de mis ojos cada vez que nos amamos. "Aquí, me dijo, encuentro algunas cosas que tienes que explicarme, y que una vez entendidas quizás nos sirvan para un buen desarrollo narrativo. Por ejemplo: ¿quién es el bonzo Ferreiro?" Me cogió la pregunta desprevenido, y para buscar tiempo mientras aparecía una respuesta, le requerí las cuartillas. "A ver, déjame que lo lea." Repasé la secuencia entera, y, al terminar, le devolví las páginas. "Sí, ya sé quién es." "¿Tiene una historia?" "Más o menos. Verás. El que ahí se llama «bonzo Ferreiro» era un muchacho de Bergondo, en la ría de Betanzos. Bergondo es un pueblecito precioso, alargado junto a una carretera. Tradicionalmente, la gente de Bergondo se dedica al negocio de alhajas. Algunos, los más afortunados, poseen en Madrid grandes y aparatosas joyerías, provistas de los sistemas de protección más modernos, y en sus escaparates se muestran collares de esmeraldas y diademas de brillantes: son unas cuantas dinastías cuyos miembros ya no han nacido en Bergondo, pero que van todos los años a veranear allí porque poseen palacetes de estilo fin-de-siglo con cristalerías de colores y maderamen de caoba. Los menos afortunados son esos que van de un lugar a otro con un modesto maletín, y que compran las dentaduras de oro de los muertos, los pendientes descabalados, las sortijas rotas, las cadenas anticuadas, los relojes que ya no marchan. ¿No los has visto nunca por tu tierra?" Lénutchka se sonrió. "En mi tierra, las alhajas son de buhonería." "Antes, sin embargo, también llegaban hasta ella los compradores de Bergondo. Te aseguro que recorren el mundo. Yo les he escuchado muchas veces, en el café del pueblo, los domingos después de misa. Unos, habían recorrido toda América, desde Vancouver hasta el estrecho de Magallanes y, por lo que alguno de ellos contó una vez, no ignoraban el Machu Pichu, aunque se lo callaran: excavaban allí y sacaban viejas alhajas de los incas. Otros se habían adentrado en el Asia por el Mediterráneo, y llegado hasta la China. Ferreiro fue uno de éstos." "¿Y se hizo bonzo?" "Sí." "¿Y cómo tiene dos hijas?" Tuve que rellenar apresuradamente la laguna. "Fue después de casarse." "Hay que explicar el cómo, ¿no te parece?" "Sí, claro, hay que explicarlo de una manera satisfactoria." "¿Puedes hacerlo ahora, o lo dejamos para más tarde?" La miré de reojo, por si en aquellas palabras iba escondida la invitación a una pausa, o, acaso, a un ejercicio amoroso secretamente deseado; pero el rostro de Lénutchka, siempre tan inteligente y bonito, expresaba más bien una preocupación crítica de elevados quilates. "Déjame que lo recuerde... Ferreiro, cuando volvió del servicio militar, se casó con una muchacha de Villasanta, con Benita, que había heredado una relojería y, con ella, el oficio de su padre. Ferreiro le venía bien como dependiente de la tienda, ya que ella, además de arreglar relojes y venderlos, tenía también sortijas de mediano valor, alianzas para novios modestos y todas esas chucherías." Me interrumpí. Ella dijo: "Continúa". "Pero a Benita le gustaban los hombres. Pongamos que Ferreiro, como amante, era una calamidad. Un día descubrió que su mujer le ponía los cuernos con cierto profesor de la Universidad. Como era un hombre apocado, en vez de armarle el escándalo a la Benita, buscó en la buhardilla su viejo maletín y volvió al trato." "Eso, comentó Lénutchka, es índice de ciertas cualidades morales." "Era una buena persona, y no hay motivos para que haya dejado de serlo." "Estoy de acuerdo, pero no conviene que volvamos al presente de la narración: entre la marcha de Ferreiro y su regreso a Villasanta nos queda un largo espacio vacío, ese precisamente en que dejó de comprar pedazos de metales preciosos y se hizo bonzo." Le pedí que me dejara fumar un cigarrillo: a Lénutchka le preocupaba mucho el estado de mi aorta, así como ciertos dolores que a veces me acometen a lo largo del brazo izquierdo. "Bueno, fuma, pero uno solo, ¿eh?" Lo encendí y di dos o tres chupadas que me colmaron de deleite. "Recorrió la ruta meridional de Asia, empezando por Turquía. Pasó la India, llegó a Indochina. En un pueblo había un monasterio. Una mañana entró en él, curioseó y en el fondo de un altar descubrió una estatuilla de Buda, toda en oro, verdaderamente bella. Ferreiro se quedó mirándola, fascinado, y estuvo mucho tiempo así, no sabe cuánto, hasta que alguien le tocó un hombro. Era el abad del monasterio. Le preguntó si le gustaba. Le respondió que sí. «Pues si quieres contemplarla diariamente, quédate con nosotros.» Se conoce que el abad había descubierto en Ferreiro, por mera adivinación, aptitudes para avanzar en el camino del espíritu." Lénutchka, en este punto de mi invención, se echó a reír. "¿De qué te ríes? ¿Es que va mal?" No. Va muy bien. Pero me dio risa, no sé por qué. ¿Tú estuviste alguna vez en un monasterio budista?" "Jamás." "¿Has leído literatura zen?" "Tampoco." "¿Cómo se te ocurrió entonces eso del monasterio?" "Es lo lógico, ¿no te parece? Si le llamamos el bonzo Ferreiro será por haber tenido alguna relación con otros bonzos." "Hasta aquí, bien." "Lo del Buda de oro fue una ocurrencia momentánea." "Es de suponer que alguno haya, y, si no lo hay, lo hemos inventado. ¿Qué sucedió después?" "Nada más que lo normal: Ferreiro halló la paz y el desasimiento de las cosas del mundo. Adelantaba en la perfección, y el abad estaba muy contento." "De modo que, lógicamente, Ferreiro no saldría jamás de aquel lugar donde había encontrado la felicidad." "Eso es cierto, sí." "Entonces, dime cómo lo sacas del monasterio y lo devuelves a Villasanta de la Estrella." Me levanté, me acerqué a una ventana. Pasaba por la calle mojada un grupo de estudiantes, alborotando. Uno de ellos, una muchacha, llevaba puesta una cazadora con el nombre de una universidad americana a la espalda, *Columbia University*, me parece que era. Me volví rápidamente: "Ya lo tengo". Y me quedé arrimado a la ventana, de espaldas a la luz. Lénutchka se me acercó y me dio un beso. "Estaba segura de que lo encontrarías." "Es una solución irreprochable, fíjate bien. Un día llegan los americanos. Por un lado, soldados; por el otro, un equipo de sabios arqueólogos que investigan el arte de la Indochina. Vienen atraídos por la fama del pequeño Buda de oro. Se lo quieren comprar al monasterio, el abad no lo vende, los arqueólogos se marchan, los soldados americanos empiezan a hacer barrabasadas, protesta el pueblo. Recuerda lo del Vietnam antes de la guerra: los bonzos deciden irse quemando; primero uno; otros después." "Y, Ferreiro, ¿también se quema?" "Tiene, al menos, esa intención, y se la comunica al abad, pero éste le aconseja que no lo haga, porque su perfección no es tanta que le permita soportar el dolor de las quemaduras. «Saldrías corriendo envuelto en llamas y chillando, y eso sería un descrédito para mí, para el monasterio y para la doctrina.» Ferreiro reconoció que, siendo así, no podía quemarse, y le preguntó que qué debía hacer. «Mira, hijo mío: cuando nos hayamos quemado todos, entrarán a saco en el monasterio, y ese Buda de oro que tanto te gusta irá a parar al museo de una universidad americana. Prefiero regalártelo.» «¿Eso quiere decir que debo marcharme?» «Sí, hijo mío, y cuanto antes. Esta misma noche metes en las alforjas la estatuilla y algunos alimentos, y te vas por la selva. No faltarán personas que te socorran. Vuélvete a Europa y cuenta allá lo que están haciendo con nosotros.» «¿Y después?»" Aquí, Lénutchka levantó la mano y me detuvo. "¿Está mal?", le pregunté. "No, no. Va muy bien. Pero quería pedirte que me dejaras colaborar." Reímos juntos. "Hazlo." "El bonzo Ferreiro, tras un viaje más o menos largo, llega a Europa, y en París da algunas conferencias acerca de lo que está pasando en el Vietnam, y la gente se horroriza, se organizan unos cuantos comités de socorro a los pobres indochinos, se hacen mítines y colectas, pero todo acaba quedando en nada. El bonzo Ferreiro comprende un buen día que no puede continuar con el tesoro del Buda a cuestas, y se lo vende al museo del Louvre. Le dan mucho dinero. Entonces es cuando regresa a Villasanta." "Y le detiene la policía al verle vestido de bonzo." "Sí, claro; pero llega a un acuerdo con las autoridades. ¿Lo vestimos de cura?" "Eso no puede ser." "Una vez conocí a un profesor americano que traía una larga sotana, igual a la de los curas, sólo que gris. Lo hacía por comodidad." "¿Dónde lo conociste?" "En la Universidad. Había ido a dar unas conferencias sobre crítica literaria convencido de que nosotros no sabíamos nada de eso. Se llevó un chasco. Fue después de terminar la guerra fría, cuando los rusos y los americanos empezamos a engañarnos mutuamente con el pretexto de las relaciones culturales." "¿Y qué?" "Al bonzo Ferreiro le viene bien un traje así. Como es muy alto y muy delgado, y ya maduro, ese traje le da un aire solemne." Imaginé la figura del bonzo, así vestido, por las rúas de Villasanta, y me pareció adecuada, si bien el gris resultase un tanto extraño; pero más lo serían las túnicas azafranadas de los bonzos. "De acuerdo." "Ahora, dijo ella, sólo falta arreglar la cuestión de la familia. Dices que tiene dos hijas, pero, hasta ahora, la Benita no las ha parido.

Son dos muchachas de alguna edad, más de veinte años, o alrededor, ya que una de ellas fuma. ¿Prefieres que volvamos atrás y hagamos un añadido? Ferreiro marcha después de su nacimiento." "Me parece más propio, le respondí, que hayan nacido después. Podían ser hijas del profesor con quien andaba liada la Benita." "¿Y van a ser como su madre?" "Eso, todavía no lo sé." "Finalmente, del texto se deduce que el bonzo tiene ya amigos, quizá secuaces." "Es, en cierto modo, un apóstol, y ha logrado reunir a un grupito de fieles, no muchos. Algunos anarquistas, por ejemplo. Pablo Bernárdez uno de ellos. Y ese encuadernador, que todavía no sé quién es…" "¿Por qué está el bonzo en estado cataléptico?" "La cima de su perfección le permite realizar un viaje astral. Cuando regrese, traerá un mensaje." "¿Cuál?" "¿Cómo quieres que lo sepa, si no ha regresado todavía? Lo hará mañana o pasado, nosotros estaremos presentes…" Lénuchtka me abrazó y me besuqueó los contornos de la boca. "Estoy muy contenta de ti", dijo con voz mimosa; y continuó besuqueándome. Creí honestamente que con aquellos besos me invitaba al amor, y se los devolví, mucho más apasionados. Me detuvo los ímpetus. "Todavía no. Hay, aún, una cuestión pendiente. ¿Quién es Marcelo?" Respiré hondo, y ella añadió: "Si no estás fatigado, quiero que me lo digas ahora mismo. Si no, se quedará olvidado, y ya sabes lo que pasa con tus olvidos". ¡Ay, Lénutchka querida, por qué te habré encontrado tan tarde! Con ese tu sentido de la disciplina y del deber, y con esa tu habilidad para envolver el trabajo en besuqueos y promesas eróticas, de habernos conocido hace cuarenta años, otro hubiera sido mi destino. Pero, claro, hace cuarenta años, no habías nacido todavía, y si hubieras nacido, probablemente serías ahora una vieja…

2 de julio

Le expliqué que Marcelo procede de una novela anterior, que no logré acabar. Comenzada con enorme entusiasmo, sobrevino el desánimo y la abandoné. Vino más tarde un fracaso, que me encoraginó: revolvía una vez papeles, buscando tema, y apareció el manuscrito olvidado. Lo releí, hallé que era bueno (eso me parecía) y reanudé su escritura, y fue entonces cuando, de una de sus costillas, salió una nueva novela. A Lénutchka le hizo gracia lo de la costilla y me pidió que, si no me importaba, hiciese un paréntesis y le refiriese aquel proceso. Naturalmente, lo hice, pero no voy a relatarlo aquí, del mismo modo que no relato todo cuanto acontece entre Lénutchka y yo. ¡Pues no faltaba más! Puedo decir, sin embargo, que mientras yo hablaba, la cabeza de Lénutchka reposaba en mi regazo; que sus ojos, tan claros y tan limpios, permanecían cerrados: pudiérase creer que dormitaba, y así lo hubiera creído yo si no fuera porque, a veces, me interrumpía, y en sus preguntas mostraba que seguía atentamente mi narración. Le hablé de Balbina Bendaña, y de su abuelo, don Balbino Cubero, alias el Maragato, el hombre más rico de Villasanta, quizás también el más avaro y de corazón más duro. Y de su tío don Bernardino Bendaña, el que vivía en un palacio vacío, barrido de lluvias y de vientos, con sus dos criadas antiguas que robaban los gatos y las gallinas de los vecinos para darle de comer. ¡Ay, el viejo don Bernardino, conde de algo, compañero de Alfonso XIII en el tiro de pichón y su fiel *partenaire* en líos de mujeres bellas y caras! Arrastraba su miseria gesticulante, vociferante, por las rúas de Villasanta, y me gustaba imaginarlo como uno de esos medallones de piedra, tan abundantes en las fachadas antiguas de la ciudad y en los falsos muebles estilo Renacimiento español, en que una cabeza nervuda sale de un redondel como de una ventana: así la de don Bernardino, para clamar justicia contra el mundo que lo había arruinado. Marcelo, el ciego, se incluía en esta fauna. Nacido de una prostituta enferma, ciego por descuido, las monjas del hospicio le adoraban por su linda cara de ángel, y cuidaban el brillo y la blandura de sus tirabuzones. Era, además, de guapo, listo, y las madres pudientes de Villasanta, cuando reñían a sus hijos perezosos y remolones, les ponían a Marcelo de ejemplo. ¡Cómo leía aquel niño, cómo tocaba el piano, con sus manecitas blancas y menudas! No se sabe por qué, don Balbino Cubero se había hecho cargo de su educación. ¿Acaso por remordimiento de algún hijo sórdidamente engendrado, abandonado y muerto? Al llegar aquí, Lénutchka me preguntó si no acumulaba demasiadas perfecciones en la persona de Marcelo, y yo le respondí que el hombre en que me había inspirado para inventarlo las tenía, al menos intelectuales: porque para trazar la figura de Marcelo había tenido en cuenta la de otro ciego, éste real, de quien tomé prendas y circunstancias, si no era que el real era verdaderamente demoníaco y Marcelo no llegaba a tanto, pues su natural resentimiento de minusválido lo frenaba su condición sentimental, que era muy aguda. Se había enamorado de Balbina Bendaña, mantenía con ella una batalla dialéctica a veces violenta; y ella, si no le amaba también, se sentía al menos fascinada. Me preguntó Lénutchka si habían llegado a algo. Le respondí que, en lo ya escrito, todavía no, y que no podía preverse, dado que era una novela de caracteres y los acontecimientos dependían de su evolución. "En la conversación con Bernárdez, Marcelo esboza una queja y deja entrever que sustituye a una mujer real por una estatua de piedra." "Sí. Marcelo las fundía en una sola, iba de la una a la otra como si fueran la misma, pero no puedo decirte en qué consistían exactamente sus relaciones con la una y con la otra." Lénutchka quedó un momento en silencio; después abrió los ojos. "¿Piensas utilizarlo, pues, en nuestra novela?" "Difícilmente podré. Esta a que me refiero transcurría antes de la guerra civil, de manera que, ahora, Marcelo tendría sesenta años, o más. No me sirve." "Sin embargo, habla con Bernárdez en la catedral." "Ese fragmento habrá que suprimirlo. Es un error diacrónico." Lénutchka se echó a reír. "¿Por qué no lo conservas? Puede quedar como espécimen de conversación hipotética: Supongamos que, por encima del tiempo, Pablo y Marcelo se encuentran...". Me quedé un rato pensativo. "Ya lo veré." "¿Y de los otros?" "Don Balbino era viejo: ha muerto ya. También lo era don Bernardino, también ha muerto. Balbina, en cambio, hecha una solterona postmenopáusica, la puedo conservar. Entonces estudiaba historia en la Universidad. Hoy es ya profesora, una profesora de categoría media, muy rica, porque era la heredera de su abuelo. Claro que tenía madre, y que la madre no tiene por qué haber muerto..." Se me agolpaban los recuerdos de la vieja novela frustrada: procuré ordenarlos. "Mira: don Balbino, entre otras cosas, era el propietario de los dos periódicos de la ciudad, el matutino, de izquierdas, y el vespertino, de derechas. Vamos a suponer que a Balbina le tocó el matutino y a su madre, que era muy beata, el vespertino. *El Día* y *La Noche*. Podemos valernos de ellos en la polémica local en torno a la monja que va al infierno. *La Noche* la defiende, porque el padre Almanzora tiene socaliñada a la viuda de Bendaña y en el periódico le obedecen. Los de *El Día*, en cambio..." Lénutchka me interrumpió. "¿Son de izquierdas?" "En la medida de lo posible. No declaradamente, por supuesto, pero andan siempre en líos con la censura, les han multado varias veces y el director ha estado suspendido en sus funciones a causa de la definición que hizo de un ministro de educación: lo comparó a una cigüeña, porque, para él, todo hombre se define por un animal al que se parece. De modo que, aunque no francamente, sus noticias de los viajes de la monja son, por lo menos, reticentes. Ahora se me está ocurriendo... Creo que es divertido: la monja recibe del padre Almanzora los datos que necesita para dar a sus viajes un poco de verosimilitud fantástica, y el padre Almanzora, a su vez, los toma de la *Divina Comedia*. Don Procopio lo descubre. Don Procopio se reúne con el director del periódico, que es su amigo, y entre los dos proyectan un artículo señalando las coincidencias. ¿Qué te parece?" Lénutchka me apretó la mano y afirmó con la cabeza. "Siento la pérdida de don Bernardino. ¿Qué edad tendría ahora?" "¡Más que centenario!" "¿No podríamos rejuvenecerlo un poco?" "Si acompañó a Alfonso XIII en sus deportes y en sus juergas, malamente. Hay, además, otros detalles que lo estorban. Don Bernardino era el propietario del famoso Cristo de Bendaña, una pieza de marfil, salida de los talleres leoneses, allá por el siglo once. Era lo que quedaba en su palacio, que no era suyo, sino ya del Maragato, que se lo había comprado y le dejaba vivir en él por caridad. Lo conservaba, el Cristo, en un inmenso salón vacío, con una lamparilla de aceite y un reclinatorio de terciopelo desvaído. Don Bernardino decía a todo el mundo que no podía más, que acabaría por vender el Cristo para comer caliente los pocos años que le quedaban de vida, y que se lo vendería a los americanos. Se llegó a temer que lo hiciera, y el arzobispo pensó comprárselo, y mandó a un comisionado que lo tratase; pero este comisionado, que entendía de arte, descubrió que el Cristo era una falsificación. Don Bernardino, entonces, le confesó que había tenido que venderlo, muchos años atrás, para acudir al socorro de una infanta que se hallaba en un apuro. «Está en un museo de Norteamérica. Les puse de condición que me proporcionaran una copia exacta, y lo hicieron. Es ésa.» Pero la verdad era que don Bernardino lo había vendido para poder acostarse con una bailarina de mucha fama que cedía sus favores a cambio de joyas caras. Si piensas ahora que en España no hay infantas hace muchísimos años..." "Pues es una lástima." "De todas maneras, veré de sacar algún partido de Marcelo muerto y de Balbina viva. Eso no es difícil." Me andaban ya por la cabeza ciertas imágenes, y me quedé en silencio, persiguiéndolas; pero Lénutchka volvió a preguntarme: "Hacia el final de la conversación entre Marcelo y Pablo se menciona la Coca. ¿Qué es eso?" Iba a explicárselo, cuando del fondo más lejano de mi alma salió el recuerdo del Dragón Feo. ¡Lo que había tardado! Aquel resorte puesto en marcha cuando don Procopio me mostraba las miniaturas del *Beato* había llegado al fin de su función.

3 de julio

"Ahora, dije a Lénutchka, voy a hablarte del Dragón Feo." "¿Y qué es eso?" "Otra reminiscencia. Un viejo personaje que no pasó de imaginado, del cual jamás escribí una sola línea, pero que ahora reaparece. Pertenecía a una novela que no pasó de proyecto: quizás ni a eso haya llegado. Se llamaría *La isla, la reina y la tarasca,* y el lugar de la acción era la isla de Mazaricos, una especie de peñón basáltico perdido en el mar del Occidente, del que emergía como un cetáceo aboyado. La imagen de la isla la tomé de una revista geográfica, donde venía fotografiada a todo color: como un pedazo de madera... Pero será mejor que la veamos." Lénutchka pegó un salto inesperado y quedó en pie sobre la alfombra. "¡Oh, sí, claro, por supuesto! ¡Hace ya mucho tiempo que no viajamos!" "No de pie: está lejos y podrías fatigarte. Yo, por mi parte, no me siento capaz de hacer un camino tan largo. Siéntate a mi lado." Yo estaba en el sofá donde ella se había ten-

105

dido con la cabeza en mi regazo, como llevo dicho. Se
acomodó a mi lado. Me sonrió. "Te dejo fumar otra vez."
Le di las gracias con un beso. "Lo más cómodo será arri-
bar a la isla por el aire. Si seguimos al sol llegaremos allá
con el crepúsculo." "En la isla, ¿tendremos dónde dormir?" "Por supuesto. Y digo lo de seguir al sol porque
él nos marcará la ruta. En esa dirección, precisamente,
está la isla." Lénutchka estiró los brazos. "Me apetece
colgarme de la luz, pero me da temor de que los rayos
sean demasiado sutiles y me dejen caer." "Las palabras no
pesan", le respondí, y, por quitarle el temor, me instalé
en un haz luminoso que me alejó rápidamente. "¡Espérame!", gritó ella, riendo: cuando volví la vista, me seguía ya, saltando de un rayo en otro, y pronto estuvo a
mi lado: íbamos como niños en caballos de tiovivo, nos
alejábamos y nos juntábamos, subíamos y bajábamos
como en un tobogán, todo con risas. Pasaban, debajo, los
valles ya en sombra y las cimas todavía iluminadas; en el
haz de algún río rojeaba el sol y en la mar aún lejana:
Villasanta quedaba envuelta en la niebla de la tarde, di-
fuminada, como esas ciudades que se ven en el desierto.
Al llegar a la costa le señalé a Lénutchka un puertecillo.
"Eso es Muxía. Todas las semanas viene el barco de Mazaricos, que tripulan dos hombres, el patrón y el maqui-
nista. Llevan juntos treinta años y no se han hablado jamás." "Uno será franquista y el otro republicano." "No.
Uno es de los que siempre se ven de frente y, el otro, de
los que se ven de perfil." Le expliqué entonces que en
Mazaricos no había más que una ciudad, y que sus habitantes se dividían en esos dos bandos, que más parecían
razas. Los que se ven de frente viven en la parte diestra
del pueblo; los otros, en la siniestra. En medio de las dos
partes, encima mismo del puerto, está el casino, al que
sólo pueden entrar los hombres. "Eso parece, me dijo, un
poblado de bororos." "En ellos me inspiré para inventar-

106

lo." Quedaba atrás la costa y el sol amenazaba con meterse en una franja de nubes negras que bordeaba el horizonte: combadas, como de tormenta, con los bordes dorados. Nos quedaríamos sin vehículo, si se tragaban al sol; pero éste, como es sabido, va más despacio al ponerse, de modo que nos dio tiempo a alcanzar la vista de Mazaricos, que apareció en la raya remota, alargada y achaparrada como el lomo de un pez gigante, aunque, más de cerca, vimos que más tiraba a redonda, que sus acantilados se recortaban en bahías y caletas, y que la superficie era llana y sin árboles, como barrida por el viento. Las luces que empezaban a encenderse nos orientaron acerca de la situación exacta de la ciudad: vista desde la altura semejaba un anfiteatro con casitas escalonadas alrededor de una dársena curvada: había en ella barcas y barquichuelos, y personas en el muelle, paseando. Cuando el sol se había casi ocultado, resbalamos de nuestros rayos y quedamos junto a la entrada del pueblo. "Es tarde para que veamos al Dragón Feo", dije a Lénutchka; "a estas horas, la gruta en que se esconde estará oscura, y aunque él preferiría que no le viésemos, porque su fealdad le hace tímido y recatado, y siempre cuesta trabajo sacarle de su escondrijo submarino, no quiero que te pierdas el espectáculo de la gruta al amanecer, que es bellísimo". Lénutchka se había sentado en una piedra pulida por el viento y la lluvia. "También lo es este paisaje, tan desnudo y tan duro." Venía por el camino, tocando en su flauta pánica una tonada enrevesada y arcaica, un viejo pastor de cabras, al que vimos siempre de perfil; pasó por nuestro lado y nos saludó en lengua vernácula, que Lénutchka no entendía. Le pregunté al hombre si hallaríamos, a aquellas horas, hospedaje; nos respondió que en el pueblo había un hotel, pero que no se recordaba que jamás hubiera llegado a él huésped alguno. "Los hombres nos han abandonado hace ya siglos, o quizás nos hayan olvidado. Cuando trae el barco algún pasajero es uno de nosotros, que regresa de la emigración o que viene simplemente a visitar a la familia, pero que tiene siempre casa propia. El hotel, sin embargo, se mantiene limpio y dispuesto para cuando la reina llegue." Y señaló a Lénutchka: "¿No lo será esta dama?" Traduje a Lénutchka lo que el cabrero había dicho. "Respóndele que no. ¡Qué disparate! Si fuese reina, si lo fuese sólo por unas horas, no me recibirían después en mi país." El cabrero meditó unos instantes. "Pues todo el mundo creerá que es ella, porque responde a la descripción que nuestros padres nos han hecho, y a ellos los abuelos, y así hacia atrás no se sabe cuántos siglos." "¿Recuerda el nombre?" "La reina, nada más que la reina." Le pregunté la dirección del hospedaje: me respondió que estaba junto al muelle, en la mitad siniestra, pero que su jardín pertenecía a la diestra. Le di las gracias y se marchó con su música y sus cabras, armando cierto alboroto de esquilones; y cuando se hubo alejado, razoné de la siguiente manera con Lénutchka: "Si ahora bajamos al pueblo y buscamos el hotel, resultará inevitable que nos metamos en la novela a la que esta isla pertenece. A mí no me importa hacerlo si es que a ti te apetece, ya que, para lo nuestro, lo mismo da una novela que otra. Pero será inevitable que te tomen por la reina y que hagas ese papel. De modo que decide." Lénutchka lo pensó un rato. "No es que no me tiente", me respondió, "porque esos hombres de frente y esos hombres de perfil deben de ser fascinantes, pero no olvides que soy una muchacha soviética educada en el marxismo-leninismo más ortodoxo, y que hacer el papel de reina me da cierta dentera; además, mi gusto literario es bastante clásico, y las bifurcaciones acaban por aburrirme. Este viaje que venimos haciendo pertenece a nuestra novela, y, si las cosas marchan acabaremos por llevarnos al Dragón Feo a Villasanta de la Estrella, ya lo verás, de suerte que, de un modo bastante tenue, nos mantenemos dentro del tema. Pasar a otro nos hace correr el riesgo de abandonar lo empezado, y son ya muchos esbozos los que te han quedado a medias. Por lo demás, confieso que no me disgustaría saludar a la dueña del hotel, donde, además, hallaremos lechos cómodos y un poco de comida". "Traje conmigo algo", y señalé el zurrón que en aquel momento acababa de inventar y de colgarme al hombro; "hay de esos pastelillos de caviar que te gustan". "¿Caviar del Guadalquivir?" "Del Volga, garantizado." Tendió las manos. "¡Dámelos en seguida, te lo ruego!" Le pasé la fiambrera donde venían, y vi cómo se los comía con infantil voracidad. Mientras lo hacía, inventé una guitarra que dejé a sus pies; porque Lénutchka, después de haber comido los pasteles de caviar, se sentía nostálgica y cantaba canciones de su tierra en que hablaba de ríos, de bosques y de estepas, y también de amor. Era el comienzo de la noche, y sólo veía su sombra, y ella la mía. Empezó a cantar. Mientras lo hacía, levanté a su alrededor una cabaña capaz de resistir el viento de la noche, con hogar encendido y lecho de pieles de foca y de oso blanco, y la piedra en que Lénutchka cantaba quedó precisamente junto a la puerta, de modo que las llamas del hogar le alumbraban, a ráfagas, la cara. Ya le había oído otras veces aquella balada de Boris Godunov, con letra y música antiguas: las venturas y desdichas del zar violento y las trapacerías del supuesto Dmitri: me gustaba la voz de violoncello con que Lénutchka cantaba, y, para oírla mejor, me senté cerca de ella, en la esquina del lecho. Al terminar, le había caído el cabello encima de la cara, y le resbaló la balalaika hasta caer al suelo con un sonido discordante. "Tengo frío", me dijo, y yo la cogí en brazos y la acosté bajo la piel del oso. "Me acuerdo de mis amigos, y de aquel bar en que nos reuníamos al salir de la universidad. Venía con nosotros, casi siempre, el profesor Levinka, que estaba enamorado de mí. Solía cantar también la balada de Boris: de él la aprendí. Y la pequeña Katia, y Vladimir, su novio, que se habrán casado ya, y yo no he asistido a la boda…" Me sentí responsable de haberla arrebatado a aquel mundo, que era el suyo, donde los hombres y las mujeres eran de carne y hueso, y no meras palabras. "Si quieres…", insinué; pero ella me echó el brazo por la cintura y me atrajo. "No, no, bien sabes que no. Pero, a veces, los recuerdo, y pienso si serán felices. Levinka, no, por supuesto, pero se consolará atacando con furia a los formalistas, que han muerto todos." Cerró los ojos; su brazo se aflojó poco a poco. Se lo tapé también y la dejé dormir. Fuera, corría por la llanura un viento alborotado y algunas gotas gruesas golpeaban el tejado de bálago. Me acomodé frente a las llamas, y pensé que le gustaría, al despertar, escuchar de mis labios la continuación de la novela. ¿A quién seguir? ¿A don Procopio, a Pablo, al bibliotecario, al arzobispo? Las llamas se empeñaban en formar las imágenes de dos muchachos jóvenes. ¡El diablo me las trajo, olvidadas como estaban! Marujita y Conchita, "Las Marujitas", la hija de mi patrona en mis años de estudiante, y una amiga que también vivía allí. Les llamaban de mote "Las telefonistas", por su oficio. Marujita era muy guapa; Conchita, no tanto, y tiraba a gorda, pero, a la capa de su amiga, también la cortejaban. Tenían fama de putas, las criaturitas, y por lo que supe de ellas, la merecían. Se me fundió el recuerdo con el de otra pareja, éstas hermanas, que andaban a la caza de estudiantes novatos, y eran de mírame y no me toques, pero acabaron preñadas, decían que de un catedrático, pero no llegó a saberse a ciencia cierta, porque fueron a parir a la montaña y no se les volvió a ver por la ciudad. Unas y otras coincidieron en formar una tercera pareja, la imaginaria, que se llamó en seguida de "Las Pepuchas", y eran las hijas del bonzo, Pepucha y Juanucha, con estos diminutivos que algunos pedantes corregían a la rusa, Péputchka y Juánutchka, o al menos se me ocurrió así. Las había tenido su madre, según lo convenido, después de quedar sola, y preguntado el bonzo cierta vez si no le avergonzaba que hubieran salido zorras, él respondió filosóficamente: "Cuando nacieron, su madre andaba con don Fulano, de modo que allá ellas". No sé si es una respuesta digna de la elevación moral del bonzo, pero hay que tener en cuenta que, por muy alta que fuera, también a veces descendía al santo suelo, y se apasionaba, por ejemplo, por las quinielas, a las que no jugaba, sin embargo. Me decidí, pues, a continuar la historia por aquel camino, o sea, desde el punto de vista de Las Pepuchas, o más bien de una de ellas, ya que para lo que se me iba ocurriendo la otra me estorbaba. Lénutchka dormía, y decía a veces oscuras palabras rusas, que llegaban a mí como un susurro de *eñes*. La contemplé largamente, antes de ponerme a trabajar, y lo hice después silencioso y a mano, contra mi costumbre, no fuera a despertarla el tecleo de la máquina. Y esto es lo que me salió aquella noche:

Narración (II)

3 de julio

Aquella tarde, a Pepucha se le había ocurrido marcharse a Villagarcía con una amiga y con unos estudiantes que tenían coche y que las habían invitado a una mariscada; y dejó advertida a Juanucha de que no vendría hasta tarde y que no se preocupara. La señora Benita, a la hora de comer, dijo que iba a pasar la tarde con una amiga que, a su vez, había invitado a otra que echaba las cartas, y que hasta la cena no contase con ella, de modo que la casa le quedaba por suya, pero que no dejase a su padre solo, por si acaso; lo que hizo Juanucha entonces fue avisar a Shanti Echevarría, un estudiante de Bilbao con el que estaba apalabrada, que en vez de irse al tapadillo de Jerónima, se viniera a su casa y que la hora buena sería a eso de las cinco, y así quedaron, y mientras llegaba la hora, se puso a aviar la casa, y a las cuatro ya había terminado, y la había dejado limpia y arreglada como para recibir a un príncipe. Había pensado usar la cama de su madre, que era bastante estrecha, pero que no hacía ruido, y, además, la habitación era muy decorosa, y tenía en ella una mesa llena de cachivaches de relojería y un sillón antiguo en bastante buen uso; porque le daba vergüenza llevar a Shanti a su cama o a la de Pepucha, que, más que camas, eran dos catres, por mucho que quisieran disimularlo con colchas de cretona y cojines de fantasía distribuidos aquí y allá; y aunque a su hermana le había dado por pegar en las paredes caras de artistas de cine y uno o dos pósters que le habían regalado, la verdad era que en el techo y en un rincón había manchas de humedad muy visibles que hacían feo. Claro que la habitación y la cama mejores era donde estaba su padre, porque allí tenían colocados el armario de luna y la máquina de coser, que, con su tapa, resultaba muy decorativa; no había humedad en las paredes, y los dos cuadritos de paisaje, quitados de un *Blanco y Negro* y puestos en sus marcos, quedaban muy elegantes; pero Juanucha comprendía que, con su padre en la cama, por muy dormido y, como decían ellos, cataléptico que estuviera, no era decente ponerse a hacer allí las cosas, y, además, aunque la cama era grande, de matrimonio, su padre bien ocupaba la mitad, y el sitio que quedaba por ahí se iba, en lo ancho, con la cama de su madre; de modo que lo dejó todo previsto, y, mientras no daban las cinco, se puso a leer una novela de Corín Tellado que le había prestado aquella misma mañana Luisa, la hija de la panadera: una novela muy bonita, en la que una muchacha defendía su virgo de las asechanzas de un montón de hombres, y acababa por dárselo a un ingeniero guapo y rico, aunque previo matrimonio. Pero no bien había leído una docena de páginas, cuando llamaron a la puerta. "Mucha prisa tiene ése", pensó Juanucha, y fue a abrir; pero el que llamaba era don Pablo, que traía puesto un impermeable mojado, y que no dijo nada, sino que se le quedó mirando. Ella, respetuosa, lo mandó entrar, pero él no quiso. "Venía a recordarles que esta tarde, a eso de las seis, su padre volverá en sí, porque se cumple el plazo." "¿Esta tarde?", le preguntó Juanucha; "yo creo que es mañana, si no nos hemos equivocado en la cuenta". "Pues, no, yo creo que es hoy, aunque bien puede que haya calculado mal; pero, de todas maneras, convendría estar preparados." "Usted, ¿qué quiere? ¿Estar aquí cuando él despierte?" "No me atrevería a tanto, pero me gustaría…" "Bueno, pues váyase a dar una vuelta, y venga después de las seis, y ya veremos entonces lo que pasa." "También podría esperar en el portal, si a usted no le molesta." "Pero, ¡hombre!, con la tarde que hace, ¿qué va usted a hacer en un portal tan desangelado como el nuestro? No sabe el viento que se cuela por esa travesía." "Entonces, iré un rato al café." "Sí, váyase a un lugar caliente y deje pasar un buen pedazo, porque no sabemos si en esas cosas de mi padre habrá puntualidad, y lo mismo se despierta a las seis que a las nueve menos cuarto." Pablo le dio las gracias y bajó las escaleras sin volver la cabeza, pero Juanucha quedó a la puerta, y pensó que qué lástima que un hombre tan guapo como era aquel don Pablo no pensase más en las mujeres y menos en aquellas tonterías a que se dedicaba con el bonzo y otros locos como él. Volvió a la novela, y a las cinco en punto golpearon a la puerta, y esta vez era Shanti, que traía puesto también un impermeable mojado que quiso quitarse en seguida porque con él no podía acercarse. Juanucha lo recogió y lo llevó a la cocina, donde lo dejó colgado encima del fregadero, y cuando llegó al pasillo, Shanti, que era un mocetón alto y fornido, la cogió por la cintura, la levantó en alto y empezó a mordisquearle las piernas. Ella pataleó, le mandó que se estuviese quieto y que dejara para la cama las cosas de la cama; y de la mano lo llevó a la habitación de su madre. Pero a Shanti le pareció que aquella cama era muy estrecha, y que sólo él cabía en ella, y que había que buscar otra, y, si no, irse al tapadillo, donde no tendrían escaseces de espacio. Juanucha le dijo que la única cama grande que había en la casa era aquella donde estaba su padre. A Shanti le dio un repeluzno. "¿No me dijiste que no habría nadie?" "Es que, mi padre, como si no estuviera, porque anda cataléptico, como ellos dicen." A Shanti, que estudiaba medicina, la cosa le interesó. "¿Me dejas verlo?" Ella le cogió de la mano. "Ven. No es más que un hombre dormido." "Entonces, no estará cataléptico." "A mí me parece dormido." "Pero, ¿no respira?" "No lo sé. No me fijé." Entraron en la habitación. Juanucha abrió los postigos, y Shanti pudo ver al bonzo, vestido de su sotana gris, largo y estirado en la cama, e inmóvil. Se aproximó, le tomó el pulso y soltó el brazo. "Está como muerto." "Sí, eso parece, pero los muertos se pudren, y él lleva así quince o veinte días, de modo que tiene que ser cierto eso de cataléptico." "Si lo está, ni ve ni oye ni siente." "Eso nos dijo él." Shanti se quitó la chaqueta y la dejó, doblada, encima de la máquina de coser. "Mira, la cosa es muy sencilla: lo cogemos entre los dos y lo metemos debajo de la cama, y después que hayamos terminado, lo devolvemos a su sitio, y en paz." "Él dejó dicho que no lo movieran." "Así envarado como está, es como si moviéramos un tronco. Ya verás. Tú lo coges por los pies y yo por la cabeza, y, a una, ¡zas!, lo dejamos en el suelo, y, después, será cosa de empujarlo poquito a poco hasta meterlo debajo de la cama." "¿Tú crees que cabrá?" "¿Con lo delgado que es? Fíjate bien en la altura del larguero. Cabe de sobra." "Pero, ¿por qué no quieres que vayamos a la otra habitación?" "Porque yo necesito una cama muy grande. Si no, con los saltos que doy, a lo mejor me caigo." Juanucha, resignada, cogió a su padre de los pies. "A ver. Pero hazlo con cuidado. El pobre no tiene culpa de que necesites una plaza de toros." Shanti fue hacia la cabecera, tentó el cuerpo del bonzo por los hombros. "Es puro hueso. Yo mismo me comprometo a levantarlo sin necesidad de que me ayudes." "De todos modos, mejor será que lo hagamos entre los dos." Shanti, sin embargo, dirigió la maniobra, y el cuerpo del bonzo quedó oculto bajo la cama. "¡Hala! Ahora, desnúdate." "¡Bien podías ayudarme!" Resultó que la ayuda prestada por Shanti consistió en levantarla en vilo, arrojarla al aire, tirarla a la cama, zarandearla, ponerla boca abajo, los pies por alto, hacer la plancha y el pino, dar el salto mortal o quedar sobre una sola mano, el cuerpo dando vueltas; sin saber Juanucha cómo, se encontraron desnudos, y las posturas en que Shanti la ponía más parecían de gimnasia de circo que de mujer que va a gozar lo suyo. Resultó que a las seis y cinco se hallaban fatigados, y que Shanti fumaba un cigarrillo cuya ceniza echaba en una cajita redonda, de hojalata, que Juanucha le había traído de alguna parte, cuando se oyó un golpe debajo de la cama, seguido de alguna palabra, y Juanucha, asustada, se incorporó y dijo en voz baja: "¡Volvió en sí!" Agarró rápidamente la sábana, se envolvió en ella y bajó al suelo. El cuerpo del bonzo se movía, y su cabeza pelada aparecía por debajo del larguero. Una mano delgada, amarilla, se frotaba la frente. Juanucha se le quedó mirando mientras Shanti aplastaba el cigarrillo y echaba mano a su ropa. "¿Pasó algo?", preguntó Juanucha. "Sí, le respondió el bonzo; me he pegado un buen golpe en la frente con el larguero de la cama. ¡Claro! No me di cuenta de dónde estaba, y, al levantarme...” “Ahora le traeré agua fresca. Tú, Shanti, ayúdale.” Shanti se había puesto los pantalones y los calcetines. Juanucha, al salir, encendió la luz, que ya empezaba el crepúsculo. Shanti, desnudo el torso, saltó por encima de la cama, recogió al bonzo y lo depositó con suavidad en su sitio. Un lugar de la frente le enrojecía. “No es nada, eso no es nada. Un vulgar chichón.” Buscó Shanti en los bolsillos de la chaqueta una moneda, y la aplicó al lugar lastimado. “¿Le duele?” El bonzo le sonrió. “Mis compañeros se quemaron vivos cuando entraron los americanos. Ellos estaban muy adelantados y podían soportar ese dolor, y si yo no me quemé como ellos fue porque el superior me lo prohibió, a causa de que estaba menos experimentado. Pero para no sentir un chichón...” “Luego, ¿de verdad no lo siente?” “No, hijo mío, no lo siento en absoluto. Pero usted debe de terminar de vestirse, porque puede coger un catarro.” “¿Y la moneda?” “Deje. Yo la aguantaré.” El bonzo ya no estaba tan pálido: parecía como si la sangre le volviese con lentitud, pero con seguridad, a las mejillas. Juanucha entró con un trapo empapado en agua fría. “A ver. Póngase esto.” El bonzo recogió el trapo y se lo colocó en la frente. “¿Quiere usted su moneda, señor? Y, tú, Juanucha, hazme un favor. Prepárame una cebolla con un poco de aceite y sal, y una taza de té.” “Sí, señor. En seguida. ¿Le dije que este muchacho es Shanti?” “No, no me lo habías dicho.” “Pues, es Shanti, estudiante de medicina.” Cuando atravesaba el pasillo, oyó unos golpecitos en la puerta. “¡Ya está otra vez ahí don Pablo!”, pensó, y abrió sin hacer ruido. Don Pablo la interrogaba con la mirada. “Pase, pase, haga el favor.” Alargó el brazo y le agarró; al hacerlo, se le cayó la sábana del hombro y dejó un pecho al descubierto. “¡Ay!”, chilló quedo, y se tapó en seguida. Pablo ya estaba dentro. Ella cerró la puerta y le empujó hacia la cocina. "Venga, venga y ayúdeme. Ahora mismo, mi padre está con un señor." "Pero, ¿no puedo verlo?" "Sí, claro, en cuanto ese señor se marche. Pero venga y ayúdeme, que tengo que prepararle la comida." Ya estaban en la cocina. "Es poca cosa, pero, mientras yo pongo el agua para el té, usted puede limpiar una cebolla. Él pidió una cebolla con aceite y sal y una taza de té. ¿No le parece escasa comida, después de tantos días?" "En estado de catalepsia, dijo Pablo, el organismo está como muerto y no necesita de alimentos." "Será por eso por lo que se conforma con tan poco." Pablo tenía ante sí una cebolla grande, un cuchillo y una tabla de picar. "El té hay que hacérselo con mucho cuidado, ¿sabe?, y yo soy la que se lo prepara mejor. Siempre me dice que está bueno. Pero él me enseñó. Es muy sencillo, no hay más que tener cuidado con el agua y no echar más té del debido." Había cogido del vasar una tarterita roja y la llenó de agua. Pablo, con la cebolla en una mano y el cuchillo en la otra, no sabía cómo empezar. Juanucha puso en la piedra del llar un infiernillo de alcohol y lo encendió. "¡Cuidado!", le indicó Pablo. "Con esa sábana que lleva tan suelta se le puede prender fuego." "Pues también tiene razón, pero, con la prisa, no me había dado cuenta. Deme eso. Yo picaré la cebolla y usted cuida el agua. Fíjese bien cuando hierve, porque hay que retirarle en seguida." Pablo dijo que sí y se quedó contemplando la llama azul. Ella empezó a limpiar la cebolla y quedaron en silencio. "Usted es buena persona, ¿verdad?", dijo de pronto Juanucha. "¿Por qué lo dice?" "Porque se preocupa de los demás. Otro no hubiera reparado en eso de que podría arder esta sábana y quemarme." Pablo no respondió. "Apártese un poco, no le vayan a llorar los ojos." Mientras cortaba la cebolla, a Juanucha le resbalaba la sábana y le dejaba las partes de su cuerpo al descubierto: los pechos, las caderas, y, una de las veces, el vientre. "Écheme una mano, hágame el favor. No quiero tocar la sábana, con estos dedos oliendo a cebolla." Pablo se acercó a ella por detrás y le acomodó, como pudo, la sábana. "Tenía usted que vestirse." "Sí, pero no me dio tiempo. Ahora, tenga cuidado. Aquí le queda la tetera con el té dentro. Yo voy a llevarle la cebolla, para que vaya comiendo. Si, antes de que yo venga, hierve el agua, usted la echa en la tetera, y tapa." Recogió en un plato los pedazos de cebolla, les echó el aceite y la sal, lo puso todo en una bandeja de peltre y salió. En el dormitorio, Shanti y el bonzo sostenían una animada conversación sobre quinielas, y a Shanti le asombraba que, pudiendo predecir, como decía, el resultado de los partidos, no se dedicara a cubrirlas todas las semanas. "Se haría usted millonario." "Y yo, hijo mío, ¿para qué quiero ser millonario?" Shanti le ayudó a sentarse en la cama, y Juanucha le puso el plato en el regazo. "Ahora mismo le traigo el té." Vuelta hacia Shanti, añadió: "Y, tú, ya podías irte." Él se puso la chaqueta. "Si tú lo mandas…" "Claro. Ahora no tienes nada que hacer aquí. Los amigos de mi padre empezarán a venir dentro de nada." "Es que me gustaría preguntarle quiénes van a ganar el domingo." "¿Y a ti qué te importa ahora? Ya se lo preguntarás otro día." Empujó a Shanti hacia la salida. "Adiós, señor, buenas tardes. Me alegro de que haya vuelto tan bien de su viaje. Y eso de la frente no es nada, se lo aseguro yo, que estudio cuarto de medicina." Juanucha le esperaba con el impermeable. "Hala, ponte esto y vete." "Pero lo de hoy tenemos que terminarlo." "Ya hablaremos." Shanti quiso darle un beso, pero ella apartó la cara. "Ahora no estoy para besos. Vete ya." "Me despediré con un azote", y le largó la palma abierta sobre las nalgas. Juanucha, al cerrar la puerta, respiró fuerte. "¡Qué pesado!" Corrió a la cocina: Pablo había echado ya el té en la tetera, y apagado el infiernillo. "No habrá dejado que el agua hirviese mucho rato, ¿verdad?" "No, la eché en cuanto levantó el hervor." "Pues, entonces, ya está. Vamos a llevarle el té a mi padre y usted viene conmigo. Él se alegrará de verle. Ya le diré lo mucho que se interesaron por él sus amigos mientras estaba... ¿cómo se dice? ¿cataléptico?" "Sí, pero no le cuente que el encuadernador quiso introducirle comida en el cuerpo por vía rectal." "¿Se dice así?" "Sí, así es como se dice: un enema por vía rectal." Juanucha llevaba en una mano la tetera caliente y, en otra, un platillo con un cuenco oscuro, hindú. "No le echa azúcar, ¿sabe? La verdad, no sé cómo le gusta así."

El bonzo remataba la cebolla, cuyo olor acre llegaba hasta la puerta. Juanucha entró en silencio. Mientras retiraba de la bandeja el plato de la cebolla y dejaba en ella la tetera y el té, dijo con toda naturalidad: "Ahí está su amigo", e hizo a Pablo señal de que entrase. El bonzo, al verlo, le tendió la mano, y Pablo se la cogió con las suyas. "¿Qué tal, maestro?" "Bien, bien. Un poco débil todavía, pero bien. Y con muchas cosas que contar." "Siéntese, don Pablo", dijo Juanucha, y le indicó el borde de la cama. Al hacerlo, le resbaló, una vez más, la sábana. "¡Ay, Jesús! Mientras usted toma el té, mi padre, voy a vestirme." Empezó a recoger sus ropas, que se hallaban esparcidas. "Hay gente lo que se dice desordenada", añadió; y, con la ropa recogida en el regazo, salió. "¿Tiene fuerzas para hablar, maestro?" "Supongo que sí, supongo que sí. Pero no ahora, ¿verdad? Lo que tengo que contarles es muy importante." "¡Ah!, le respondió Pablo; en ese caso, si le parece, puedo ir a la encuadernación y decirle a don..." "En él pensaba, precisamente. En usted y en él." "No está aquí porque se equivocó en la cuenta. Según la suya, usted debería de despertar mañana." "También Juanucha parece haberse equivocado." "Sí. Todos creían que mañana sería el regreso. Sólo yo..." Tomaba el té a sorbitos, el bonzo, y, al tragarlos, se le movía de arriba abajo la abultada nuez. "Pues si usted quiere, Pablo, puede llegarse hasta la encuadernación, y volver los dos dentro de una hora u hora y media. Sí. Dentro de una hora. Entonces me encontraré más recobrado." "Y, ahora, ¿no necesita nada?" "Nada, se lo aseguro." "Juanucha no le dejará solo." "No creo, pero tampoco importa. Me encuentro bien y no necesito nada."

Cuando Pablo salió, Juanucha entró corriendo. Todavía no había acabado de vestirse: se había puesto unos *blue jeans* y traía en la mano un *sweater* negro. "¿Se fue?" "Sí." "Pero, ¿va a volver?" "Dentro de un rato." Juanucha se metió el *sweater*; al tenerlo puesto, sacudió la cabeza y el cabello recobró su lugar sobre los hombros. "Es una buena persona este don Pablo, ¿sabe? Vino todos los días, sin faltar uno, a preguntar por usted. Es una lástima de hombre." "¿Por qué?" "Debe de ser muy pobre. Esta misma mañana nos pidió un pitillo."

5 de julio

La llevé a la gruta del Dragón Feo con el amanecer, para que no perdiese el espectáculo de las aguas saliendo de la negrura conforme la luz entraba, y de los mil reflejos en las paredes de basalto y en los techos abruptos que parecían de esmeraldas; y en una roca apartada permanecimos quietos y silenciosos, aunque abrazados, y vimos los rayos del sol por encima de la mar llegar queditos a la gruta, y escuchamos los golpes de la resaca y los remolinos de la entrada contra las rocas, que sonaban a música. Con el día, las aguas se aquietaron, y un silencio de paz llenó el recinto. Los ojos claros de Lénutchka querían traspasar la oscuridad del fondo, aquel remoto, impenetrable límite; y una vez me preguntó: "¿Es allí?" "Nos estará mirando con solo un ojo, porque su timidez no le permite sacar del agua más que una esquinita de una cabeza. Pero, si cantas, se acercará." "¿También le gusta la música? ¿O es así como se amansa?" "El Dragón Feo, le expliqué, es la criatura menos temible del mundo. No sólo es apacible, sino también benévolo, e incluso benefactor. Cuando soplan las galernas y los barcos no pueden salir del puerto, el dragón abandona su escondite, se hace a la mar y trae a la otra orilla la pesca necesaria para que el pueblo coma. También ahuyenta a los arroaces que destruyen las artes, y a los grandes tiburones cuando los niños se bañan en las orillas. ¿Por qué no cantas?" Lénutchka carraspeó. "No sé si me habré acatarrado un poco con esta madruguina." Cantó, sin embargo, una de sus canciones — soy incapaz de retener los títulos —, y lo hizo con voz vibrante y valerosa, porque era una canción de guerra antigua, quizá la de Stenka Razine. Al terminar, me miró. "¿Y ahora?" "Escucha." Por encima de las aguas tranquilas empezó a llegarnos como un preludio, después del cual se repitió la canción de Lénutchka cantada a siete voces. Escuchó hasta el final, maravillada. "¿Es el eco?" "Es el dragón. Tiene una excelente voz en cada una de sus gargantas y un oído admirable." "Pero, esos tonos distintos..." "Cada garganta está templada según las notas musicales, do, re, mi, fa, sol, la, si y cada una de ellas abarca tres octavas." "¿Sostenidos y bemoles?" "Por supuesto. Los cuartos y los octavos no se le resisten." "¡Es admirable!" "Ahora, si te fijas, verás cómo se acerca. Sumergido, por supuesto, pero la doble cornamenta de sus cabezas sobresale del agua y deja una estela múltiple que, de noche, es de luz." "¡También con cuernos, el pobre!" "Sí, es demasiado feo; como que debes estar apercibida a imaginar lo peor. Su aspecto es francamente repulsivo. Claro que cuando uno se acostumbra..." "No está explicado, pensó en voz alta Lénutchka, por qué la naturaleza crea esos seres tan horribles." "No olvides que no lo inventó la naturaleza, sino

yo." "¿Por qué no lo has hecho al menos aceptable?"
"Para que su corazón sea más grande." "En los dragones,
dijo Lénutchka gravemente, simbolizaron los hombres la
maldad de las fuerzas telúricas." "Por eso atormentaron
mi niñez, que no podía explicarse por qué devoraban a
los hombres, destruían sus ciudades y se portaban mal con
las muchachas bonitas. Yo, naturalmente, estaba entonces
de parte de San Jorge, y aplaudía que su lanza se hundiese
en la garganta flamígera del bicho. Pero, más tarde, comprendí que era injusto, y, para redimir a los dragones, inventé éste. Los del pueblo cuentan que hace bastantes siglos, cuando San Jorge andaba por el mundo rematando
dragones, llegó a la isla en una barca con velas de púrpura
a matar al Dragón Feo, que era el último que quedaba;
pero la gente no le dejó desembarcar, y el santo matadra-
gones tuvo que marchar por donde había venido." "Eso
es como negar el mal; eso es como…" Pero se interrumpió, y su mano apuntó a las aguas. "¡Mira, mira!"
Nuestra roca quedaba próxima a la entrada, de modo que
la luz nos envolvía, y, a mí, me ofuscaba un poco, a pesar
de las gafas. Por eso tuve que hacer visera de las manos
para descubrir los siete pares de cuernos que la mano de
Lénutchka mostraba y que se aproximaban lentamente:
como una escuadrilla de submarinos que sacase al sobre-
haz los periscopios. Las estelitas se abrían y mezclaban, y
un menudo oleaje ondulaba la superficie. De pronto, se sumergieron los cuernos, y allá lejos, remotos, se oyeron los
coletazos que sacudían el agua: un cuerpo largo fue emer-
giendo, horrendamente escamoso, entre de boa constrictor
y de caimán, pero con alas atrofiadas como de piedra; venía después un tórax jorobado, y el arranque de siete pes-
cuezos delgaditos, ridículos en proporción al cuerpo. Lénutchka se apretó contra mí. "No quiero verlo", susurró;
y yo le dije: "No es más que el primer momento. Hay
gente, si bien se mira, mucho más fea". Ella cerró, sin em-

122

bargo, los ojos, de modo que no pudo ver cómo asomaba una de las cabezas, algo así como de un perro que fuese al mismo tiempo loro y un poco de lagarto. Me miraba con tristeza: pero su voz dulcísima en fa menor dijo: "¿Lo ves? Le doy miedo"'. Y yo: "Ya sabes lo que pasa siempre, y también lo que viene después". "¿Crees que acabará mirándome con cariño?" "¡Y que llegará a amarte como yo! Puedes estar segura." La cabeza en sol apareció también, como explorando. "Es una muchacha muy hermosa", dijo, "me gustaría hacer algo por ella, como salvarla de un naufragio o enseñarle a nadar". "Lo hace maravillosamente", le respondí, "estas chicas soviéticas reciben una excelente educación deportiva". La cabeza en do emergió también, y, tras ella, las que quedaban ocultas: todas humildes y feas, con largas lenguas bífidas y dientes amarillos: diferentes, y en todas se cumplía la mescolanza de parecidos, si bien intercambiados y turnantes los animales de referencia, pues la cabeza en fa menor se parecía ahora a un mico que fuese al mismo tiempo halcón y pescadilla, y por los rostros de las demás andaban toda clase de simios, los gallináceos, parrulos y otras aves de corral, las tencas, besugos, jureles, y tres o cuatro variedades de salmónidos, las aves de rapiña, murciélagos, cotorras, ruiseñores, felinos de poca monta, sabandijas, comadrejas, ratones y cucarachas: especies todas dotadas de natural belleza, mírese como se mire, pero que, mezcladas como allí aparecían, quedaban feas. Quietas y silenciosas, asumió la representación y las respuestas la del medio, en fa menor, como ya dije. Lénutchka continuaba con los ojos tapados, pero la sorprendí apartando un poquito los dedos y asomando por la abertura una mirada cautelosa tras de la cual volvió a ocultarse. Como sin darle importancia, incluso como si ella no estuviera presente, empecé a hablar, y expliqué al Dragón Feo que, a lo mejor, lo trasladaba a otra novela en la que sería difícil hallarle un domicilio tan hermoso como aquél, o, por lo menos, que tuviera comunicación con la mar, ya que la nueva narración acontecía en una ciudad del interior; pero que yo haría lo posible por inventarle la gruta más atractiva, y, puesto ya a hacer ofertas, le describí las cuevas del Drac, en Mallorca, con su lago Martel, aunque sin iluminación eléctrica, que bien podríamos suplir por una luz inexplicada y cenital, que emergiera de cualquier parte, como, por ejemplo, de las profundidades del lago o de otro lugar que hiciese bien. Le hablé de la indescriptible e innumerable riqueza plástica de aquel reducto, de los miles de formas que las aguas filtradas habían ido formando en millones de años, e, insistiendo mucho, de sus excelentes condiciones acústicas, de modo que un concierto ejecutado en el lago se podía escuchar desde la boca de la cueva. Le cambiaremos, eso sí, el nombre, y en lugar del Dragón, le llamaremos cueva del rey Cintolo." "Y, eso, ¿por qué?" "Porque es un nombre que ya hay allí, y la gente preferirá lo conocido a que le vengan con nombres nuevos." Las cabezas se miraron entre sí, y la que llevaba la voz cantante dijo: "Tenemos que deliberar", y se sumergieron, aunque no mucho, de modo que en aquellas aguas límpidas podía verlas, en semicírculo, gesticulando como en corrillo. Volvieron a aparecer. "¿Y qué vamos a comer?" "En el lago Martel hay una fauna marina de calidad excelente." "¿Tendremos música?" "Os lo aseguro." "¿Y podremos salir alguna vez?" "Hallaremos el modo de que así sea. En ese pueblo hay una Coca que se parece a vosotras. La sacan en algunas procesiones. Si lo queréis, podéis sustituirla, sin otra condición que la de que aprendáis a moveros como se mueve ella: un modo bastante arcaico, por cierto." "¿Y tomar el sol, a veces?" "Es una ciudad en que llueve casi siempre." "¡Qué lástima!" "Pero a veces luce el sol, y esos días podréis salir de paseo, pero con precauciones, para no asustar a la gente." "Teníamos cariño a los de este pueblo.

¿Qué van a hacer sin nosotras?" "No quería decíroslo, pero no hay más remedio. Está anunciado un cataclismo marítimo que hundirá la isla en el fondo del mar. En su lugar quedará un remolino." En todas las cabezas se reflejó una expresión de espanto, más espantosa que ellas mismas. "¿Y la gente?", preguntaron las siete. "Se está pensando en evacuarla a una isla como ésta, pero la isla no la han encontrado todavía." La cabecita en sol, que era la más pequeña y que en aquel momento ofrecía una combinación de loro, asno y pejerrey bastante tolerable, cambió, abruptamente, de conversación. "Nos gustaría verle la cara a esa señorita. Debe ser muy hermosa." "Sí, le respondí; es bella como el atardecer en primavera, y la caricia de sus ojos es más dulce que el oleaje una mañana de calma. Lo demás de su cuerpo, ya lo estáis viendo." Le di un codazo leve a Lénutchka y musité: "Descúbrete, anda, que bien se lo merecen. Y sonríeles, aunque te cueste un esfuerzo." Sus manos descendieron, entonces, lentamente; al quedar descubierto su rostro, las siete bocas exclamaron: "¡Oh!" Y la más pequeña de las cabezas añadió: "Tiene que ser la reina." El cuerpo largo del Dragón Feo caracoleó, lejano, y se oyeron sus coletazos de entusiasmo. Pensé que, enamorado de Lénutchka, si ella cayera al mar, la envolverían sus siete cuellos y serían siete las bocas a besarla; deseé, envidioso, una boca al menos para cada uno de mis dedos, o, siquiera, en las palmas de las manos: idea loca, ya que el Dragón Feo era incapaz de disputármela. "Háblales."

Lénutchka tendió los brazos. "Tenéis unas voces tan bonitas que me pasaría escuchándoos la vida entera." "¡Oh, gracias, gracias!" "¿Os parece que cantemos?", propuso alguna, no sé cuál; y todas respondieron que sí, y que se retirarían al fondo de la gruta, que era desde donde sonaba mejor. Lénutchka les dio las gracias, y se fueron retirando, sin ocultarse, sonrientes y complacidas. Cuando ya estuvieron lejos, que no se les veía, quedó llana la mar, verde y espejeante, porque entraba el sol en la gruta y hacía en su interior una fiesta de luz. "¡Cantar el himno a la vida!", grité, con las manos de bocina, y respondieron que ya lo habían pensado, y un momento después empezó la obertura, y a continuación las primeras estrofas. Estaba tibio el aire, y salobre. Lénutchka me preguntó si la dejaba bañarse. "¡Pues claro! Y yo me bañaré también." Quedó desnuda en un santiamén, y se lanzó a las aguas desde lo alto; yo, menos ágil, hube de descender por las rocas, y antes de entrar en el agua, metí la mano para ver si estaba fría, no fuera que me diese un calambre. Como Lénutchka nadaba pausadamente, pude alcanzarla y nadar a su lado y a su ritmo. Se me vinieron a la memoria imágenes paganas de tritones, de náyades y de otros seres nadadores, y, conforme lo pensaba, nos íbamos cambiando, hasta perder la estrecha conciencia de humanos y sentirnos en comunicación con las inmensas aguas de aquél y de otros mares; con su color y su luz; con los mudos pececillos que ahuyentábamos al paso, con las rocas y las guijas del fondo. Caballos de Neptuno, pareja de delfines, escualos rápidos de especie inofensiva: todo eso fuimos, y al encontrarnos junto a las siete bocas que cantaban seriamente su oratorio, nos sentimos hermanos de ellas. ¡Qué distinto era todo, sentido desde un corazón de bicho! "¿Quieres volar?", le pregunté a Lénutchka; dijo que sí, y nos cambiamos en gaviotas de ancha envergadura. El aire estaba limpio, y lucía un sol enorme. "¡Arriba!" Ascendimos. Iba quedando lejos el canto del Dragón Feo, en aquella parte precisamente en que la afirmación de la Vida se trasmuda en afirmación del Amor y en que todas las voces se remontan a los más elevados gorgoritos, y la isla parecía poco más que un puntito flotante en medio de la mar. Nuestras alas batían en el aire, acompasadas, y el sol se aproximaba. "¡Más arriba!", gritó Lénutchka entusiasmada; y la seguí: hasta que no se vio la isla, hasta que en el Oriente se dibujó la costa de Muxía. Planeamos un poco, en aquellas alturas, y, al descenso, trazamos una espiral de radio cada vez más cerrado, yo detrás de ella, y al rozar la cresta de una ola, el pico de Lénutchka pescó una sardina incauta, que, con la risa, se le escapó. Volábamos entonces al ras del agua, emparejados, y me sentía tan traspasado de vida, que le propuse irnos al nido entre las rocas, a amarnos un poquito. "También a mí me apetece, me respondió, pero con nuestros cuerpos, no con estos prestados." Los recobramos, los nuestros, nada más tocar el suelo de la isla, cerca de nuestra cabaña, que subsistía: nos miramos y nos echamos a reír, porque veníamos perfeccionados, y a mí, sobre todo, se me notaba aquella juventud que no era mía. Lénutchka interrumpió las risas. "Devuélveme la verruguita que tengo junto al ombligo y la muela postiza; y tú, si no te parece mal, recobra tu barriga." "Jamás tuve esta belleza, menos aún este vigor. Me gustaría conservarlos." Ella me echó las manos a los hombros y me miró severamente. "Soy una muchacha soviética educada en el materialismo histórico y dialéctico, y, por lo tanto, enemiga de toda idealización. Te quiero como eres, no así. Como juego divertido, pudo pasar, pero el amor es una cosa muy seria, y me parecería tener en brazos a otro hombre." Palabra tras palabra, fui recobrando todas mis imperfecciones. Entonces me cogió de la cintura. "Ya podemos entrar en la cabaña."

9 de julio

Esta pausa en la narración a que me veo obligado por razones de innecesaria explicación, me deja espacio para traer a cuento, a guisa de secuencia informativa y meramente narrativa, quién es esta Lénutchka de la que vengo hablando y a quien en las primeras páginas no me había referido. Comprendo que los datos aducidos hasta ahora resultan insuficientes para quien exija sus señas de identidad; porque hay personas que solicitan del arte más de lo que da la vida y si admiten que, en la realidad, aparezca una persona sin más ni más, y hasta se meta en la vida de uno sin razón aparente que lo justifique, si de relatos se trata, quieren saber de dónde viene, cómo se llama y por qué está aquí. Lo que voy a contar es anterior a la novela misma, y al mismo tiempo que aclara las circunstancias civiles de Lénutchka, servirá para que el lector sepa también quién le habla, acerca de lo cual poco le he dicho, y este poco falso; claro que tampoco estoy seguro de la veracidad de lo que afirme ahora, pero, entre una cosa y otra, quiero decir, entre aseveraciones y rectificaciones, la verdad irá saliendo, si es que sale, y a lo mejor yo mismo acabo por enterarme de cómo soy. Es el caso que un día de estos se me ocurrió la invención de una aventura amorosa de fuerte sabor erótico, contada en primera persona, de tal manera que los desconfiados la pudiesen tomar por experiencia personal y confesión disimulada, lo cual siempre ayuda a triunfar en sociedad y a conseguir galardones gloriosos, lo cual hubiera sido fácil si de mi memoria personal hubiera podido extraer algunos recuerdos que me sirvieran de materia; pero resulta que en ese orden de cosas, mi memoria es una especie de Tebaida, y si algo se llega a rastrear en ella, más pertenece al orden de lo soñado que de lo vivido, y a una clase especial de sueños, los literarios, ya que me había entrenado en la imaginación de Dulcineas, primero, y después de Guiomares, que, como en la ascética celda del poeta, entraban en la mía, casi corpóreas, y allá se nos iba a ambos toda la pólvora en salvas, quiero decir en palabras, que, sin embargo, bastaban. Con esta práctica remota me metí a resolver el caso presente, esa historia de amor a que me he referido, y no por necesidad que hubiese de ella, sino por imitar a los modelos del día, que cuentan todos con pelos y señales una de esas escenas llamadas fuertes en que consiste el amor, y aunque hubiera podido atribuírsela a cualquiera de mis personajes, y verme así libre de la pejiguera de nuevas invenciones, me dejé seducir por la ilusión, ya mentada, de que me creyeran protagonista, y por eso escribí lo que sigue y como sigue: Yo fui un don Juan, si ese nombre conviene a quien jamás dijo que no a la vida en sus más espléndidas manifestaciones: la mar, la primavera y las mujeres hermosas. Las quise y me quisieron, y jamás en mi ejercicio del amor se intercalaron cuestiones aledañas, hasta el punto de ser, a ese respecto, el menos metafísico de los donjuanes. Si un amor vino tras otro, debe de ser por la misma razón por la que las primaveras se suceden. Y como a ellas les pasaba lo mismo, nunca tuvimos nada que echarnos en cara y siempre nos separamos tan amigos, convencidos de consuno de que, cuando dos seres se hastían, lo mejor es poner aire por medio. Hasta que un día me dejó una mujer y no encontré con quién sustituirla. Me sorprendió al principio, pero pronto comprendí que la jubilación había llegado. Y no fue para mí una tragedia, ni siquiera ocasión de hondas melancolías, ni nada de eso. Me dediqué a escribir, eso fue todo, y no precisamente mis memorias, que no creí que le importasen a nadie, sino ficciones vulgares, algo en que pudiera entretener mis largos ocios y mi imaginación; y en eso me encontraba, autor de algunos libros de escasa relevancia, cuando, hace dos o tres años, o quizá nada más que uno y medio, me llegó una carta de Rusia, concretamente de Leningrado, con un bonito sobre y unos sellos codiciables, en la que una muchachita que se decía profesora de literatura me pedía ciertos datos y me enviaba ciertos elogios. Es fácil comprender que me sintiera halagado, y aun envanecido, porque una carta llegada de tan remotas tierras, de tierras que todavía conservan para nosotros algo de mítico y algo de legendario, no la recibe cualquiera: el Leningrado de *Noches blancas*, del diecisiete de octubre, de las callejas calurosas por donde deambulaban Raskolnikov hambriento y Sonia prostituta, era ya para mí más que un punto del mapa, más que un nombre cambiante. Me apresuré a responderle, y fueron aquellas dos las primeras misivas de una larga correspondencia que, en un principio, se limitó al intercambio de informes y juicios literarios, pero poco a poco fue trasmudándose en doble sistema de seducción a distancia, de modo que, por lo menos, la persona de Lénutchka se me fue instalando en la imaginación, primero, y, más tarde, en el corazón. Vivía pendiente de sus noticias y, si se retrasaban por el mal tiempo o por cualquier otra circunstancia meteorológica o política, andaba ansioso como un muchacho que se enamora por vez primera, pero con los tintes dramáticos del que sabe que será el último amor. Llegó a notárseme y a causarme dificultades entre la gente, y no podía explicarlo, porque nadie me creería si confesaba mi pasión por una mujer desconocida: a mis años ya no suceden esas cosas y, si suceden, es que el sujeto no anda bien de la cabeza. Sin embargo, era así, yo no estoy loco. Llevaba conmigo sus retratos y, en cualquier momento en que me hallase a solas, los contemplaba y a veces llegué a besarlos. Me decía a mí mismo: "Si eres capaz de amar de esta manera, no estás tan viejo como crees"; engaño, a todas luces, ilusorio: porque ya estaba viejo.

Una vez, pasados ciertos días en que el amor se me subió a la cabeza y temí que acabase en furia, me decidí a declarárselo, y le escribí una carta breve, con estas pocas palabras, más o menos: "Me acontece que me he enamorado de ti, y espero que no te incomode el saberlo, ya que has hecho lo posible para que me sucediera, aunque quizá sin darte cuenta. Me acuso, por otra parte, de lo mismo, aunque con resultado opuesto, a lo que se ve. En cuanto enamorado, no soy hombre que viva de ilusiones, sino que me apetece hasta la desazón la realidad de tu cuerpo. Pero estamos separados y lo estaremos siempre. ¿No te parece que debe ser ésta la última de nuestras cartas? Te deseo que seas feliz. Conservaré de ti un hermoso recuerdo, el más hermoso de los míos, que ya son muchos, que ya son demasiados. Adiós". Y puse en juego, después de haberla enviado, todo el esfuerzo de que soy capaz para olvidarla. Creí que se reiría de mi carta, aunque quizá con melancolía, y que no volvería a escribirme, pero su respuesta fue, esta vez, rápida y, como mi carta, breve: decía abiertamente que me amaba también, que este amor llevaba tiempo atormentándola, y que no sabía qué solución podía darle: porque eran muchas, en efecto, las circunstancias que nos impedían encontrarnos. Su estudio y descripción, una por una, fue la materia de mi respuesta: cinco o seis pliegos de análisis moroso, lúcido e implacable, que bien pudiera haber resumido en estas pocas líneas: ni tú puedes salir de Rusia, ni yo quedarme en ella junto a ti; y, aunque pudiera, ¿cómo salvar esa enorme distancia de los años que nos separan? Cuarenta y tantos al menos, y a ninguno de los dos le satisfará reducir el amor a paseos por las veredas de los jardines durante una escapada de verano, por otra parte difícil, pues si no soy bien visto en mi país, tampoco creo serlo en el tuyo. En cuanto a cartas, por ardorosas que sean, ¿no sabemos, por las que nos hemos escrito, que el agua vista y no bebida incrementa la sed? "¡Nada de cartas ardorosas!", me respondió ella; "ni una sola palabra que no sea comedida, ni una sola alusión demasiado clara. Me han educado en la severidad sexual, detesto el erotismo desvergonzado de las muchachas occidentales. Y una cosa es amarse con los cuerpos, a lo que estoy dispuesta porque soy sana, y otra andarlo diciendo y, peor, escribiéndolo. Pueden ir y venir

131

nuestras cartas hasta que uno de nosotros muera; puedes contarme tu vida, como yo te contaré la mía; pero, sobre lo que no podemos hacer, el silencio". ¡Vaya programa, el que me proponía! Aunque, en el fondo, me agradaba, porque nunca fui partidario de la imaginación erótica y, como Lénutchka, he pensado siempre que las cosas, cuando se hacen, no se dicen, y que el que las anda proclamando es porque no las hizo nunca, y que escribirlas es una especie de sacrilegio (lo cual se contradice, evidentemente, con el proyecto narrativo que me había llevado a la invención de esta historia). Fue lo que convinimos, y pasamos algún tiempo en misivas melancólicas de contenido autobiográfico: con los estudios de ella, sus diversiones y el cuento de sus amigos; con mis trabajos y propósitos, también con mis dificultades y esperanzas. Y cuando empecé a pensar esta novela, se la conté: "Un conjunto de palabras en el que estaré yo mismo, hecho palabra también; con las cartas a la vista, quiero decir, con la advertencia reiterada de que es una ficción verbal, y en modo alguno una historia verdadera ni siquiera verídica". "Puestas así las cosas, respondió ella, ¿qué clase de realidad pueden tener tus personajes?" "Más o menos la misma que Emma Bovary si, al mismo tiempo que su historia, lees las cartas de Flaubert en que cuenta cómo la va escribiendo." "¿Tan seguro te encuentras?" "Vivo en un mundo de palabras, ellas lo hacen y lo deshacen todo, a condición de que sean públicas. No hay otra realidad que la que la palabra pública recoge, y lo que excluye, no existe. Por eso tienen tanto cuidado con las palabras, las favorecen o las persiguen, según convenga. Por eso me he propuesto crear con ellas una realidad más duradera, esa ficción de que te hablé y en ella sólo muere aquel a quien se mata con palabras, y los hombres y las mujeres aman cuando se escriben las palabras del amor." No sospechaba yo la decisión que iba a tomar Lénutchka, sino más bien que me contradijera, pues, hasta entonces, nuestras ideas literarias no habían concordado mucho a causa de su formación marxista, que la llevara a profesar el social realismo. Por tanto, me sorprendió una carta larguísima, e incluso algo monótona, llena de citas, distingos y digresiones, en que sofisteaba de lo lindo para exponer las razones que la empujaban a pedirme que, ya que otra solución no nos cabía, la metiera también en la novela; es decir, la redujese a mi misma condición de sistema verbal para que, así los dos, en el relato, pudiésemos amarnos, "a condición, añadía, de que halles la manera de que la intimidad de nuestro amor no se publique. Conoces lo suficiente mi pudor; además, como rusa que soy, amo mi intimidad por encima de todo". Lo cual, por lo pronto, limitaba bastante mi propósito. Dos o tres cartas se consumieron en buscar soluciones para este nuevo problema, hasta que nos decidimos a escribir entre los dos una segunda novela, ésta secreta, en la que se contase con pelos y señales lo que pasaba a solas: con lo cual la situación se resolvía felizmente, sobre todo en sus extremos más dramáticos: el salto por encima de las fronteras y lo que pudiera derivarse de mi próximamente anciana condición. Pero, al mismo tiempo, me daba ocasión de llevar a la realidad el propósito que me había conducido a la invención de Lénutchka: la busca de compañera en una narración erótica.

La novela secreta, escrita al alimón, la custodiamos bajo doble llave, y contiene la puntual memoria de lo que aconteció desde que Lénutchka arribó a Villasanta, ligera de equipaje, una tarde de lluvia. De todo lo que se cuenta en ella, poco, muy poco, lo puedo referir: nuestra primera entrevista, en el bar del aeropuerto, que fue algo así como la comprobación de que lo que esperábamos coincidía con lo que teníamos delante: un examen recíproco del que salimos airosos, afortunadamente, de lo que puede inferirse que, si bien habíamos exagerado un poquito en nuestra correspondencia, no nos habíamos mentido. Llevé a Lénutchka a la casa que esperaba compartir con ella: el palacio de los condes de Abraldes, lleno de cortinajes rojos, bronces decorativos, arañas de cristal y alfombras portuguesas: ella lo recorrió con júbilo, pero creyendo que la había metido en un museo. Cuando le mostré la habitación, con su alto lecho, grande como un estadio y con tantos colgajos de damasco, pareció volver de un sueño y dijo que sus convicciones le impedían vivir en una casa así; que lo que ella necesitaba era una habitación de nueve metros cuadrados, o algunos más, no muchos, si no había más remedio: austera de moblaje y sin más decoración que algunas reproducciones de cuadros clásicos o algún póster bonito, y que, además, no estaba dispuesta a vivir a mi costa, sino enteramente por su cuenta, y que, al respecto, lo más que admitiría era que alguna noche la convidase a cenar: de modo que no tuve más remedio que buscarle un trabajo, y lo encontré en la Universidad, donde le encargaron de unos cursos sobre literatura rusa y sobre los formalistas. Se vio obligada a aceptar, para aquella noche primera, el palacio y el lecho de cortinas, del que no salió descontenta, creo yo, pero con sentimiento de culpa, como si hubiera dormido en el lecho de la emperatriz Catalina en su palacio de Leningrado: algo totalmente prohibido. Hizo también una distribución de los horarios, tanto para el trabajo, tanto para la compañía, y que no habíamos de fantasear demasiado, no fuera que a mi lado acabase perdiendo el sentido de la realidad; pero debo confesar que a ese respecto se muestra bastante generosa, e incluso complacida, cada vez que la llevo conmigo en mis imaginaciones. Tuve que arreglar su situación civil con la policía y todo eso, de modo que transita por las calles de Villasanta con toda legalidad. Su figura se ha hecho familiar; los estudiantes la invitan y se divierten mucho cuando ella les dice que por el camino que llevan acabarán hundiendo la civilización. ¡Cómo que la creyeron una rusa de derechas! Con lo que no transige es con la libertad sexual de las muchachas. "¿Es que se han olvidado del amor?", me preguntó, asombrada, un día.

Lo que voy a decir ahora lo consulté con ella; incluso lo esbocé y se lo leí, no fuera que después se disgustase. Acabó por aceptar la necesidad de incluirlo en la novela, y sólo puso de condición que lo expresase en conceptos abstractos, sin una sola imagen. Se refiere a nuestra intimidad amorosa, la cual, elaborada de meras palabras, como todo lo demás (y perdón si insisto en este aspecto, tan importante, de mi narración), podía ser como nos viniera en gana, sin más limitaciones que las que nacen de las palabras mismas: porque todo cuanto los hombres hemos inventado cabe en nuestras palabras y aun nos sobran. Pero se me ocurrió, o surgió de algún viejo deseo o de algún antiguo anhelo, que podía dar cumplimiento a un viejo afán humano, es a saber, el de sentir, con su placer, el placer de la amada, de modo que se llegase a la más íntima e imposible comunicación: porque lo que cada hombre experimenta, y es la razón de esa desgana decepcionada que sigue al coito, es sentirse encerrado en sí mismo con sólo su placer, mientras lo ignora todo del placer de la otra. Lo pensé unos cuantos días, los que tardaron en conocerse nuestros cuerpos, y cuando ya habían inventado su lenguaje y no quedaban más que las sorpresas de matiz me hice a mí mismo partícipe de sus sensaciones, y a ella de las mías, fácilmente, como que no hubo más que escribirlo, y ¡zas!, fue para ella como un susto o una sorpresa, y se quedó turulata y como renovada, como aquel que descubre que el mundo es de otra manera y mejor. Cuando se recobró y me preguntó lo que había pasado, y se lo expliqué, tardó bastante en responderme, mientras yo la observaba; y después dijo: "Siento como si hubiera robado algo de Dios, en el que, sin embargo, no creo", y, unos segundos más tarde: "Y pienso en una muchacha de Leningrado, que estará ahora durmiendo en su camastro monoplaza, y a la que nunca le será dado amar así".

9 de julio

Empiezo a armarme un lío. Esto lleva camino de convertirse en una madeja de veinte cabos, imposible de devanar, al menos a derechas. Y, lo que es más grave, cada nuevo personaje que incluyo en la narración trae consigo pretensiones protagonistas, o, al menos, de igualdad con otros personajes, de manera que ninguno resalte: aquí nadie quiere ser menos que nadie, como me recordaba el otro día don Justo Samaniego. La presencia del Dragón Feo, inevitable ya, me obliga a crear situaciones nuevas y acaso algún personaje en el que no hubiera pensado; me obliga, sobre todo, a inventarle una historia que lo encaje en las de Villasanta, aunque de esto puedo muy bien encargar a don Procopio, que se sabe todas las de la ciudad, y que verá mejor que yo el tiempo y el lugar del acomodo. Estoy seguro de que el canónigo lo hará de muy buen grado, pero no es ésta la única ayuda que mi situación requiere, según me hizo ver Lénutchka cuando regresábamos de Mazaricos. Que lo hicimos, por cierto, en el buque semanal, cogido por los pelos en el muelle y dejando a un periodista (de los que se ven de frente) que quería entrevistar a Lénutchka y averiguar si era la reina. El barco abrió, el periodista hizo unas cuantas fotografías, cada vez desde más lejos, mientras se congregaban en el muelle melancólicos rostros que despedían con pañuelos y lágrimas a la que apenas lograban ver. El barco salió a alta mar, nos sentamos en la bancada de popa y no nos habíamos alejado muchas millas cuando aparecieron súbitamente las cabezas del Dragón Feo, que nos había seguido según convenio y que ahora, lejos ya de la isla, emergía. Venían muy contentas las cabezas, y el Dragón en su conjunto hizo toda clase de monadas a lo largo del viaje. Pero Lénutchka más fingía atenderle que le atendía (las monadas las hacía el Dragón en su honor), porque nos habíamos metido en una discusión literaria que, de momento, le importaba más, y a mí también. Decía Lénutchka, e insistió en su opinión hasta convencerme, de que me convenía distribuir el trabajo y descargar al menos alguna parte de él en algunos de los personajes que pudieran contarlo en mi lugar, y que incluso ella misma podía asumir la responsabilidad de detalles menores para los que se creía capacitada. Pero era el caso que llevábamos ya bastantes páginas, y salvo en lo referente a Pablo, apenas si había ninguna otra acción iniciada. ¿Qué pasa con el padre Almanzora? ¿Qué con los anarquistas? Y si Balbina Bendaña va a figurar en la novela, ¿por qué no aparece ya?

Pero sucedió que Lénutchka empezaba a dormirse con el vaivén del barco, y acabó por reclinar la cabeza en mi hombro y quedarse traspuesta. Las cabezas del Dragón la miraron curiosamente: no se explicaban cómo podía dormirse estando tan bonita la mar y siendo tan sorprendentes las cabriolas que el Dragón venía haciendo: hube de explicarles que los últimos días habían sido muy ajetreados y que se hallaba muy cansada. "¿Te parece, entonces, que le cantemos algo?", me preguntaron; y les dije que sí, y que una habanera no estaría mal en aquella ocasión; de modo que afinaron las gargantas y sin más preámbulos empezaron con la que dice:

Allá en la playa la bella Lola
su larga cola luciendo va.
Los marineros se vuelven locos
y hasta el piloto pierde el compás.

Siguieron por esta otra:

Cuba, isla hermosa del ardiente sol...

y después de recorrer el repertorio, y toda vez que el viaje se demoraba por una avería que sobrevino y que nos
tuvo empantanados media hora en mitad de la mar, salta-
ron a las canciones mejicanas: *Si a tu ventana llega — una*
paloma... y Ese lunar que tienes, — cielito lindo, — jun-
to a la boca, — no se lo des a nadie, — cielito lindo, —
que a mí me toca. Las escuchaba al principio; más tarde
me distraje, y sin percatarme de ello me hallé metido en
una nueva imaginación que de momento me pareció extraña y fuera de lugar, pero cuyas relaciones con Villasanta
no tardé en descubrir. Su resultado fue el siguiente discurso narrativo:

9 de julio

Lo que dijo el Sibilo de Camos fue seguramente esto: "Si
un hombre se tira por la ventana o viceversa...", pero
no está comprobado. En aquella mañana de dulce lluvia
del sudoeste, la grieta del albañal que envía sus hedores
al aula olía más que de sólito, y sus efectos deletéreos
alcanzaban ya a la cuarta o quinta fila de estudiantes, y
una muchacha hubo que estuvo a punto de privarse o de
ponerse a profetizar también, pero no llegó el caso, porque fue sacada al claustro y socorrida con aire fresco y té.
Ella y los que la sacaron, pasado el susto, pusieron en cir-

culación el dicho del Sibilo, aunque ya modificado o, al menos, vacilante en su texto, pues discutieron si el literal decía: "Si una ventana se viceversa por el hombre o tira...", o bien esto otro: "Si un hombre se viceversa por la tira o ventana...", aunque un tercero en discordia sostuviese que las palabras exactas habían sido así: "Si un tira se ventana por la viceversa u hombre...", y como no se pusieron de acuerdo, y como se separaron luego y cada cual fue con la música a otra parte, la propagación del dicho, esperado con ansiedad por los círculos especializados en su oportuna hermenéutica, quiere decirse la peña del Café Moderno y la de la taberna del Buraco (en la calle de la condesa Matilde, a mano derecha según se viene del Toral), tuvo al menos tres núcleos originales y justamente dinámicos, si se prescinde de la expresión primigenia que el Sibilo había proferido en su ebriedad vaticinadora, o cuatro si sus palabras exactas (en el caso de que alguien pudiera recordarlas) se tenían en cuenta. Lo cual debió de ser así, pero da igual, ya que un núcleo único y solitario hubiera bastado como origen y causa de las transformaciones meramente posicionales que se sucedieron a lo largo del día y que ya a la hora de los aperitivos habían operado todas las combinaciones posibles; de las que, sin embargo, una fue preferida e incluso apuntada como exacta y garantizada por varios testimonios: "Si un viceversa se hombre por la tira o ventana...", por estimar los exégetas que era la más apropiada a la mentalidad del profirente. De todos modos, y contra lo que solía ocurrir, su difusión normal fue modificada por la inserción involuntaria de un factor exógeno con el que nadie había contado, y que se presentó de pronto, y con tal atractivo, que durante algún tiempo desplazó de la atención colectiva la sentencia del Sibilo, que se batió en retirada; y fue esta novedad la noticia de que en la calle de la Algalia Baja, a eso del atardecer, una señora que venía de la tienda, de comprar un cuarto litro de aceite y unas cabezas de ajo, sintió que un cuerpo extraño le rozaba la falda y creyó que era un perro y gritó: "¡Larga, chucho!"; pero cuando se le ocurrió mirar vio que no había tal perro y que lo que tan suavemente le había acariciado las pantorrillas no era otra cosa que un indio de los bravos, como que iba desnudo, sin otra vestimenta que un taparrabos encima de las vergüenzas, y llevaba dos plumas sujetas al cogote con una especie de cinta y un cuchillo de ancha hoja entre los dientes. "¡Jesús, Jesús!", empezó a chillar la vieja, y "¡Dios me valga!", y "¡Esto es lo que nos trae el turismo del demonio!"; pero cuando salieron las vecinas a inquirir el indio ya se había marchado, deslizándose como una sierpe por el ángulo de la pared y la acera, y se había perdido en la penumbra. Nadie creyó lo que decía la vieja, al menos de momento, y la tuvieron por borracha o visionaria, y en tal hubiera quedado su reputación *per sécula seculorum* si media hora más tarde don Benito Vieira, el ecónomo del Carmen, que salía de casa para asistir a la novena y dirigirla, no hubiera visto con toda claridad al mismo indio, o, al menos, a otro semejante, y ya no por el suelo, sino por la pared, como un ciempiés o cucaracha; el mismo indio sin duda, por coincidencia de ciertos datos, como el taparrabos, las plumas y el cuchillo, si bien el ecónomo del Carmen pudo añadir detalles más precisos, como el de que llevaba el cuerpo untado de aceite oscuro y el de que iba descalzo, aunque con pulseras de piel con plumas coloradas en los tobillos. A la vieja de la tienda se le devolvió el perdido crédito y unos clientes del bar de Chinto, al escuchar la noticia, salieron con garrotes en busca del comanche al que, sin embargo, no pudieron hallar, quizá porque no dejase rastro; pero: entre tanto, la viuda de Pena, mujer formal y excelente pagadora, se lo tropezó al entrar en casa y se desmayó, pero el grito que dio fue suficiente para que saliesen mujeres a las ven-

140

tanas y algunas de ellas viesen al indio, que se escurría
hacia la iglesia de Salomé y daba la vuelta a la esquina; y,
algo más tarde, dos estudiantes que venían hablando de
sus cosas a punto estuvieron de pisarlo, e intentaron
echarle mano, pero el navajo se escurrió y a los estudiantes se les quedaron pringadas de aceite de oso las palmas
de las manos y las yemas de los dedos. Había, pues, varios testigos, uno de ellos en pareja, para mayor credibilidad, y fueron cuatro centros del jaleo que se armó, hasta
juntarse en uno solo, que abarcó la ciudad entera, penetró
en los hogares, traspasó las celosías de los locutorios y
sacó a la calle a medio pueblo, hecho cada villasantino,
al menos de momento, un verdadero Buffalo Bill. Hacia
las ocho de la noche nadie hablaba de otra cosa, si no eran
los recalcitrantes que insistían en dar más importancia al
dicho del Sibilo que a la presencia, más que insólita, increíble, de un indio en la ciudad; y mientras se ensayaban
explicaciones más o menos verosímiles — la que cundió,
la que empezó a tomarse en cuenta y a aceptarse como
válida fue la de que el indio era un estudiante disfrazado,
y su presencia en la ciudad, una broma —; mientras se
intentaba, digo, dar al suceso explicación razonable, la frase del Sibilo en su última versión: "Si una ventana se
hombre por la viceversa o tira...", era sometida al análisis implacable y riguroso del grupo semiológico de cuarto
de lingüística, que debieron de llegar a conclusiones cu-
riosas, si bien bastante crípticas en su formulación verbal,
por lo que no se ponen aquí. Sucedía, sin embargo, lo
que dicen que sucede en la conocida pieza de Borodin
En las estepas del Asia central, es a saber, que dos tribus
o caravanas viajan por el desierto, se encuentran, pelean
o se juerguean conjuntamente (que esto no está muy claro), y después de la batalla o de la orgía, cada una sigue
su ruta hasta perderse en el horizonte lejano con suaves
sones de flauta; y, así, el cuento del Sibilo y el relato de

lo del indio caminaron en direcciones contrarias, se encontraron, se mezclaron y se apartaron luego, pero convenientemente contaminadas, pues lo que se dijo de una parte fue que un indio con puñal y plumas se había tirado por una ventana, y, de la otra, que un viceversa con plumas en la primera sílaba y un puñal en la tónica se tiraba por el indio o ventana: lo cual, sobre música de flautas, quedaba muy bonito, aunque igualmente ininteligible. Aquella noche, todos los que tenían el disco de Borodin, o una *cassette* al menos, los hicieron sonar, y los que no lo tenían de una manera ni de la otra, ni siquiera como mera partitura para piano, lo cantaron o silbaron a varias voces, que daba gusto oírlos, y aquella noche y aquella madrugada no se escuchó otra música, y no faltó quien propusiera irse a la cueva del Dragón Feo, que queda bastante lejos, y cantarlo a la entrada, para que al día siguiente el eco lo reprodujera; y si no hicieron la expedición, que estuvo pensada y organizada, con proyecto de comilona y fornicio al terminar, fue porque a aquella hora descargó una verdadera tromba de granizo y agua que impidió toda tentativa caminera. De modo que hubieron de dejarlo para otro día.

El Sibilo de Camos es ese hombre que baja por la rúa da Raíña cantando por lo bajo y que se mete en la taberna de Paca la de Barcelos — una portuguesa con algo de sangre oscura, bien formada y cachonda, que guisa con receta propia y secreta las almejas —. Responde también al nombre de don Cresconio Valeiras, que es el que utiliza la gente cuando lo interpela, reservándose el otro para cuando se habla de él, si no son las ocasiones en que alguien se equivoca y le dice: "Don Sibilo", lo que sucede con frecuencia, si bien él, o no se da por enterado, o hace como si tal. En tanto Sibilo de Camos, se titula profesor agregado de Derecho penal en la Universidad, y tal puesto lo alcanzó después de haber ejercido con silencio y constancia la adhesión sin condiciones a todos los catedráticos de la misma asignatura que pasaron por la Universidad en los últimos treinta años: unos quince. Como tal profesor agregado, fue silbado y pateado en distintas coyunturas, protestado otras tantas y bañado un día de enero en la fuente de Platerías por unos estudiantes desalmados, no obstante lo cual se le estima, y las tentativas que se hicieron para jubilarlo antes de tiempo fracasaron por oposición expresa del personal: más de mil firmas autorizaron un escrito al rector en el que a don Cresconio se le consideraba incurso en el folklore universitario como las togas, los birretes y las mazas de plata y, como tal, inamovible. Por todo lo cual, emocionado, dio las gracias al concurso y aprobado general en el último trimestre.

Don Cresconio Valeiras excede en buenas cualidades a lo más respetable del claustro, pues si bien es cierto que ignora el Derecho penal en medida inimaginable, canta en cambio como nadie arias de todas las óperas, y bastantes dúos, en cuya ejecución a la voz del barítono que es la suya natural responde con un falsete muy aceptable en la parte de soprano; y tiene además la propiedad de sustituir el modo normal de hablar por el recitativo, al menos cuando se dirige a su mujer, y a Pepa la de Barcelos en la intimidad, lo que le hace mucha gracia a la portuguesa, que no entiende de música dramática como no sean los fados. Y esto lo hace Cresconio porque escucha en su interior el son suave y cristalino de un clavecín de acompañamiento, como el que suena en *Las bodas*... en su versión italiana, que es la que él se ha aprendido. *Item* más, es un padre excelente, pues aunque sólo tuvo un hijo que se le murió de unas paperas (quizá por falta de medicinas) allá por el comienzo de los cuarenta, no falta aniversario en que no acuda al cementerio con un ramo de flores, del brazo de su esposa y vestido de negro. Las flores las lleva ella. Don Cresconio va recordando las gracias y virtudes del mancebo, que era listo como pocos, y ocurrente; la señora, doña Remedios, va respondiendo que sí, que sí, y llorando; pero, cuando don Cresconio, ya cerca de la necrópolis, insinúa un esbozo de queja ante los designios de la Divina Providencia, que los dejaron sin retoño tan lucido, doña Remedios cesa en el llanto y en los suspiros para tomar el partido del Señor y defender su voluntad, cuyo acierto, cuya insondable previsión quedan bien claros al tener en cuenta el destino de varios niños nacidos al tiempo de Segundito (que fue durante la guerra, con su padre en el frente; el niño había sido engendrado durante un corto permiso), como Pepito el de Martínez, muerto de tisis a los catorce años, y Luisito el de Gómez, que se fue a América y no se supo más de él, y Federico el de Suárez, que anda tirado por ahí y estuvo varias veces en la cárcel. "Pero eso no quiere decir, mujer, que al nuestro le sucediese otro tanto." " ¿Qué sabes tú? Cuando Dios se lo llevó, sus razones tendría." A lo que don Cresconio dice que sí, y se calla.

Don Cresconio es presidente vitalicio de la Liga Contra el Congrio Con Arroz (L.C.C.C.A.), sociedad debidamente autorizada por la oficina competente, y cuyos estatutos han sido varias veces modificados en los últimos años con objeto de que sus verdaderos fines queden justificados y, sobre todo, disimulados. La Liga Contra el Congrio Con Arroz, aparentemente, es una sociedad cultural deportiva, cuyos miembros van de pesca los domingos y organizan anualmente un concurso de comparsas de cuyos cantos satíricos se premian la mejor letra y la peor música: pero, en realidad—y todo el mundo lo sabe, aunque lo calle— la Liga no es otra cosa que la pantalla tras de la que se disimula la antiquísima y en otro tiempo privilegiada cofradía de San Carallás, que la Inquisición prohibió en el siglo XVII con el pretexto de que su titular no figuraba en los catálogos y era un santo fantástico. Lo que entonces aconteció se sabe por don Procopio y se sospecha que es más lo que se calla que lo que dice. A don Procopio le tienen miedo hasta los eruditos, y no hay autor que trate de la ciudad o de sus cosas que no acuda a consultarle: así anda el hombre de atareado. No lo hizo el profesor Jiménez Bastos, recién venido a la cátedra después de estudios muy brillantes en Heidelberg, donde fue el discípulo favorito de Schmidt y, sobre todo, de Fürstenberg, que apadrinó su tesis. Cuando llegó a Villasanta y aspiró a conocerla piedra a piedra, le dijeron que nadie como don Procopio podría servirle de cicerone, pero Jiménez Bastos respondió que no necesitaba de ayudas, y menos de la de un preste que ocupaba un puesto secundario en la jerarquía profesoral, por mucho que supiese; que él lo había aprendido todo en Heidelberg, de Schmidt y, sobre todo, de Fürstenberg, y que con sus saberes le bastaba y le sobraba para entender las piedras de Villasanta. De modo que gastó un montón de tardes en recorrer iglesias, examinar claustros y estudiar capiteles, y al cabo de este tiempo anunció una conferencia acerca de los doce relieves que en el claustro de la catedral narran la historia de San Jorge y el dragón. Se supuso que el auditorio sería numeroso, y el rector cedió el paraninfo para el acontecimiento. Se reunió, en efecto, mucha gente, aunque llovía aquella tarde a cántaros. Don Procopio se escabulló de los estrados a que tenía derecho y se mezcló a la plebe, y desde un rincón escuchó la conferencia sin pestañear. Lo que vino a decir Jiménez Bastos fue que nada de San Jorge, cuya figura ecuestre, por lo demás, aparecía gastada por el tiempo e inidentificable; que lo que allí se contaba eran nada menos que los trabajos de Hércules entendidos como la lucha de un dios solar contra los dioses ctónicos, que claramente el dragón representaba, tras lo cual quedó muy satisfecho y fue muy aplaudido por un público que escuchaba por primera vez los nombres de Schmidt y de

145

Fürstenberg, pero que los veneraba ya. A don Procopio nadie pudo encontrarlo, a la salida, y los más suspicaces lo supusieron bastante resentido contra Jiménez Bastos, que traía de fuera nuevas ideas y nuevos modos de interpretar el románico (a la luz, sobre todo, de la moderna antropología y de la ciencia de las religiones). Al día siguiente, don Procopio se quedó en cama con un catarro; al otro, tenía una gripe, y se empezó a murmurar que escondía su derrota; al tercero, su colega Balbina Bendaña Cubero (la B.B.C. para los estudiantes) fue a visitarlo, pero le respondió la criada que no podía recibirla porque estaba con fiebre alta; al cuarto día, nadie se acordaba ya de don Procopio, y al profesor Jiménez Bastos se le escuchaba con respeto, aunque fuese bastante afectado en su modo de hablar y aunque incluyese en sus lecciones larguísimas citas en alemán moderno. Pero, al quinto día, don Procopio se presentó en clase como si nada, y curado, y, al sexto por la mañana, *El Día* publicó en tercera plana un largo artículo de don Procopio, primero de una serie, bajo el título general de "La cofradía de San Carallás y la historia de su disolución". En este primer artículo se limitaba a explicar cómo el nombre primitivo del héroe, a juzgar por ciertos documentos que citaba, fue el de Ullán, más tarde Illán y, por último, Juan, que en gallego hace Xan, transformado finalmente en San, de donde se derivaba un verdadero montón de equívocos. La gente lo leyó con interés, y no digamos don Crescencio Valeiras y sus cofrades, pero todo el mundo lo entendió como cosa local, sin más alcances, y el señor Jiménez Bastos ni se dignó leerlo. En el segundo artículo relató don Procopio cómo la cofradía de San Carallás, a fines del siglo XVII, justamente en 1696, elevó un escrito al señor arzobispo, que lo era entonces don Pantaleón de Ozores y Caamaño, el mismo que levantó la Casa de la Parra para cobijo de su querida, en el sentido de que debía elevarse un altar al santo en la catedral con culto de dulía y fiesta el segundo miércoles después de Pascua, fecha, según la tradición, en que el obispo de Iria Flavia descubrió el sepulcro del apóstol que el Dragón Feo y San Carallás custodiaban juntamente, a lo que se negó el arzobispo, después de asesorado de la Santa Inquisición y de los mejores teólogos jesuitas de la localidad. Rearguyó la cofradía con mención de sus antiguos papeles y de cuanto en ellos se decía, y razonó su oposición con el texto de su reglamento y de las bulas en que se le reiteraba con carácter de exclusividad el cargo de cuidar y tener propia y en buen estado la imagen del Dragón Feo que se guarda en el claustro y se saca en la procesión de Corpus Christi, así como de procurar que, con viento, lluvia o sol, en paz o en guerra, no faltase ningún sábado, sin otra excepción que los de la cuaresma, música de cámara en sus modalidades de viento, cuerda y percusión, a la entrada de la cueva del rey Cintolo, que llamaban también del Dragón Feo. Pero los asesores del arzobispo, listos más que el hambre que eran, pues cortaban dos pelos en el aire, sobre todo si eran pelos latinos, dieron a aquel montón de documentos la interpretación racional y justa, es a saber, que en todo el negocio se enmascaraba nada menos que un culto demoníaco, y que era el verdadero Satán a quien se invocaba bajo el nombre y las especies de Carallás. Mandaron dar tormento a los miembros de la cofradía, y como uno de ellos, más flojo que los otros, dijera que sí a todo, en sus declaraciones hallaron fundamento para decretar la supresión de la cofradía y la prisión de sus miembros, que así murieron todos sin comerlo ni beberlo, unos en la mazmorra, otros en la hoguera. Se comentó este artículo, en ciertos medios clericales, desfavorablemente a don Procopio, de quien solía decirse que estimaba en más la verdad histórica que la conveniencia de la Iglesia, y se corrió la voz de que el padre Almanzora había ido al señor obispo auxiliar como portador de un ruego unánime de que aquel canónigo espúreo fuese expulsado de la diócesis después de condenarle, de ser factible, a una buena excomunión, pero cuando la cosa llegó al arzobispo, éste dijo que eran bobadas y que dejasen en paz a don Procopio y al Dragón Feo, del que, sin embargo, escucharía con gusto cualquiera de los conciertos que solía ofrecer en su cueva, sobre todo si cantaba gregoriano. Aconteció también que don Cresconio Valeiras citó a la junta directiva de la L.C.C.C.A. en un reservado del "Moderno", al que llegó, cuando todos se hallaban reunidos y sólo a faltar él, cantando por lo bajo, pero muy distintamente, *Celeste Aida*, con aquella su hermosa voz; y anunció que las cosas habían cambiado tras el escrito de don Procopio, y que inmediatamente haría las gestiones pertinentes a la restauración de la antigua y muy meritoria cofradía hasta ahora disimulada en una vulgar sociedad de caza y pesca, y que a partir de entonces los conciertos en la boca de la Cueva del Dragón serían públicos, se anunciarían en los diarios locales y se llevarían allí todos los tríos, cuartetos y orquestas filarmónicas o sinfónicas que pasasen por Villasanta, hasta que los fondos de la cofradía permitiesen traerlas especialmente de Filadelfia, en Estados Unidos; de Stuttgart, en Alemania, y de la BBC en Londres. Hasta aquí la incidencia del caso en las preocupaciones y actividades extrauniversitarias del Sibilo de Camos; desde aquí, precisamente, las tribulaciones del profesor Jiménez Bastos, a quien la mañana siguiente un alumno pelotillero le llevó a clase el recorte del artículo de don Procopio, en el que daba cuenta, y copiaba las actas, de una reunión habida entre el señor arzobispo, el Santo Tribunal de la Inquisición y los jesuitas asesores, con el fin de acordar en qué sentido debería orientarse el culto a San Carallás, despojándolo de adherencias paganas y diabólicas y restituyéndolo a la verdad. Sostenían los jesuitas que el ver-

148

dadero protagonista de la leyenda no era otro que el arcángel San Miguel, y que el muñeco que bajo el nombre, unas veces de Coca y otras de Dragón Feo, se guardaba en el claustro, utilizado en ciertas fiestas como instrumento paralitúrgico, representaba, como era bien visible, dada su fealdad, al mismísimo demonio. Había, pues, que restaurar su antigua relación con el valeroso arcángel, *unus ex septem qui astamus ante Domino*, para lo cual proponían que se adquiriesen, de las monjas benitas del monasterio de San Miguel das Donas, en la diócesis de Lugo, unos bajorrelieves antiguos representando la lucha de San Miguel con el Dragón y su victoria final: piedras que las monjas tenían muy descuidadas y de las que seguramente se desprenderían si las pagaban bien. El arzobispo, que era bastante ingenuo, preguntó que qué harían con las piedras, y el jesuita que llevaba la voz cantante le respondió que simular su hallazgo con el pretexto del arreglo de una pared cualquiera, y convencer a la gente, con ellas a la vista, de que no había tal Carallás, sino el mismo San Miguel vivito y coleando. Uno de los miembros del tribunal, aunque no fuera más que por oponerse a los jesuitas (era, naturalmente, un dominico), arguyó que aquello era una trampa, a lo que le respondió el jesuita con ardides casuísticos y con que el fin justifica los medios, y que de un pequeño engaño se deduciría un inmenso bien: razonamiento que convenció al concurso, como lo demostró la votación siguiente, por lo que quedó acordada la gestión compradora ante la madre abadesa de San Miguel das Donas, que era una fidalga de muchas campanillas y se llamaba Estefanía de la Cámara Mendoza: allá fue un propio del arzobispo con cartas garantizadas y un presente de licor estomacal. Llegaron a un acuerdo, se pagó lo convenido y unos alarifes juramentados que se trajeron secretamente del reino de Valencia realizaron la operación hasta dejar bien instalados en la pared sur del claustro y precisamente en el lugar en que reposa la Coca, las doce piedras en relieve, que don Procopio, con fundadas razones arqueológicas, atribuía a un escultor del siglo XII formado en la escuela auvernesa. Como apéndice del artículo transcribía las cláusulas del contrato de compraventa entre el arzobispado y el monasterio, con sus sellos, testigos y garantías. El profesor Jiménez Bastos quedó chafado. Le dijo al pelotillero que habría que ver si aquellos documentos aducidos por el preste no eran falsificación o fantasía, y que él iba a investigarlo, y que si descubría la más mínima trampa llevaría a don Procopio a los tribunales por difamación, a lo cual le respondió el pelotillero que le parecía muy bien, y que si, además, consideraba oportuno dar una tanda de palos a aquel entrometido, que él y otros amigos estaban siempre dispuestos; pero a esto el señor Jiménez Bastos no respondió. Don Procopio fue muy felicitado por el profesorado inferior, que se sentía reivindicado por aquella victoria; no así por el superior, corporativamente envuelto en la derrota del profesor Jiménez Bastos. Quien se olvidó en seguida de investigar la autenticidad de las pruebas que don Procopio había aducido, empezó a decir que en aquella ciudad no se podía vivir porque estaba mal visto que los catedráticos se acostasen con las alumnas, y que a él lo esperaba en Heidelberg una rubia llenita, especialista en Píndaro, de cuya habilidad erótica se hacía lenguas; y uno de aquellos días solicitó, además, la excedencia y se marchó.

13 de julio

Cuando se despertó Lénutchka estaba ya a la vista la Costa de la Muerte y se había levantado un sudeste con lluvia, de modo que tuvimos que decir al Dragón que hasta luego y refugiarnos en la camareta, donde pude, sin estorbos, contarle lo que había inventado. Me escuchó atentamente, como siempre; me interrumpió algunas veces para pedir precisiones y, al final, concluyó que le parecía bien y, sobre todo, que el que la intervención del profesor Jiménez Bastos hubiera terminado de aquella manera desastrosa no era más que un acto de justicia inmanente: "Porque ese profesor es un tipejo. No te lo quise decir, pero el otro día me encontró en la biblioteca, se sentó junto a mí, me hizo muchas preguntas y acabó por invitarme a su casa para mostrarme unas diapositivas de iglesias bizantinas muy poco conocidas, como que las había hecho él mismo en los monasterios del Monte Athos. Acudí, inocentemente, y lo hallé vestido con un pijama de seda psicodélica y una bata de moaré entre violeta y amarilla; pañuelo encarnado al cuello y babuchas. Tenía preparado un té en un samovar de plata, muy bonito, por cierto, con pastelillos de crema y medias noches, todo con música de Thchaikowski y una media luz forzada, porque eran las cinco y media de la tarde. Me quedé, de momento, sorprendida, pero inmediatamente le adiviné las intenciones. Quiso besarme al entrar; esquivé la mejilla. "Los rusos, me dijo, se besan al saludarse." "Eso era antes de la Revolución", le respondí; "ahora nos limitamos a darnos la mano, igual que ustedes". Me rogó que me sentara. Lo hice, en un sofá muy ancho y muy blando, que nada más sentarme me hizo sentirme deshonrada por una sensación voluptuosa que no logré evitar. Empezó a hablar de tonterías, eso que vosotros llamáis piropos, mezclados con elogios al comunismo, por cuanto había liberado a las mujeres de los antiguos prejuicios y les había equiparado sexualmente a los varones. Y como yo me limitase a escucharle, dijo de pronto que iba a enseñarme las diapositivas, para lo cual manipuló en un aparato muy moderno que proyecta las imágenes en la pared. Pero ¡qué imágenes! En vez de iglesias bizantinas, gente desnuda haciendo cochinadas. A la segunda dio un gritito. "¡Perdóneme, pero me he equivocado! ¿O prefiere que continúe? Es una serie muy útil para los que estudiamos la historia del arte, puesto que en ellas se puede ver el cuerpo humano en todas las actitudes posibles. El profesor Fürstenberg las considera muy adecuadas para sus estudios de morfología." A todo esto, seguía desarrollándose en la pared, y casi a su tamaño natural, todo un programa de combinaciones lascivas, porque el aparato era automático y él había soltado los mandos. Le respondí que me daba lo mismo y que era insensible a la pornografía. "¿No cree usted que ésa es una palabra gruesa y, sobre todo, escasamente adecuada? Son imágenes científicas." Pero como yo me encogiera de hombros, apagó el aparato y se sentó a mi lado y empezó a servir el té. Se me ocurrió, de pronto, que hubiera echado a los pasteles algún afrodisíaco, y me limité a beber una taza, en tanto que él hablaba incansablemente de sus estudios en Heidelberg, primero, y, después, de sus ideas sobre el amor, que empezaron platónicas y acabaron proponiéndome francamente que fuéramos a la cama. Le respondí que no, tranquilamente. "¡No sabe usted lo que se pierde! Soy un maestro." Le dije que no estaba dispuesta a perder el tiempo, y que me iba. "Deme, al menos, una razón." "Hay dos que considero válidas. La primera, que no me gusta usted; la segunda, que estoy enamorada de otro." "¡No será ese escritor viejo con el que anda!" "El mismo, precisamente." Se echó a reír. "Resulta casi ofensivo. ¿No ve que me dobla la edad?" "Espero que le doble también la sabiduría." Se puso serio y se acercó. "Eso no puede usted decirlo sin elementos de juicio. ¿Cómo van a compararse dos cosas cuando sólo una de ellas se conoce?" "Pues estoy comparando el modo que usted tiene de cortejarme y el que tuvo él." "Si usted entendiera de toros, sabría lo que es la hora de la verdad. En asuntos de amor, la hora de la verdad es la cama." "Yo no entiendo de toros." "¿Por qué no hace una prueba?" "Ya le dije que no me gusta." "¿Qué sabe usted? Me ve vestido, pero puedo desnudarme. Si lo resiste, renunciaré." Me sentí desafiada y le miré con dureza. "Hágalo." Jamás he visto en hombre alguno sonrisa más triunfalmente estúpida que aquélla. Comenzó por quitarse el pañuelo. Luego, el batín. Siguió la chaqueta del pijama. Después, los pantalones, y todo con la morosidad de quien está seguro. "Le faltan todavía las babuchas", le dije, tras haberlo mirado con toda calma. Las sacudió de dos patadas en el aire. "¿Y ahora?" "Ahora, me marcharé." Y me agaché para coger mi cartera, que estaba encima de un sillón. Se me echó encima, y pretendió besarme. De una llave de judo lo envié al sofá, donde quedó retorciéndose. "¡Puta!", gritaba; todavía bebí otra taza y, antes de marcharme, le pregunté si quería que le dejase servido un whisky.

Tardé unos segundos en responderle, porque su aventura con el profesor, que no figuraba en el programa, me había dejado perplejo; pero inmediatamente comprendí que se trataba de una colaboración. De haberla previsto la hubiéramos imaginado más aparatosa y significativa, porque Lénutchka, no sé si a causa de su criterio moral tan estricto o de su sobriedad verbal, propendía a la síntesis y a reducir los diálogos al mínimo dramático, con el resultado de ese esquematismo que puede verse. ¡Pues no daba de sí una situación como aquélla, por tópica que fuese, y releída! Nada más que el detalle del pijama psicodélico, a otra muchacha con mayor experiencia que Lénutchka le hubiera dado pie a palabras divertidas y reveladoras: "Y ese pijama tan mono... ¿De dónde se lo trajo?" "De París, naturalmente. Esta clase de prendas sólo se encuentran en París." Y contaría, además, su aventura con la muchacha de la tienda en que lo había comprado, una *boutique* elegantísima de la rue de la Paix. "Ese prójimo, le dije, no sólo por sus métodos de seduc-

153

ción, tan tecnificados y modernos, sino por su actitud y sus bigotes, es un espécimen hispánico tan extremado que me atrevería a considerarlo un arquetipo. Hubieras sido más amable con él y habrías asistido al despliegue de su personalidad como al de los tentáculos de un pulpo que se despereza en el mar tranquilo. Tu brusquedad te privó de un espectáculo histórico de gran aparato y grandeza, si bien algo barroco en su estructura: el Cid en la conquista de Valencia y Garcilaso en la vega de Granada; Melchor Cano en Trento y Carlos V en Mühlberg, porque los cuatro es el profesor Jiménez Bastos, así como descubridor en Patagonia, teólogo en Salamanca y don Juan en Sevilla y en Nápoles. Fue poeta melancólico después de la Invencible, atizó al populacho en los motines de Madrid y capitaneó una guerrilla durante la Independencia. Le habrías visto torero en los ruedos de Ronda y futbolista del Real Madrid con Samitier y Monjardín, siempre castizo y victorioso. Lo que sucede es que ahora le han quitado la espada y le han dejado el falo como instrumento de actuación y afirmación de sí mismo. Si le hubieras tirado de la lengua te contaría sus conquistas en Alemania, cuando estudiaba el arte con Fürstenberg y Schmidt: una tras otra, de todas las nacionalidades. Sólo le faltaba una, una muchacha soviética, y tuvo la mala suerte de dar contigo, pero otra vez tendrá más suerte." Y, dicho esto, o mejor, pensado esto, me entró una melancolía súbita por la conciencia que tuve de mi escasa imaginación y de lo flojo que me iba saliendo el relato; no sólo por haber acudido a una abstracción para sacar algún partido del profesor Jiménez Bastos, sino también por todo lo demás, que se me representó de repente y me pareció cansino y pobre. Las palabras se arrastran, sin brillo y sin tonalidad, y no tiran unas de otras, como en mejores ocasiones. Estuve en aquel momento por destruirlo todo y mandar al diablo el proyecto; pero, si no lo hice fue por no perder a Lénutchka que, con el texto roto, se me iría. En un momento de sinceridad doliente le dije lo que me pasaba y, como siempre, me escuchó serena y bondadosa, haciendo a veces gestos de que lo que yo le decía lo encontraba exagerado. Y cuando concluí me respondió de esta manera: "Lo que te está sucediendo es que aplicas tu imaginación a nuestra novela secreta, y sólo piensas en la otra cuando estás fatigado. Tenemos que resignarnos a ser vulgares en nuestra intimidad, a ser como los otros, sin buscar esas perfecciones eróticas tras las que andamos". Hizo una pausa, me sonrió. "En lo sucesivo todas las noches me leerás lo escrito, lo discutiremos y, si no nos convence, te irás a dormir solo." "¿Es un castigo"? "Es una precaución. Has roto tantas historias sin razón suficiente, que no quiero que hagas lo mismo con ésta, entre otras razones porque, fuera de ella, ni tú ni yo somos nada." Tenía razón. Me decidí a continuar, al menos en el acopio de materiales. En el muelle de Muxía compré el diario de Villasanta y leí la noticia de que algo muy curioso y totalmente inesperado habían descubierto los excavadores de la catedral. Lo que sigue fue lo que sucedió, según relato de don Procopio.

19 de julio

Aquella tarde, cuando casi acababa el trabajo, que lo hacían en dirección al presbiterio, las picarañas dieron en piedra dura y se mellaron. Andaba por allí don Procopio con el francés y lo llamaron. Por el boquete abierto asomaba una pared de perpiaños regulares, de traza antigua. Dio instrucciones al maestro de que no la golpeasen y se limitasen a ir quitando los escombros, hasta dejar la pared al descubierto, y que aquello bien podían hacerlo a la mañana siguiente, ya que la hora avanzaba y pronto dejarían de trabajar. El francés le escuchaba desde lo alto. Cuando subió don Procopio le dijo: "Estuvo usted acertado, pero no deje de acudir mañana a primera hora, porque lo que hay detrás de esa pared puede ser importante". Al día siguiente, don Procopio, en cuanto terminó sus clases, se personó en la catedral, y sin pasarse por la sacristía, donde, sin embargo, le hubiera convenido estar, marchó derecho al tajo. Monsieur Mathieu, cerrado el cartapacio, contemplaba cómo los trabajadores iban sacando la tierra y dejando al descubierto una pared insinuadamente circular que parecía limitar un recinto situado debajo del presbiterio, aunque mayor. Se miraron sin hablarse, y don Procopio observó la labor de desescombro. "A lo mejor, dijo después de un rato largo, se esconden ahí detrás las cenizas del apóstol." "Ahí detrás, quizás, pero no a esa altura", le respondió el francés. "¿Cómo lo sabe?" Monsieur Mathieu se limitó a encogerse de hombros y a sonreír. "Si me convida a comer, le dijo luego, puedo contarle una bonita historia." "¿Es usted comilón?" "No más de lo que exige este corpachón mío." "Se lo digo porque soy más bien parco y en mi casa no hallaremos otra cosa que pote gallego y sardinas. Pero podemos ir a un figón." "Acepto lo del figón." "Pues, vamos." Y una cosa es lo que pasa y otra, lo que debía pasar, porque lo natural sería que, aquí, sin otros trámites, saltásemos al reservado de una tabernita, donde don Procopio comió, sin embargo, su pote y sus sardinas, mientras que el francés prefirió lenguado y carne; y una vez comidos, o en tanto lo hacían, fuese el dibujante refiriendo su historia, alguna vez interrumpido por don Procopio, aunque no con intención impertinente, sino sólo para la precisión de algún detalle. De esta manera, el relato mantendría su unidad, que es bonito y lo que apetece a todo el mundo, el autor incluido; pero sucede que éste, como hombre de conciencia que es, y dado al realismo, se encuentra con que la pareja tiene que salir por una de las tres puertas que la catedral mantiene abiertas a estas horas, son a saber, la que abre a la plaza de los Plateros, que es muy hermosa; la que está a ras del suelo de la Quintana de Muertos, que también es hermosa, aunque de otra manera, y la que, ascendiendo unos peldaños, le deja a uno en la plaza de los Azabacheros. Si eligen esta última se encontrarán con don Felipe Segundo, que baja en este momento por una calle adyacente y que forzosamente se los tiene que tropezar. En este caso los detendrá, les contará un cuento verde, comentará el ingenio de los españoles para esta clase de literatura oral y marchará, renqueando, por el arco de Ramírez abajo, hacia la plaza grande. Lo cual no dura mucho, ciertamente, pero no tendrá otro remedio don Procopio que explicar a Mathieu quién es don Felipe Segundo, cosa que me pondría en un brete, porque yo mismo no lo sé. Si salen por la puerta de la Quintana y suben por la calle de Ramírez, pasarán, inevitablemente, ante la tienda de libros viejos y taller de encuadernación del señor Rementería, de quien dicen que es judío sin el menor fundamento, sólo porque su padre vino de la Maragatería y porque tiene la nariz corva. Al verles subir la cuesta, el señor Rementería saldría corriendo a la puerta, llamaría a don Procopio, pediría perdón a monsieur Mathieu y, una vez autorizado, contaría al canónigo las últimas noticias del bonzo Ferreiro, que llevó veinte días en estado cataléptico según unos, y según otros dieciséis, que en esto sus secuaces no están de acuerdo, y que ayer se despertó, aunque acaso resulte más exacto decir que regresó. En este caso, don Procopio se verá en la obligación de explicar a monsieur Mathieu quién es el bonzo Ferreiro, con las dificultades que esto trae inherentes, ya que el francés que habla don Procopio es rico en tecnicismos de arqueología medieval, pero no de filosofía zen. Queda la garza verde, queda la esperanza. Y en este caso, la garza verde o puerta monumental de los Plateros, que figura en todas las historias del arte nacionales y extranjeras, conduce además directamente a la taberna de Claudia, la Muradana, que está al final de la rúa, metiéndose a mano derecha por un callejoncito. Pero al pasar frente a la sacristía, camino ineludible y, además, el más corto, sale despavorido el Penitenciario, con revuelo de sotana y capa, y al ver pasar a don Procopio, literalmente se le arroja en los brazos. "¡Don Procopio, don Procopio, que esto no puede seguir así!", casi le grita, y comete la descortesía de no saludar al francés y de hacer caso omiso de su presencia. "Pero, ¿qué le sucede, hombre? ¿Es que se quema otra vez la capilla de las reliquias?" "¡Más valdría que algo así sucediera, y no esta situación intolerable!" Don Procopio sugiere que empiece por tranquilizarse y que después le cuente lo que sea; y, al hacerlo, guiña el ojo a monsieur Mathieu, que le responde con una sonrisa. Les arrastra el penitenciario hasta una columna en la oscuridad. "¡Esa monja, don Procopio, esa maldita sor Perfecta, mala centella la coma, que ha ido otra vez al infierno y ha dicho que estaba allí don Práxedes el magistral! Y a don Práxedes le ha dado un patatús, y cuando volvió en sí empezó a brafustar y a decir que esta tarde mismo se marchaba a Madrid a protestar ante el nuncio, y que si en Madrid no le hacen caso, que irá a la misma Roma. Y lo malo del caso es que la mitad del cabildo se puso contra él, y el maestro de capilla, que ya sabe usted cómo es, aseguró que sor Pascuala, cuando dice lo que dice, lo hará por sus razones. Y así están las cosas." "Están lo mismo que estaban." "¡Lo que no entiendo, don Procopio, es cómo lo toma usted con esa calma! Esta semana le tocó al magistral; la que viene, le tocará a usted, y, a mí, la otra." "A lo mejor vamos los dos en la misma. Depende de la prisa que tenga sor Claudina por liquidarnos." El canónigo penitenciario, tan solemne con

158

su capa puntiaguda, su birrete florido y su venera al pecho, parece desmoronado. Más adelante, al explicar don Procopio al francés quién es y qué sucede con aquella sor Margarita, llamada por algunos la emperatriz Semíramis, aclara que el temor del penitenciario viene de que está más o menos liado con la sobrina de su ama de llaves después de haberlo estado mucho tiempo con la tía, y como lo sabe la gente, teme que por aquel pecado decrete sor Perpiñana (o Romualda, o Rolendis, o Pascuala) que está ya en los infiernos.

"Pues lo que están ustedes descubriendo, empieza a contar el francés tras el lenguado y antes del lomo, es un laberinto." "¿Un laberinto?" "¿Le extraña?" "No. Los del románico eran aficionados a esa clase de juegos." "Sí, pero éste no es un juego, porque en su centro está enterrada doña Esclaramunda de Bendaña." "A mí me suena ese nombre." Como el francés ha hecho una pausa con el fin de catar la dorada, la olorosa salsa del lomo, don Procopio se sumerge en sus recuerdos, bucea en aquel mar y emerge con una perla en la mano. "Ya sé. Había aquí un ciego, hace bastantes años, un ciego que se llamaba Marcelo y que andaba solo por todos los recovecos de la catedral. Éste decía que había hallado el sepulcro de doña Esclaramunda, pero nadie le hacía caso, quizás porque nadie se atreviera a seguirle hasta el lugar donde, según él, estaba." "Pues tenía razón. El obispo Sisnando mandó construir el laberinto para que nadie osase llegar hasta el sepulcro y profanarlo. Doña Esclaramunda era muy hermosa, y muchos sus enamorados. Corría la leyenda, quizá historia, de que después de haberla escondido ahí, desaparecieron de la ciudad unos cuantos mozalbetes. Se quiso justificar su ausencia diciendo que, muerta su amada, se habían ido a la guerra de los moros, pero todo el mundo sabía que habían muerto perdidos en el laberinto". "Si es una leyenda, dijo don Procopio mientras apartaba el esqueleto de una sardina, lo sabremos esta tarde." "Es un riesgo que corre quien no posee la clave." "¿Es que la conoce usted?" "Un tiempo, sí, pero la he olvidado. Lo que recuerdo es que era una larga frase de amor." "¡Caray con el obispo!" De momento, la carne de la sardina atrajo a don Procopio con más fuerza que la leyenda del laberinto; pero, cuando la hubo deglutido, preguntó al francés: "Y, usted, ¿cómo sabe todo eso?" "Alguna vez le conté que tuve acceso a documentos salvados de la quema de Cluny. Alguien que los halló en los *bouquinistes* del Sena y los compró por cuatro cuartos." "Es una lástima que no los hayan publicado. Porque aquí, fuera de esa fantasía de Marcelo, el ciego, nadie tenía noticia de doña Esclaramunda ni de su enterramiento." "Es una estatua divina, la suya. La labró el mejor escultor de toda Francia, que don Sisnando hizo traer para el caso." "¿Mejor que Mateo?" "Su maestro." "Entonces, Mateo sabría…" "Mateo construyó el presbiterio *encima* del laberinto. Tenía forzosamente que saberlo." En aquel momento se le ocurrió a don Procopio que M. Mathieu *se parecía* al retrato que Mateo había dejado de sí mismo como firma de su obra: ambos tenían la cara redondita y sonriente y los cabellos ensortijados, pero semejante ocurrencia no le duró unos instantes en el magín, porque se sobrepuso el recuerdo, impertinente, por supuesto, del señor penitenciario y de su miedo. "Pues la historia de la monja de que antes hablábamos no es menos disparatada. Esa sor Puñetera que pasa en el infierno los fines de semana y luego trae noticias de quienes encontró allí, sería divertida si no fuese dramática. Ya ha hecho la pascua a más de cuatro. A una señora de la localidad que tiene el marido impedido y que se entiende con otro, se la encontró en un rincón de los infiernos con su amigo, y la buena señora se tuvo que marchar, con lo que quien salió perdiendo fue el marido, que ahora no tiene quien le cuide.

160

La señora, más o menos liviana, es de buen corazón."
"¿Y por qué no la queman en la plaza del mercado?"
"Ya no hay costumbre de hacerlo. Pero el penitenciario
tiene razón: esto no puede seguir así." Pudo evitarlo don
Procopio, pero yo, no: el espectáculo de ver a la madre
Puñetas ardiendo en una pira no deja de ser tranquilizante y, en cierto modo, hermoso, por cuanto al acercarse las
llamas empieza a blasfemar y a echar culebras y sapos por
aquella boca; pero en cuanto viene el olor de la carne quemada, ya no hay quien lo aguante ni aun como imaginación.

A don Procopio y don Mathieu tomándose su postre de
dorada tarta de almendra, se superpone ahora la procesión
de seis personas todas ellas provistas de linternas y con
una larga maroma atada a las cinturas. El que marcha en
cabeza es el maestro sobrestante, un muchacho de Lugo
muy valiente. Le sigue don Procopio, que para la operación se ha vestido de paisano. Vienen después el arquitecto y el aparejador, y, por último, monsieur Mathieu, que
lleva el cartapacio con los papeles porque intenta sacar un
dibujo de doña Esclaramunda, caso de ser hallada. "Fíjese
bien", dijo don Procopio, traduciendo las instrucciones
del francés, al que iba delante; "cada etapa del camino tiene la forma de una letra antigua. Parece que conviene que
no salgamos de las vocales. Si se mete por error en una
consonante, dé en seguida marcha atrás." A la puerta quedaba un albañil encargado de los rollos de maroma. Antes
de entrar, don Procopio suplicó una oración, y al no tener
a mano ninguna apropiada al caso, rezó la de los navegan-
tes. "¡Adelante!", gritó luego. Allá arriba, acodados al ba-
randal que limitaba las obras, se habían congregado, con
el cabildo, todos los clérigos menores y el personal civil,
como pincernas, monaguillos y sacristanes; estaba también
doña Tadea, beata sempiterna, a quien los hijos del sacristán mayor querían levantar la falda a ver cómo tenía el

161

culo; y don Pablo Perlado, empleado de banca, que iba
por el tercer misterio de su rosario cuando oyó el jaleo, se
acercó a ver lo que pasaba, y se quedó; y los dos hijos del
sastre de la torre, con ojos de milagro, diciéndose el uno
al otro que aquella misma noche se escaparían y se mete-
rían por aquel agujero; y una recua de figuras oscuras, que
se alargaban hacia el Poniente como una larga fila de gárgolas desgañotadas, y la estanquera de la Rúa, que había
venido a traer sus puros a don Leonardo, y se quedó; y
unas niñas de un colegio de monjas coruñés que estaban
de visita en la catedral con dos madres entocadas. Pero no
estaba el arzobispo. Nadie había subido a palacio a avisar
al arzobispo. Don Segismundo, el vicario, había dicho:
"¡Cómo le gustaría al jefe ver todo esto!" Y el penitenciario había respondido: "A ese intruso, estas historias no
le interesan. Son demasiado nuestras". Y no mandaron
recado.
Entraron, agachando un poco la cabeza, y no porque fuesen tan altos que hubiesen de tropezar con la bovedilla.
No iban de prisa, sino con precauciones. Aún quedaban
tres fuera, cuando los más cercanos espectadores oyeron
decir al sobrestante: "¡Hay una cuerda en el suelo!". Entraba el maestro de obras, llegó casi un eco de lo que decía
don Procopio: "¡Está podrida, la cuerda!". Ya van todos
dentro. Las miradas convergen en los rollos de maroma
blanca, cuyos anillos se deshacen con lentitud, como los de
una anaconda perezosa. La altura del primero disminuye.
Cuando ya queda poco, el albañil que los cuida empalma
con el cabo del siguiente. Quince metros de maroma,
veinte, treinta. "¡Ni que fuera la entrada del infierno!",
exclama alguien, y en medio de la gente, otro responde:
"¡Eso, que se lo digan a sor Perfecta!". Un eclesiástico
orondo hace correr la advertencia de que están en lugar
sagrado, y que se callen. "¿Qué dice ése?"
Dejó la anaconda de moverse: se habían metido dentro

cuarenta metros. "¿No habrán caído en un abismo?" Pasaba ya algún tiempo, y el vicario miró su reloj, una hermosa saboneta de oro con grabados de esmalte y puntas de diamante que le había regalado su madre al ordenarse, y que era una joya de familia. "Llevan quietos diez minutos." Volvió a hablar del arzobispo con el penitenciario: "¿Piensa que hubiera hecho falta el permiso del jefe para esta operación?". "Este viaje va implícito en las obras. Además, usted, que es el vicario, no se opuso." "¿Es que piensa hacerme responsable si paso algo?" "No pasará nada. Ya sabe que don Procopio la tiene lisa." Unos tirones rápidos a la maroma levantaron un murmullo. "¡Ya regresan!" El albañil cobraba lentamente la soga, y la anaconda se reconstituía en posición de reposo. "¡Si habrán hallado los huesos de un apóstol...!" "Para encontrarlos, tendrían que haber estado antes." "Pero, ¿usted no cree?" "¡Bah!" "¡Que no se entere sor Milagros!" En las alturas que circundaban la excavación, se había hecho el silencio: caras de susto miraban, expectantes. Y contaban algunos, susurrando, las vueltas de la soga: "quince, dieciséis, diecisiete...". Miró el vicario otra vez la saboneta: "Pues no puede haber grandes tesoros, porque aún no hace media hora que han entrado".

Monsieur Mathieu fue el primero en salir: exhibía en lo alto un pliego de marquilla, con dibujos al carbón, que apenas interesaron al grupo de albañiles. Los demás fueron saliendo sin llevar nada en las manos, excepto don Procopio. El vicario, que era delgado, se atrevió a bajar por la escalera de mano hasta el fondo de la obra. "¿Encontró algo?", preguntó. "Huesos de gente como para llenar un cementerio, y un sarcófago." "¿Otro obispo?" Don Procopio hizo al francés señal de que se aproximase. "Ahí lo tiene." Monsieur Mathieu había sacado unos dibujos del conjunto y de algunos detalles. "¿De una mujer?", preguntó, asombrado y un tanto disgustado, el vi-

163

cario. "Doña Esclaramunda de Bendaña", le respondió don Procopio. "¿Doña quién…?" "El amor de un obispo, y no se asuste, que por aquellos siglos las gastaban así. Además, don Sisnando, como usted sabe, no había llegado a recibir las órdenes." "Pues, aún así, si se entera sor Colasa…" Cogió en las manos el vicario el pliego del francés. "Era una muchacha bonita. Se me parece a alguien." Y un albañil que asomaba la cabeza curiosa por encima de un hombro, añadió: "¡Caray, qué tetas!". Don Procopio, que llevaba en la mano un bastoncillo polvoriento, sacó del bolsillo unas gafas oscuras. "¿Y eso?", le preguntó el vicario. "¿Se acuerda usted de Marcelo, aquel ciego que andaba por aquí antes de la guerra?" "¿Aquel que protegía don Balbino Cubero?" "Su esqueleto, y restos de su ropa, quedan ahí dentro. Lo encontramos abrazado a la estatua de doña Esclaramunda." "Pero, ¿no lo habían matado los rojos en Madrid?" "Eso se dijo, pero éstas son sus gafas y éste su bastón. Los reconocerá mucha gente." Lo dejó resbalar entre los dedos: al chocar la contera contra las losas del suelo, dejó escapar una vibración musical amortiguada por el polvo.

Segunda secuencia profética

III

¡Villasanta de la Estrella, ¡ay!, Villasanta, rica en panes y quesos, amada del Señor!
¿Cómo estás vacía y sola, triste y callada, tú, la ledicia misma, ruidosa, exultante, camastrona?
En tus tabernas comíamos el pulpo y el marisco, bebíamos espumosos y albariños. ¡Ay, los asados de la tía Rengifa,

164

*las almejas de la Portuguesa, los lenguados y lampreas de
la Mariñana! ¡Ay, las tortillas del Carballinés, las chuletas
del Barqueiro, los chorizos asados del Ribeirano!* Vanitas
vanitatum et omnia vanitas: *no queda ni el recuerdo.*
*¿Y de tus camas, Villasanta? ¿Qué podré decir de ellas?
Camas ricas de canónigo, abundantes en delicadas holan-
das; frazadas de puta pobre, raídas, pero abrigosas; lechos
endoselados de hidalgas mortecinas; tablas ascéticas de
monjas hipoplásticas; monótonas camas de hotel de tres
estrellas, y las otras, más variadas y aparentes, de los de
cinco; camas, en fin, de cualquier clase, generosas de blan-
duras o durezas, según el gusto, pero francas y acogedoras
del amor clandestino: ¿qué ha sido de vosotras?*
*Así debiera empezar esta secuencia, y seguir, jeremíaco,
enumerando las virtudes de la ilustre ciudad, pero no lo
merece, porque en su conducta no habrá nada de heroico
ni de patético. Como que apenas privados del disfraz los
supuestos guerreros de Sitting Bull, y puesto en claro que
no son más que vikingos, los que habían huido, los que
buscaran escondrijo en remotos agujeros, asomarán las jetas por las esquinas, como esos niños que, habiéndose es-
capado ante el peligro, descubren que el peligro no existe.
Esa huida les impedirá enterarse de una operación, co-
mandada desde el catafalco por toques de clarín vibrante,
el que llevará el cornetín de órdenes: a cuyos sones, los
soldados, uno a uno, desfilarán con ritmo rápido y acompasado por delante del tablado, y allí dejarán depositado
un objeto que habrán extraído del macuto, o del bolsillo, o
que llevarán al hombro, según tamaño; objetos con los
cuales una brigada de ingenieros irá montando un catafalco oscuro, prismático de base cuadrangular, mucho más
alto que ancho; les impedirá, sobre todo, asistir al momento dramático en que aquel artilugio no podrá funcionar a causa de una pieza que le falta, traída después por
un milite rezagado, que, tras haberla entregado, se arrodi-*

llará ante el rey Olaf Olafson y pedirá, en voz alta, clemencia. "¡Estrenarás la máquina de matar pronto!", le chillará el rey con metálica voz, aunque en correcto escandinavo antiguo, que yo traduciré involuntariamente y sin ningún esfuerzo, por ser el mismo lenguaje de la saga que ando traduciendo. Y será en este momento cuando los villasantinos regresen del escondite y asistan al espectáculo que comienza: colocada la última y retrasada pieza, del catafalco saldrá una espléndida música que identificarán los entendidos: el allegretto *de la Sinfonía Séptima, la Apoteosis de la Danza. Al milite se lo tragará la puerta de la máquina, y apenas hayan transcurrido diez compases, cuando por una cinta transportadora, instalada en un costado del artefacto, comenzarán a salir, empaquetados y debidamente franqueados, los ojos, los riñones, la sangre, el corazón del mozo ejecutado, todos los componentes de su cuerpo dirigidos a los más acreditados bancos de despojos humanos: el cartero los recoge y se los lleva.*

No quedará nada del muerto porque las cantidades despreciables que hayan supervivido al desguace, se habrán volatilizado en un humillo gris.

La gente se hará cruces del enorme sentido práctico de los vikingos, y caerá en éxtasis ante tan oportuna máquina: fea, pero útil.

Porque, ¿qué mayor despilfarro que el de los enterramientos? Tanto material noble como compone el cuerpo humano llevaba siglos perdiéndose, trasmudados en margaritas y otras flores espontáneas que, a su vez, se pudrían y abonaban a margaritas nuevas en un ciclo infernal de degradación de la energía. Así, lo que se pierda de cada hombre, será lo que no merezca conservarse.

¡Ay, máquina de matar pronto, ornamentada de cuernos en las esquinas, negra y solemne! ¡Representas el Orden y la Justicia, el Estado y el Poder! ¡Eres, como la rosa, mágica, y como el cuervo, oscura! ¡Como el ir y el venir, el

166

cuadrado y la rueda, como la vida y la muerte! Eres volu-
ble, infernal, mística y absoluta. Matas y cantas.
Aunque nada de esto lo diré yo; menos aún lo pensaré.
Esto lo pensará y dirá el escalda Oscar, señorito gordin-
flón que acompañará al rey con oficio de su portapalabra.
Asimismo vestido de uniforme, pero con cierta libertad
poética y cierta fantasía. Lo dirá o gritará, en verso alite-
rado, una vez que la máquina de matar pronto se haya
quedado en silencio. Y después anunciará que su majestad
el rey de los vikingos, admirador de toda clase de héroes
y respetuoso de las tradiciones locales, se dispone a ofren-
dar una corona al monumento a los muertos que en Villa-
santa habrá, como lo hay en todas partes; y si no lo hay, se
inventa. A lo cual seguirán nuevos vibrantes clarinazos,
con movimiento de tropas que, a toda prisa, cubrirán la
carrera.
Será en el espacio inmenso de la Avenida, a cuyo cabo
alza sus arcos el Monumento y arde perenne la Llama del
Recuerdo. Las guías de turismo garantizan, con citas apro-
piadas y respetables, que es la más bella avenida del mun-
do, milagro del urbanismo, y el propio rey Olaf, al con-
templarla, dirán que dijo: "C'est belle comme une so-
nate!". Cuatro filas de castaños de Indias escoltan, todo a
lo largo de tres kilómetros, el pasaje central, brillantemen-
te asfaltado y ancho de ochenta metros. Más allá, los an-
denes para coches y caballos, y las calles laterales, y más
árboles, y edificios de armonizada altura y similar fisono-
mía.
Visto desde lo alto, el despiporren, al tiempo que el des-
pilfarro. Pero en esta ocasión, su holgura bien será menes-
ter, pues las tropas reunidas en oscuros batallones, de los
que emergen guiones y banderines, apenas si dejan libre
el espacio central.
La gente se agrupará donde pueda: para eso es gente. Des-
de las bocacalles podrá escuchar y no mirar. Porque son

tan altos los soldados, tan bien plantados, que impiden toda visión, aún la de los niños encaramados a hombros de sus padres. Lo que nunca sabrán es que están allí para escuchar, precisamente.

Habrá un murmullo admirativo y expectante.

Y movimientos de impaciencia, palmas de tango y algún que otro grito. (Como el que han matado era un vikingo, la gente ya habrá perdido el miedo.).

Hasta que suene, otra vez, el clarín.

Con prolongada voz, con la voz arrastrada y solemne del toque por los difuntos.

Será el clarín argentino a cuyos sones antiguos los viejos reyes piratas despanzurraban hembras y robaban tesoros.

El que tocó a retirada en la batalla de Catoira: ahora no podrá disimular el júbilo de su triunfo.

Sin embargo, al escucharlo, todos se estremecerán.

Presentarán sus armas los soldados.

Surgirán, al comienzo de la Avenida, los portadores del lauro inmenso: cuatro delante, cuatro detrás y dos a cada lado: las cintas de la dedicatoria, colgando.

Y avanzarán por el centro de la pista, monótonos y rítmicos, con pasos inaudibles, con pasos silenciosos de muerte supitaña: porque en el protocolo se ordena que ellos no sean oídos. Hasta que se hayan alejado unos cien metros.

Será entonces cuando aparezca el Rey: solito, sin ayudantes, bajo el cornudo casco de oro: rítmico también, aunque mecánico, y con pasos que retumbarán en el silencio del ámbito y en el secreto de todos los corazones.

¡Ay, las pisadas del Rey! Una detrás de otra, en línea recta, sin traspiés y sin perder espuma: tres kilómetros de asfalto, y, allá al fondo, la Llama vacilante del Recuerdo.

¡Es mucho rey el rey Olaf!, pensarán los soldados. ¡Es mucho rey!, repetirán los testigos. ¡Es mucho rey!, dirán, al tiempo, las trompetas, que es como decírselo a la Historia. Y la Historia lo dice.

168

Y allá irá, idéntico a sí mismo e inmutable, ya por el cuarto del camino, ya por el tercio. Ya habrá alcanzado la mitad y la habrá rebasado. Y las hojas de los árboles, impertérritas.

Pom, pom, pom. Parecerá que ya en el mundo no habrá otra cosa que aquel pom, pom. Clave del cosmos, latido del universo, medida del acontecer interminable: pom, pom, pom, pom.

¡Pitágoras, la música de las estrellas!

La gente ya no podrá más con tanto ritmo y tanto pom, pom, pom, pero los soldados aguantarán. Comenzarán los desmayos. Las ambulancias se llevarán cuerpos inertes. Y, sin embargo, seguirá el pom, pom, pom.

Acaso un grito perfore aquel espacio, o un ay, o un afilado lamento. El ritmo del pom, pom universal lo aplastará implacable.

¡No habrá más realidad en el mundo, ni más canela!

IV

Lo peor del caso será que, sin comerlo ni beberlo, me veré involucrado en el asunto.

Inevitablemente. Acaso fatalmente. ¿No soy el único villasantino que conoce el danés antiguo?

Lo habrán descubierto los agentes del Servicio de Información, necesitados de un traductor urgente. Y me estarán esperando en la antesala de la biblioteca.

Me llevarán consigo. Silenciosos.

Ante el escalda, cuya simpática fisonomía no podré menos que admirar por su pícara franqueza. Como los grandes disciplinados cuando se aflojan las normas, tendrá las botas quitadas, desabrochada la guerrera y la camisa entreabierta.

—¡Mi querido colega! Perdone que se lo llame y admíta-

169

lo sin rechistar, porque tan poeta es quien escribió la saga de Enrique el Rojo como quien la traduce. Necesitamos, además, ser amigos, a causa de una colaboración larga y asidua que nos espera, quizá un poco molesta para usted, pero bien remunerada. Llevamos más de mil años preparando esta invasión, y, pese a ello, ciertos detalles se han desencajado del conjunto. El de la lengua, por ejemplo. Un pueblo mítico como el nuestro es invariable; pero ustedes, los históricos, los reales, se mueven constantemente, sobre todo en el lenguaje. Nuestros prisioneros de hace un milenio nos enseñaron el gallego. Pero, ¿quién lo habla ahora como se hablaba entonces? Esta mañana hice la prueba inútilmente: me dirigí a un paisano y nada, como si le hablase en chino. De manera que vi el cielo abierto cuando me comunicaron que usted existía. ¡Un erudito que habla el danés antiguo y conoce las sagas de nuestros héroes! Pintiparado, lo que se dice insustituible.

Estará fumando en pipa, como un lobo de mar. Dará una larga chupada y seguirá diciendo:

—Relación tan frecuente y duradera como la que le he anunciado requiere de mi parte unas palabras de presentación: me llamo Óscar y soy el poeta del rey Olaf, de quien le hablaré después. Mi función no es baladí, pues no ignora que los escaldas ocupamos un puesto público de amplias repercusiones populares. Elaboramos los mitos y los transmitimos en palabras bien sonantes. ¡Oh, mis aliteraciones en jota, en eñe, en hache aspirada! Ya las irá conociendo. Pero le advierto que también me suelo valer de las metáforas. Porque — y bajó la voz —, en los períodos de vacaciones, que a veces duran décadas enteras, suelo ir de incógnito a París y ponerme al corriente de cómo va la poesía. Que, por cierto, no van bien. ¿Es usted de mi opinión?

—Si se refiere a la francesa, por supuesto.

—Me refiero a la francesa y a toda la demás. ¿Qué se hizo

de aquel caudal de voz de Víctor Hugo? Los que vinieron después parecen áfonos o, al menos, constipados. De los de hoy se diría que han renunciado al número y a la armonía. ¿Sigue conforme?

—Desde luego.

—Estamos destinados a entendernos. Tome y fume. Otro día, pues, u otros días, le hablaré de mis séjours à Paris, donde he conocido a todo el mundo, desde Villon a Mallarmée, y de mis seasons en Londres, donde he tratado a Shelley y a Oscar Wilde. ¡Tengo muchos recuerdos, amigo mío, tengo toda la poesía de Europa metida en el corazón! Pero, lo urgente, ahora... Hay que dar a conocer al pueblo la ley por la que va a regirse. Está aquí, en este pliego. ¿Quiere usted leerlo?

—¿Por qué no? Al fin y al cabo, formo parte del pueblo, y esa ley me atañe.

—Si llegamos a entendernos, como presumo, usted podrá gozar... ¿cómo diría?, de un estatuto privilegiado.

—¿El de los colabó?

—No le entiendo.

—En esa Europa cuya poesía tanto le entusiasma, ser colaboracionista es lo más despreciable.

Se echará las manos a la cabeza, en ademán desesperado.

—¡Mi querido profesor, no estropeemos la cosa con escrúpulos inciertos! ¿Necesita de una justificación? Se la ofrezco ahora mismo: o acepta, o lo pasamos por la máquina de matar pronto.

Me encogeré de hombros.

—A la vida puede y debe renunciar el que la haya vivido; pero a mí me faltan aún ciertos detalles, sin los cuales no me gustaría abandonar este mundo.

—Eso es ponerse en razón. ¿Quiere, entonces, leer el bando? Un papel para poner en las esquinas, para leer por radio, para insertar en los diarios de la mañana y de la tarde en el caso de que los haya.

171

—Los hay.

—*Tiene usted que traducirlo. De la imprenta se encargarán mis subordinados.*

El papel temblará en mis manos. ¡Será tan emocionante contemplar un texto recién escrito directamente por un escalda, con aquella su hermosa y difícil letra!

—"A todos los ciudadanos de Villasanta, así clérigos como seglares, altos y bajos, mujeres y hombres: salud. El rey Olaf Olafson ha tomado posesión de la ciudad y es el que manda. No hay más voluntad que la suya, de la que emana la ley. Y la ley será voluble, como su fantasía. Todos los ciudadanos de Villasanta tienen la obligación de averiguar cada mañana cuál es la ley del día, bien entendido que si alguna vez no se les comunicare, se entenderá que sigue rigiendo la del día anterior. Los soldados del rey son los ejecutores de su voluntad, en cuanto voluntades delegadas. Oponerse a sus deseos será como oponerse a lo que manda el rey, actos de rebeldía para los cuales hemos previsto la máquina de matar pronto, que todos pueden contemplar en la plaza de la catedral y acerca de cuyo funcionamiento y ventajas se reparten folletos gratuitos de fácil entendimiento.

"La ley para mañana es la siguiente: todos los ciudadanos que no estén impedidos se congregarán en la plaza del Caudillo a las doce y diez del mediodía y, una vez reunidos, entonarán sus alabanzas y desfilarán ante la efigie real que, a tales horas, se habrá instalado ya en un lugar eminente. Una vez concluida la ceremonia, se disolverán en paz y en razonable silencio. Quedan totalmente prohibidas la huelga y el lock-out. ¡Viva Olaf Olafson! En su nombre, Óscar". Rubricado.

—¿No le parece una muestra de legislación benévola?

—Más bien patriarcal, ¿no cree?

—Ésa es la palabra: patriarcal. ¿Le costará trabajo traducirlo?

172

—En absoluto.

—Hágalo, pues, con letra clara, mientras salgo un momento. Y no se vaya aún. La entrevista apenas ha empezado.

Al salir, me indicará una máquina, en la que, durante su ausencia, escribiré en castellano el texto de la ley. Cuando regrese, yacerá encima de su mesa el folio mecanografiado, y yo esperaré instrucciones. Vendrá con él un ordenanza, de cuyas manos la ley pasará a la imprenta.

—¡Bueno, bueno, bueno! La primera parte se ha desarrollado perfectamente. Vayamos ahora con la segunda. ¿Quiere examinar esta lista de ciudadanos? Se trata simplemente de comprobar si son los más distinguidos de la ciudad.

—No llevo aquí mucho tiempo, y, fuera de los personajes de cierta narración, apenas conozco a nadie.

—Los hemos escogido entre los mayores contribuyentes.

—Será, entonces, la relación perfecta.

—Pero hemos excluido al arzobispo y a los clérigos en general, por razones que acabará usted por adivinar. Sin embargo, una representación del clero, aunque fuera de paisano, sería conveniente. El clero, como tal, es rico.

—Cuando sepa de que se trata, le podré aconsejar.

—Se trata, se trata... (Reirá anchamente y me mostrará el retrato de una mujer estupenda.) Se trata de presentar a esta mujer en sociedad.

El retrato pasará a mis manos; lo examinaré con deleite. La mujer que representa es de las que vale la pena morir por ellas. Si bien aquí aparece envuelta en suaves pieles de visón.

—Los clérigos de ahora, igual que los de antes, y por supuesto menos que los medievales, no son incompatibles con las mujeres bonitas.

—Es que ésta... se desnuda.

—En ese caso le recomendaría excluir también a las de-

*más mujeres. Al menos a las mayores de treinta y cinco
años, por razones obvias.*

—*Observe, sin embargo, que en la lista no figuran más
que mujeres ricas.*

—*Son tan celosas como las pobres, o más. Porque las pobres se resignan, según tengo entendido; pero a las ricas
les molesta no poder comprar con su dinero las gracias que
la vejez les arrebata.*

—*Le aseguro, querido amigo, que las cosas cambiarán
mucho a ese respecto, precisamente gracias a Freya.*

—*¿Freya?*

—*Ése es el nombre de esta mujer, pero admite cualquier
otro. Por el nombre no iremos a reñir. Pues bien: quería
que comprendiese que, celosas o no, nos interesa la presencia de todos cuantos, mujeres u hombres, puedan con-
currir con su dinero a un negocio. Digamos a una sociedad
por acciones de la que nosotros tendremos un sesenta por
ciento. Por razones políticas, nada más. Si las cosas marchan bien, como esperamos, en un futuro no muy lejano
podríamos desprendernos de una cantidad todavía no cal-
culada, aunque generosa. Pero tratar ahora de esto es prematuro. Lo que necesito es que me redacte una invitación,
que pueda imprimirse también rápidamente, para que mañana, a estas horas más o menos, la gente acuda a la presentación de Freya.*

—*¿En dónde?*

—*También quería que me aconsejase acerca del lugar idóneo. En un principio habíamos pensado en la catedral,
pero alguien sugirió que acaso nos causase conflictos con
la Iglesia, y nosotros no queremos rozar con ella en absoluto.*

—*La gente que figura en esta lista cabría holgadamente
en el paraninfo de la universidad.*

—*¿Es decoroso?*

—*Un poco anticuado, pero sí.*

—*Necesito un lugar donde pueda una mujer de la* belle époque *desplegar sus galas y sus encantos. La catedral, en su interior, con todo su barroquismo, con su derroche de oros, me parecía apropiada.*

—*También hay oros en el paraninfo, y estrellas de plata, y azules cielos con nubes y angelotes, así como alguna que otra trompeta celestial. Le sirve.*

—*¿Tiene calefacción?*

—*Por supuesto.*

—*Freya es sensible al frío.*

Lo dirá con una especie de vaga nostalgia en la voz y en la mirada, que también puede ser una vaga esperanza.

—*Freya es maravillosa, corroborará en seguida. Ya lo verá.*

—*¿Soy de los invitados?*

—*¿Cómo no? Aunque será mejor decir que figurará entre los asistentes, y no porque sea usted rico, sino porque vendrá de acompañante. Yo haré la presentación de Freya, y usted lo irá traduciendo simultáneamente. Podrá hacerlo, ¿verdad? Aunque mis palabras salgan en verso, no será necesario que lo sea también la traducción: con una prosa fidedigna me conformaré. Es el destino de los poetas cuando son trasladados a otra lengua.*

Continúa el diario de trabajo

22 de julio

Me vino a ver don Procopio. Traía la sardina un poco caída y algo pringosa, aunque con todo el aire de no haberse dado cuenta, solicitado acaso por más importantes ocupaciones. Le juzgué fatigado, por el jadeo, y le invité a sen-

175

tarse. "¡Ay, si me diera usted un poquito de agua! ¡Ay, y si le echase al agua una gota de anís!" Se lo serví y lo bebió de un tirón, como un perro sediento. "Le vengo a ver por dos cosas principales. La primera, a causa de M. Mathieu." "Ese sujeto me ha resultado siempre sospechoso", le interrumpí "y tengo mis barruntos de que se trata de un espía". "¿Un espía?" "Sí, al servicio de una potencia extranjera, y con el encargo de perseguir a cierto agente secreto, que, por cierto, ya no está en la ciudad. Me interesa todo lo que le concierne." "Pues que se fue", me respondió don Procopio. "¿Que se fue? ¿Cuándo y adónde?" "El cuando, ayer de noche. El adónde, no lo sé, aunque él intentó explicarlo claramente." "Hágalo usted, se lo ruego, con la misma claridad." Don Procopio metió la mano en el bolsillo de la sotana y me tendió unos papeles. "Esta mañana, un recadero del hotel España me ha llevado esta carta a la catedral, y ha esperado a que yo terminase la misa para entregármela en mano, pues así se lo habían encargado. Por cierto que, cuando se comisiona a un hombre con tantas exigencias, lo menos que se hace es darle la propina. A M. Mathieu se le olvidó, de modo que salió de mi bolsillo." Nunca había contado con aquel rasgo de tacañería, pero pensé que, a lo mejor, era dictado por una indignación inmediata y transitoria. "No le habrá arruinado." "No, por supuesto, pero siempre molesta." Aquí podría yo intercalar muy bien una referencia a la mañana que hacía, clara y espléndida, aunque fresca. Entraba el sol por la ventana, y, a su luz, brillaba la sotana de don Procopio. También podría añadir que yo estaba desayunando, y que, con los papeles en la mano, ofrecí a don Procopio una taza de café. "No me apetece, y menos después del agua. Le aseguro que vengo lo que se dice cabreado, y perdóneme si uso una palabra tan poco fina, y, en vez de un excitante, lo que necesito es tila." "¿Por la carta?" "Más bien por sus consecuencias.

176

Cometí el error de leérsela a mis colegas, en plena sacristía, y no sabe usted con qué choteo la acogieron, y con qué bromas. Comprendo que no les faltó razón, pero, caray, no hay derecho a ponerse así. Son unos mamarrachos." Yo seguía con los papeles en la mano. "Ande, léala." "¿Es necesario?" "Si quiere estar al tanto de lo que pasa, creo que sí. Aunque, si lo prefiere, se la cuento. Casi la sé de memoria." Se la tendí. "Me parece mejor." Él, sin embargo, no la guardó. Se rascó la cabeza, y la sardina estuvo a punto de caérsele. "No sé cómo empezar." "Le autorizo a que lo haga *in media res*." "En ese caso, no entendería una palabra. Hay que empezar por el principio — desplegó la carta y pasó la mirada por las primeras líneas —. Bueno, no exactamente por el principio, que son una serie de cortesías pidiéndome disculpas por marchar sin despedirse, justificándose además con una prisa súbita que le entró al recordar la fecha." "Eso no tiene nada de raro." "Evidentemente, no. Y si se limitara a darme una explicación, yo no me habría puesto como me puse. Pero, escuche lo que sigue." Volvió a leer en silencio. "¿Estará usted de buen humor?", me preguntó. "Hará un mediodía caliente, y eso siempre anima." "Pues agárrese. Después de la despedida, y de una serie de circunloquios bastante vagos, un verdadero derroche de palabras, pide otra vez perdón, no por la marcha, sino por lo que va a revelarme." Dejó caer los papeles en el regazo, me miró. "Aquí viene lo intolerable, lo reconocerá en seguida; aquí viene la tomadura de pelo, a mí y a todo el mundo, o, al menos, a los que le hemos tratado y ayudado. Porque yo le ayudé, ¿me comprende?, yo le permití andar sacando dibujos de la catedral, por arriba y por abajo; le acompañé a los tejados, para que pudiera examinar la parte superior de las bóvedas, y, por el subsuelo, ya vio usted cómo andaba. No sé por qué lo hice, se lo confieso. Aunque sí lo sé. Me cayó simpático desde el primer momento, me resultaba una cara conocida. ¿Quién me dijo usted que era?" "Un agente secreto en busca de otro agente secreto." "Pues está usted equivocado. Es el maestro Mateo." No me di cuenta, al principio. "¿Quién?" "El maestro Mateo, el que construyó la catedral, el que esculpió el pórtico, ese que está retratado al pie del parteluz." Arrojó al suelo la carta. "¿No es para coger un cabreo, dígame usted? Mis colegas del cabildo tenían razón al reírse de mí." Intenté tranquilizarlo. "Bueno, pero alguna explicación dará." "Naturalmente. La tomadura de pelo es larga y detallada. Escúchela, si quiere. Vale la pena escucharla." Recogió los papeles, buscó un pasaje en ellos y leyó: "Habrá observado, querido amigo, que en todas nuestras conversaciones mostré siempre preferencia por un tipo de iglesias que no es precisamente la que he construido. Las que me gustan son íntimas, recogidas, de planta griega o circular, con ventanas pequeñas, bien pintadas las paredes, decoradas las puertas con figuras, de manera que todo hable; de manera que ni un solo espacio permanezca mudo. Cuando el santo obispo Marcelo me trajo a su servicio y me pidió proyectos, dibujé varios de acuerdo con esa concepción, las más bellas iglesias que se hayan inventado, y no le gustaron. ¿Por qué? Porque él veía las cosas de otra manera, quería iglesias grandes y claras, iglesias para multitudes, y se desentendía de esas cuestiones que me preocupaban y que él consideraba anticuadas. Estaba conforme, sí, con mis pórticos, no con mis planos. «Invénteme una iglesia con planta de cruz latina, y que mida tantos codos desde la puerta al presbiterio; una iglesia de tres naves que den la vuelta completa, de modo que el presbiterio se pueda ver por detrás y por delante. Y con luz, mucha luz.» Me puse a hacerlo, pero no me salía: los planos que él rechazaba tampoco me gustaban, de modo que llegó un momento en que me declaré incapaz. «Señor obispo, le dije, mejor será que rompamos el contrato y busque a otros artistas más

avanzados que yo. No le costará trabajo encontrarlos.»
Pero él me respondió que me había tomado cariño, que
le gustaba mi modo de trabajar y que aunque no estuviera
conforme con mis ideas, reconocía que eran las de un buen
cristiano. «Tenemos que resolver la cuestión, querido Mateo. Déjame unos días para pensarlo, dos o tres. ¿No es
hoy viernes? Ven a verme el domingo, y hablaremos.»
Pasé aquellos días preocupado, trazando con el carbón naves y arcadas, y desechándolas: no me salía nada que tuviese valor. Cuando, el domingo, me acerqué al obispo,
iba triste. Él me llevó consigo, me invitó a participar de
su parva colación, y cuando nos dejaron solos, me habló
de esta manera: «He aquí, hijo mío Mateo, lo que he pensado o lo que Dios me dio a entender. Sigue bien mis palabras para que lo entiendas tú también. Estoy seguro de
que serás tú y no otro quien construya la catedral apetecida, esa magnífica fábrica que deseo levantar en honra
del Señor encima de los cimientos que dejó mi antecesor
Sisnando por las razones que tú sabes. Estoy tan convencido, que doy la catedral por levantada, y a los sucesores
de mis sucesores admirados de ella. No me estoy expre-
sando, sin embargo, con la claridad conveniente para lo
que pretendo, de modo que te lo diré de otro modo: dentro de un siglo, por ejemplo, la catedral estará terminada,
de modo que si un colega tuyo la visita y examina, podrá
sacar un plano y repetirla. ¿Me comprendes?» Le respondí que sí, aunque no fuese enteramente cierto. «Muy
bien: pues tú mismo puedes ser ese arquitecto.» Fue como
si una nube me enturbiase la mente. «¿Cómo? «¿Es que
no lo comprendes? Si yo te envío al tiempo por venir,
cuando ya la catedral esté terminada, vas, la copias y te
vuelves, y entonces, la construyes.» «¿Dice que enviar-
me al tiempo por venir?», al preguntárselo sentía algo
así como un abismo a mis pies. «Eso te dije. Haces ese
viaje, que no te será difícil y que además resultará entre-

tenido y te dará mucho que contar al regreso, pues si pensamos en lo que han cambiado los tiempos hasta ahora, imagínate lo que serán en el futuro.» «No puedo imaginarlo, señor.» «Tampoco yo. Me sucede lo que a ti con la catedral. De modo que nuestra común ceguera se resolverá con ese viaje.» «Pero, señor obispo, hasta ahora los viajes eran por los caminos, a pie o en un asno. ¿Cómo quiere que viaje por el tiempo?» El santo obispo Marcelo pareció entonces iluminarse. Volvió los ojos al cielo, alzó las manos y dijo: «Esta noche, a las doce en punto, estarás acostado frente al altar de San Cristóbal, de modo que tu cuerpo se mantenga con la cabeza hacia el oriente y los pies hacia el poniente. No se te ocurra torcerte.» La situación me parecía tan ininteligible como las explicaciones que dan a veces los clérigos acerca de la Santa Trinidad. Uno siente que aquello es cierto, y lo cree, pero no lo comprende. Hoy me sucede lo mismo: he recorrido casi mil años en el tiempo, he caído en un mundo tal, que el santo obispo Marcelo no me creerá cuando se lo describa, pero estoy convencido de que, cuando esta noche me acueste ante el altar de San Cristóbal, la cabeza hacia el oriente y los pies hacia el poniente, regresaré de mi viaje y me hallaré otra vez en Villasanta, de la que no me habré, sin embargo, movido. Irán conmigo todos esos dibujos que usted, amablemente, me permitió sacar, merced a los cuales construiré la iglesia que don Marcelo desea, la misma que usted conoce y que sigue sin gustarme, menos aún ahora, que la han revestido de un caparazón de piedra de la que también saqué dibujos que a don Marcelo dejarán tan confuso como a mí mismo. Acaso mis explicaciones me ayuden a comprenderlo, pero me temo que, cuando conozca el porvenir de la Cristiandad, abandonará este mundo".

Don Procopio apretó los papeles en la mano. "¿Qué le parece?" Y yo no supe, de momento, responderle, porque estaba tan turulato como él lo había estado en situación semejante. "Comprendo, le dije al fin, que sus colegas le hayan tomado el pelo, pero yo no voy a hacerlo." Me miró estupefacto. "¡No irá usted a decirme que toma en serio estas paparruchas!" "No, pero sí que conviene examinarlas con cuidado, porque pudieran no serlo. Y lo que más me extraña es que ni a usted ni a sus colegas se les haya ocurrido la explicación al alcance de cualquiera." "¿Cuál?" "Milagro. Un milagro del santo obispo Marcelo. Para eso era santo." La sonrisa de don Procopio fue de interpretación difícil, no porque no fuese suficientemente reveladora, sino por razones de cortesía y respeto a su profesión. Yo, sin embargo, me decidí a saltármelas. "¿Cree o no cree en los milagros?" Lo dejé embarazado con mi franqueza; empezó a removerse en el asiento, bebió lo poco que del agua con anís le quedaba en el vaso, miró otra vez la carta. "Bueno, ¿adónde quiere llevarme?" "A su terreno. No descarto que monsieur Mathieu sea un farsante, pero tampoco que sea un hombre sincero y el verdadero maestro Mateo: a condición, naturalmente, de creer en los milagros." Don Procopio no me respondió: tenía la cabeza baja y su mirada se había detenido en algún lugar debajo de mi asiento. "Prefiero, dijo después, que dejemos la cuestión para otro día." "Como usted quiera, pero ya conoce mis puntos de vista. Creo recordar, además, que alguna vez me dijo que la cara del francés le recordaba la del maestro Mateo, la de su retrato en piedra: redondita y con el pelo rizado." "Sí, eso dije…" Y añadió inmediatamente: "No me atormente ahora". "Bueno." Pero don Procopio no parecía aún decidido a abandonar el tema. "Lo que más me fastidia es que esos tíos cabrones (perdón) le habrán ido con el cuento a todo el mundo, y a estas horas la ciudad entera estará intentando imaginar cómo un hombre puede viajar por un tiempo que no existe." Se puso en pie de un salto, se puso en pie con visible energía dialéctica. "¡Porque eso es lo absurdo! Si fuera por el tiempo pasado, nada tendría de inimaginable: estamos habituados a relatos en que alguien va al pasado o vuelve de él. Pero ¡el futuro!" Me miró con la apabullancia de un silogismo en bárbaro. "¿El futuro, me entiende? ¡De aquí a mil años! ¿Cómo puede nadie viajar de aquí a mil años?" Me levanté también y le hice frente con un razonamiento que acababa de ocurrírseme. "Nada de absurdo, don Procopio. El futuro está también en la mente de Dios, y si Él lo quiere... Acuérdese de los profetas." "¡Los profetas permanecieron quietos, y *vieron* el futuro, *no estuvieron* en él!" Enmudeció de pronto, pareció achicarse, como vencido. "Aunque, claro, si Dios le lleva uno a su seno y desde allí..." Volvió a mirarme, sin embargo, con renovada esperanza. "Es un milagro, claro, un milagro innecesario. El Señor interrumpió las leyes del tiempo y del espacio para que la catedral de Villasanta pudiera ser construida. ¡Pues no lo creo, coño!" Golpeó el suelo con el pie. Le respondí: "Yo, tampoco". "Entonces, ¿a qué viene todo esto?" "A que hay que tener en cuenta todos los puntos de vista. Monsieur Mathieu lo tenía previsto: por eso le escribió esa carta. Estoy seguro de que, a estas horas, ya ha imaginado esta escena u otra semejante. ¡Lo que se habrá reído!" "Pues que lo parta una centella", concluyó, decidido, don Procopio.

Habíamos vuelto a sentarnos y él sacaba otros papeles del bolsillo, cuando ciertas imágenes que habían estado asediándome, o insinuándose, irrumpieron en mi mente o en la estancia, no lo sé bien. No pertenecían, que yo sepa, a mi experiencia personal: no eran recuerdos, ni siquiera recuerdos modificados por el olvido. Se me llenó aquello de gente, en un principio inidentificable, y la estancia, que era más bien pequeña, se ensanchó desmesuradamente y se cubrieron de espejos sus paredes: grandes espejos de dorados marcos sobre tapicería de damasco rojo; las puertas, muy historiadas, de blanco marfil, fileteadas de oro también, y, en los suelos, un *parquet* reluciente por el que se deslizaban las damiselas como en una pista. Uniformes y fraques. Un tablado hacia el fondo, con piano y dos músicos que esperaban la orden de empezar, y se empezó después de que por la más grande de las puertas penetró una pareja de vejestorios emperifollados, ante cuya presencia se arrodillaban las mujeres e inclinaban los hombres las cabezas. Pero, aunque cerré los ojos, seguí asistiendo al festival, no sé durante cuánto tiempo, hasta que las imágenes se fueron debilitando, la música pareció como lejana y todo quedó como antes. Don Procopio se restregaba los ojos. "¿Le ha gustado?" Y él, a la gallega, me respondió: "¿Cómo hace?". "¿Cómo hago el qué?" "Eso. Hacerme ver un concierto en la corte del gran duque Vladimiro." Improvisé una larga perorata acerca de mis poderes de sugestión, por parecerme la explicación más plausible; y él la aceptó, aunque no muy convencido, pues le oí rezongar: "¡A ver si también es sugestión la carta de monsieur Mathieu!" Y pasó inmediatamente a mostrarme los nuevos papeles. "Mire: este folleto lo acaban de publicar clandestinamente, porque no lleva, como debiera, el imprimatur. Se cuentan en él, con pelos y detalles, las aventuras de la madre Sinforosa." "A ver. Démelo." Le eché un vistazo al impreso: tendría como cincuenta páginas, el papel era basto y la impresión, defectuosa. "¿Me lo trae para que lo lea?" "No creo que le valga la pena. No dice más de lo que sabemos." "¿Entonces?" Don Procopio me ofreció unos pliegos mecanografiados. Leí el título. Decía: "¿Estuvo el Dante en el infierno?". Los devolví y pregunté con la mirada. "Es un artículo que probablemente mañana publicará *El Día*. Lo escribí yo, aunque saldrá sin firma. Después de cotejar las descripciones que la madre Filomena hace de los infiernos con algunos pasajes de *La Divina Comedia*, y dando por sentado que dicha monja no miente ni exagera sino que se limita a relatar lo que ve, me pregunto si la conciencia de algunas descripciones nos autoriza a suponer que el Dante estuvo también en los infiernos. Por ejemplo: en la página quince del folleto, véalo usted, que lo traigo subrayado, sor Polentina dice: «Unos yacían tendidos sobre el vientre; otros, se apoyaban en las espaldas de sus vecinos, y alguno se arrastraba por el triste camino», lo cual coincide casi textualmente con estos versos del Dante:

> *Qual sopra il ventre, e qual sopra le spalle,*
> *l'un del altro giacea, e qual carpone*
> *si trasmutaba por lo tristo calle,*

Estos versos, en una versión española que tengo a mano, se traducen con estas palabras:

> *Cuál yacía tendido sobre el vientre,*
> *cuál sobre las espaldas unos de otros,*
> *y alguno andaba a rastras por el triste camino."*

Resplandecía la mirada de don Procopio con el triunfo del erudito que acaba de descubrir un gazapo ajeno. "Luego, ¿piensa usted que la madre Clementina ha copiado del Dante sus descripciones?" "Si fuera sólo ésta, podría tratarse de una inexplicable coincidencia; pero no hay uno solo de sus viajes donde no aparezcan, mejor o peor modificados, textos dantescos." "De lo cual se deduce que han sido copiados." "Sí, pero no por la monja. Es demasiado ignorante para que haya podido ocurrírsele. Ahora bien, si admitimos la idea de que sus viajes le son *enteramente sugeridos* por el padre Almanzora… No es que sea un especialista en literatura italiana, pero un hombre como él, falto de imaginación poética, pero avispado, sabe

184

perfectamente a qué fuentes debe recurrir. Contando, como él cuenta, con que nadie lee *La Divina Comedia* y nadie va a descubrir el subterfugio. Pero yo he leído *La Divina Comedia*, casi la sé de memoria. Mi único trabajo ha consistido en repasar las traducciones españolas, que tampoco son tantas, para averiguar de cuál de ellas se sirvió el falsario. No me costó gran esfuerzo en dar con ella: se trata de la versión de M. Aranda Sanjuán, publicada en Barcelona por Editorial Ibérica, Paseo de Gracia, 62, edición sin fecha." Sus últimas palabras habían caído en el silencio como piedras en el agua de un estanque, y venían cargadas del orgullo del triunfo.
"Decirlo así en el artículo hubiera sido fácil: «Eh, señores, que esta monja es una farsante, y aquí están los lugares de donde copia sus relatos!» Es lo que hubiera preferido el director del periódico, pero él es un periodista y yo un intelectual, y algunas diferencias de procedimientos ha de haber. Yo prefiero la ironía al exabrupto, y mis dardos más cargados de veneno no van contra la monja, que es una pobre imbécil, sino contra el inductor. ¿Se imagina la rabia del Almanzora al saberse descubierto?" "Sí, la imagino, y supongo que el Almanzora, como usted dice, no cejará hasta averiguar quién es el impertinente. Hará todo lo posible." "Bueno, ¿y qué?" "Eso es cosa suya, don Procopio, pero le veo en el infierno antes de dos semanas." "No seré de los que escapen, puede creérmelo. Antes de escribir este artículo, antes de decidirme a publicarlo, lo he meditado bien. Lo único que me detiene es la situación del director. Usted quizá no sepa que los dos periódicos de la ciudad, *El Día* y *La Noche*, son de la misma familia." "No lo ignoro." "Pero quizás no le hayan dicho que tienen el mismo director." "No. Eso no lo sabía." "Viene así desde el tiempo de don Balbino. Por ahorrarse un sueldo. De manera que el mismo sujeto tiene que ser reaccionario por el día y liberal por la noche." " ¿No será al revés, precisa-

mente?" "No, porque *El Día* se redacta de noche y *La Noche*, de día." "Tiene razón." "*La Noche* es propiedad de la viuda de Bendaña; *El Día*, de su hija. Si al director lo expulsan de *La Noche*, perderá medio sueldo, de modo que no podré publicar el artículo hasta convencer a Balbina, que es mi compañera en la facultad, de que se lo pague ella entero." "Esa Balbina, le dije, ¿no es la del ciego Marcelo?" "La misma." "¿Y usted no podría averiguar...?" "Ya lo he pensado, pero aún no le eché la vista encima." "Quizá se esconda." "¿Por qué ha de hacerlo? Aunque nunca se sabe..." Simulé arreglar algo, o buscar algo. "Usted no ignora, don Procopio, que estoy buscando materiales para una novela. Quiero meter en ella a la ciudad y sus gentes, pero necesito un argumento y unos protagonistas. Marcelo me interesa, y quien puede informarnos acerca de él, por lo que sé, es precisamente Balbina." "El caso está en que lo haga." "Depende, en parte, de su diplomacia." "Veré qué puede hacerse. Si cuando le plantee lo del director se me muestra propicia..."

29 de julio

Lénutchka llevaba a rajatabla lo del trabajo como condición del amor. Cuando le leí mi entrevista con el clérigo, no la aprobó del todo. Puso algunos reparos al tema de monsieur Mathieu, cuya identificación con el arquitecto y escultor del mismo nombre le pareció tan innecesaria como forzada. "Da la impresión de que has recurrido a ese ardid para seguir llenando páginas. El francés es un personaje que desaparece casi sin haber aparecido, un personaje completamente inútil. De repente, lo conviertes en protagonista de una historia inverosímil a la que, por lo demás, apenas si sacas partido. No la desarrollas, la cuentas, lo cual revela que no te importa demasiado o que comprendes su adjetividad. Por otra parte, dejas insinuadas connotaciones peligrosas, y no lo digo por la inverosimilitud, porque, ya ves, inverosímil es el Dragón Feo, y no hice la menor objeción a su presencia. Es una fantasía, la fantasía es legítima. Pero lo del francés *puede ser* un milagro, y eso ya no lo admito. La teología no tiene el menor papel en *ninguna* novela; menos aún en ésta; la novela no es un género teológico." "La novela, le respondí, es lo que se quiera, pero admito tus reparos. Suprimiré lo del francés. Aunque... ahora que lo sabe todo el mundo..." "Tú tienes la culpa."

No se mostró, sin embargo, severa, porque la condición era de trabajar, no de acertar, y los folios escritos le daban testimonio de aplicación sostenida. Estuvo amable y cariñosa, más si cabe que otras veces, quizá para compensarme de su crítica, tan fría; y yo se lo agradecí, como le había agradecido sus observaciones.

Me habló, en un descanso, de una muchacha nueva que había conocido, una checoslovaca llamada Lenn, que hacía reportajes para un periódico de Praga. "Te la traeré para que la conozcas. Es muy simpática, y, según me dijo, está aquí con su amante, que es un hombre mayor." Se echó a reír y añadió: "Como tú". Y con aquella su versatilidad para pasar de una cosa a otra, añadió sin transición: "Por cierto que nos hemos olvidado de Bernárdez y del bonzo Ferreiro. A estas horas, ya debe de haber contado a sus amigos la crónica de su viaje astral". Sí. Me había olvidado. Y, sin embargo, de todos mis materiales, lo de Bernárdez era lo único positivo, lo único que podía constituir la base de una historia. Mientras ella dormía, abrí las puertas de mi imaginación, a ver si el aire fresco la ventilaba; pero, fuera de unas cuantas de esas imágenes adventicias que tanto me embarazan, ninguna de las cuales vale la pena de registrar aquí, no se me ocurrió nada. Fue una de esas noches desesperantes, estériles, en que

parece agravada la arteriosclerosis y uno siente que está
seco el cerebro, como un prado sin lluvia: reseco hasta
crujir. Ni el sueño me fue dado, aquella noche de impo-
tencia. Sin embargo, cuando me levanté, al lado de la
máquina, bien ordenadas, había un montoncito de páginas
nuevas. Éstas:

Narración (III-apócrifa)

"Juanucha les abrió la puerta. Se había lavado la cara y
alisado el pelo, pero sin pintarse les llevó a la habitación,
donde ya tenía dos sillas apercibidas, y ella se sentó en el
extremo opuesto de la cama; pero, antes de hacerlo, arregló las almohadas al bonzo. Cuando el encuadernador preguntó que qué era aquello que tenía en la frente, si se
había dado un golpe en el viaje, Juanucha se puso colo-
rada. «Ya lo vio el médico y dijo que no era nada.»
El encuadernador insistía en que Ferreiro permaneciese
en silencio. Calculaba que estaría muy débil, después de
tan larga dieta; pero el bonzo, con una voz delgada y musical, cada vez más musical y más delgada, dijo que no,
que le convenía hablar cuanto antes, ya que, si pasaba
más tiempo, podía olvidar algún detalle de la revelación.
«¿Una revelación? ¿Dice usted que una revelación?» El
bonzo alzó un poco la mano diestra. «Me ha sido dado
contemplar el cosmos, y puedo decirles cómo es.» «¿Es
un mensaje científico?», preguntó, muy interesado, Pablo.
«Yo no le llamaría así», le respondió el bonzo, «dada la
naturaleza mística de la experiencia, y dado también que
es un mensaje de desesperación». «¿Qué quiere decir?»
El encuadernador acercó un poco más la silla. «Al menos,
para muchos, la certeza de que el cosmos está vacío será

motivo de desesperación. Lo que he visto demuestra que
Dios es imposible.» «Pero, eso ya lo sabíamos.» «No con
certeza. Ni yo mismo lo sabía con certeza. Muchas veces
les tengo dicho que el ateísmo es una forma de fe. Ahora,
al menos yo, tengo las pruebas, y ustedes las tendrán también si reciben mi mensaje y lo creen.» «¿Cómo no vamos a creerlo?» «Estamos deseando oírlo.» «Ya lo sé, ya
lo sé, y yo estoy deseando contarlo, pero tengan en cuenta que lo que he visto es demasiado hermoso, demasiado
majestuoso, demasiado grandioso para caber en las palabras. Podría, quizás, decírselo en hindú. La sabiduría que
recibí de mi maestro contenía palabras de difícil traducción. Pero procuraré acomodarme. Por lo pronto, puedo
decirles que, para un cómputo humano, estos veinte días
que permanecí ausente de mi cuerpo duraron sólo un instante. Diría que acabo de dormirme y que el despertar
fue inmediato. Así fue de súbita la visión, así fue de rápida. Pero también podría declararles lo contrario, ya que,
en cierto modo, y a juzgar por la riqueza infinita de mi
experiencia, el viaje ha durado siglos enteros, dentro de
los cuales recorrí distancias incalculables, los millones de
años-luz que separan un universo de otro…» Aquí le interrumpió Pablo. «Luego, ¿hay varios universos?» «Si
llamamos, para entendernos, cosmos a la totalidad de lo
existente, y universo al sistema en que vivimos, un sistema que abarca lo ya explorado y lo que se tardará siglos
en explorar, hay, efectivamente, un cosmos y muchos universos, un número incalculable de ellos; en cierto modo,
un número infinito.» Se revolvió un poco en la cama, y su
mano derecha, levantada como era su costumbre, contuvo
las preguntas de sus amigos. Juanucha, un poco replegada,
ponía la vista en Pablo, y no se movía.
«Será mejor, para entendernos, que comience por el principio, y que las consecuencias las saquemos al final. Pero
no crean que es fácil. Si les dijera que me desprendí de

189

mi cuerpo y que me encontré flotando en un espacio luminoso, acaso lo entendieran; pero no lo digo porque no fue exactamente así. No es que yo haya salido de mí mismo, sino todo lo contrario: la realidad, toda la realidad existente entró dentro de mí.» «¿Una visión, entonces?», apuntó el encuadernador. «Si no lo fue del todo, al menos se le parece. Pero hubo también algo de viaje, algo de lo otro, de salir de mí mismo, porque la sensación de estar flotando no me abandonó ni un solo instante. Como un ave a gran altura. Hay una contradicción, ¿no es así? La contradicción de dos sensaciones contrapuestas, la de quedarse en el fondo de uno mismo y la de salir y verse libre del cuerpo; la de flotar y la de estarse quieto, con una tercera de añadidura: una gran oscuridad y una claridad resplandeciente. Con todas estas ideas, fórmense ustedes la suya. Y lo mismo por lo que a la visión respecta, porque en cierto modo fue como si contemplase un panorama, y, en cierto modo, como si estuviese viendo por un agujero una película.» «Pero lo importante es la visión», metió baza Pablo. «No para mí, ya que mientras contemplaba el panorama o la película, experimentaba una sensación de plenitud y de perfección que, naturalmente, es incomunicable.» «Pero, lo que vio...» «Eso, sí, gracias a la palabra anillo. No encuentro otra mejor, ni creo que la haya. Imaginen ustedes una serie de ellos, tocándose unos a otros, pero no exactamente por los extremos de los diámetros. Si se tocaran por los diámetros, el conjunto sería una figura alargada, y la continuación de los diámetros formaría una línea recta. No es eso. Los diámetros de cada anillo forman un polígono de un número de lados que no se puede calcular, un polígono que todavía está incompleto, ¿me entienden?»

Ninguno de los dos respondió. Ferreiro, tras haber sonreído, se dirigió a Juanucha. «Tráeme un lápiz y un papel», le dijo. Ella salió y volvió en seguida. «¿Le sirve

190

éste?» El lápiz era pequeño, y el bonzo lo cogió con dificultad. «Me arreglaré. Pero necesito algo en que apoyar el papel.» Miró alrededor y apuntó con el dedo un libro que había encima del armario. «Aquel libro.» Pablo se levantó y lo cogió. «Acérquense ahora. Lo que yo puedo pintar es un número limitado de anillos. Lo importante es que se fijen ustedes en que, si los prolongamos en este sentido y en este, llegará un momento en que se cierre la figura y aparezca un nuevo anillo, un nuevo inconmensurable círculo.» Les tendió el papel y dejó que lo examinaran. «Pero ese círculo, ese anillo, según yo he visto, no se ha cerrado todavía.» «¿Es el anillo del tiempo?», preguntó, con cierto entusiasmo, Pablo. «En cierto modo, pero únicamente en cierto modo, porque también podemos pensar que sea el anillo del espacio, y, mejor aún, el de la historia.» Dejó reposar el libro y el papel encima de la cama, y se volvió hacia Juanucha. «Tráeme un cuchillo de la cocina. Este lápiz no tiene punta.» Juanucha tardó en darse cuenta de que se dirigía a ella. «¿Me dice algo, mi padre?» «Sí, que me traigas un cuchillo para sacar punta al lápiz.»
Mientras lo afilaba, Juanucha volvió a su esquina de la cama; Pablo y el encuadernador esperaban como anhelantes. Pablo se atrevió a decir: «¿También el anillo de la historia? Luego, ¿la historia se cierra sobre sí misma?» «La historia, hijo mío, le respondió el bonzo, es de una gran monotonía, como luego les explicaré. Pero ahora a lo que vamos a prestar atención es a cada uno de estos anillos parciales, a los que llamar anillos, no lo olviden, es sólo un modo de hablar. Sería anillo con mayor propiedad si los universos que lo forman girasen uno detrás de otro, si lo recorriesen. Pero no es así. Cada uno de los que lo componen gira sobre sí mismo, tiene movimiento de rotación, pero no de traslación. Está donde está de una vez para siempre.» «¿Dijo usted universos, maestro?», en

la voz del encuadernador había el tono respetuoso del discente. «Universos, en plural, eso dije. Exactamente treinta y dos en cada anillo si lo aislamos de los restantes; pero, dentro de la figura general, sucede que el primero de cada anillo es el último del anterior, y el último es el primero del siguiente, como pueden ver en esta otra figura.» Había garabateado de nuevo en el papel, y lo ofreció a las miradas anhelantes de los discípulos. «Puesto que los anillos se repiten, es obvio que la explicación de uno de ellos vale para el resto. Partamos de que cada universo aparece por emisión o emanación del anterior: los de la derecha, a la derecha; los de la izquierda, a la izquierda, salvo el inicial de cada anillo, que emite a derecha e izquierda, y salvo el último, en que se funden las emisiones de los dos anteriores de ambos lados, lo cual nos da, en cada anillo, dos universos dobles y treinta simples.» «¿Cómo debemos entender esa duplicidad y esa simplicidad?», preguntó Pablo. «De la manera más científica posible. Los universos emanados a la derecha están formados de materia, y los emanados a la izquierda, de antimateria; en los universos dobles, la materia y la antimateria forman una síntesis.» «¿Y qué diferencia hay entre unos y otros?» El bonzo cerró los ojos y dejó pasar unos instantes. «Ya llegaremos a eso. Por lo pronto, les diré que estamos en uno de los universos materiales, de los de la derecha. Conviene fijar la atención en ellos. Cada uno, emanación del anterior, es exactamente igual a él, es su repetición o copia. Lo mismo sucede con los de la izquierda. Y todo lo que sucede en cada uno de ellos es la repetición del anterior. Por eso les dije antes que la historia es una gran monotonía. Ustedes y yo hemos existido infinidad de veces, hemos tenido infinidad de veces esta misma conversación; a mí me ha sido revelado el cosmos otras tantas, y, mientras el círculo general no se cierre en sí mismo, seguirá repitiéndose la revelación por los siglos de los siglos. Al más pequeño de los seres que ustedes elijan o a cualquiera de sus combinaciones físicas, químicas o biológicas les aguarda el mismo destino.» «¿Y cuando el círculo general se cierre sobre sí mismo?» El bonzo abrió las manos con solemnidad. «Eso no me ha sido revelado. Yo he contemplado el cosmos en su estado actual. He visto cómo giraban inútilmente en el espacio innumerables universos carbonizados. He visto cómo un universo salía de otro, cómo resplandecía, nuevecito, casi de pura luz. Me he acercado a los mundos y he visto la historia que en el nuestro todavía no ha acontecido y la repetición de la que ya conocemos. En el mundo que sigue al nuestro, van ahora por la Revolución francesa; en el siguiente, andan todavía con la Guerra de las Investiduras; en el de más allá, he podido escuchar a Julio César en el Senado romano y ver cómo le mataban.» Pablo adelantó la mano en ademán interrogador. «En la Revolución francesa, preguntó, ¿habían matado ya a Marat?» «Creo que todavía no, le respondió el bonzo, pero le andaban cerca.» «Entonces, continuó Pablo, si un hombre pudiera emigrar de este mundo nuestro al inmediato y evitar la muerte de Marat, en los universos sucesivos, Marat no moriría asesinado, Marat podría llevar a cabo su programa revolucionario; se habría, pues, suprimido a Napoleón, y el hombre conocería la felicidad.» «¿Y quién será el hombre capaz de volar de nuestro mundo a otro?» Pablo replegó el brazo. «Era una hipótesis, una hipótesis salvadora, mesiánica. Pero si existiera el modo de realizar ese vuelo, yo lo haría, yo estaría dispuesto a hacerlo.» «¿Y se iba a morir usted en esa revolución?», preguntó, desde su esquina, Juanucha. «Lo de menos sería lo que me sucediera. ¿Habría algo más hermoso que modificar el destino de los hombres de una vez para siempre?» «Ya dije yo que usted es una buena persona.» «En todo caso, continuó el bonzo, cambiaría usted la historia de los universos materiales. Pero, ¿y la de los antimateriales? Sepan ustedes que también nosotros, cada uno de nosotros, vive una vez en cada uno de ellos, si a lo que sucede en esos universos se puede llamar vida. No existen inhibiciones. El deseo se convierte, inexorablemente, en acto. Los hijos, pues, se acuestan con sus madres y matan a sus padres. En el lenguaje no existe el verbo morir en el sentido del nuestro, que incluye la muerte por enfermedad o por vejez. Allí quiere decir siempre morir de muerte violenta.» Volvió Juanucha a intervenir: «Eso sí que es desgracia, ya ven». Y las manos de Pablo anunciaron que iba a hablar de nuevo. «¿Quién sabe si, modificando la historia de los universos materiales, no se modificaría también la de los otros?» «A eso, hijo mío, no puedo contestar. Mi revelación no llegó a tanto. Pero todavía no les he explicado que los universos dobles en que cada uno de los seres separados se juntan en uno solo, en que la materia y la antimateria alcanzan una síntesis superior, como ya les expliqué, son verdaderos paraísos. En ellos se interrumpe la historia y sobreviene la felicidad. Los hombres, quizás por saber reminiscente, no lo ignoramos. Unos colocan el paraíso en el pasado; otros, en el futuro. Ambos aciertan. La historia es el paso de un paraíso a otro. Pero la vida en estos paraísos es también repetición: lo que sucedió en el paraíso anterior sucede, inexorablemente, en el siguiente. Y como aquél se desintegró, engendrando a diestra y siniestra universos desdichados, se desintegrará éste.» El encuadernador empezó a removerse en su asiento. «Pero, digo yo, se me ocurre a mí, ¿esto que estamos aprendiendo ahora no va a servir de nada a los hombres? Porque, digo yo, se me ocurre a mí, cuando lo que usted está descubriéndonos se sepa, algo hará la gente.» «Sucederá lo que con otras revelaciones. Unos me creerán; otros, no. Lo que he visto en el mundo anterior al nuestro fue a gente tan infeliz como nosotros, pero con muchas más máquinas. Se conoce que mi revelación no les sirvió de nada.» «Insisto, dijo Pablo con pasión, en que tiene que haber un modo de cambiarlo todo, a partir, precisamente, de este momento que estamos viviendo. Si hay que admitir la idea de que la vida va a repetirse hasta el infinito, que sea, al menos, una vida dichosa.» «A lo mejor, cuando se cierre el gran círculo...» El bonzo cruzó las manos sobre el pecho. «Sea lo que sea, el conocimiento que tenemos nos impone un deber, en esto estoy de acuerdo.» «¿El deber de salir a las calles y plazas a decir la verdad?» «La verdad está destinada a no ser creída. Y nuestra apetencia de felicidad tiene que esperar al próximo paraíso.» «¿Cuántos años habrá que esperar?», preguntó, en cierto modo conmovida, Juanucha. «Unos cuantos miles de siglos. Nuestro mundo está en el decimoctavo universo. Faltan todavía doce para la integración. El anillo en que estamos no se ha cerrado todavía. He podido contar, después de nosotros, hasta diez universos más, el último de ellos recién nacido. Una infinitud de tiempo para nuestra sensibilidad; un parpadeo en el tiempo total del cosmos.» «Pues, a mí, que me llegue la felicidad de vieja, la verdad...»"

2 de agosto

No le dije nada a Lénutchka. Le dejé preparar su desayuno, y para mí una taza de ese té ruso que me sirve en vaso y con cierto rito de cucharilla y dedos. Se fue a sus clases, y yo, poco después, a darme una vueltecita por la catedral. Antes había comprado el periódico de la mañana, en cuya tercera página hallé el artículo de don Procopio, no muy destacado, pero visible. En las obras seguían los excavadores rodeando el laberinto, limpio ya de escombros y tierras de acarreo la mayor parte de su muro.

Había poca gente. Me senté en un banco arrinconado, un banco oscuro y, con los ojos cerrados, inicié una exploración de mí mismo, una búsqueda interior a partir de un nombre, Lenn: lo había colocado en medio de la conciencia como cimbel de recuerdos, pero las aves que acudían eran rápidas imágenes de una ciudad dorada en la que no recuerdo haber vivido. Pretendí iluminar recovecos lejanos, pero mi voluntad golpeaba inútilmente sus paredes de sombra: me pareció, sin embargo, que algo se escabullía, como al azotar un matorral se dispersan las alimañas escondidas. Así estuve mucho tiempo, al acecho, hasta que un pincerna con sayón colorado me sacudió y me dijo que me fuera a dormir a otra parte.

Nos habíamos citado a comer en una tabernita. Lénutchka venía contenta y me contó su encuentro con don Procopio, que andaba a la busca de Balbina Bendaña. Le pregunté si había oído algún comentario al artículo del canónigo, y me respondió que a los estudiantes las profecías y delaciones de la madre Theodoroskaia les traían sin cuidado. "Es, sin embargo, un trabajo erudito que podía servirles de modelo. Positivista, pero bueno." "Lo dices como si ser positivista fuera un defecto." No quise responderle, porque nos hubiéramos metido en una de esas discusiones teóricas en las cuales jamás nos poníamos de acuerdo, y yo necesitaba tener la mente despierta para otros menesteres. Esperé a que tomara el café, y entonces le pasé los folios hallados aquella mañana. Los leyó mientras fumaba: de un tirón y sin hacer comentarios. Al devolvérmelos, me dijo: "Están bien. Es casi lógico, es casi inevitable que el bonzo haya encontrado en el cosmos una versión del Eterno Retorno. En cuanto a esa ocurrencia de que la historia se repite de una manera tan monótona, confío en que no la habrás tomado en serio. No tiene otro valor que el meramente literario; en tu caso no deja de ser significativa, porque revela tu pesimismo involuntario."

Yo había guardado ya los papeles en mi cartera, junto a los otros. Lo dejé todo en cualquier parte y la miré fijamente. Ella pareció sorprendida. "¿Sucede algo?" "Sí. Que yo no soy el autor de ese capítulo." "¿Quién, entonces?" "No lo sé." Y le conté el hallazgo. "Al decir que no soy el autor quiero decir que no los he inventado, porque evidentemente están escritos de mi mano y en mi máquina. He examinado las incorrecciones: son las mías habituales. Y como yo no creo que nadie sea capaz de poder escribir mientras duerme, al menos con esa coherencia…"

Alargó la mano por encima de la mesa y la dejó caer sobre la mía. "Cuéntame lo que te sucedió esta noche." "Después que te dormiste, intenté trabajar un poco. No fui capaz. Hacia la madrugada decidí acostarme. Es todo cuanto recuerdo." "¿Tenías pensado ya lo del bonzo?" "En absoluto. Es uno de los temas a los que anduve dando vueltas, y no se me ocurría nada. Esta mañana hubiera ido a la biblioteca, a repasar el *Ramayana* o lo que hallase de literatura hindú, a ver si me inspiraba. No lo hice, claro." "Háblame de tus heterónimos." "¿Tú crees?" "Puede ser…" Sonreí. "Los heterónimos no pasan de ser un truco. Todo el mundo lleva dentro contradicciones, y hay gente a quien le gusta darles nombre y forma humana. Es como crear un personaje. Bajo tal nombre se acogen estas ideas, y bajo tal otro, estas otras. Hay también quien, en vez de ideas, agrupa hechos, generalmente imaginarios, vidas que no pudieron ser y que así son de algún modo, aunque precario. Es viejo que, al elegir, se renuncia; pero, el que no se conforma, acude a ese subterfugio imaginativo. A veces, de tales operaciones, resultan buenas novelas. O, más bien, resultaban, porque las que ahora se llevan, lo sabes mejor que yo, van por otros caminos." "Te pedí que me hablases de *tus* heterónimos." "¿De los míos?" "Sí. ¿Quiéres dejarme el texto?" Hurgué en la cartera y saqué los folios. Ella buscó rápidamente el primer capítulo. "Hablas de ellos aquí. *Tu* Abel Martín y *tu* Alberto Caeiro." "Esos no me pertenecen. Son comparaciones abreviadas, un recurso retórico: «Yo también tengo mi Abel Martín y mi Alberto Caeiro, como los tuvieron Machado y Pessoa»." Podía añadir también "respectivamente". Pero no lo hice, y así quedó de confuso. Lénutchka había seguido pasando folios. "¿Y este que dice aquí quién es? El agente secreto." "Si lees con cuidado, verás que es una mera parodia. El agente secreto no existe." "¿Estás seguro?" "De haberlo inventado, y del porqué, desde luego." "Sin embargo, le has dado una existencia como la tuya y la mía." "Pero no he vuelto a acordarme de él." "Lo cual no impide que ande por la ciudad como cualquiera de nosotros, y, lo que es más peligroso, por tu mente. No piensas en él, pero él sigue viviendo." "¿Insinúas que haya sido el autor de ese capítulo?" "Es una posibilidad." "Sin embargo, creo que ha sido otro." "¿Otro?" "Sí, y no una invención mía, heterónimo o personaje, sino alguien de existencia independiente. ¿Quieres volver al capítulo primero y leer en la parte en que dice...? Déjamelo. Yo lo buscaré." Encontré en seguida el pasaje y. se lo leí: *El otro día me encontré, dentro de mí, con un desconocido; al día siguiente, con otro, y, ayer, con uno nuevo. No he conseguido averiguar quiénes son, sino sencillamente que temen y se esconden: algo así como si yo fuera un refugio.* "Siempre creí, me dijo Lénutchka, que era una broma o una alegoría." "Y yo también. Pero ahora resulta..." Volví rápidamente la mano y apreté la suya, que no había movido. "Quiero que me ayudes a hacer una experiencia." Me devolvió el apretón. "No tienes que pedírmelo: basta con que me lo propongas." "Es que acaso se contradiga con tus principios." Soltó la mano y golpeó la mía. "¡Una vez más...!" La tabernita estaba medio vacía. Quedaba en un rincón una pareja, y, detrás del mostrador, la dueña ajetreaba: no solía mirarnos porque conocía nuestro comedimiento, del que yo me cuidaba especialmente, sobre todo por privar a la gente del espectáculo de un viejo y de una niña que hacen manitas. De manera que nada del lugar nos estorbaba. "No sé, le dije, qué palabras usar: alma, conciencia, espíritu, mundo interior, porque cualquiera de ellas peca de insuficiente. Y si añadimos la subconsciencia y el inconsciente, no queda mucho más claro, porque todas esas palabras designan una cosa o una función, y a lo que yo me refiero es a un lugar penetrable y transitable, que está dentro de uno pero que le excede en dimensiones, como que es, a veces, infinito. Claro que, a lo mejor, tampoco es un lugar, y si esa palabra le conviene es en cuanto metáfora. Quedemos, pues, en que es *como* un lugar extenso o limitado, donde está todo, aunque en imagen. Los escondrijos son imágenes de escondrijos; las oscuridades, imágenes de oscuridades; lo mismo los caminos, las palabras, los recuerdos. Yo no sé si la textura fluvial del sistema nervioso determina la complejidad viaria de ese lugar o le sirve de modelo; pero ese del que tengo experiencia, el mío, es como la red nerviosa de enmarañado, aunque no tan sencillo de materia, porque donde allí hay dendritas y cosas de ésas, hay aquí baluartes, despeñaderos, túneles, jardines, palacios en ruinas, cadáveres abandonados, libros, conversaciones sin sujetos parlantes; y vendavales furiosos, ángeles terribles, pedazos de músicas perdidas, y gente, mucha gente. ¿Es así el tuyo?" La mirada de Lénutchka vagaba por la pared frontera. La volvió hacia mí y me dijo: "No sé. Nunca he tenido el vicio de la introspección". "Hay también un personaje que se repite hasta la monotonía y en el que podrás reconocerme en cada uno de los días de mi vida, los que recuerdo y los que he olvidado. Pero no es a mí a quien vamos a buscar." "¿Vamos?" "Sí. La experiencia es ésa: que entres de mi mano en ese lugar y me ayudes." "Pero, ¿cómo?" "De la misma manera que estás aquí, de la misma en que podemos participar cada uno en el placer del otro y sentirlo como nuestro. La única posible, por otra parte." Se quedó pensativa, y dijo luego: "Acepto, pero con una condición". "¿Cuál?" "La de que, después o antes, como quieras, entremos también juntos en mi… ¿cómo le llamas? ¿Conciencia?" "Ya te dije que la palabra es lo de menos; pero no veo por qué." "Hay una razón de equidad. Si yo voy a conocer todos los días de tu vida, quiero que conozcas también los míos." "Aceptado, a condición de que no sea inmediatamente, sino un día propicio en que no haya que buscar a nadie ni perseguir a nadie." "Bueno." "Dame la mano."

La dejó caer en el asiento y la tomé. Estaba fría y un poco temblorosa. Le pedí que cerrase los ojos y escuchase, y empecé a hablar: describí la entrada en las tinieblas, el angosto camino, las torcidas veredas que nos encaminaban hacia un centro más claro donde permanecía el nombre de Lenn. "¿Por qué Lenn?", me preguntó. "Cuando me lo dijiste, me trajo no sé qué recuerdos, o, mejor que recuerdos, una conmoción íntima, una especie de sacudida. Lo he puesto ahí como los cazadores ponen la codorniz hembra en una jaula: para que atraiga al macho." "¿Piensas que es él?" "Sí, aunque no sé quien es. Nadie que haya inventado yo, por supuesto. Por lo tanto, un intruso." Se nos ofrecían a la vista ciudades incompletas, las que yo había visto o imaginado, y, entre ellas, Villasanta de la Estrella, más que ciudad, fantasma, pues nada en ella había de preciso y claro, ni de ordenado, sino un montón de cosas en espera de que alguien las colocase en su sitio. La gente, sin embargo, iba y venía, sin cara y casi sin figura. Pero de uno de aquellos montones de sombras se desprendió una figura que, conforme se aproximaba, se fue precisando: era don Felipe Segundo, que nos saludó

con grandes muestras de cortesía y nos pidió permiso para contarnos un cuento. Cuando Lénutchka asintió, le dio las gracias con una sonrisa. "Mire, señorita, era una de esas mujeres que tienen un hijo cada año, y que había parido siete pese a los remedios que le recetaba el médico. «Doctor, esto no puede ser. Si siguen así las cosas, pronto iré por el octavo. ¡Déme usted, por favor, un remedio eficaz!» El médico se quedó pensando, y le respondió: «El único que puede resultarle es que, cuando su marido ponga los ojos en blanco, dé usted marcha atrás.» «Ay, doctor, ¿cómo quiere que dé marcha atrás, si en el momento en que mi marido pone los ojos en blanco, tengo los míos cerrados?»" Se echó a reír. "¿Verdad que es bueno? ¡Nada hay más saludable y esperanzador que este ingenio español!" Nos hizo una reverencia y se marchó. Le señalé a Lénutchka un hombre que sacaba una acuarela de la catedral. "Mira, ése es el agente secreto, el Maestro de las Pistas que se Bifurcan. Tenías razón." Pasamos por su lado. Él nos miró con mirada resbaladiza, un poco desdeñosa y volvió a sus pinturas. Más allá estaba el claro con el nombre de Lenn en el centro; pero Lénutchka vio algo más que el nombre: vio la persona entera, y se acercó a ella, a saludarla. Las oí hablar, esas palabras banales que se dicen las muchachas de todas las partes del mundo cuando no tienen nada serio que decirse: "¡Qué mona estás! ¡Qué bien te sienta ese pañuelo!" Pero yo no veía a Lenn hasta que pude imaginarla, y entonces resultó una mocetona pelirroja vestida con traje sastre, con una cartera y una cámara colgadas al hombro izquierdo. No sé si lo que veía Lénutchka sería igual, porque no me la había descrito y es casi seguro que nuestras imaginaciones no marcharían de acuerdo. Añadí un pañuelito de seda al atuendo de Lenn. Lénutchka nos presentó.
¿Y tu amigo, ¿por dónde anda?" "Pues lo estoy esperan-

201

do." "Podíamos juntarnos los cuatro y tomar una copa." "A condición de que venga…" "¿Se te retrasa, a veces?" "Él tiene sus cosas y yo las mías." Les propuse meternos en un café desde donde se viera el lugar de la cita, y, al hacerlo, me di cuenta de que aquellas palabras y aquella invitación no me habían salido de la voluntad, sino que *me fueron dictadas*, y mientras caminábamos hacia el café, comprendí que, hacía unos minutos, *yo estaba siendo pensado por alguien que no era yo*. Es una sensación molesta, la que se experimenta en tales casos, o al menos la que yo experimenté, pues si puede ser cierto, como aseguran algunos, que todos somos sueños de Dios, la verdad es que Dios nos concede cierta autonomía, y yo me sabía, en aquel momento, empujado hacia donde no había pensado ir, ni sé si lo deseaba. Entrábamos, Lénutchka y yo, en mi mundo, y ahora resultaba que allí, precisamente allí, yo no era más que el pensamiento de otro. Nos acodamos a una mesa, y las muchachas se pusieron a hablar en ruso, porque Lenn hacía tiempo que no lo practicaba y aprovechaba la ocasión de hacerlo. Las dejé que se despachasen a su gusto, y yo, sin otra cosa que hacer, y deseando afirmarme en mí mismo, empecé a imaginar el encuentro entre Balbina Bendaña y don Procopio.

La peregrina historia de Balbina y Marcelo (I)

9 de agosto

El cual aquella misma mañana se las compuso para hacerse encontradizo con su colega, a quien los alumnos llamaban la B.B.C. a causa de sus iniciales. La halló desmejorada, ella, siempre pimpante, y como si le hubieran echa-

202

do veinte años encima, y, nada más verle, se le arrojó en los brazos, llorando (no había nadie delante): "No me diga nada, don Procopio, no me diga nada, porque estoy desde ayer hecha un mar de lágrimas". "Pero, ¿qué es lo que le sucede?" "¡Usted lo sabe, don Procopio! ¡Ese cadáver! ¡Es el pasado que vuelve cuando yo lo creía muerto!" "Bueno, mujer, no se apure, porque no irá a decirme que fue usted quien encerró a Marcelo en el laberinto." "No, pero fui la culpable. Y bien creí, como creyó todo el mundo, que se había marchado a Madrid y que allí lo habían matado. Pero, ¡ese suicidio...! Porque indudablemente fue un suicidio...!" "¡Y bien triste, por cierto! Porque de hambre se tuvo que morir, allí abrazado a doña Esclaramunda." "¡Bien me decía él que había hallado más piedad en un corazón de piedra que en una mujer de carne! La de carne era yo." "Eso, no me lo tiene que decir." "¿Y a quién si no? ¡Soy una mujer sola en el mundo, don Procopio! Mi madre, como si no existiera: no piensa más que en el padre Almanzora y en esa monja que va al infierno. ¡Como que debe ser ella quien le costea los viajes! ¿De qué me sirve ser rica si me falta a mi lado una persona querida a la que confiarme? ¡Estoy sola, y ahora pienso que debe ser un castigo de Dios!" "Pero, ¿cree usted en Dios, Balbina? La reputación que trae no es de eso." "¿Y yo qué sé? No creo en Dios, pero tengo miedo de que exista. Porque, si existe..." "Si existe, ya se las arreglará usted con Él. No es tan fiero el león como le pintan." "Eso lo dice usted porque es muy bueno. Por eso me gustaría que me escuchase." "¿En confesión?" "Llámelo como quiera. Sin bendición y sin ponerme de rodillas, pero confesión al fin y al cabo. Mire, si le parece y no tiene otra cosa que hacer, nos vamos a mi seminario, que a estas horas no hay nadie, y le cuento. ¡Dios mío, han pasado tantos años, y yo lo creía olvidado, y ahora lo recuerdo como si hubiera sido ayer! Treinta y cinco años que lo llevo aquí dentro, como una bomba que fuese a estallar el día menos pensado." "Vamos a su seminario. En el mío, debe de estar ahora don Celedonio, con quien tuve esta mañana una agarrada de las de no te menees." "Ya leí lo del periódico. No sé quien dijo antes que ha dejado usted tan mal al padre Almanzora que piensa marchar de la ciudad." "¡No será verdad tanta belleza!"

Cuando subían la escalera y habían llegado a un rellano bastante alto y solitario, don Procopio detuvo a Balbina: "Por cierto, le dijo, y antes de que empecemos con su cuento, tenía que tratar con usted de un negocio". "¿Del periódico?" "Precisamente. Dijo usted antes que su madre no piensa más que en el padre Almanzora y en la monja del infierno. ¿Sabe usted que La Noche está haciendo una campaña solapada a favor de esos milagros?" "De acuerdo con mi madre, por supuesto. A ella le parece muy bien cuanto le dice el padre Almanzora." "Pues nosotros nos proponemos llevar adelante, en El Día, la campaña contraria. Ese artículo de hoy es el primero." "Cuenta usted con mi ayuda. ¡Pues no faltaba más!" "Pero, como usted sabe, don Agatángelo es director de ambos periódicos. Y tiene miedo de que, si el Almanzora se empeña, lo echen." "Pueden echarlo de La Noche, que es de mi madre; pero El Día es de mi entera propiedad, así lo dejó mi abuelo estipulado y así viene siendo desde hace treinta años. Y ustedes no tendrán queja de mí." "No la tenemos, pero Agatángelo no podrá vivir con el sueldo de un periódico solo." "Si es por eso... Hagan lo que crean necesario, porque pagaré los dos sueldos." "¡Y Dios se lo pagará a usted!"

Todos los asientos del seminario, además de las mesas, estaban llenos de libros y papeles, de modo que hubo que vaciar un sillón para el canónigo y una silla para Balbina. Era, sin embargo, un lugar agradable: el catedrático andaba siempre por esos mundos, de congreso en simposio, y Balbina campaba por sus respetos: tenía flores en búcaros, y fotografías de cuadros italianos en las paredes, y el todo lo presidía *El amor sagrado y el profano*, cuadro del que Balbina era devota, que había mandado copiar, y que tenía allí por sus razones personales. Le refirió a don Procopio, de entrada, algo de sus viajes por Italia, y de que Tiziano le gustaba más que cualquier otro pintor, a lo que don Procopio le respondió explicando su preferencia por los ilustradores medievales y los fresquistas catalanes; pero la conversación dejó en seguida el tema de la pintura cuando ella contó a propósito de algo, que también aquella mañana, al salir de casa, se había sentido como desnuda, y que todo el mundo la miraba. "Como cuando era una muchacha, don Procopio; pero entonces me miraban porque era bonita, y esta mañana todos habrán visto que estoy vieja, y se habrán preguntado cómo el pobre Marcelo pudo matarse por mí. ¿Sabe usted que ayer fue de visita a mi casa la viuda de Mariño, la muy bruja, que es de mi edad y sigue emperifollándose, y trajo a mi madre el cuento de que se había encontrado el esqueleto del pobre Marcelo, y de que la tal doña Esclaramunda se parece tanto a mí? La muy víbora, mientras me miraba con sorna, se hacía lenguas de la belleza de la estatua, que si la nariz, que si la boca, que si la barba. «¡Ay, Matilde, parece que estoy viendo a tu hija cuando tenía veinte años!» Hasta que yo no pude aguantar más las lágrimas, y me marché. ¿Se me parece tanto?" "Yo no la conocía a usted cuando tenía veinte años." "Ya sé que usted es más joven, pero, si quiere, mañana le traeré un retrato." "De momento, es lo que menos importa. Pero si quiere ir al laberinto…" "¡No, Dios mío, qué horror!" "Cuando lo limpien de huesos, ya no será un lugar tétrico." "¿Y qué piensan hacer de los de Marcelo?" "Como no consta que se haya suicidado, y bien pudo ser que no hubiera encontrado la salida y se hubiera quedado allí contra su voluntad…" "No, don Procopio, de esto estoy segura. Él me contaba que entraba y salía en el laberinto como en su casa, pero yo no se lo creía. Me parecía que toda esa historia era de su invención." "Pues ya ve usted." "¿Y se le podría decir un funeral?" "Se le dirán varios, porque hoy vino a verme una viejecita que me dijo que había sido su patrona y que quería que le dijeran unas misas." "Doña Esmeralda debía de ser. Tiene más años que Matusalem." "Sí. Así me dijo que se llamaba." "A mí no me podía ver." "De eso no me habló." "Entonces era una jamona todavía de buen ver, y estaba enamorada de él. Había muchas muchachas enamoradas de él." "Y, usted, ¿no?" Balbina se tapó los ojos. "¡No sé, no sé, nunca lo supe!" "¿Será que no se acuerda?" "No, don Procopio, me acuerdo perfectamente. Marcelo era, más que seductor, fascinante. ¡Tan inteligente, tan guapo y tan desgraciado! Pero, fíjese bien, ¿cómo iba a pensar en casarme con él, si era el hijo abandonado de una zorra? Llevaba en el alma la vergüenza de su origen y no podía conformarse con su ceguera. No era bueno, Marcelo, o al menos tenía un demonio dentro que lo atormentaba. Con más conformidad, hubiera podido ser feliz." Don Procopio la interrumpió: "¿Y usted, en su caso, la hubiera tenido?" "¡Qué sabe una!"

En este instante dejo de ver a Balbina y al canónigo, de oír sus voces. Lo que se me representa es una habitación de la que no percibo, de momento, ni muebles ni ornatos. La luz es tenue. A Marcelo, de pie junto a una lámpara, se le ve bien. Balbina permanece en la penumbra, y está ovillada en un diván, rodeada de cojines, con un cigarrillo en la mano. Marcelo cuenta sus visitas recientes al Museo del Prado, y lo que allí aprendió de la pintura de Goya. "Un día de éstos daré una conferencia, y ya verás. Enseñaré a esos mastuerzos que la pintura no es inaccesible a un ciego." "¿Me cuentas a mí entre los mastuerzos?"

"¿Es que tampoco lo crees?" "No." Marcelo se encoge de hombros y continúa su narración: mueve las manos con calma, y cada ademán subraya o completa sus palabras: Balbina le contempla fascinada. Le sigue, le espía. "Encontré una muchacha excepcional, una analfabeta, seguramente fea, pero con una endiablada sensibilidad para el color y la forma. La llevaba conmigo, le preguntaba: ella trazaba, con su dedo, en la palma de mi mano, la disposición de los componentes en el cuadro, y por el temblor de su piel adivinaba la intensidad de los colores. Reconstruirlo después era fácil. Yo lo traducía a términos de música." "No dudo que puedas engañarte a ti mismo, Marcelo…" "¿Quiéres que te hable de *La maja desnuda?*" "No dudo que lo hagas. Estás en tu terreno." "Te equivocas: puedo hacerlo sin mentar para nada el desnudo." "Aun así, no me interesa." "Lo que tú no quieres admitir es que yo, que soy ciego, sepa más que vosotros de la realidad del mundo. Lo que no comprenderás nunca es que no necesite para nada de la visión. ¡Ciego, soy más rico que vosotros y llego a donde vosotros no llegaréis jamás!" Balbina hace ademán de responderle, pero se detiene. Aparta los cojines, deja la colilla en el cenicero, se levanta. "Voy a salir un momento. Espera." Pasa delante de Marcelo, rozándole; llega a la puerta, la abre y la cierra sin salir. Queda un momento arrimada, mirando al ciego. De repente, se quita el pañuelo que lleva al cuello y se lo ata, tapándose la boca y las narices. Luego empieza a desnudarse febrilmente, silenciosa y cauta: deja caer las ropas en el suelo, encima de la alfombra, y se quita también los zapatos. Y, así, permanece unos instantes. Después, con cautela, se acerca a Marcelo, hasta quedarle cerca, los senos junto a la boca, y espera. Marcelo está ensimismado, con la cabeza baja y las manos en los bolsillos. Unos instantes. Luego levanta la cara, la orienta hacia el lugar donde Balbina espera, respira profundamente.

207

"Balbina." Ella lleva una mano a la boca, tapa la respiración. "Balbina." Ella retrocede un paso y él adelanta una mano y tienta el aire. "Balbina, ¿qué haces?" Deja el arrimo, camina hacia ella: Balbina mira hacia atrás, rodea un mueble, se sitúa tras él. "Balbina, ¿por qué te has desnudado?" Se aproxima con calma, sus rodillas tropiezan en el mueble, lo tantea, lo palpa. "Balbina, estás ahí, sé que estás ahí, sé que estás desnuda. ¿Por qué lo haces?" Ahora son sus dos manos las que buscan en el aire, y Balbina deja que se le acerquen, que sus dedos casi la rocen, pero se escurre sin ser tocada, se sitúa detrás de Marcelo. Éste huele el aire, gira sobre sí mismo, sigue el rastro como un lebrel. "Balbina, Balbina, Balbina..." La acorrala, casi la tiene entre sus brazos, pero ella vuelve a escabullirse, se refugia en un rincón apartado, respira fuerte, jadea. Marcelo ha perdido el rastro, husmea, lo recobra, marcha otra vez hacia ella. Su rostro se mantiene quieto, pero sus manos tiemblan, y su voz empieza a ser como un ronquido: el nombre de Balbina pasa por su garganta como sobre papel de lija. "Balbina." Viene derecho, sin titubeos. Balbina agarra una silla ligera, la coloca en el camino de Marcelo: éste tropieza y cae. "Balbina." Se ha golpeado la frente, tiene una pequeña brecha, sangra. Balbina escapa, se viste rápidamente, hace que vuelve. Él intenta levantarse cuando ella bate la puerta. "¡Marcelo! ¿Te has caído, criatura?" Él no responde: se ha incorporado ya, se pone en pie. "Espera, traeré algo. No te muevas." Ahora sí que sale. A Marcelo le resbala un hilillo de sangre que ya le mancha el cuello de la camisa. Está en medio de la habitación, casi debajo de la lámpara que Balbina, al salir, ha encendido. Se quita las gafas, las guarda en el bolsillo; con el pañuelo se limpia la sangre de las manos. Balbina regresa con la criada: traen una palangana de agua, alcohol, una venda, gasas, un toalla. "A ver, hombre de Dios. Siéntate ahí. Ven. Yo te llevaré.

Así. No te muevas. La toalla, Pepa. Quieto ahora." Le lava la sangre, le limpia la herida. "No es nada. Afortunadamente no es nada. Pero pudiste matarte. ¿Qué irías a hacer, hombre de Dios? Eres talmente un niño." Marcelo no le responde: aguanta sin mover la cara el escozor del alcohol, deja que le manoseen y le coloquen la venda. "A ver, las gafas. ¿Dónde tienes las gafas? ¡Pepa, mira si están caídas!" Marcelo las saca del bolsillo y se las da, y ella se las coloca. "No es nada. Llévate esas cosas, Pepa. Y tú, ven, siéntate en el diván, o échate si te duele." Le coge de la mano y lo conduce, y ella misma se sienta a su lado. "Pero, vamos a ver, hombre, ¿qué te pasó?" Marcelo, de un tirón, se suelta de las manos de Balbina y la agarra fuertemente de los brazos. "Dime, ¿por qué has hecho eso?" "Eso, ¿qué?" "¡Lo sabes de sobra!" "¡Estás loco, Marcelo! ¿Qué es lo que hice?" "¡Te has desnudado y has venido a tentarme!" Balbina se desase de las manos de Marcelo y le da una bofetada. Él la mira sin verla. "¡Puta!" Se levanta, titubea un instante, enfila la puerta y sale.

Quizás debiera imaginar aquí la escena subsiguiente a la confesión, con Balbina compungida y pensando si no le convendría iniciar un retorno a la fe perdida, para obtener de los poderes divinos que don Procopio tan dignamente y, sobre todo, tan comprensivamente representaba, el perdón y la tranquilidad del alma, que buena falta le harían para pasar sin angustias los años que le quedasen de vida. Pero no me fue dado concentrarme, sino que me distraje no sé por qué, y cuando pude regresar a mí mismo, la imaginación se había disparado en seguimiento de Marcelo, que iba calle tras calle como endiablado, y que entró en la catedral, se metió por una puertecilla del claustro y descendió a los pasillos oscuros que sólo él conocía; y a partir de este momento ya no hubo imágenes, sino la conciencia de que Marcelo se dirigía al laberinto, entraba en él, llegaba a la celda última y, allí, arrojado lejos el bastón, se abrazaba llorando a la estatua de doña Esclaramunda.

Vi también a Balbina, clavada en el diván por el insulto de Marcelo, sintiéndose puta por todos los poros de su piel, y llorando.

15 de agosto

Me había metido tanto en mí, que tuvo Lénutchka que agarrarme del brazo y sacudirme, como si estuviera dormido. "¡Eh, caballero, que no está usted solo en el mundo!" Reía, y, al mirarme, me guiñó un ojo, que interpreté como de que se había dado cuenta de por dónde caminaba mi mente y de que lo aprobaba. Había una persona más, que me fue presentada como el profesor no sé cuántos: un sujeto bajo y fornido, de mirar avispado y aire de superioridad. Sin embargo, cortés. Se me ocurrió que, como yo, debía de ser un desahuciado del amor, y habría acudido al mismo subterfugio para prolongarlo un poco más; pero con la seguridad de que yo no lo había inventado y el temor de que él me hubiera reinventado a mí, pues aquella sensación de que otro me estaba pensando permanecía.

Esa perplejidad hizo difícil la escena. Apenas dije dos palabras, y me puse a escuchar, pero sólo en apariencia, porque mi voluntad se aplicó a contrarrestar la suya que me arrastraba, y por encima de una conversación trivial dos fuerzas gigantescas se oponían. Lo que decía el profesor me estaba dirigido, y en la vida real le hubiera contestado e incluso contradicho, y a esto era a lo que él me empujaba, quizás para que su apabullante ingenio quedase, a mi costa, de manifiesto; pero yo conseguí mantenerme en silencio, hasta que él arrojó las cartas: evidente victoria de mi parte, porque era lo que yo estaba sugiriéndole.

"Bueno", dijo tranquilamente; "está visto que las cosas no marchan como yo quiero, pero tampoco como usted las desea. Será mejor que hablemos claro." Me encogí de hombros. "Hágalo, si le apetece." Lénutchka se había dado cuenta, pero no Lenn, que preguntó si sucedía algo. "Una cuestión personal entre este señor y yo. Como quien dice, su imaginación contra la mía." "O algo más importante que la imaginación." "¿Insinúa que están luchando nuestras personalidades?" "Lo que se dilucida, le respondí, es si yo le inventé a usted o usted me inventó a mí. Me parece una cuestión estúpida, porque yo no le he inventado, ni nadie como usted ha pasado jamás por mi imaginación, aunque ahora mismo esté usted en ella." "O usted en la mía. Me inclino a creer que es más exacto." "Admito, como posibilidad remota, que usted me esté pensando, pero admita que al mismo tiempo yo lo estoy pensando a usted." "¿Y qué se infiere?" "Que ha habido un error, o, si usted lo prefiere, una interferencia." "Me resulta difícil explicarlo, pero, si admite que lo he imaginado, la cosa queda clara. Usted es un personaje de mi novela." "¿De la suya?" "Sí. De esa que lleva en la cartera y que yo le he dictado desde el principio al fin. Puedo contársela pe a pa, si lo desea." Intervino Lénutchka, con voz acalorada, pero firme: "Le puedo asegurar, profesor, que la novela la ha escrito él. Soy testigo". "Es que usted, Lénutchka, es también invención mía." Lénutchka se echó a reír. "¿Yo? Soy una muchacha rusa, de veinticuatro años, y con una situación social bien definida: profesora de la Universidad de Leningrado. Si estoy aquí en el estado en que estoy, se debe a razones particulares." "Ni más ni menos que Lenn y yo. Somos lo mismo que usted y tenemos también nuestras razones. El que no es nada es él, porque fuera de mi imaginación no hay nadie que responda de sus actos. Nosotros podemos ser fantasmas de personas reales; él no es más que palabras, palabras mías. Si rompo esas cuartillas, desaparece." Le miré desafiante: "Hágalo", y las puse encima de la mesa. Él las acarició. "Estamos en peligro, Lenn y yo, y éste es nuestro refugio. Fuera de ʹaquí nos espera la muerte, una muerte real, de personas reales, no la de un personaje literario. Sin esa amenaza cierta, ni usted, Lénutchka, se hubiera trasmudado en lo que es, ni este señor tendría hoy figura." Me quedé pensativo un rato. Después dije: "Insisto en que hay una interferencia. Porque yo he escrito estas páginas, salvo tres o cuatro folios cuya paternidad no dudo en atribuirle, profesor; y estoy seguro también de que en la vida real hay un hombre que responde por mí, que es yo mismo, pero en carne". "Examinemos la hipótesis", me respondió el profesor, "àunque esté convencido de que es mera fantasía". "Para hacerlo, es necesario primero que sepamos quién es usted." Se echó a reír. "¿Que quién soy yo? ¿Pregunta que quién soy yo? ¿Es que no me ha reconocido?" "No", le respondí. Entonces, tomó la palabra con aliento de discurso largo.

1 de septiembre

—Quien sea yo, el que viene diciendo yo desde que empezaron estas páginas, ¿qué importa a nadie? Sin embargo, ahora me dieron ganas de declararlo, lo que se dice ganas, y no un sentimiento de obligación o compromiso. No rechazo la hipótesis de que, bajo las ganas, se oculte el deseo secreto de burlarme. Pero, ¿de quién? Porque tú apenas me interesas. No sé quién eres, y, seas quién seas, jamás habremos de encontrarnos, y, si me encuentras, no me reconocerás, como tampoco me has reconocido hasta ahora. Mi nombre, sin embargo, no lo ignoras. Tampoco mi figura. Es más que probable que mi retrato esté en tu casa, y absolutamente seguro que te sientas a mis pies en tu oficina. ¿No lo has averiguado ya? Soy el mismísimo Supremo, ese que manda. El que maldices o bendices todos los días como oración de la mañana o la noche, según que te hayas beneficiado de mí o no hayas sabido aprovecharte. El Supremo, ya sabes. Casi nadie.

¿Que por qué estoy aquí? Ésa es la historia que te voy a contar, aunque, para que la entiendas, habremos de divagar primero un poco. No puedes concebir que yo me aburra. Para tu reducida inteligencia, a un hombre como yo, con todo el poder del mundo, no le queda tiempo de aburrirse, y, si alguno le sobra, todos los placeres concebibles, sobre todo el de la propia contemplación, persisten al alcance de su mano. Tú, que me amas (¿me amas?), me envidias al mismo tiempo. ¡Ah, si yo fuera el Supremo!, piensas en tus tribulaciones. Y si eres de los que me odian (la mayor parte, supongo), sabes que lo haces por no poder imitarme. ¡Qué digo imitación! Suplantarme. ¡Ah, si fuera el Supremo! En este estúpido anhelo, torpe por imposible, coincidís unos y otros. Sois como los ratones.

Mira: había un hombre muy sabio, de esos que se dedican a interpretar la historia. Escribió un libro grueso cuyo resumen aprenden de memoria los niños de las escuelas. Quizá lo sepas por ti o por haberlo escuchado de labios de tus hijos, que lo cantan todos los días: "El Supremo es la cima de la historia". Como eslogan puede pasar; como síntesis de un libro tan gordo, resulta insuficiente. El sabio profesor con abundante copia de datos y de razones, y tú lo crees, deslumbrado, afirma que el misterioso átomo cargado de energía del que salió el universo, inició su vaivén empujado por la idea, acaso por la esperanza, de que de aquel movimiento naciera yo. Así se hizo en el cosmos un solo mundo habitable; así surgió en ese mundo el *homo sapiens*; así se empezó la historia, que es como una pirámide de la que soy la cúspide, puesto que

213

en mí se juntan los caminos y convergen las líneas de fuerza. Para que yo existiera cortó cabezas Nabucodonosor, murió Alejandro, meditó Napoleón en Santa Elena y ganaron los franceses la batalla de Verdún. Para que yo pudiera gobernarte se inventó la burocracia y se enviaron los hombres a la luna. La vaca que pare el becerro que tú comes después, lo hace pensando en mí. Aunque claro...
Esto dice en su libro el profesor, y esto admiten los hombres, los que me aman y los que me detestan. No hay más que hablar. Soy quien soy y estoy en donde estoy. Pero me aburro, ¿sabes?, porque — y con eso no contaba el primer átomo — soy superior al Supremo, estoy por encima de mí mismo. Al crearme juntamente la naturaleza y la historia, se equivocaron, y me hicieron algo mayor de lo que convenía. Me hicieron como soy.
El día en que me di cuenta, estuve por echarlo todo a rodar. Hice un esfuerzo, me contemplé desde fuera y me dio risa. ¿De modo que era yo aquel sujeto cargado de chatarra a quien honraban, adulaban, odiaban, obedecían los demás, a quien trataban de imitar y de quien se aprovechaban para mandar a su vez, y ser honrados, adulados, odiados y obedecidos como yo lo era? Te aseguro que ese día no faltó nada para que el curso de la historia se alterase, para que sobreviniese *le grand tournant* y para que todo se fuese al diablo. Si así no sucedió fue, ante todo, porque aún no se había agotado mi compasión (¿no me llamáis el Gran Padre?), pero también porque existía mi doble. Gracias a él, pude encontrar solución, ser y no ser al mismo tiempo.
Verás. Todos tenemos "doble", quiero decir los mandamases supremos. Gracias a él podemos asistir a recepciones e inauguraciones, aparecer en público montados a caballo, dar caramelos a los niños y padecer de vez en cuando unas fiebres tifoideas, de cuyo curso viven pendientes los que desean mi muerte y los que la temen. ¡Ay, los pa-

214

tatuses diarios de quienes leen los boletines informativos! "La salud del Supremo mejora." ¡Y era la de mi doble!, gracias al cual soy humano y visible, y esa fotografía que preside tu despacho es la suya, no la mía. A mi doble lo tengo hace ya bastante tiempo; puedo decir que lo conozco a fondo y nos llevamos bien. Mi doble es un error de la naturaleza, o lo soy yo: porque él es lo que yo debería ser, sin ese plus de que ya hablé y que me sitúa por encima de mí mismo (quiero decir, de él). Hemos hablado del tema muchas veces y llegamos a un acuerdo en virtud del cual él reconoce mi superioridad y me venera. Pero yo reconozco al mismo tiempo que, como Supremo, lo hace mejor que yo, porque no se contempla desde fuera y se ríe de sí mismo sino que se venera: como un hombre que se mirase en un espejo y quedase prendado de su propia hermosura. Un narciso. Desde que me sustituye, ciertos programas que yo jamás hubiera realizado se están llevando a cabo. Por ejemplo, esos miles de tortugas que pueblan mi palacio y que tanto preocupan a las cancillerías: esos enormes ejemplares de cuyas fotografías se valen en la televisión y en los diarios para cubrir espacios cuando no hay material. Yo, jamás las hubiera traído, pero mi doble me convenció de que eran detalle característico que pasaría a la historia con mi nombre. ¡Qué preocupación más absurda por la historia! Cuando lo que yo buscaba era salirme de ella.

También es él quien construyó los puentes, los necesarios y los innecesarios, los exigidos por el plan de autopistas, y los otros, de lujo, que arrancan de las cimas de las montañas y no terminan, y exhiben allá arriba los muñones de sus estructuras incompletas. ¿Y la red de laberintos subterráneos que empiezan y no acaban, y la sustitución de los grandes tilos centenarios por postes de cemento, y la de los tulipanes primaverales por otros de quita y pon, fabricados de plástico multicolor y mucho más duraderos? Así

215

también las perchas para sombreros en todas las esquinas, los patinetes colectivos para el transporte urbano, y el gran paraguas transparente, de resorte automático, que preserva de la lluvia las calles de la ciudad y permite que los niños no pierdan horas de juego.

Un día dije a mi doble: "Mira, voy a ausentarme por una temporada sin que lo sepa nadie. Quiero observar de cerca cómo andan las cosas por mi pueblo". Al modo, por ejemplo, de aquel califa de las *Mil y una noches* que lo pasaba tan bien en sus expediciones nocturnas. Dijo que bueno, y que cumpliría. Aproveché mi ausencia para hacer un viaje y ver algunas ciudades que me atraían: verlas de cerca y vivir como sus habitantes: París, Venecia, Nueva Orleans. Al regresar, todo había marchado a las mil maravillas, si no era mi mujer, a la que encontré enojada. "¿Qué te sucede?", le pregunté. "¿Y aún me lo preguntas?" Por fin averigüé que, durante mi ausencia, no había catado varón, porque mi doble no se atreviera a acostarse con ella. Le hice jurar que, en mi próximo viaje, tendría que portarse como un marido cabal. "Es que, me respondió titubeando, su señora no me gusta." "Tampoco a mí, pero hay que dar ejemplo." Por cosas que sucedieron después, imagino que debieron de entenderse a las mil maravillas, y que en algún momento especialmente placentero debió de revelarle que no era yo, sino él, y que a mi esposa le pareció de perlas. Al fin y al cabo estábamos cansados el uno del otro, y el cambio le proporcionaba, sin escándalo, un marido de repuesto.

Mis desapariciones fueron cada vez más frecuentes. Adquirí una posición civil de ciudadano cualquiera: tranquilo por lo que al país respecta, ya que mi doble hacía precisamente lo que yo hubiera hecho en cada caso. Al principio, me divertía contemplándolo en las grandes paradas, o leyendo sus discursos. Después, empezó a hastiarme también como un juguete. Debe hacer por lo menos diez años que funciona por su cuenta. En este tiempo nos hemos visto algunas veces, para que no se le ocurriera pensar que yo me desentendía de todo y también para pedirle algún favor, como el indulto de un amigo que conspiraba contra él y al que había condenado a muerte. Fueron tales las razones políticas que me dio de su determinación, que hubo que buscar otro remedio para el pobre muchacho, que se fugó de la cárcel doce horas antes de la ejecución prevista.

No por ganar dinero, que me sobraba, sino para disimular mejor, me hice escritor. Adquirí cierto renombre, y como el Supremo odiaba a los intelectuales, fui perseguido por mí mismo, es decir, por mi doble, y conocí incluso la emigración, hasta el punto de ser contado y exaltado entre los héroes de la resistencia. ¡Pues menudos panfletos los que escribí en el exilio, acusando al Supremo de cosas que sólo yo sabía y dejando en pernetas a sus secuaces, cuyas vidas privadas y trapisondas nadie conoce mejor que yo! Sospecho que me pasé en el juego, o que el Supremo lo sospechó. Cierta mañana, en Londres, estuvo a punto de atropellarme un coche. Días después, en París, fue una vulgar motocicleta la que me arrancó las haldas del abrigo. En Roma se quemó un ascensor en el que yo debiera haber subido, y media docena de personas se achicharraron. No me cupo, entonces, duda de que tiraban al bulto. Pese a que la prensa internacional me acusó de tres intentos de asesinato y a que varias organizaciones terroristas me ofrecieron su protección, preferí esconderme. Cambié de personalidad, una vez más, y me busqué un refugio en una isla griega, de donde, sin embargo, tuve que huir, porque un peñasco desprendido de lo alto de una montaña a poco me aplasta en su ciega carrera hacia la mar. Nueva personalidad, nuevo escondrijo: una cátedra en Praga, de Derecho político, en la que explicaba la concepción marxista de la ciudadanía, protegido, como es obvio, por el partido comunista. Se me designó a Lenn como ayudante de cátedra, y aquel tiempo tan largo que llevaba perseguido, aquella soledad inquieta de mis últimos tiempos me habían debilitado la voluntad e hicieron que me enamorase de ella. Fuimos felices paseando por el río y estudiando a Carlos Marx. Hasta que un día en que nos hallábamos solos y muy lejos de cualquier hombre, me miró con tristeza y me dijo: "Profesor, no tengo más remedio que matarte". Comprendí inmediatamente que otra vez había sido descubierto y que la originalidad de mi destino quería nada menos que me matase la muchacha que amaba. "¿Por qué no lo discutimos antes?", le pregunté. Y ella me respondió: "Dentro de un par de horas vendrán a recoger tu cadáver. Hasta entonces...". "¿Pensabas demorarte todo ese tiempo?" "Pensaba sencillamente que viviéramos nuestra última hora de amor, porque una vez que te mate, me suicidaré." Me dio una pena enorme que aquella chiquilla, porque no era más que una chiquilla, fuese a morir por mi culpa. "Pero, vamos a ver, muchacha...", comencé. Y le hablé largamente hasta convencerla. Pero sucedía que todos los caminos estaban copados y que no teníamos escapatoria. Concluyó resignadamente que, toda vez que ella no se atrevía a matarme, que podía matarla yo a ella y suicidarme después. Llegué a creer que no había otro recurso, hasta que me acordé de las novelas. Yo las había escrito, podía inventar otra nueva en que cupiéramos los dos. Quizá acabasen descubriéndome, y no lo dudo, pues por Lenn me enteré, en aquella memorable conversación, de que el Supremo (esto no lo sabía ella) había encargado de mi persecución y muerte nada menos que al doctor Moriarty, el cerebro del crimen en todo el mundo; pero tardarían algún tiempo, y, mientras tanto...

Por eso estamos en esta novela, Lenn y yo.

19 de septiembre

"Es una historia divertida y bastante bien compuesta, le dije al Supremo, si bien escasamente original y, en cierto modo, obvia, ya que en la misma naturaleza de la sustitución se incluye la querencia del sustituto a suplantar al sustituido: en esos movimientos instintivos se basa la teoría de la metáfora. Celebro además la intervención del profesor Moriarty, de quien soy viejo amigo y cuyas nuevas aventuras me gustaría conocer más al detalle, aunque no creo que ese placer se me otorgue jamás, ya que el señor Conan Doyle ha muerto hace ya tiempo y sus papeles son del dominio público. Me complace, finalmente, reconocer que nada de esa historia procede de mi caletre, de modo que la gloria que pueda de ella derivarse es de su entera propiedad. Ahora bien: a algunos de sus detalles no es lícito despacharlos sin examen, del que indudablemente se derivará la siguiente asombrosa conclusión: *esa historia no pertenece a esta novela*, y está metida en ella con calzador. No se dirige usted a mí, sino a alguien que es su súbdito y que por razones oficiales ostenta su retrato en un lugar visible y eminente, lo cual no es mi caso de ninguna manera, ni siquiera hipotética, pues está claro que no le reconocí a primera vista. Habla usted de unos hijos que no tengo, de una función que no desempeño y de unos sentimientos que estoy muy lejos de compartir, con todo lo cual mi afirmación queda de sobra demostrada. Ahora bien, no es ésta la cuestión que se dirime, sino esta otra: ¿Soy criatura de su imaginación? ¿Lo son todos los personajes y acontecimientos de la novela que creo estar escribiendo? El hecho de que usted la conozca, valiéndose no sé de qué artimañas, y el más reciente de su colaboración en ella le permiten afirmar mi falta de autonomía, mi condición subsidiaria, mi indigencia ontológica. Voy a aceptar provisionalmente tal indigencia, tal condición; voy a aceptarlas como hipótesis de trabajo. Pues bien: desde ella y sin ponerme ahora a discutirla, le hago esta pregunta: ¿a qué historia pertenece y cuáles son los trámites que no hace más de media hora me entretuve en inventar mientras nuestras amigas hablaban en ruso de sus cosas? Si me responde a derechas, no me quedará otro medio que admitir, y no ya públicamente, sino en la intimidad de mi corazón, que soy sueño que usted sueña o pensamiento que usted piensa. O también ambas cosas. ¿Qué más da?" Me habían escuchado en silencio, y, el Supremo, con la más penetrante quietud, con la de quien intenta adivinar lo que otro piensa. Cuando dejé de hablar, siguió mirándome, y casi llegó a dolerme la fuerza con que intentaba meterse en mi cerebro y leerlo. Me resistí con la misma quietud, y supongo que las muchachas, mientras la muda lucha duraba, habrán creído asistir a ese momento de la pelea en que, equilibradas sus fuerzas, componen los atletas un grupo estatuario que sin ningún trabajo puede mudarse en mármol, y eso mismo llegué a temer mientras aquella tensión atroz se mantenía. No sé cuánto duró, e incluso dudo si al episodio corresponde con la mínima propiedad alguna noción de tiempo: podíamos habernos mantenido en equilibrio durante la eternidad. La mirada de Lénutchka se clavaba en la mía, como para ayudarme, pero yo no podía devolvérsela por tenerla en los ojos del Supremo y saber que el menor pestañeo le otorgaría la victoria. Yo creo que fue Lenn la que vino, de verdad, en mi ayuda, aunque sin proponérselo, pues lo que hizo fue acariciar suavemente la mano del Supremo: la escasísima energía que el contacto le arrebató bastó para su derrota. Si Lénutchka lo hubiera hecho, yo habría cerrado los ojos, yo le hubiera de aquel modo agradecido su voluntad: fue lo que hizo el Supremo, y así se rompió la tensión, Lénutchka respiró, Lenn se echó a llorar, y él dijo con voz suficientemente alta: "¡Váyase al diablo!".

Me cuidé de que ningún movimiento o sonrisa manifestase mi satisfacción. "Si me enseña el camino, con mucho gusto." El que rió fue él. Una risa, sin embargo, lo menos amistosa del mundo, seca y cortante, que obligó a Lénutchka a abrazarse a mí. "No tengas miedo", me susurró.

"Supongo, dije entonces, que mi hipótesis de la interferencia queda aceptada, y no porque la haya demostrado largamente sino por más cómoda y plausible. El honor de cada cual se ha salvado, y sólo así podemos estipular un paquete de condiciones aceptables por ambas partes sin otro fin que evitar la repetición de situaciones enojosas. Propongo, pues, que a partir de aquí nuestros caminos se separen de tal manera que sólo puedan encontrarse en el infinito." "¡Oh!", me interrumpió el Supremo; "el infinito está a la vuelta de la esquina. ¿No se le ocurre pensar que, para un hombre como yo, la infinitud sea una dimensión frecuente? Proponga una clase más radical de divergencia". "¿Puedo preguntarle qué piensa hacer ahora? No me mueve la curiosidad, sino el deseo de no coincidir." "Debería usted imaginarlo", me respondió el Supremo; "voy a organizar una conspiración contra mí mismo". "¿Desde el interior de *su* novela?" "Ella será precisamente la historia de la conspiración." "Tendrá que meter en ella a su doble. No veo otra manera de que pueda derrocarlo." "¡Oh, no se preocupe! Los procedimientos ya los inventaré." Me levanté. "Le deseo la mejor fortuna y le ruego que no permita retirarme. Creo que Lénutchka y yo tenemos algo que hacer." El Supremo se levantó también. "Pues que sean felices." Me parece recordar que Lénutchka y Lenn se besaron.

Narración (IV)

1 de octubre

Cuando salimos del café, caminamos un rato en silencio, ella muy agarrada a mí. Se había ensombrecido la tarde, y por las rendijas asomaban sus tristes jetas los isotopos. Había aparecido ya la luna, y la vimos al cabo de una calle. "¿Te fías de él?", me preguntó, de repente, Lénutchka. "No. No me fío en absoluto, pero no sé por qué." "No me gustan sus manos", añadió ella, quizás para apoyar en alguna razón la desconfianza; y añadió: "Son manos de hombre que toma café y copa después de comer y le pellizca a su mujer para estorbarle el orgasmo". Un horror conjunto, nos estremeció. "¿Qué vas a hacer?" "No lo sé todavía, pero algo tiene que suceder a los anarquistas de la torre. ¿No recuerdas que había un compañero que estaba por llegar? En el primer capítulo Pablo le pregunta por él a la mujer de Ramiro. Yo creo que ha llegado ya, o, al menos, que está a punto. Hay una tabernita donde suelen reunirse. Ramiro ha ido a la estación; los otros aguardan en el reservado de la taberna: son los mismos que acuden, por las noches, a la partida de mus. La vez primera apenas si les presté atención: ahora los veo con más detenimiento. Hay uno que habla más que los otros, es Pedro Lanas, que trabaja de albañil, y, cuando llueve, de zapatero remendón: tiene un portal estrecho y largo, en cuyas paredes ha pegado infinitos recortes de periódicos puestos allí para disimular un retrato de Bakunin, recortado también de una revista vieja y tapado con un desnudo de mujer. Pedro Lanas se hizo famoso en un mitin clandestino en el que impensadamente fue el número principal. Cuando el presidente dijo: "El compañero Lanas tiene la palabra", el compañero Lanas pegó un brinco

222

y se apoyó en las manos, los pies por alto, y así pronunció su discurso, pataleando y no manoteando; pero no sólo aquel modo de hablar, sino el texto del discurso, se hicieron famosos. Con la cabeza cerca del suelo, pero con voz estentórea y crispada, comenzó diciendo: "¡Protesto contra la ley de la gravedad! ¡Protesto contra el ritmo del universo! ¡Protesto contra el orden cósmico! Si me apetece andar cabeza abajo, ¿por qué no he de poder hacerlo? Si me apetece volar, ¿por qué mi propio peso me ha de pegar a la tierra? ¡La realidad está mal hecha, y ya que no podemos cambiarla, propongo su destrucción!" Y así continuó, unos minutos más, hasta que el peso y el cansancio le derribaron. Entonces se puso en pie, y, antes de retirarse, se dirigió al público: "Lo que acaba de suceder es la demostración palmaria de la injusticia. Mierda". Y le aplaudieron.

Otro que estaba allí era Pablo Bernárdez, de quien sus correligionarios sólo saben que lleva años calculando la cantidad de dinamita necesaria para volar la catedral de una sola vez y sin que quede una piedra en su sitio: sus otras preocupaciones las ignoran, al menos hasta este momento si se exceptúa el encuadernador, que es una tumba. Y como para sus cálculos se vale de las matemáticas, y como ésta es una ciencia escasamente contaminada, respetan su sabiduría y su entretenimiento. El que se sienta a su lado es el encuadernador, amigo de don Procopio y del bonzo Ferreiro, el mismo que intentó alimentarle por el recto, evidente aunque secreto fracaso: su preocupación es la moral. Le trae a mal traer el número de muchachas solteras que quedan embarazadas y la escandalosa intervención del clero en la propagación ilegal de la especie. Sostiene que son los tiempos, y que tiene que llover azufre como castigo; pero don Procopio, que sabe más historia que él, suele aducirle que siempre ha sido lo mismo y que no parece probable que los pecados humanos vayan a alterar su aburrida monotonía, caiga o no caiga del cielo el azufre divino.

El cuarto es el *Dinamita,* un oficial barbero todavía joven, y el que mejor juega al mus de todos, y que debe su apodo a la insistencia con que asegura, ante cualquier dificultad, desaguisado o error, que "Esto se arregla con dinamita", aunque jamás haya tenido en sus manos un petardo. Es novio de una costurera que no quiere casarse sino por la iglesia, a lo que él se opone con razones que luego comunica a sus colegas en busca de asentimiento. "Porque, carajo, ¿quiénes son el juez y el cura para meterse en si me acuesto o no me acuesto con Fermina?" A lo que Ramiro, el sastre, suele responderle: "Así se hace. La única manera lógica de casarse es como yo lo hice, por la cama". Y lo bueno del caso es que, cuando el arzobispo les escucha, en vez de incomodarse, se ríe. "¿Verdad que tengo razón, señor arzobispo?", suelen decir, por turno, el *Dinamita* y Ramiro.

Bebían unos vasos pagados por el encuadernador. Manifestaban sus temores de que el compañero esperado, que venía de Barcelona en representación de cierto comité central de cuya ubicación no estaban nada seguros, intentase reclamarles ciertas cotizaciones en cuyo pago habían andado remisos, y no por dejadez sino porque las cosas marchaban mal y lo poco que se recaudaba apenas era suficiente para el socorro de los encarcelados y de los perseguidos. "Los del comité central tienen que hacerse cargo, ante todo, de nuestra escasez numérica. Ésta no es una ciudad industrial, y a los pocos obreros que hay los tiene copados la U.G.T., gentes de escasa inteligencia, más apegados a intereses que a ideales. Sus líderes no han necesitado imbuirles del odio hacia nosotros, porque ya lo tenían, heredado de la burguesía. El otro día pedí socorro a uno de ellos, para ayudar a nuestros presos, y, ¿sabéis qué me respondió? Que lo mejor que podía hacerse con nosotros era enviarnos al garrote." Hablaba el *Dinamita*; el encuadernador vino en su ayuda: "Tenías que haberles repetido los argumentos de Bakunin contra Marx; eso es lo que tenías que haber hecho". "¡Bah! ¡Mucho les importa a ellos Bakunin! Lo único a que aspiran es a que les aumenten los salarios."

El que venía de Barcelona era un sujeto oliváceo, de largo cabello endrino, pequeñito y delgado, pero muy vivaracho. Empezó asegurando que la policía le venía pisando los talones, que se había retrasado por despistarla, y que si no había un lugar de menos peligro donde pudieran hablar. "Yo ya le dije que en mi casa, pero necesitamos vuestro asentimiento", dijo el sastre; y todos estuvieron de acuerdo, de modo que marcharon de dos en dos. "Nos reuniremos a la puerta", advirtió Ramiro. Había empezado a llover; Lanas y el *Dinamita* se fueron dando un rodeo por las Algalias; Ramiro y el representante del comité, cuyo nombre ignoraban todavía, salieron en dirección opuesta, y sólo el encuadernador y Pablo escogieron el camino más corto, y no dijeron nada, porque la lluvia les obligaba a caminar de prisa, uno detrás de otro, amparándose debajo de los aleros, y aun así se mojaron, de modo que Pablo empezó a toser, y el encuadernador le preguntó si se había puesto las inyecciones que le habían recetado, y Pablo le respondió que no había tenido tiempo. El *Dinamita* inquirió de Pedro Lanas que qué le parecía el representante del comité central, y Lanas le respondió que un carajo a la vela, y que ya se vería cómo, a fin de cuentas, se acogía a la autoridad de los mangoneadores centrales. "Y yo, que no acato la llamada ley de Dios, ¿cómo voy a acatar la suya?" Éstos fueron los primeros en llegar al arco de Ramírez, bajo cuyas bóvedas estaba la puertecilla por la que habían de entrar. Echaron un pitillo, y lo llevaban mediado cuando oyeron las toses de Pablo, quien apareció en seguida en la esquina, seguido del encuadernador. Lanas le dio a Pablo unas palmadas en las espaldas mojadas. "Tienes que andar con ojo con esa tos, tú. Las leyes biológicas son inexorables", y añadió que si Rosina había encendido el brasero, que lo mejor sería quitarse la chaqueta al llegar y ponerse a secar con ella. Ramiro y el representante venían en silencio; el de Barcelona llevaba un impermeable que relucía. Sin decir nada, Ramiro abrió la puerta y todos entraron en las tinieblas, pero pronto un filete de luz alumbró otra puerta: iban en fila, y Ramiro detrás, con la linterna. El de Barcelona no hacía más que mirar a todas partes. "¿Por dónde vamos?" Le respondieron que por el antiguo palacio de los arzobispos, que ahora estaba vacío para que lo viesen los turistas. "¿Y no os da vergüenza atravesar un palacio sin destruirlo?" Ramiro le respondió que, a aquellas horas, no había otro camino para llegar a su casa. Cuando, por fin, entraron en la catedral, el de Barcelona se detuvo. "Pero, ¿qué es esto?" La catedral, a aquellas horas, estaba vacía de gente y llena de oscuridad y de caballeros templarios que iban y venían, pero el de Barcelona no debió de fijarse en ellos, a pesar de que el portaestandarte estuvo a punto de atropellarlo, y lo hubiera hecho si Pedro Lanas no aparta al de Barcelona de un empujón. Lo que le oyeron decir fue esto: "La catedral. Para ir a su casa hay que atravesar la catedral. Pues·no lo entiendo". En la puerta de la escalera de la torre encontraron a Manolito, que estaba sentado en un peldaño. "¿Qué haces aquí, a oscuras?", le preguntó su padre, y Manolito le respondió llevándose el dedo a la boca y diciendo: "¡Chist!" Siguieron adelante, quiero decir escaleras arriba, abrió Rosina y entraron todos. El de Barcelona no hizo caso de la mujer, que le miró y se encogió de hombros. Ramiro le pidió que preparase café para todos, pero el de Barcelona dijo que, para él, no; que le sentaba mal y que prefería manzanilla. "Como el señor arzobispo", respondió Rosina, y el de Barcelona quedó como perplejo, pero no dijo nada. Se sentaron, Pablo sin chaqueta y envuelto en una toquilla que le había traído Ramiro, mientras se le secaba la chaqueta: era una toquilla de mujer, verde manzana, con flecos largos. El de Barcelona empezó sin preámbulos, antes de que le sirvieran la manzanilla: "En el comité central sospechan que sois unos mamalones, pero, después de haberos visto, me parece una opinión favorable. ¿Qué clase de anarquistas sois vosotros, que entráis en una catedral como Perico por su casa y todavía no la habéis volado? El comité central os acusa de no haber llevado a cabo atentado alguno contra estos símbolos de la opresión, pero lo que ahora contemplo es que, no sólo los mantenéis intactos, sino que os aprovecháis de ellos". Ramiro le interrumpió: "Supongo que el comité central no habrá pensado en que, si volamos la catedral, yo me quedo sin casa". "¿Y qué pueden importarle al comité tus razones particulares?" Pablo sacó una mano larga y pálida, hasta entonces oculta, e hizo señal de que quería echar su cuarto a espadas antes de que la cosa continuara. "Habla, Pablo", le autorizó Ramiro. "El comité central", empezó Pablo, "es posible que sostenga puntos de vista especiales acerca del domicilio de los afiliados, pero no tiene la menor idea de cómo puede volarse esta catedral, o, mejor dicho, de cómo no puede volarse. Los compañeros saben que tengo hechos estudios muy minuciosos al respecto, y puedo decirte, camarada, que si colocamos una tonelada de trinitrotolueno a veinte metros por debajo en un lugar determinado, que he calculado con toda precisión, no conseguiríamos más que volar el presbiterio y las capillas radiales. Ahora bien, la colocación de esa carga, para que sea eficaz, requiere ciertas excavaciones en roca viva, trabajo que llevaría bastante tiempo y que habría de realizarse a la luz pública, pues de hacerlo de noche el tableteo de las perforadoras retumbaría de tal manera que podría escucharse en toda la ciudad. En cuanto a la tonelada del explosivo, su adquisición, traslado y uso requerirían de trámites y desembolsos absolutamente impensables en el mundo en que vivimos. Pero esto no es todo. El compañero representante del comité central se ha referido a no sé qué símbolos de la opresión. La catedral no lo es, sino de la libertad. La edificaron trabajadores libres que dejaron escritas en estas piedras su protesta. Confieso que en algún tiempo pensé en la justicia de volarla; hoy me he convencido de la justicia de conservarla, y así quiero que se lo comuniques al comité central. Por lo demás, mis compañeros y yo estamos dispuestos a todo para evitar que se le haga el menor daño." El representante, que le había escuchado sonriente, le respondió: "¿Incluso si el comité central lo ordena?" Y aquí intervino, violentamente, Pedro Lanas: "¿Ordena? ¿Es que el comité central da órdenes?" "Por supuesto, y yo las traigo." Pedro Lanas se levantó muy solemne y se llevó la mano diestra al pecho. "Yo soy un anarquista, y no reconozco a nadie que pueda ordenarme. Díselo así al comité central." "Lo que vosotros sois es una pandilla de indisciplinados, unos anarquistas de los de antes. Pero las cosas han cambiado mucho, y la situación actual exige autoridad." Ramiro se echó a reír. "¿Obedecer yo? ¡Si ni siquiera mi mujer es capaz de mandarme!" Y terció, entonces, el *Dinamita*: "El grupo libertario de Villasanta de la Estrella, aquí reunido, es mayorcito de edad y capaz de tomar decisiones por su cuenta, sin que nadie de fuera venga a imponérselas. Y quiero hacer constar, además, que nuestro conocimiento de la doctrina anarquista es perfecto y que encuentro imposible que nadie nos convenza con razones, menos aún con órdenes." El de Barcelona les miró, uno a uno: "Será difícil, sin embargo, que podáis impedir la decisión del comité central de romper con vosotros toda relación de partido y declararos al margen de la federación". "¡Ah, muy bien! El comité central es muy dueño de hacer lo que le dé la gana, y nosotros de no darnos por enterados. Pero como de nuestra condición de anarquistas verdaderos y no contaminados no se nos puede desposeer, porque nadie nos la ha dado, no influirá para nada en nuestra situación de grupo local autónomo. Creo, además, conveniente recordar, y el compañero Ramiro, que es de mi edad y está igualmente enterado, no me dejará mentir, que ya antes de la guerra, el comité central, o como se llamase entonces, intentó en vano reducirnos a la obediencia, y la respuesta fue más o menos la misma que ahora: el primer mandamiento del verdadero anarquista es no obedecer más que a sí mismo y aun esto sólo en el caso de hallarse convencido de que su mente ha alcanzado el uso libre de la razón." Había hablado el encuadernador, tranquilamente, pero con energía. El de Barcelona metió las manos en los bolsillos. "Sois un hatajo de chiflados, y no seré yo quien pierda el tiempo con vosotros." Sacó un papel y lo arrojó encima de la mesa: "Ahí tenéis la decisión escrita del comité central. He terminado mi misión". Se levantó, y en aquel mismo momento sonaron unos golpecillos en la puerta. Todos quedaron en silencio. "¿La policía?", preguntó el de Barcelona. "No, el arzobispo", le respondió Rosina con retintín. "Ábrele", dijo el *Dinamita*. "No, espera." Ramiro se dirigió al de Barcelona. "¡La pistola! ¡Dame inmediatamente la pistola!", y empezó a cachearlo; pero el de Barcelona lo rechazó. "No llevo más defensa que una cápsula de cianuro." Rosina se dirigía a la puerta y desapareció en la oscuridad del pasillo. "¿Recibís la visita del arzobispo?", preguntó el de Barcelona. "Sí. Viene a jugar al mus." "¡Ahora me lo explico todo! Sois unos anarquistas de derechas", y cogió el impermeable; Ramiro hizo ademán de ayudarle a ponérselo, pero el de Barcelona lo rechazó. "Te acompañaré hasta la salida", dijo Ramiro. "Gracias. Iré yo solo." "¡Vas a perderte en la catedral!" El de Barcelona lo miró con desprecio y salió; en el pasillo se cruzó con el arzobispo: ni lo miró siquiera. Se oyó el portazo, cubierto inmediatamente por las campanadas del reloj de la torre, que daba las once. El arzobispo saludó a los presentes y preguntó a Rosina que cómo seguía el embarazo. "Fuera de los mareos por la mañana, muy bien, señor arzobispo. Ahora le traeré su manzanilla." Al ir a sentarse el prelado en la silla que el de Barcelona había dejado vacante, el *Dinamita* se adelantó y sacudió el asiento con el pañuelo. "Es por si ése ha dejado microbios." "¿Quién es?" "Uno de Barcelona que vino a decirnos que por qué no volamos la catedral." El arzobispo sacó un paquete de chocolatinas y repartió. "A Manolito ya le di. Me lo encontré abajo, muy interesado en no sé qué quema de un rey." "No le haga caso. Tiene mucha fantasía." El arzobispo se volvió a Pablo. "Y a usted, ¿qué le sucede que está temblando?" "Cogí una mojadura." "Pues no le vendría mal un poco de aguardiente." "En seguida se lo traigo", se apresuró a responder Rosina; y salió. El arzobispo preguntó si jugaban; ellos se miraron, y habló Ramiro: "El horno no está para bollos, señor arzobispo. Si lee ese papel, verá a lo que vino el punto ese de Barcelona". El arzobispo se caló las gafas y leyó el papel. "Os acompaño en el sentimiento. Pero comprendo que tendréis que hablar de vuestras cosas, y estoy de más. Tomaré la manzanilla y lo dejaremos para mañana." "¡No, no, quédese! Usted no nos estorba." "Tenemos confianza en usted", agregó Pedro Lanas. "Es que, si para congraciarnos con los de Barcelona, os decidís a volar la catedral, no está bien que yo lo sepa." "No pase miedo, que no somos tan imbéciles." El encuadernador aprovechó un silencio. "Yo quería contar a éstos lo que vio en el otro mundo el bonzo Ferreiro." El arzobispo pareció sorprendido. "¿También el bonzo hace visitas al otro mundo, como la madre Sinforosa?" "No es lo mismo. El bonzo no fue al infierno, pero tuvo

230

una revelación." "A ver, cuente." "Quizá lo hiciera Pablo mejor que yo." Pero Pablo, que seguía tiritando, se negó a tomar la palabra. "Lo más que haré es recordarte algún detalle que puedes olvidar." Entonces, el encuadernador repitió con bastante fidelidad lo que el bonzo les había relatado, sin más que una o dos intervenciones breves de Bernárdez: sus camaradas le escuchaban con estupor y, el arzobispo con interés sonriente. "Y, de Villasanta, ¿no contó nada?", preguntó Ramiro. "Sí, dijo que era como una colina de polvo y barro; pero, esto, después de algunos siglos." Cuando terminó el encuadernador, el arzobispo dijo: "No es muy optimista que digamos esa revelación, y hasta me atrevería a decir que nos descubre un porvenir aburrido. ¿Se imaginan lo que significa para mí ser arzobispo una infinidad de veces, cuando serlo una vez ya me tiene hasta la coronilla?" Entonces, Pablo, con voz patética, y movimiento de manos convincente, metió baza: "Lo peor de todo, señor arzobispo, no es el aburrimiento, sino la desesperación. Por un lado, nos convence de que jamás habrá justicia; por el otro, nos da la prueba empírica de que no existe Dios". El arzobispo le miró con cierta sorpresa. "¿Es que usted creía en Él?" "No, señor; pero una cosa es ser ateo por convicción filosófica, y otra saber a ciencia cierta que Dios es una mera ficción." Ramiro casi dio un salto en la silla, y Pedro Lanas, que estaba jugando con la cucharilla del café, quedó, de repente, quieto. "¿Qué quieres decir?" "Ni más ni menos de lo que he dicho: que una cosa es ser ateo, como lo somos nosotros, y otra tener la prueba empírica. Prueba empírica, aclaró, es, digamos, la demostración por los hechos. Un universo que se repite infinitamente excluye la idea misma de un creador justiciero." El encuadernador golpeaba la mesa con un cuchillo. "De modo que la realidad viene a darnos la razón." "Sí, respondió Pablo, pero nos deja sin esperanzas." "Insisto en que te expliques, Pablo", dijo Pedro Lanas. "Es que yo pienso, Pablo estornudó dos veces, es que yo pienso que siempre que desesperamos de la justicia humana, siempre que vemos nuestra revolución cada vez más lejos y más imposible, recurrimos a la noción de una justicia inmanente, que viene a ser Dios o cosa parecida. No es un argumento racional, lo reconozco, pero sí una salida. Al menos, a mí me pasaba eso." "Lo mío no es igual, respondió Pedro Lanas; lo mío es pensar que si Dios es el único que podría arreglar las cosas, es otra injusticia que no exista." "Pues ahora tienes la doble certeza de que no hay arreglo posible: por una parte, no existe Dios; por la otra, lo seguiremos discutiendo eternamente, en un mundo y en otro." "¿Con las mismas palabras que ahora?", preguntó el *Dinamita*; "porque al menos algún detalle cambiará". "Con las mismas palabras, y con este mismo resfriado que he cogido. Inexorablemente." El arzobispo sorbió lo que le quedaba de la manzanilla, que ya empezaba a enfriarse. "Lo que les dije antes: un verdadero aburrimiento." Pablo, entonces, dio un puñetazo en la mesa. "¡Pero yo no me resigno! ¡Yo pienso que alguna manera habrá de solucionar las cosas!" "¡Ojalá'", dijo el arzobispo, sin dejar de sonreír. Pablo se arrebujó en el mantón y le pasó la copa a Rosina para que se la rellenase. "No sé si usted, señor arzobispo, conoce mi teoría. Éstos me la han oído infinidad de veces, pero voy a repetirla. Sostengo que si no hubieran asesinado a Marat, la humanidad se habría salvado. Porque lo que estropeó la Revolución francesa, lo que la hizo más que inútil, dañina, fue Napoleón, fue su Código civil." "No está mal visto", comentó el arzobispo. "Pues bien: desde que escuché la revelación del bonzo, me obsesiona una idea, la de llegar a ese mundo en que está empezando la Revolución francesa, y evitar que maten a Marat." "¿Cómo dices?" El encuadernador añadió a la pregunta el ruego de que se explicase con mayor claridad y, sobre todo, con más detalle. "Pues yo creo que lo dicho es claro y suficiente. Si se impide la muerte de Marat, no habrá Napoleón y la humanidad será feliz, y esta felicidad, perfeccionada cada día, se transmitirá a los mundos sucesivos." "Es decir, terció el arzobispo, que si eso pudiera hacerse, se alteraría la historia y se rompería el curso de la fatalidad." "Exactamente, señor arzobispo." "Creando una fatalidad nueva, pero feliz"" "Eso, eso." "Con lo que eliminaríamos de la historia a Hitler y al mariscal Pétain." "¡Y a Stalin, señor arzobispo, y a todos los dictadores!" "¡No estaría mal, no! ¿Y quién sería capaz de hacerlo?" A Pablo le salió la respuesta patética y solemne: "Yo, si pudiera ir de este mundo al otro." Ramiro bajó la mirada, entristecido. "Si no hay otra solución, ésa es imposible." Pablo adelantó el busto bruscamente, y se le cayó el mantón. Mientras hablaba, Rosina corrió a ponérselo. "¿Qué sabemos nosotros? En el universo existen fuerzas desconocidas, que quizá algún día se descubran. ¿Quién iba a decirnos que se podría ir a la luna? El propio Newton se hubiera echado a reír. Sin embargo…" "Puede que sea así, le respondió el encuadernador; pero tardará mucho, y la Revolución francesa habrá pasado." "¡La Revolución francesa no pasará jamás, puesto que se va a repetir eternamente! Alguna vez…" El encuadernador sacó un lápiz del bolsillo y pintó unos garabatos en el reverso del papel del comité central. "Mira, Pablo: si se repiten las cosas exactamente iguales, esa fuerza de que hablas, caso de descubrirse, llegará tarde. Te lo he pintado aquí para que lo veas con toda claridad. Es una cuestión de desfase." Pablo rechazó el papel. "Me sucede con esto lo mismo que con Dios. La razón lo rechaza, pero algo se me subleva dentro. En mi caso particular, el hueco que me ha dejado la certeza de que Dios no existe, se llena ahora con la esperanza nueva de que, alguna vez, alguien llegará a tiempo." El arzobispo se puso de repente serio y en seguida se echó a reír. "¿No han oído ustedes lo de monsieur Mathieu?" "¿Lo de monsieur Mathieu?" "¡Sí, hombre! No se habla de otra cosa en Villasanta. ¡Como que hasta yo me he enterado!" Los anarquistas se miraron y Ramiro meneó la cabeza. "Tiene usted que haberlo visto alguna vez. Era un hombre corpulento y de pelo ensortijado, rubio tirando a rojo, que andaba por la catedral sacando dibujos." "Pues no." "Me da cierto reparo contarlo, porque parece una tomadura de pelo." "¡Nosotros somos de confianza, señor arzobispo", advirtió, desde su rincón, Rosina. "Ya lo sé, y en eso me amparo. Pero no quisiera que Pablo, que tan en serio tomó lo del bonzo y lo del posible viaje a otro mundo posible, pudiera ver en mi cuento la menor mala intención. Lo he recordado porque se parece algo a lo de Pablo, aunque al revés." "¿Al revés?" "Sí, porque si no he entendido mal, usted, para hacer un viaje hacia atrás, tendrá que volar hacia adelante, mientras que monsieur Mathieu, para ir hacia adelante, habrá tenido que dar un salto hacia atrás." Pablo confesó que no lo entendía bien. "Bueno, tiene usted razón. La cosa no está muy clara, pero lo que yo intento es que la revelación del bonzo, a quien por cierto me gustaría conocer, me sirve para explicar la broma de monsieur Mathieu. Monsieur Mathieu, que llevaba aquí una temporada sacando dibujos de la catedral, como les dije, se marchó el otro día sin despedirse, pero dejó una carta explicativa." Relató con detalle el contenido de la carta, y hubo de repetir alguno de sus extremos porque ni a Rosina ni al *Dinamita* les cabía en la cabeza. Por fin, quedó todo aclarado. Y, entonces, dijo Pablo: "Pero eso es un milagro, y yo rechazo el milagro por irracional". "De acuerdo, le respondió el arzobispo; yo lo he rechazado también, pero, a la luz de la revelación del bonzo, la cosa cambia. El hecho de que nosotros lo ignorásemos, no quería decir que no existieran esos mundos

234

sucesivos en que la vida se repite. Si en el inmediato a nosotros andan por la Revolución francesa, ¿quién nos dice que en otro más adelante no estén en plenas Cruzadas? Y tampoco es imposible que un hombre santo como mi antecesor Marcelo conociera el procedimiento para ir de un mundo a otro y todos los requisitos exigidos por el viaje de monsieur Mathieu. Lo que visto de una manera resulta milagroso, es decir, absurdo, puede explicarse así: mi antecesor el santo obispo Marcelo envió a monsieur Mathieu de su mundo al nuestro porque sabía que, en éste, la catedral estaba ya construida. Él dijo que lo enviaba unos siglos adelante, pero lo que hizo en realidad fue enviarlo unos siglos atrás, único modo posible. Por eso decía antes…" Pablo pisó las palabras del arzobispo. "Es tan perfecto que parece imposible." "Pero le abre a usted una esperanza." " ¿Cómo hizo el francés ese para volver al punto de partida?" "Al parecer, acostarse delante del altar de San Cristóbal en una posición determinada." "Eso huele de lejos a brujería." "Si considera usted que San Cristóbal es un santo legendario, y que la Iglesia lo ha borrado de sus catálogos, lo único que queda en pie es el lugar, la hora y la posición." "En una iglesia." "Sí, pero es lo de menos. Hay que admitir, al menos como hipótesis, que en tal lugar, en determinada posición y a una hora fija, actúan las fuerzas incógnitas que permiten a un hombre emigrar de un universo a otro. No me parece mucho más maravilloso que la contemplación que al bonzo le fue dada." "Es que el bonzo, interrumpió el encuadernador, además de ser un asceta que se alimenta de té y cebollas, tiene mucho adelantado en el camino del espíritu." "Yo no propongo, le replicó el arzobispo, que nuestro amigo Pablo se prepare con ayunos, porque, según tengo entendido, monsieur Mathieu comía como un buen francés. Tampoco sugiero que se quede cataléptico, porque, para sujetar a Carlota Corday, necesitará del cuerpo. ¡Un brazo de ensueño no me parece lo más adecuado para detener el puñal asesino! En fin, la verdad es que no propongo nada. Lo que he dicho lo dije porque se me ocurrió en vista de algunas coincidencias." "Sí, dijo con voz patética Pablo; pero yo no lo echo en saco roto." Había entrado, pocos segundos antes, Manolito, y se había quedado detrás de la silla de Pablo. Cuando éste hubo callado, Manolito dijo: "Abajo acaban de quemar vivo al rey de Francia, por traidor, y a un hombre que salió de aquí, lo atropellaron los caballos". "¿Los caballos?", preguntó el arzobispo. "Sí, los de los Templarios." Le dije que se apartara, pero él no me hizo caso. "Parece muerto." El arzobispo hizo una cruz en el aire.

15 de octubre

"¿Y qué pasó con el anarquista de Barcelona?", me preguntó Lénutchka. "Fueron allá, estaba efectivamente muerto, y celebraron consejo, allí mismo, de lo que debían hacer, y cualquiera de las soluciones que acordaban tenía el inconveniente de que la policía acabaría llevándoselos a todos detenidos, lo cual, creían ellos, no era oportuno. El arzobispo los sacó del atolladero. «Después de todo, dijo, quien manda en la catedral soy yo, y este muerto cae bajo mi jurisdicción. Será mejor dejarlo ahí y que lo encuentren mañana. La policía, que piense lo que quiera. ¡Me gustaría saber qué explicación darán a una muerte por magullamiento de cuadrúpedos en el interior de una catedral! Quítenle todos los papeles de los bolsillos, y la cápsula de cianuro dénmela a mí, no vaya a comérsela Manolito creyendo que es un caramelo de los que chupan los Templarios. Y ustedes, por supuesto, no saben nada.» Al día siguiente, encontrado el cadáver, se pensó que pertenecía a alguien que se había escondido para robar, y al no ser identificado, lo enterraron con un número." "Es un procedimiento bastante expeditivo para deshacerse de un personaje", observó Lénutchka. "Lo reconozco, pero no tengo otra solución. ¿Quién le mandó meterse debajo de los caballos?" "De todos modos, podías haber descrito la escena, que encuentro muy atractiva, como de novela gótica." "Ten en cuenta que se trata de un personaje episódico: consumiría más tiempo del necesario." "A lo mejor, era un tipo interesante." "No lo creo." "No existe ningún hombre", sentenció Lénutchka, "que no merezca la atención de un novelista". Y cambió de conversación.

Tercera secuencia profética

V

¡Pueblo de comilones, ay! ¡Pueblo de paseantes! Sal de la historia, que os lo creéis vosotros, villasantinos!
¡Ni un solo grito de rebeldía, ni un solo muerto en la calle! ¿No hay ninguno con agallas para chillar: ¡Abajo!?
Como corderos, alabáis al Vikingo y reverenciáis su efigie; aguantáis que se acuesten con los soldados vuestras hijas y mujeres; ellas dicen que a la fuerza, pero yo sé de buena tinta que por su gusto y satisfechas como si fuese el primer hombre a catar y el único. Hasta los de la luna se empinan vuestros cuernos, proliferantes y caligráficos; bosques a cuya sombra vuestras hembras os los ponen, para que todo quede en casa y no haya lugar a engaño.
Vosotros, ni tocarlas. La ley del rey es la ley. "Es el más elevado de nuestros propósitos al conquistar la ciudad, redimirla de las lacras raciales que la afean: de tipejos, sobre todo, entecos y pequeñitos, gente que no da la talla ni

vale media hostia. (La traducción es mía.) En consecuencia, ordeno: Art. 1.º: Ningún varón de Villasanta mantendrá relaciones sexuales con su mujer, novia o amiga, bajo pena de paso por la máquina de matar pronto. Art. 2.º: Todos los invasores tienen derecho al libre acceso a las nativas, cualquiera que sea su edad y condición, sin que a ellas les sea dado rechazarlos, bajo la misma pena. Art. 3.º: Las nativas, sin embargo, carecerán del derecho a exigir, ni siquiera a solicitar, sino sólo a insinuarse u ofrecerse, dejándolas en libertad de escoger procedimientos." ¡Ni las monjas de clausura han rechazado a sus violadores! ¿Qué digo monjas? ¡Ni siquiera vuestras muertas habéis sabido defender! Porque, esta misma mañana, el rey Olaf, de ceremonia y seguido de sus caudillos y capitostes, visitó la catedral, y sin que nadie lo impidiera, entró en el laberinto y llegó hasta la celda donde yacen los huesos, perfumados de amor, de doña Esclaramunda, amada de un arzobispo, la misma por quien Olaf perdió, hace un milenio, la cruenta batalla de Catoira. ¿Y sabéis qué hizo? Arrodillarse y llorar, abrazarse a la estatua y tronar contra el cielo por su injusticia. Lo cual hubiera sido tolerable, e incluso grato a nuestro orgullo local, si a continuación no hubiese ordenado que desmontasen el sepulcro y se lo llevasen al palacio donde vive, para tenerlo día y noche al alcance de sus lágrimas. ¡Y fue como robarnos el corazón, villasantinos! Con la tapa del sepulcro y la estatua yacente puestas en unas parihuelas con colgaduras negras hasta el suelo, la llevó en procesión a paso de lo mismo, marcha fúnebre de Chopin, cajas destempladas y carrera cubierta por tropas a la funerala. Y el rey, detrás, de negro vestido, con todos los mismos caudillos y capitostes también de luto. Y un inmenso gentío mirando y llorando de la pena de Olaf. ¡Ni que fuera la suya! "¡Pobriño! ¡Se ve que la quería!"

¿Qué puede sucedernos después de esto? Pero, ¿qué más

da ya lo que suceda? La ofensa os la han pagado con creces. ¿Os quitan las mujeres? Sí; pero, ¿no os las han devuelto ya? Mejor dicho, ¿no os las han sustituido? Quizá no lo sepáis aún, si bien mañana, a la hora de la ley, os será comunicado. Hasta esa hora correrán bulos, abriréis los ojos de a cuarta, preguntaréis si es posible, y muchos de vosotros, por no decir todos, daréis gracias al cielo, que os ha enviado a los vikingos, vuestros libertadores. Ellos lo dicen.

Os lo voy a contar, sin embargo, ya que estoy para esto. Aconteció esta tarde, y fue como una fiesta, con señores de toga, borlones de doctor y licenciado, música de los coros y Gaudeamus. ¡Ni que fuésemos a doctorar a Freya! Pero aún no sabéis quién es. Ya lo iréis comprendiendo.

Lo primero, reunirse la gente, toda emperifollada, quiero decir, los invitados, y saludarse, y cómo estás, y hace tanto tiempo que no te veo, y los inevitables te encuentro favorecida y no pasa día por ti, y demás sandeces.

Y, después, que por qué habían puesto una pasarela que atravesaba el espacio por el medio, como en los desfiles de modas, y que por qué habían tapado la presidencia con lujosos tapices, con la visión de Susana y los mirones, primera mención histórica del voyeurismo; desnudo por otra parte de contemplación tranquilizante para ambos sexos, porque es de Rubens.

Cuando ya todo el mundo estuvo en su lugar y sosegado, empezó la música, una melodía calmante como una dosis de bromuro, que precedió a la presencia del Escalda, mi ya querido amigo Óscar Oscarson, de quien voy sospechando cierta secreta homosexualidad mental a juzgar por algunos indicios.

Habían prevenido unos micrófonos, precisamente dos, y varios altavoces distribuidos por la sala. Las instalaciones electrónicas de los extranjeros tienen la ventaja de que funcionan, de que mejoran la voz y la aterciopelan. Y así

*la de Óscar Oscarson, que es un tanto atiplada, pareció
de barítono atenorado, pero no mucho. Y la mía, que es
de barítono, de bajo. Así cualquiera.*

*Óscar Oscarson se dirigió a la concurrencia con saludo
florido, que traduje, y se extendió en amplias consideraciones acerca de los fines del invasor moderno, que, al
margen de sus sentimientos particulares, quería decir, el
conocido amor del rey por doña Esclaramunda, les habían
traído a la ciudad. Hizo un inciso para explicar por qué
razones estratégicas habían acudido a un disfraz, como el
de indios, tan apartado de sus verdaderas tradiciones militares, y dijo que en vista de que, en ocasiones remotas,
habían fracasado las invasiones marítimas, a causa de las
Torres de la Hueste, y también porque las defensas coste-
ras que protegen la ría de Arosa podían hundir tranquilamente sus barcos de madera y cuero, habían preferido
entrar en la ciudad por el camino de tierra y disfrazados
de algo que no llamase la atención, estratagema de la que
se sentían muy orgullosos y cuyo paso a la Historia esperaba fundadamente. Tras lo cual reanudó el discurso con
la exposición de las razones de su colonización que les
habían movido a mejorar la raza, como se había anunciado en la ley del mismo día, pero que las prohibiciones y
permisos figurantes en su texto no suponían, en modo alguno, sacrificio para los varones privados de sus hembras, como iba a verse en seguida. Bruscamente, quiero
decir sin transición o puente, pasó a afirmar que toda
conquista y colonización mezclaba a las miras morales las
económicas, y que ellos, los vikingos, traían un plan de
industrialización de la ciudad, íntimamente ligado a la solución aportada a la problemática viril. Pensé en este momento, mientras lo traducía, que acaso a los vikingos se
les hubiera ocurrido instalarnos prostíbulos modernos, con
todos los adelantos, y dar ocupación en ellos a sus putas
en paro, pero me equivoqué. El proyecto era otro, y, para*

llevarlo a cabo, solicitaba la colaboración del dinero local, al que garantizaba réditos suculentos estipulados en contrato con exención de los impuestos que suelen apesadumbrarlos.

La gente ya se removía en los asientos, pues Óscar no se aclaraba, y empezaban a achacarme deficiencias de traducción: porque no concebían, aquellos mastuerzos y mastuerzas, que una buena propaganda política y económica pueda valerse de procedimientos literarios tan vulgares como el suspense: *del cual, debo decir verdad, Óscar Oscarson había abusado en medida literariamente intolerable, si bien no quiera meterme en su eficacia comercial.*

"Ahora, señoras y señores, nos acercamos al clímax de esta sesión, ya que hasta este mismo momento no he mencionado, ni siquiera aludido, cuál será el negocio que tan pingües beneficios nos va a proporcionar, lazo de unión al mismo tiempo de nuestros pueblos respectivos, y, lo que acaso más nos importa, tan benéficos resultados morales va a aportar a nuestra sociedad: porque si por una parte daremos en la fábrica empleo a algunos centenares de obreros y de obreras, con lo que os veréis libres de ese fantasma del paro, por el otro esos mismos proletarios habrán logrado su entera y efectiva liberación: ellas, entregándose a la mejora racional de la raza; ellos, realizándose, ésta es la palabra adecuada, en las formas más personales y exquisitas del amor. A esta realización, precisamente, apunta nuestro producto, porque existe en los varones, sobre todo de los pueblos inferiores, la tendencia, quizá innata, a convertir en objeto a la persona con quien comparte el amor, en tanto que las mujeres, al menos las normales, requieren la participación de otra persona, a la que no sólo no objetualizan, sino que no les serviría objetualizada. Dejemos a un lado la cuestión afluente de si en esto radica su siempre sospechada y jamás reconocida superioridad. Es un hecho, y a tal debemos atenernos. Habi-

da cuenta de él, se explicarán ciertas aparentes irregularidades estadísticas de nuestros índices de producción. Pero, en fin, éstas son cuestiones de que hablarán en sus reuniones los futuros consejeros. Continuar con ellas nos distraería demasiado, y advierto ya en ustedes señales de impaciencia. Silencio, pues. Les presento a la señorita Freya."

Fue al fondo del estrado, tiró de un cordoncillo, se apagaron las luces, se encendió un reflector, se abrieron los tapices que cerraban el fondo, y quedó a la vista Freya, al parecer una muchacha muy bonita, vestida acaso con excesiva feminidad, y cuyo rostro me recordaba el de alguien que ahora no acierto a precisar. Movió a un lado y a otro su preciosa cabeza, hizo una reverencia, echó a andar hacia la pasarela, siempre enfocada, y, conforme avanzaba, dejó caer el abrigo, como lo hacen las modelos, giró sobre sí misma según la misma costumbre, y unos pasos después empezó a remangarse el suéter, que también arrojó con negligencia, aunque fuera a caer encima de la cabeza de un espectador provecto, cuyas gafas derribó. Ya había penetrado en la pasarela, cuando soltó la cremallera de la falda, que unos pasos después quedó arrollada a sus pies. Se deshizo de ella con una impulsiva aunque oportuna patadita, y echó las manos atrás para soltarse los sujetadores. Fue entonces cuando se oyó una voz que dijo: "¡Basta!" Y unos murmullos apagados: "¡No, no! ¡Que siga!" Los cuchicheos de las mujeres alcancé a presentirlos, no a escucharlos.

Freya había quedado quieta hacia la mitad de la pasarela, la luz encima, con los brazos alzados y las manos a la altura de la nuca, y así permanecía, inmóvil, con quietud de cadáver o de muñeco. El que había gritado "¡Basta!" se adelantaba del montón y se singularizaba, increpante el ademán en un ángulo vacío. También parecía haberse inmovilizado, pero cierto temblor mostraba indignación y *vida. Aunque vestía de paisano, reconocí en él al padre Al-manzora.*

Los demás, estupefactos, las miradas puestas en Freya, cuyos muslos, cuyos pechos aún cubiertos, acariciaban. Y también las mujeres, ahora silenciosas, se sentían atraídas por aquella figura que guardaba, casi en el aire, un equilibrio inadmitido por la ciencia. Habló, entonces, el escalda; bien oiréis lo que dijo:

—Como habrán adivinado, no es un ser humano, sino una muñeca. Mas, ¡oh, qué muñeca! Labrada con los más delicados materiales, no hay piel más dulce que la suya, ni aún la de las negras, ni movimientos más incitantes, ni caricias más secretas, y su cuerpo, de puro proporcionado, va más allá de lo real. Freya es la mujer que han soñado miles de generaciones, la que han cantado los poetas y deseado los amadores esquizoides, la que han querido en vano pintar todos los pintores, la que los escultores no han acertado a modelar. Si una mirada de catador la examina, calibrará inmediatamente el equilibrio de sus proporciones calculadas al micromilímetro por los más modernos instrumentos de precisión. Ya veis cómo camina, con ese dengue nonchalante que ya han perdido las mujeres y que sólo los más ancianos recordamos, pero que yace en el inconsciente de todos los apetitos. Freya es el alcaloide de la feminidad.

Mientras Óscar peroraba, mientras yo traducía — encendidas ya las lámparas aparatosas —, había estado examinando al padre Almanzora, y pude advertir cómo su gesto se suavizaba, cómo caía y se sosegaba el brazo airado, y cómo en su fisonomía de raposo se traslucía el interés creciente del tasador que descubre el oro debajo del oropel. Se había arrimado a la pared, y su postura era cómoda, como quien se dispone a no perder ripio. Los demás, enmudecidos, iban del escalda a la muñeca, doblemente fascinados: ellas, quizá, por el negocio.

—La ficha técnica de Freya podrán examinarla en el folleto explicativo que se les entregará a la salida. Puedo, sin embargo, anticiparles que bajo su delicado vientre se esconde una computadora minúscula, alimentada de cuatro pilas de voltio y medio, renovables, que se instalan en las plantas de los pies imperceptiblemente, aunque de imperceptibilidad garantizada, pues jamás la mano que acaricia o los labios que besan se verán sorprendidos por la ranura impertinente. Debajo del cabello, también disimulada, una tabla de treinta y tres mandos en tres series de once, ordena sus movimientos, que sobre la base inicial de mil doscientos veintiuno son susceptibles de multiplicación al infinito, ya que se pueden pulsar uno, dos, tres, cuatro o los treinta y tres al mismo tiempo, con resultados incalculables. ¿Existe alguna mujer viva, la de más sabia carne, que ofrezca un repertorio más completo y variado? La imaginación humana, caliente al máximum, no los puede soñar, pero una mano temblorosa, con ligero movimiento, les da realidad. Nuestros peritos en sexología han estudiado, antes de programar la totalidad de estos movimientos, lo que los hombres de todos los colores y de todas las civilizaciones han apetecido y soñado, posible o imposible, pero insistiendo en los antiguos testimonios de las civilizaciones más eróticas, de tal manera que han concebido a Freya como el resumen de todas las mujeres reales e imaginarias, y que en su variedad se inscriben todas las formas del amor, desde el romántico al más exaltadamente físico. No necesito explicarles que está dotada de tres agujeros útiles, cada uno con movimiento propio, si se desea, y que en algunos ejemplares fuera de serie se realiza el ideal semítico de la perpetua virginidad. Finalmente, y este detalle les puede interesar a los médicos, es rigurosamente aséptica y se lava automáticamente. Nuestros biólogos se ocupan ahora en la creación de un arquetipo fértil, pero no estoy autorizado a predecirles el tiempo que

*tardarán en realizarlo, menos aún en comercializarlo. Pero
ahí está, como meta.*

El padre Almanzora se destacó de la pared y alzó la mano
en petición de la palabra. El escalda me indicó que podía
hablar. Así lo comuniqué.

—De momento — dijo Almanzora —, no es más que una
pregunta, una ingenua curiosidad: ¿no quedará, esa muñeca perfecta, al alcance de muy escasas fortunas?

—Está previsto — le respondió Óscar Oscarson —. La
presente es el modelo diseñado especialmente para los
hombres pudientes, si bien habida cuenta de la capacidad
adquisitiva del mayor número posible. Innecesario añadir
que se organizará la venta a plazos. Pero existen modelos
más sencillos, cuidadosamente pensados y trabajados para
sensibilidades toscas y elementales, así como para los pe-
culios más modestos. Nuestro lema es: Ni un solo varón
sin la mujer apetecida. En esos modelos baratos se ha pre-
tendido satisfacer ciertas ansias secundarias que no pertenecen precisamente al cuadro erótico, sino a las satisfac-
ciones de otra índole. ¿A qué trabajador le disgustará
acostarse con una reina? Tenemos retratos de todas las
vivientes y de las grandes del pasado, Semíramis, Cleopa-
tra o Catalina de Rusia, esas que nos contemplan desde la
historia o desde los cuadros de los museos. El cine, la sociedad, los escándalos ponen en circulación modelos inal-
canzables. Nosotros los proporcionamos a bajo precio. En
una palabra: desde la que ustedes contemplan hasta la negra gorda y tranquila, esencialmente inerte, no hay mujer
que no figure en catálogo. Pero, como somos realistas, y
no se nos oculta que con frecuencia a la riqueza no acompaña el mejor gusto, las circunstancias técnicas de Freya
se realizan en muchos otros tipos, incluso en tipos previamente elegidos. De modo que lo mismo fabricamos la
muñeca castigadora y sádica que la tranquila o masoquista,
y no digamos toda clase de efebos. En una palabra, y para

245

no cansarles, nuestra producción es tan varia como el deseo humano.

—*Pero eso tiene que ser negocio* — *dijo alguien hacia el fondo derecha.*

Lo traduje.

—*No esperaba menos de la perspicacia de ustedes* — *respondió Óscar* —. *Es el negocio más fantástico que puede imaginarse.*

—*Pero, ¿habla?* — *preguntó otro.*

—*No pase usted cuidado. Las hay absolutamente mudas; pero los modelos más complicados gimen, sonríen, sollozan, se quejan, insultan, según la voluntad del posesor, y en los momentos señalados. Después de largas deliberaciones, hemos eliminado las charlatanas.*

—*Ni que lo fuésemos todas* — *interrumpió una mujer.*

—*Queda, por último, una advertencia que hacerles. Aunque aparentemente estas muñecas se produzcan en serie, cada una de ellas tiene un secreto personal que no figura en el folleto y cuya combinación se mantiene oculta. Un día cualquiera, azarosamente, el amante advertirá en su muñeca un comportamiento extraordinario, hará o mostrará algo inesperado, de que se derivarán posibilidades inéditas; por ejemplo, unos pezones que rezuman leche. Eso singulariza a cada una. Saberlo, y se dice en los folletos, enardecerá cada vez más al poseedor, le creará una esperanza sin decepción. Yo diría que por este procedimiento hemos humanizado a las muñecas, las hemos dotado de personalidad. Y, ahora, unos cuantos detalles accesorios. Nuestros soldados han traído consigo parte del utillaje, y nuestros servicios logísticos se ocupan ahora en completarlo. La fábrica tardará una semana, a lo sumo diez días, en montarse, y otros tantos en alcanzar la plena producción; pero disponemos momentáneamente de un stock suficiente para atender a las primeras peticiones. Fuera, en la sala inmediata, hallarán quienes reciban solicitudes y quienes ofrez-*

can acciones que suscribir. Hasta que se haga necesaria una ampliación de capital, y esperemos que sea pronto, su número es limitado, bien entendido que, si se trata de matrimonios, puede suscribir el máximo cada uno de los cónyuges, o bien distribuir esa misma cantidad entre los hijos según la proporción deseada. Para las colectividades hay cantidades a convenir. De momento, las acciones no pueden transferirse, aunque sí encargar a un banco de su administración. En una palabra: con el impreso de cada acción, recibirán instrucciones escritas. Espero que no quede ninguna sin vender, de manera que tomen sus decisiones.

Avanzó por la pasarela y recogió el cuerpo estático de Freya, que transportó en sus brazos como el de una desmayada; pero, al llegar al estrado, Freya soltó un gritito y salió corriendo, hasta esconderse tras los tapices.

Había un gran revuelo en la antesala.

Poco después, el padre Almanzora suscribía, por persona interpuesta, el número máximo de acciones para sí mismo y para cada una de las monjas de su convento, sor Finústica incluida.

Continúa el diario de trabajo

20 de octubre

He vuelto a empantanarme: me sucede cada vez con más frecuencia. Hay ocasiones en que alguna razón externa lo justifica, y cuando esto acontece, el mejor modo de meterme otra vez en la narración es someterla a una operación crítica, de la cual suele salir malparada. Así ahora. Hubiera roto lo escrito y empezado de nuevo sin el socorro de Lénutchka, que, aunque comprende sus deficiencias,

247

dice que le tiene cariño, y que lo mejor es continuar. Mis dudas fueron formales. Consideramos los dos núcleos más importantes del relato, los que pueden servirle al menos de sostén: de una parte, el descubrimiento del cadáver de Marcelo y la intervención de Balbina en su muerte; de la otra, la peripecia de Bernárdez. El de Balbina y Marcelo puede desarrollarse hacia atrás, como quien cobra un cabo; el del bonzo y Bernárdez, hacia adelante, como quien persigue al Destino. Hábilmente conjugados, la novela tendría, pues, dos tiempos de dirección opuesta, que hace muy bonito, y la mente del lector no se fatigaría merced a este ejercicio compensatorio, a esta especie de vaivén: cuando ya estás cansado de ir hacia atrás, vuelves hacia adelante, y así hasta el final. Requerirían, por supuesto, dos modos de escritura distintos. El narrador del primero tendría que ser Balbina, que se lo cuenta a don Procopio en varias sesiones o que me lo cuenta a mí. El narrador del segundo no es visible, y en vez del relato, requiere un desarrollo realista y objetivo. Así, a cada tiempo corresponde un *tempo*, y el resultado tiene que ser magnífico.

Hasta aquí Lénutchka estuvo conforme, e incluso me sugirió algunos procedimientos de detalle. Pero se me ocurrió, no sé por qué, que convendría prescindir de la puntuación gramatical y de sus convenciones, por lo menos en uno de sus relatos, para que el contraste sea mayor: pensé que en el de Pablo, para así disipar la inevitablemente desagradable impresión de realidad.

Ella, en principio, estuvo en desacuerdo, pues tiene entera fe en el efecto clarificante de la puntuación, pero yo aduje que la supresión prevista dotaría a la narración de cierta vaguedad misteriosa, e incluso de cierta confusión poética, y como ella lo negase, hicimos una prueba: se eligió un párrafo de las escenas en la torre con los anarquistas, y la escribimos así:

"bueno tiene usted razón la cosa no está muy clara pero

lo que yo intento es que la revelación del bonzo a quien por cierto me gustaría conocer me sirva para explicar la broma de monsieur Mathieu Monsieur Mathieu que llevaba aquí una temporada sacando dibujos de la catedral como les dije se marchó el otro día sin despedirse personalmente pero dejó una carta explicativa relató con detalle el contenido de la carta y hubo de repetir algunos de sus extremos porque ni a Rosina ni al *Dinamita* les cabía en la cabeza por fin quedó todo aclarado y entonces dijo Pablo pero eso es un milagro y yo rechazo el milagro por irracional de acuerdo le respondió el arzobispo yo lo rechazo también pero a la luz de la revelación del bonzo la cosa cambia el hecho de que nosotros lo ignorásemos no quiere decir que no existieran ya esos mundos sucesivos en que la vida se repite…"

"Ya está, dijo Lénutchka; y, ahora, ¿qué?" "Pues que al leerlo se experimenta una sensación distinta de naturaleza exclusivamente estética." "Muy bien. ¿Quieres leérmelo en voz alta?" "¿Para qué?" "Para llevar el experimento hasta el final." Le leí el párrafo, y ella se echó a reír. "Ahí no habrá puntos ni comas, pero tú los has sustituido por la entonación y las pausas." "De acuerdo, pero es que la supresión de los puntos y las comas no se lleva a cabo para el que oye leer, sino para el que lee en silencio." "Explícame, entonces, por qué tachas una palabra y la sustituyes por otra que significa lo mismo." "Porque suena mejor." "¿Y qué te importa cómo suene, si no la oyes?" Tuve que confesar que, aun leyendo en silencio, *oía* mis palabras, y que las organizaba de acuerdo con un principio musical. "Entonces, la supresión de los puntos y de las comas no te sirve de nada." Tuve que defenderme atacando, y, ya se sabe, reprodujimos allí la gran polémica universal entre el realismo socialista y la escritura en libertad. Ganó ella, pero no lo reconocí.

"De todos modos, continuó, es prematuro tomar una decisión. Tus materiales son todavía escasos. No sabes lo que dará de sí la historia de Balbina y de Marcelo, que puede convertirse en una farragosa acumulación de datos baladíes o en la escueta narración de tres o cuatro acontecimientos esenciales: todo depende de la memoria de Balbina, o, más bien, de su selectividad. En cuanto a Bernárdez, ¿tienes algo pensado?" "No, por supuesto. Está en un momento difícil, en un verdadero *impasse*, porque esa relación establecida por el puñetero arzobispo entre el bonzo y monsieur Mathieu, y, sobre todo, el modo que tuvo Pablo de recibirla y de aceptarla, crea una situación sin salida." "¿Cómo se te ocurrió, entonces?" "Había que tomar las cosas donde las había dejado la intervención subrepticia del Supremo. Preferí continuar la historia a partir de ahí." "Y, ahora, no sabes cómo salir del atolladero." "Efectivamente. Es decir... Tengo la solución de inventarle a Pablo un proceso psicológico, de darme un paseo por su conciencia y ver qué pasa." "Con lo cual incurrirás en el error imperdonable del psicologismo." "Pues también es verdad."

Lénutchka estaba tumbada en el diván (decía que en aquella posición pensaba mejor), y se recogía las piernas con las manos anudadas. Yo, de pie, iba y venía de la mesa a la ventana. Tenía ganas de fumar, pero ella, que me había contado los pitillos de aquel día, me los había quitado, y el paquete se ocultaba debajo del almohadón en que apoyaba su cabeza. "¿Qué te parece, se me ocurrió de pronto, que vaya a ver a Pablo y le haga unas preguntas? El método no puede ser más objetivo." "Sería excelente si te respondiese la verdad." "Pablo no es mentiroso. Además, lo dicho, dicho queda, y yo me fundo en lo que se dice y no en lo que se piensa." "Con hacer una prueba no pierdes nada. ¿Dónde estará ahora?" "Pues, mira, es curioso. Se ha encontrado a Juanucha y se han marchado juntos a tomarse unos vinos." "Y, ese encuentro, ¿fue casual?"

"Realmente, no. Juanucha se hizo la encontradiza." "¿Se ha enamorado de Pablo?" "Todavía no lo sé, pero, en las dos o tres ocasiones en que estuvieron juntos, mostró cierto interés hacia él, lo cual es natural, por otra parte, ya que Pablo es un tipo muy distinto a esos estudiantes guapos con que Juanucha se divierte." "Pablo también es guapo." "Sí. Quizás sea ése un motivo de interés, pero sólo el inicial. A Juanucha le gusta, como a todas las chicas que lo ven; pero así como las demás tienen en cuenta que es un hombre sin porvenir, anarquista de añadidura, esas razones carecen de peso en la conciencia de Juanucha." "De quien no sabemos nada. Eso que dices lo estás inventando ahora." "No. Recuerda bien las escenas. En la primera, después de haber visto y hablado a Pablo, despide al estudiante de Bilbao, con el que acaba de pasar una hora en la cama." "Es decir, un momento en que está saciada y en que puede escuchar a Pablo sin la menor inquietud erótica." "Pero, después, mientras el bonzo relata su viaje, no hace más que mirarle." "Porque es guapo. No se dice que, además, lo desee, pero se supone." "¿Por qué si no se dice?" "Es lo natural. El muchacho le gusta y se lo está comiendo con la mirada e imaginando lo bien que lo pasarían juntos." "Insisto en que no se dice. Y lo que no se dice carece de existencia." Lénutchka me miró con una mezcla de severidad e ironía. "¿Y qué me dices de Robinson Crusoe?" "Si lo consideramos como una historia, es, desde luego, falsa. Pero es una ficción." Lénutchka soltó las piernas y se levantó. "No nos pondremos jamás de acuerdo. Sin embargo, creo que debo exponer mi punto de vista acerca de Juanucha. Pablo le gusta, pero, además, al escucharle, queda fascinada. Es posible que, en esos momentos de fascinación, el deseo no figure en el cuadro de su conciencia, pero está en su piel y en sus venas. No tendría nada de extraño que, al terminar Pablo una de sus peroratas, se le echase en los brazos y empezase a besarlo. Yo lo haría en su caso." "Y, después, ¿qué? ¿Se van juntos a la cama?" "Si tienen ocasión, por supuesto. Y si lo ocultas, incurrirás en idealismo." "Es que a mí, recalqué, no me importan las relaciones sexuales de Juanucha y de Pablo. Y me extraña que tú, tan puritana, insistas en la cuestión." "Yo no te digo que las describas, sino que las tengas en cuenta como elemento de la realidad." Empezaba a sentirme molesto por aquella terquedad de Lénutchka. "Pablo, le dije, renuncia a escribir sus dramas, sacrifica su vocación de artista a la de revolucionario. ¿Por qué no ha de sacrificarle también su vida amorosa? No sería el primer anarquista absolutamente casto." No sé si el tono de mis palabras me salió más duro de lo necesario y de lo discreto. Lénutchka me miró y acabó riendo. "Bueno. Ya te dije antes que jamás nos pondremos de acuerdo. ¿Para qué seguir discutiendo?" Se acercó a besarme, se me colgó al cuello y me miró. "Después de todo, añadió, el autor de la novela eres tú." Me soltó, buscó su flauta, y se puso a tocar la *Sonata para flauta sola*, opus 57, de Reinhardt.

22 de octubre

Llueve, desde anteayer, en Villasanta. Las piedras están negras, y sucios los entrepaños de cal. Me encontré a don Felipe Segundo, que se había echado una capa impermeable por los hombros, y la capucha por encima del sombrero. Vino corriendo, con su pata coja, en cuanto me divisó. Tac, tac, tac. "¡Espere, espere! ¡Le quiero contar un cuento!" Me metí en un portal, y él, al llegar, retiró la capucha, que chorreaba. "Un cuento estupendo, mire. No hay como el ingenio español, ¿no le parece, usted, que entiende de eso? Lo que sucede es que, cuando no tiene grandes empresas en que ocuparse, se distrae en pequeñe-

ces. Pero, ¡ya se verá, ya, cuando vuelvan mis tiempos!"
Le pregunté que si iban a tardar mucho. "Eso nunca se
sabe, mire. Depende de lo que ahora llaman condiciona-
mientos, y que yo llamaría circunstancias. Tienen que
coincidir bastantes de ellas, sobre todo el hallazgo de pe-
tróleo inagotable en los páramos de Castilla, y, entonces…
¡Ah! Mientras tanto, el genio nacional se entrena en la
invención de chistes verdes. Da lo mismo. Lo importante
es no dormirse en los laureles. Y este que le voy a contar es
de los buenos, mire. Llegó a un prostíbulo un muchacho
andaluz, y pidió una puta que lo hiciera al estilo de Jaén.
La alcahueta reunió a sus pupilas, y les dijo lo que pasaba,
y que quién sabía cómo lo hacían en Jaén, pero ninguna tenía idea. Entonces, le dijo a una de ellas, jovencita: «Ve tú,
que lees de esos libros en que se aprenden posturas», porque la chica quería prosperar en el oficio y estudiaba por
libre. Fue la muchacha y, al cabo de una hora, volvió. «Se
marchó sin pagar. Dijo que ya lo haría cuando recoja la cosecha.» ¡Ji, ji, ji! ¿No le parece un cuento formidable?" Le
confesé que no lo había entendido bien. "No sea usted
tardo, hombre. ¿No sabe que en Jaén nadie paga hasta
después de recogida la aceituna?" "Pues, no; no lo sabía."
"Entonces, ¿cómo iba usted a entenderlo?" Se cubrió con
la capucha y marchó corriendo; pero, antes de llegar a la
esquina, abordó a uno que venía con paraguas y empezó
a contarle el cuento del que quería hacerlo al modo de
Jaén.
Ahora estoy frente a la máquina, y no sé de qué escribir.
Tiene razón Lénutchka cuando dice que mis materiales
son todavía escasos, pero me resulta difícil desarrollarlos,
aun imaginativamente. Debe ser por la misma razón por la
que no entendí, de pronto, el chiste de don Felipe Segundo: algo relacionado con mi arteriosclerosis. Las células
del cerebro donde reside la imaginación no reciben el rie-
go suficiente. Y algo sucede, en consecuencia, que altera

aquel proceso normal de mis secuencias imaginativas, que era como tirar de una y salían las demás como cuando se tira del cabo de un tejido de punto y se deshace la manga entera. Ahora, no. Ahora, quiero pensar en Pablo o en algo relacionado con él, y lo que me sale es von Moltke, que ya me anduvo otra vez por estos mismos caminos, si bien ahora en distinta situación, porque lo que hace es llegar a un palacio de piedra, de estilo neoclásico un tanto frío, en una berlina de dos caballos, que se detiene, y de la que descienden, primero, dos ayudantes de uniforme y monóculo, y, después, el viejo mariscal, ya bastante pachucho. Se moviliza, para recibirlo y honrarlo, todo el servicio del palacio, que, según después sabremos, es nada menos que el Estado Mayor Central del ejército prusiano, a cuyos miembros de varias generaciones von Moltke va a explicar por qué perdieron dos guerras consecutivas y similarmente planteadas. No deja de ser extraño, y difícilmente justificable, que entre el público, y en lugares preeminentes, se hallen los perdedores, Guillermo II Hohenzollern y un tal Adolfo Hitler, que lleva el uniforme de *grossfeldmariscal* con escasa marcialidad y a quien la mayoría de los profesionales no dirige la palabra. Von Moltke habla con voz tranquila y un tanto cascada, consulta sus notas de vez en cuando, a pesar de lo cual parece confundir en una ambas guerras, o será que, para él, sólo fueron dos períodos de la misma contienda, como cuando se habla de la Guerra de los Treinta Años; pero es el caso que mezcla a Verdún con las Ardenas y a París con Stalingrado, y, cosa curiosa, no se refiere para nada a la intervención de los Estados Unidos, sin cuya presencia, al menos según él, las guerras se hubieran perdido lo mismo. "¡Claro!, exclama por lo bajo un capitán con cara muy avispada; lo que sucede es que, pensando desde 1870, nadie podía prever el potencial bélico de los Estados Unidos", a lo que le respondió el capitán de al lado, de cara

más avispada todavía: "¡Pues bien podía haberlo profe-
tizado, el viejo, ya que era tan listo!" Arranqué, como se
ve, de una situación realmente prometedora, pues lo más
probable es que Adolfo Hitler hubiera conducido a von
Moltke ante un consejo de guerra enteramente compuesto
de miembros de las S.S., peritos todos en estrategia, que
le hubieran condenado a muerte por no haber previsto la
respuesta industrial norteamericana, el desembarco en
Normandía y la invención del radar, actos que, según se
demostró ampliamente, constituían un delito de traición
contra el III Reich. Y la defensa del viejo estratega, estupefacto ante las conclusiones de la acusación, se la habían encomendado a un poeta suicida, un tal Enrique,
que había mostrado poseer ideas propias acerca de la conducta militar, aunque con el inconveniente de haber nacido unos decenios antes que el acusado y bastante más de
un siglo con antelación al juicio. Pero, ¿qué son estas diferencias de tiempo en manos de un buen narrador? Aci-
cates, desafíos, meras metas a alcanzar, si bien en este
caso careciesen de toda relación con una ciudad llamada
Villasanta de la Estrella donde hay un hombre que quiere
evitar la muerte de Marat y, a ser posible, escribir también media docena de dramas, si bien este propósito esté
pasando a un segundo término, e incluso haya empezado
ya la modificación inconsciente de sus planteamientos teó-
ricos, y, sobre todo, de sus resoluciones prácticas, ya que
su recentísima, aunque tardía iniciación en el amor, parece
actuar de elemento transformador de sus principios fun-
damentales, y ya ha llegado a admitir, al menos como hipótesis de trabajo, que su drama *Libertad* no sea enteramente nihilista, sino que deje un estrecho resquicio a la
esperanza: como que el protagonista, en vez de proclamar: "¡Todo se acaba! ¡La nada nos viene encima! ¡Hun-
dámonos en ella para siempre!", y morir luego, sustituye
la última frase por esta otra: "¡Sin embargo, una estrella

255

asoma por oriente su luz recién nacida! ¡Voy en su busca!", y se muere también, pero, como explicaba a Juanucha, no es lo mismo morirse hundiéndose en la nada que bañándose en la luz de una estrella que nace precisamente por oriente, dadas las excelentes propiedades de esa clase de estrellas y esa clase de luces, como se prueba por el hecho objetivo de que la mayor parte de ellas hayan sido consideradas como representantes visibles de alguna Divinidad. Toda vez que Juanucha era bastante perspicaz, y había advertido que Pablo tomara la determinación de incluir la estrella y su luz en el desenlace del drama precisamente después de una sesión de amor durante la cual Pablo se quedara estupefacto al descubrir empíricamente, aunque bien guiado por Juanucha, bastante experta en la gimnasia erótica, que lo mismo daba que Pepe mirase a la almohada que a las manchas del techo, y que ésa no era más que la segunda cuestión de un catecismo que incluía bastantes preguntas y respuestas, aunque no tantas como algunos creen, Juanucha, sigo, estableció entre ambos hechos una relación de causa a efecto, y dedujo que si introducía una nueva causa de la misma naturaleza, aunque de figura distinta, digamos la respuesta número tres, lo más probable sería que el protagonista del drama, después de proclamar su voluntad de bañarse en la luz astral, lo hiciese sin necesidad de morirse, lo cual consolaba bastante a su amiga y correligionaria la protagonista femenina, quien le había ayudado a lo largo de todo el drama, enamorada de él sin saberlo, que se quedaba muy triste al morirse él y al final insinuaba la posibilidad de su próximo suicidio, cosa que no hacía a Juanucha la menor gracia y que estaba dispuesta a evitar. Pero lo que sucedió fue que, cuando se me estaban ocurriendo estas cosas, y me renacía el contento al comprender que una oleada inesperada de sangre de la mejor calidad había alcanzado las células donde reside la imaginación, y que la cosa volvía a funcionar como en mis mejores tiempos, me di cuenta de que todo lo referente al teatro de Pablo, a sus transformaciones y a la intervención de Juanucha en los desenlaces valiéndose precisamente de argumentos eróticos de carácter personal no era ni más ni menos que la repetición, modificada en los detalles más aparentes, pero de fondo idéntico, de lo que nos sucedía a Lénutchka y a mí en relación con mi propio trabajo, de modo que si seguía por aquel camino y dedicaba un capítulo a desarrollar lo pensado, habría creado un factor parelístico, o un juego de espejos, o como quiera llamarse al procedimiento, que probablemente hubiera podido dar mucho de sí de habérseme ocurrido al principio y de haber planteado la novela como las aventuras de una pareja real (Juanucha y Pablo) que repite ligeramente modificados los hechos de otra pareja totalmente imaginaria (Lénutchka y yo). Y la cosa no dejó de tentarme, y así como me había sentado triste ante la máquina, me levanté esperanzado y dispuesto a sacar un buen partido de algo que, en el fondo, no era más que una limitación. De repente, ¡qué maravillas se me ocurrieron! Incluso la de inventar una tercera, una cuarta, una quinta pareja que se fuesen repitiendo como imágenes finalmente degradadas y perdidas en meras sombras. ¿Y por qué no, en vez de cinco, quinientas, todas las parejas famosas y algunas de las dos conocidas cogidas de la mano y recorriendo los espacios infinitos, de universo en universo, posándonos en éste y en el otro: "¿Podría usted decirme si aquí han llegado ya a la Revolución francesa?" "No, señor. Aquí andamos todavía por la Guerra de los Siete Años. Vaya a ver al universo de al lado." Y venga a lanzarnos otra vez al espacio, en elegantes giros, hasta llegar al mundo en que todavía Eva no comió la manzana. "¡Oiga, Adán! Si da usted a su señora un par de buenos azotes en ese reluciente trasero y le prohíbe en el futuro todo trato con la serpiente, que no es nada de fiar,

evitará usted a la humanidad un buen montón de males."
Pero, en aquel momento, Adán ignora todavía el concepto
de humanidad, su trascendencia y su incalculable comprensión numérica, y, por supuesto, ni por asomo sabe lo
que es un par de azotes, de modo que se pierde el mensaje y la advertencia queda en el aire, como un suspiro de
deseo.
Me gusta. Me gusta, sobre todo, lo del viaje interespacial
de las quinientas parejas de enamorados con Juanucha y
Pablo a la cabeza, a causa principalmente de las metáforas a que puede dar lugar. Pero, por mucho que me guste, no veo manera decente de dar cabida a ese viaje en
una narración rigurosamente realista.

23 de octubre

Me decido a salir en busca de Pablo. Sigue lloviendo, y
camino pegado a las paredes, como un fugitivo, y aun así
la lluvia me humedece los cabellos. Después, Lénutchka
me dirá que por qué no me puse la boina, que me puedo
acatarrar. Lénutchka, ya lo he indicado, creo, se cuida mucho de mi salud, pero da igual que lo repita, porque algo
he de decir. Me recomienda tisanas desconocidas, plantas
de la llanura siberiana o del bosque. Le respondo que de
eso no hay en nuestras boticas.
A lo que iba. Pablo tenía que estar en la tabernita con
Juanucha: allí lo hemos dejado anteayer. ¿Y qué habrán
dicho, qué habrán hecho estos dos durante tanto tiempo?
Cuarenta y ocho horas mano a mano son suficientes para
que un hombre y una mujer se digan todo lo que pueden
decirse en veinte años de vida; de modo que lo más probable es que hayan llegado a ese momento en que no ne-
cesitan hablarse, en que todo se lo dicen con miradas, y
también es probable que Juanucha se haya quedado dor-

mida. Pero, al entrar en la taberna, veo que no están, y me pregunto cómo es posible, *si durante este tiempo yo no he pensado en ellos.* Interrogo al patrón. "Sí, estuvieron aquí anteayer, dos o tres horas. Comieron unos pinchos de tortilla, bebieron un par de tintos cada uno. Pagó ella. Hablaron mucho; después se fueron." "Gracias." De repente, y sin causa consciente, me echo a temblar. Al salir, la causa se me manifiesta con toda su gravedad: ¡una nueva interferencia! Lénutchka dice que el Supremo tiene manos de hombre malo. Y, entonces, pienso lo peor: que se me hayan acostado estos dos: que se me haya desbaratado así todo un proyecto de personaje.

Encuentro a Pablo donde suele pasear, en el patinillo de las Benitas, resguardándose de la lluvia bajo los soportales. Va con las manos en los bolsillos, cabizbajo, el pitillo en la boca, y pasa delante sin mirarme, abstraído. Le abordo, nos saludamos, le pregunto si le pasa algo. "Quizás, sí — me responde —; quizás mi voluntad se haya reforzado y al mismo tiempo se haya clarificado. Antes me movían unas cuantas razones abstractas; ahora, les añado una concreta, pero que vale por todas." No le pregunté que cuál, porque ya conocía la respuesta. "¿Y qué piensa usted hacer?" Se detuvo, me miró como alucinado, con aquellos ojos claros, tan puros, en los que, sin embargo, ardía algo, o lucía. "¿Usted cree en la posibilidad de llegar a ese mundo donde aún no han matado a Marat?" Me eché a reír. "Pero, ¡hombre! ¿Todavía anda con eso?" "¡Es mi obsesión!" "Pues piense en otra cosa; piense, por ejemplo, en esa razón nueva de que me hablaba." "Va unida. Más aún, el hecho de que haya experimentado lo absoluto fugaz me obliga a conquistarlo permanente para todos los hombres." "A los hombres, ya lo ve usted, parece bastarles con esas parcelitas de absoluto que se agencian aquí y allá." "Si mi mirada alcanza más allá que la de todos los hombres, estoy obligado..." "Sí, no continúe.

Conozco el razonamiento." "Entonces, me dará la razón." "Yo esperaba de usted otra clase de hazañas." "¿Cuáles?" "¡No sé! Que se atreviese a organizar una revolución." "Si logro dar cima a ésta, las demás serán innecesarias." "Lo comprendo; pero conviene no hacerse ilusiones. Nadie sabe el camino que lleva de un mundo a otro." "Pienso en el del francés." "Puede suceder que sea un bulo, y también que sea cierto; pero, en este caso, la magia andará por el medio." Se detuvo otra vez, dramático. "¡Ésa es la palabra que no me atrevía a pensar, y que, sin embargo, me ronda desde el otro día!" Me agarró de los hombros, él, tan alto, y me dio una pequeña sacudida. "¿Cree usted de verdad que fue una operación mágica?" "¡Hombre! Yo no usaría esas palabras tan serias, porque conviene tener en cuenta que, detrás de la magia, está la trampa." Casi me arrojó de un empellón, probablemente involuntario (aunque también es posible que haya sido un empellón deliberado, porque no debo olvidar que está actuando movido — es decir, pensado — por el Supremo, capaz de convertir en un patán a un hombre tan cortés como Pablo). "¡Eso que acaba de decir es indigno de usted! Pero, si lo prefiere, le llamaremos prodigio. Pues bien, desde el otro día mi conciencia se debate sacudida por dos fuerzas contradictorias que no necesito nombrarle, porque ya sabe usted de sobra cuáles son. Pero lo grave de mi situación moral e intelectual — fíjese bien, moral e intelectual —, es que no logro persuadirme de que exista una energía desconocida, pero accesible a la razón, que me permita hacer el viaje, en tanto que creo a pie juntillas, sin la menor duda, en que si me acuesto, a medianoche, delante del altar de San Cristóbal, llegaré a París aproximadamente por los días en que se constituye el Triunvirato..." Esperó mi respuesta. Yo le miré en silencio. Él añadió: "Ya sabe: Danton, Marat y Robespierre." "Sí, ya sé, el gobierno del Terror."

Habíamos llegado, paseando, al extremo de la *loggia*, y nos detuvimos. De la calle próxima llega un barullo de voces y gritos femeninos, y, tras ellos, aparece una manifestación de estudiantes con una pancarta de acera a acera, en la que las mujeres reclaman libertad sexual. Uno de los varales lo lleva, muy agarrado, doña Pepita Mosteiro, señora de Méndez, que viste pantalones deslucidos y un blusón cuyos pliegues apenas refrenan el tetamen. Todas las chicas, al pasar, miran a Pablo; algunas le sonríen; una morocha bajita dice a una rubiales opulenta: "Mírale, es el hombre más guapo de Villasanta". Y le envía un beso con los dedos. Él enrojece. Las chicas son unas doscientas, pasan pronto, llenan el patinillo y salen por una calle opuesta. "Ya ve usted si es urgente dar al mundo una solución. Las condiciones socioeconómicas en que viven estas mujeres les hace reclamar la libertad sexual cuando debieran aspirar a la amorosa. Pero, ¿cómo van a hacerlo, si desconocen el amor?" "Se entendería usted muy bien con Lénutchka, le dije yo; una muchacha rusa que anda por ahí, quizás usted la conozca." No pareció escucharme. "Es como los obreros que piden subida de jornales, cuando debieran exigir la igualdad económica de todos los hombres. Y volvemos al mismo problema: en este mundo, engendrado por el Código de Napoleón, las mujeres viven prisioneras de las leyes del matrimonio, y los trabajadores, de las que garantizan la propiedad privada." Apretó los puños con energía. "Yo haré imposible el Código de Napoleón."

24 de octubre

Nos habíamos citado, Lénutchka y yo, a la hora de almorzar, para leerle en la sobremesa las últimas correcciones, pero, cosa extraña en ella, empezó a retrasarse, y yo a

261

inquietarme a cada minuto: porque siempre fui impaciente, y de esperar a las mujeres ansiosamente, debo de tener el corazón como la proa de un barco. Y a este desasosiego de la espera se añade la inquietud cuando adivino que la causa del retraso no es dichosa, que suele sucederme. Llevaba, pues, media hora así, cuando me levanté de repente, dejé recado por si venía Lénutchka, y me lancé en su busca a la universidad, donde me dijeron que había salido; a la biblioteca, donde no había estado; a su casa, por donde no había aparecido. Telefoneé al restaurante: "No, señor; no llegó aún". Me quedé junto al teléfono, perplejo, no como el que tiene delante varios caminos, sino como el que no dispone de ninguno. ¿Callejear? Fue lo que hice, aunque con esperanza escasa. Venía un viento frío del nordés, con gotas gruesas de lluvia. Las calles estaban vacías, y desde un cabo se veía a quien pasase por el otro. Recorrí enteras las porticadas; entré en tabernas y cafeterías; pregunté a algunos estudiantes que la conocían. Y así pasé la hora de comer, y la siguiente, desesperado y, lo que es peor, pensando que éramos víctimas de alguna jugarreta del Supremo, cuyas manos de hombre malo veía en todas las esquinas, como indicándome la dirección que había de seguir, y que seguía sin darme cuenta de que era víctima de un engaño: las manos que apuntaban, me obligaron a recorrer una espiral de calles que me dejó en el punto de partida. Ya abrían las tiendas, y volvía la gente a las rúas, cuando se oyó como un sonido de trompa, y vi venir, apurado, a don Procopio, con el cuello del abrigo levantado y recogiéndose los vuelos de la boina; pero como, al verme, agitara los brazos, una ráfaga fuerte se la llevó, y fue corriendo tras ella, y yo detrás. "¿Ha visto usted a Lénutchka?" "¡Por eso le busco hace dos horas!" "¿Qué ha sucedido?" "No digo que lo peor, pero casi." Me agarró del brazo y me empujó hacia la catedral. "Vinieron a avisarme. A eso de la una y media, cuando los obreros terminaban de comer, apareció en lo alto de las obras, descendió por la escalerilla y, sin que nadie pudiera evitarlo, se metió en el laberinto. El capataz dice que parecía sonámbula." Me dio un escalofrío. "¡Esto es cosa del Supremo!", exclamé, y el cura se me quedó mirando. "¿Qué tiene que ver en esto el Ser Supremo?" "No se preocupe. No me entendería." Me pareció que se amoscaba un poco, pero mis palabras, apremiantes, pisaron su posible enojo. "¡Hay que sacarla de allí!" "Para eso le buscaba. Pero, ¿cómo?" "¡Usted ya estuvo dentro!" "Sí, con linternas y el hilo de Teseo." "También yo podré llevarlos." "¿Usted solo?" "¡Estoy dispuesto a todo!" Me palmoteó la espalda. "Ya lo supongo, hombre, ya lo supongo; pero me permito recordarle que ya no es un niño para meterse en aventuras." "Al más valiente le llevo de ventaja la inteligencia." "¡De mucho le va a valer, si se pierde allí dentro!" Estábamos entrando ya en la catedral. "Como todos los laberintos, ése tendrá una clave." Don Procopio, de pronto, se golpeó la frente. "¡Pues, claro! ¡Soy idiota!" Y se metió por el portal sin quitarse la boina, cruzó el brazo de la Epístola y penetró en el claustro. Le seguí, porque él iba como llevado de todos los diablos. Llegó ante la puerta de la cámara donde guardan los manuscritos y abrió con sus llaves como martillos. "¡Entre!" Le obedecí. Sin decirme nada, sacó de su vitrina el códice del Beato y empezó a hojearlo delicadamente. "¡Acérquese, mire!" Me señalaba el dibujo del laberinto. "¿Y qué?" "¡No sé cómo no se me ha ocurrido hasta ahora!" Le pedí que se explicase, y le recordé, de paso, que Lénutchka continuaba dentro. "¡Pues claro que lo recuerdo, hombre! ¿Por qué, si no, íbamos a estar aquí? Pero eso no me impide llamarme burro y distraído. ¡La de veces que habré visto yo esta pintura! Miles de veces. Y nunca se me ocurrió que pudiera ser clave del otro. El uno fue pintado y el otro construido por orden de don Sisnando. ¿No

263

es lógico pensar que sean el mismo?" Se había puesto las gafas, y sacaba de alguna parte lápiz y bolígrafo. "Siempre supe que eran unas palabras, pero jamás se me ocurrió copiarlas y descifrarlas: el descuido mayor de mi carrera de erudito, del que me arrepentiré mientras viva." "Sobre todo, le interrumpí, si llegamos tarde a salvar a Lénutchka." "Pues, sí, sí, claro." Se puso a trazar unos dibujos, mientras murmuraba los nombres de las letras: "Hache cruzada, i, doble ele, a, cú, u, a con línea de suspensión, a, eme, otra vez a, uve, i, te. *Hic illa quam amavit*... ¿Ve usted? ¿Recuerda que monsieur Mathieu nos dijo que era una frase de amor? Y sigue: *Aepiscopus Sisnandus*... pu... *puella Esc... claramunda*, claro, y finalmente, *iacet*."
Lo trazó, en mayúsculas, en el papel:

HIC ILLA QUAM AMAVIT AEPISCOPUS
SISNANDUS PUELLA ESCLARAMUNDA IACET

"Ahora, fíjese bien. Las letras están unidas por enlaces, y estos enlaces corresponden a los vanos que, en el laberinto, comunican unas letras con otras." Me miró. "¿Sería capaz de aprenderlas de memoria?" "La frase, sí, ya la sé; pero, esos enlaces a que se refiere, no." "Tendré que dibujarlos, entonces." "Será mejor." Sacó otro pedazo de papel, más grande que el anterior y copió a buen tamaño el dibujo, dejando a las letras su perfil de escritura visigótica, y colocándolas en forma circular, como estarían en el laberinto de piedra. "Con esto ya no puede perderse. Ahora vayamos en busca de una maroma lo suficientemente larga, de una linterna, y de varias pilas, por si tarda mucho y se le gastan. Hay que tenerlo todo previsto." El negocio de la maroma y de las pilas gastó su buena media hora. Esperé, desesperando, junto a los albañiles, oí sus comentarios, y escuché al capataz la explicación de cómo Lénutchka había descendido por la escalerilla con la seguridad de una sonámbula, y cómo, antes de que pudieran detenerla, se había metido en el laberinto. Uno, no sé cuál de ellos, quizás el mismo sobrestante, me aconsejó que atase bien atado el cabo de la cuerda a una columna, que me echase al hombro el resto del rollo, y no tanto para la ida del viaje, como para la vuelta. Y así llegó el momento, no sin que antes don Procopio me hubiera bendecido. "Al fondo, y a la derecha. No lo olvide. Va usted a entrar en la letra _te_." Entré. Me pareció oír la voz de don Procopio que me gritaba: "¡Acuérdese de Orfeo!", pero también podría ser cosa de mi imaginación. Un filete de luz traspasaba la oscuridad y se estrellaba siempre contra una pared de piedra, a veces pegada a mis narices, otras algo más lejos. Y mis pies iban pisando huesos de muerto que no habían tenido todavía la precaución de barrer. (Aunque yo fuera en realidad el culpable, que no había vuelto a pensar en el laberinto desde el descubrimiento de Marcelo: abandonado en mi memoria como un material inerte. ¿Cómo iban a haberlo limpiado?) Pero alguna vez pisé también cuerpos blandos y móviles, no sé si ratas o sabandijas. Fuesen unas u otras, su contacto se asemejaba al del bandullo de un moribundo. Me estremeció el pensamiento de que el régimen de asociaciones de Lénutchka se asemejase al mío, pues, en tal caso, ¡qué mal lo estaría pasando! Lancé contra el suelo — en tanto caminaba — el haz de la linterna, y vi cómo se escabullían cuerpos de color indefinido, o, al menos, cómo algo se meneaba bajo la alfombra de huesos. "Si dejo que el temor me dispare la fantasía, veré más cosas en este viaje, y más horribles, de las que vio Dante en condiciones parejas, con la agravante de que voy solo y no tengo con quien comentarlas. Además, llevo prisa. Su Beatriz podía esperarle siglos; la mía, quizá sólo horas, o minutos, ¿quién sabe?" Puse, pues, freno a la mente, y al comprobar que no servía de nada, me decidí por mantenerme indiferente ante los gritos, las figuras, los abismos, y los monstruos que iba creando a cada vuelta del camino: monstruos en IACET, abismos en ESCLARAMUNDA, figuras en PUELLA, y, en SISNANDUS, gritos de espanto curiosamente proferidos por unas señoritas que bailaban el cancán; lógico, sin embargo. Y, así, como Orfeo para sus voces, recorrí varias letras, compulsadas en el plano, y me hallaba en la primera P de *aepiscopus* (es decir, en la última, puesto que caminaba al revés), cuando me llegaron unos sollozos, que primero tomé por invención mía, pero de cuya objetividad más absoluta no tuve duda al minuto siguiente: hice bocina con la mano, no sé bien para qué. "¡Estoy aquí! ¡Ya llego!", y en la I de la misma palabra encontré a Lénutchka acogida a un rincón, aterida, temblorosa y llorando. No me había escuchado, porque, al descubrirla la luz, dio un grito fuerte y se tapó los ojos con los brazos; pero yo me acerqué, y con las palabras más suaves procuré convencerla de quién era el que llegaba a través del infierno a rescatarla. No estoy seguro de no haber perdido ya la conciencia de mí mismo y de sentirme Orfeo, pero no deja de ser posible. Le di un trago de un botellín de aguardiente de que me había provisto don Procopio, y que yo había saludado en los momentos de más terror, la até por la cintura, y dejando entre los dos como medio metro de soga, iniciamos el regreso, que continuó hacia atrás. Más por cariño que por seguridad, la llevaba, además, de la mano; pero lo que no me había dicho don Procopio, si es que lo sabía, era que caminando en aquella dirección, íbamos a salir a la celda central, donde pudimos ver el sepulcro de doña Esclaramunda y el esqueleto de Marcelo abrazado a ella: llevaba puestas las gafas negras y hacía una curiosa fisonomía de calavera que a mí me llenó de sorpresa, porque en el mismo instante recordé que las gafas de Marcelo las había traído en la mano don Pro-

copio, según constará en algún lugar, lo mismo que el bastón. ¿Había, pues, unas gafas duplicadas? No. Eran las mismas, pero yo me había olvidado de que ya la calavera había sido despojada de aquel objeto macabro e identificador. En fin... tuve que consultar el plano para buscar el modo de salir. Lo hicimos sin más trastorno, y sin que las voces del averno me obligasen a mirar hacia atrás y a perder para siempre a Lénutchka. Don Procopio esperaba, en reunión con albañiles y capataces, y algún clérigo que se les había añadido. Nos anunció la luz. "¡Ya vienen!", gritó alguien, y, al asomar nosotros, todos corrían hacia la entrada. Don Procopio me abrazó y dio a Lénutchka unas palmaditas. Ella se dejó caer, desfallecida, y allí mismo le improvisamos un camastro en que pudiera recobrarse. Y en taparla me ocupaba, cuando don Procopio me dio un codazo y dijo: "Mire hacia arriba". Vi a un cura, muy aparatoso y orondo, que contemplaba la escena desde la barandilla de las obras. "Es el padre Almanzora", me dijo don Procopio. "¿Y qué?" "Nada, que ahí lo tiene." Desapareció, rápidamente, la visión y no le dimos más importancia. Lénutchka estaba débil; hablamos de llevarla a casa de Ramiro, el sastre, a ver si podían darle algún sustento, pero uno de los albañiles ofreció su bocadillo, que Lénutchka devoró, con algún trago de vino por el medio. Cuando ya se encontró repuesta, nos marchamos, pero, en estas operaciones, don Procopio había desaparecido.
Cuando la tuve acostada y bien caliente, y en vista de que no se dormía, le pedí que me explicase lo sucedido, y no supo hacerlo: no recordaba más que el despertar de un sueño en un lugar oscuro del que no se atrevió a moverse. "¿Cómo es posible que haya hecho esto?", me preguntó, angustiada. Le respondí con mi hipótesis de que había sido cosa del Supremo. "¿Le crees tan malvado?" "Es la única explicación, y no sólo de esto, sino también del cariz que va tomando la historia de Pablo. Se ha independi-

zado enteramente de mí, es otro quien lo piensa." Hablé de buscar otra vez al Supremo y amenazarle, pero Lénutchka comentó que la única persona a quien temía era al profesor Moriarty, y en ese momento se me hizo la luz grité, triunfante. "¿Y cómo?", me preguntó ella. "Metiendo a Moriarty en la novela. Sin más preámbulos, inmediatamente." Y en aquel mismo momento llamaron a la puerta, fui a abrir, y el profesor Moriarty esperaba, con el sombrero en la mano y una sonrisa horripilante debajo del bigote. Lo vi como un viejo de edad misteriosa, que no la disimulase y, sin embargo, que le exultase el vigor por todos los poros; y también como un sujeto de cuya mente salieran infinitos finísimos cables que formaban una apretada red de conexiones con el mundo del crimen: esperé, sin embargo, que dicho aditamento le fuese invisible a Lénutchka, como lo había sido la sardina de don Procopio.

"¿Me conoce?", preguntó. "Sí, por supuesto. Haga el favor de pasar." Traía un maletín en la mano, y me preguntó dónde podría dejarlo; le respondí que en cualquier rincón. "No habrá niños, ¿verdad? Porque lo traigo cargado de dinamita y de los peores venenos del mundo, aunque mi arma preferida sea el anticuado cachicuerno, que mata sin ruido." "No pase cuidado, no hay niños." "Lo sentiría mucho, porque adoro a las criaturas, y sería capaz de dar mi vida por una de ellas." "Eso acredita su sensibilidad, profesor." "En cierta ocasión tuve el pecho de Adolfo Hitler al alcance de mi bala, pero no disparé porque hubiera matado también a un hijo de Goebbels. Ya ve usted qué gran ocasión dejé escapar." "Pues la que yo quiero ofrecerle, acaso le compense." "¡Será difícil ya evitar la guerra del treinta y nueve!" "Quien ha de calibrar el alcance es usted." En mi ausencia, Lénutchka se había levantado y se acercaba sonriente. El profesor le besó la mano, muy ceremonioso, y al escucharle las primeras palabras, le respondió en ruso. "¡Lo habla mejor que yo!", comentó, entre extrañada y divertida, Lénutchka. Y nos sentamos.

1 de noviembre

¡Tantos días sin escribir! ¿Qué han hecho, mientras tanto, mis personajes? ¿Qué habré hecho yo mismo, uno entre ellos? Los imagino como las marionetas de un teatrillo cuya función se interrumpe: el puñal levantado no desciende, no sangra el pecho ofrecido, la adúltera no cae de rodillas. De repente, llega el titiritero, y los vuelve a la vida. Durante el interregno, fueron mera quietud, además inmóvil, como una fotografía. ¿Habremos estado así Lénutchka, Moriarty y yo? Es lo que, al primer momento, se me ocurre; pero lo pienso luego y comprendo que no es lo mismo. Pudo, ante todo, suceder que una nueva interferencia nos hubiera puesto en marcha y nos hiciera decir o hacer lo que no deseamos: por fortuna, no aconteció, pues no hay páginas en que figure, y no existe lo que no consta escrito. Pero es también posible que vuelva al mismo instante en que quedé y recupere así el tiempo, no el de mi vida, sí el de la novela. Es lo que voy a hacer. Dije que nos habíamos sentado. Lénutchka, junto a mí; el profesor, enfrente. Había cambiado un poco desde que le vi la última vez, al borde de un precipicio, y peleando. Vestía como los hombres de mi tiempo, y, de los del suyo, conservaba no más que una cadena con leontina atravesando su chaleco como un relámpago de oro; una cadena demasiado gruesa y una leontina con una miniatura. Mostré curiosidad por verla. La soltó de la cadena y me la ofreció. "Véala. Es el retrato de mi mejor amigo." Pude identificar a Sherlock Holmes. Al pasársela a Lénutchka, ella rió. "¡El defensor de la justicia burguesa! A pesar de todo me es simpático." "La inteligencia, le respondió Moriarty mientras recogía y prendía otra vez la leontina, está por encima de las clases sociales y no es patrimonio de ninguna. La creencia de que todos los burgueses son imbéciles ha llevado a la muerte a muchos revolucionarios, y estoy persuadido de que semejante especie fue inventada y difundida por la misma burguesía como estratagema defensiva. Si yo la hubiera aceptado, dicha creencia, Sherlock Holmes me habría eliminado." "Pues le felicito, profesor, ya que gracias a eso gozamos de su compañía." "¿Y para qué me han llamado? El trabajo en que me ocupo es importante. Persigo a un impostor." "Pero lo busca usted donde no está." "¿Cómo lo sabe?" "El Supremo se ha refugiado aquí como en una ciudadela inexpugnable. Lo es. Si yo no le hubiera traído, usted, por sus medios, no entraría jamás." "¿Qué ciudad es ésta, pues?" "Una que no existe más que en mi fantasía y en las palabras de un manuscrito." "No entiendo bien." "¿Cómo es posible? Su inteligencia es asombrosa." "El mundo de la literatura no fue nunca mi fuerte." "Sin embargo, usted es literatura." Se encogió de hombros y no me respondió. "En una palabra, continué: el Supremo está aquí, y usted también. La búsqueda a que se había entregado sin éxito, puede continuarla con él. Si es que…" Moriarty había extendido una mano. "¿Ha dicho usted el Supremo?" "Eso he dicho." "¿Un pequeñajo gordito de ojos azules y movimientos casi mecánicos?" "Un tipo recio, aunque no alto, de anchas espaldas y manos enérgicas. El color de los ojos, oscuro." "Ése no es el Supremo." Se echó a reír. "Pero es el que yo busco", continuó. "Se llama de manera rara, entre nuestro «Shopandsuck» y el «Chupachup» de ustedes. Quedémonos con el Shopandsuck, que es como le llamo. No crean, sin embargo, que se trata de un caramelo." Volvió a reír, y era la risa siniestra de un montón de calaveras, aunque en su composición apareciese un ingrediente simpático cuya naturaleza y origen, de momento, no pude detectar. "Hay muchas cosas, además de caramelos, que pueden comprarse y chupar: un palito de regaliz, por ejemplo. O cierta clase de grageas medicinales. Les aseguro que ese sujeto tampoco es regaliz ni gragea, sino un granuja, un verdadero granuja. ¿Quieren que se lo cuente? Permitirá aclarar muchas cosas." Lénutchka le respondió que estaba deseándolo, y yo corroboré.

Moriarty, sin embargo, tardó algo más de un minuto en hablar: echó un vistazo al maletín, se acomodó en el sillón y pidió permiso a Lénutchka para fumar su pipa. Ya había empezado el relato cuando la encendió y nos envolvió en un aroma de tabaco balcánico, con cierto regusto a brea. "Ese hombre llamado Shopandsuck, o cosa parecida, como dije, se aficionó a las matemáticas y fue a estudiarlas a los Estados Unidos; después, a la filosofía, y fue a estudiarla a Alemania. En un lugar y en otro escribió y estrenó unas comedias y publicó unos versos: su fisonomía pública era la de escritor, y así consta en su pasaporte. En los Estados Unidos aprendió a odiar a la democracia, y, en Alemania, a la tiranía, lo cual no le impidió reconocerles eficacia en los métodos. Se reunía con los maximalistas, intervino en atentados y raptos de aviones, si bien al servicio de las más opuestas causas, como si se entrenara. Un buen día regresó a su país, dispuesto a dar muerte al Supremo, quien, avisado de su policía, le hizo detener, y lo habría ejecutado por su misma mano, si en una conversación habida entre los dos no se convenciera de que podía serle útil. No sólo le perdonó sino que le convirtió en guardaespaldas y en confidente personal. Shopandsuck es un hábil dialéctico y sabe fascinar cuando se lo propone con el despliegue de su imaginación y de su fantasía. Así pudo convencer al Supremo de que el placer mayor del mundo era el de contemplar desde fuera la propia gloria y experimentar pasivamente el poder propio. «¿Desde fuera? ¿Cómo?» «¡Desde fuera de usted mismo, viéndose como podría verse en un espejo.» De ahí salió la curiosa utilización del doble del Supremo y el juego de espejismos y de sustituciones que constituyen el embrollo del caso: el doble llegó a creerse Supremo y éste se entregó a la adoración de sí mismo desde el lugar anónimo de un anodino quidam. Y todo hubiera ido bien si a Shopandsuck no se le ocurriera que el Supremo, el verdadero, conspirase contra sí mismo, es decir, contra su doble, y si éste, en connivencia con la mujer del Supremo, no hubiera decidido defenderse, para lo cual lo primero que hizo fue escabullirse y dejar en su sitio a su propio doble, pues también lo tenía, quien, a su vez, se sustituyó por el suyo, en vista del peligro, y éste, que hace el cuarto o el quinto, según se lleve la cuenta, y que aunque era reproducción exacta de su inmediato antecesor se parecía remotamente al iniciador de la serie, fue víctima de una conjura palaciega promovida por el partido comunista, que lo desplazó y puso en su lugar al doble correspondiente, que debe de hacer el número seis, y que fue quien contrató mis servicios, debido acaso a una mala información en que se me confundía con mi admirado enemigo el detective Sherlock Holmes, ha tiempo fallecido, pero cuya reputación bien merecía que asumiese su papel, y que en vez de actuar con los asesinos, actuase con la justicia, si bien es cierto, claro, que la justicia de mi trabajo es bastante discutible, ya que en la serie de sustituciones que acabo de relatarles hay algún que otro asesinato, y los que habrá, pues según mis informes cada ocupante del poder sigue siendo desplazado por su doble, a razón de uno cada mes, más o menos, sin que se entere la prensa y sin que merezca otro comentario que el de alguna cronista de sociedad para quien la fisonomía del Supremo se rejuvenece o envejece con veleidad poco frecuente.

De modo que cuando descubrí al verdadero Supremo, prisionero de Shopandshuck y pude ponerlo en libertad, me fue imposible restituirlo a su cargo, ya que no se parecía en absoluto al usurpador de turno, y la verdadera explicación de lo sucedido no la hubieran aceptado las Cancillerías. No hubo otra solución que repetir el proceso al revés, con el inconveniente de que a la cadena le faltan los eslabones de los asesinados y no es imposible que surja algún contratiempo. Mientras tanto me dedico a la persecución de Shopandsuck, que se me escabulló el maldito porque posee la más endiablada capacidad de metamorfosis imaginable. Aun así, descubrí, una tras otra, sus fingidas personalidades y sus sucesivos escondrijos, hasta el día en que creí tenerle cercado y sin posible escapatoria, suicida o muerto. Ese día perdí su pista para siempre." "Pues nosotros le ofrecemos la ocasión de recobrarla." "¿Saben dónde vive?" "Sabemos que anda por la ciudad, aunque en distinto sistema verbal que el nuestro. Lo hemos podido descubrir merced a ciertas interferencias y acaso a la satisfacción que le causan sus propias tretas. Le hemos hablado una vez, con notoria mala fortuna, y está intentando hacernos daño. ¿Que dónde está? Sólo puedo decirle que, a veces, huelo su olor a la vuelta de una esquina, o adivino su figura en medio de una muchedumbre. Tengo, a veces, la sensación de que acaba de marchar del sitio adonde llego, o que llegará al que abandono en cuanto yo me vaya. Su última jugarreta puso en peligro a Lénutchka: por eso le hemos traído, profesor." Moriarty miró con ternura a Lénutchka: "Hubiera sido penosa la muerte de una muchacha tan bella". Y Lénutchka le dio las gracias. Pero no creo que Moriarty la oyera, porque parecía metido en sí, meditando.

Aproveché el silencio para sacar un cigarrillo y pedir con la mirada permiso a Lénutchka para fumarlo. Me lo dio, aunque algo seria y amenazándome con el dedo. Pude fumarlo entero antes de que Moriarty regresase de su inmersión. Arrojaba la colilla cuando me preguntó, de pronto: "¿Y dice usted que está metido en un sistema de palabras?" "Exactamente. O, dicho de otra manera: inventó una novela y se ha constituido en personaje." "Lo primero que habrá que hacer, entonces, es destruir el lenguaje en que está escrita." "Pero nosotros no la tenemos. Únicamente unas páginas en que la nuestra coincide con la suya, o viceversa." "¿Me las quiere mostrar?" Le di el manuscrito, abierto en el lugar apetecido. Lo tomó y leyó en silencio. "Poca cosa es, pero podemos, de momento, abrir algo así como un agujero por el que pueda entrar en ese otro mundo." Y comenzó a leer del siguiente extraño modo: "Quien sea yo por delante, el que viene diciendo yo por detrás, desde que empezaron estas páginas por delante, ¿qué importa a nadie por detrás? Sin embargo, por delante, ahora me dieron ganas de declararlo por detrás, lo que se dice gana por delante y no un sentimiento de obligación o compromiso por detrás. No rechazo la hipótesis de que, por delante, se oculte por detrás el deseo secreto de burlarme por delante; pero ¿de quién por detrás?..." Y así continuó, impertérrito, hasta que destruyó el parlamento completo por el que el Supremo nos había comunicado quién era. Antes de introducirse en la sima así creada, dijo que ya tendríamos noticias: quizá se refiriese a la bomba que estalló media hora más tarde y de la que nos llegó el estrépito. No creo que de sus resultados haya el Supremo perecido, porque Moriarty, tan cortés, habría venido a comunicárnoslo.

2 de noviembre

Dándolo, pues, por vivo, insistimos en trazar un sistema de precauciones contra el Supremo, ahora Chupachup, que nos tuviese a salvo de sus fechorías. Algunas afectaban a nuestra seguridad personal; otras, a la novela. Celebramos, como era ya costumbre, reunión crítica, a fin de examinar las posibilidades a partir de este momento.

Lo que se me ocurrió vale la pena consignarlo, en orden, precisamente, a la posible influencia del Supremo en la novela y al cariz que había dado a mis invenciones. Dije a Lénutchka que había decidido aprovechar su intervención, en vez de pelear contra ella, y a la pregunta de que cómo, respondí que me refería precisamente a Pablo, cuya insensata pretensión de cambiar el destino del mundo pensaba desarrollar hasta el final, y en la medida de su deseo. "¿Cometerás el error de trasplantarlo a otro planeta y de hacerlo personaje de la Revolución francesa?" "No lo sé todavía, aunque, en cualquier caso, sólo será un error si desacierto en la invención y no lo será en caso contrario: sólo por la literatura se justifican los hechos literarios. Voy a contarte lo que tengo pensado. Si te parece, lo tomas taquigráficamente, como has hecho alguna vez, y después lo corregiré." Dijo que bueno; tomó un lápiz y un block, y yo comencé a contar.

Narración (V)

Se habían reunido en la Torre Berengaria, no para el mus. Fuera Pablo quien los citara con carácter urgente. Y estaban los de costumbre, pero no el arzobispo, a quien se había rogado que se abstuviese aquella noche de la partida. Pablo tosía aún, pero evidentemente su catarro iba mejor. Cuando se hubieron reunido, y, después del café, bebían ya el aguardiente con que Rosina, por ser noche excepcional, los convidaba, expuso Pablo en pocas y enérgicas palabras su determinación a hacer la experiencia, y no un día cualquiera, demorado, sino al siguiente, por temor de que si aguardaba más se le pasase la ocasión oportuna. Le preguntó el *Dinamita* que con qué garantías contaba, y Pablo le respondió que con ninguna, salvo la aprobación del bonzo, a quien había consultado, y en cuya respuesta no se excluía la posibilidad de pasar de un mundo a otro, ni tampoco la de que el procedimiento usado por el francés en su viaje fuese uno de los muchos que un cerebro sano, pero educado, pudiera aceptar sin remilgos. "Los que yo tenía han desaparecido." Trasladó las palabras del bonzo con bastante fidelidad, como que los presentes reconocieron hasta su estilo, florido de influencias hindúes, y esta prueba de autenticidad le permitió al *Dinamita* ponerse de la parte de Bernárdez y no sólo aconsejarle, sino además enardecerle. Y como el *Dinamita* solía hablar con calor en las palabras, arrastró a los demás, y al final, repetidas las copas, todos se manifestaron conformes con más o menos elocuencia, si no fue Rosina, que no decía ni que sí ni que no, pero que los miraba con retintín. Pablo marchó solo, pues estaba citado con Juanucha, y al encontrarla le dijo: "Decidido. Mañana por la noche". Y ella, de pronto, no le respondió, sino que se sumió en un silencio triste, al cabo del cual le preguntó que si la llevaría a ella, y él le respondió que no, que nunca lo había pensado. "Y, ¿por qué?" "Porque sería un disparate hacerte correr un riesgo innecesario." "El mismo que vas a correr tú." "Por supuesto: un peligro cuyas consecuencias se ignoran, pero que pueden ser terribles. Y si bien espero llegar a mi destino y trastrocar el del mundo, no descarto el azar de un fracaso, que me puede llegar de mil maneras distintas, desde la desintegración en el espacio que voy a atravesar hasta la prisión y la muerte." "Entonces, me desintegraría contigo, me prenderían contigo, me matarían contigo." "Que es lo que quiero evitar." "¿Por qué? "Porque un solo sacrificio basta. ¿Con qué derecho voy a sumarte al mío? Eres una muchacha joven. Si no regreso, sufrirás unos días, quizás unos años; te consolarás luego, te olvidarás más tarde." Juanucha le cogió de la mano con fuerza. "Eso es lo que no quiero, precisamente: consolarme y olvidar. Quiero ir contigo y sufrir tu misma suerte, buena o mala. Para mí es como los que se van a Cuba. Siempre dije que sus mujeres debieran acompañarles. Sigo pensando lo mismo." Pablo estuvo unos momentos en silencio. "Tú no sabes francés." "¿Y qué? Aparte de que puedo aprenderlo, no voy contigo para servirte de traductora, sino para ayudarte en lo que necesites, como lavarte la ropa y cosértela, y acompañarte cuando estés solo. Ya ves el poco tiempo que llevamos juntos, pero sé que me echarás de menos." "Eso, por supuesto. ¡Y de qué modo! Pero como lo hago también por ti..." "¡Conmigo, Pablo! ¡Hazlo también conmigo!" Y le apretó otra vez la mano. "¿Y si tú sola fueses la sacrificada?" "¡No hay que pensar en eso!" "¿Y qué dirá el bonzo?" "¡Que me he ido con el hombre que quiero! Eso no puede incomodarle." "Sería mejor contárselo." "¿Para qué?" "Es una cuestión de lealtad." "Si no hay otro remedio..." Fueron a verle en el acto, y le hallaron encima de la alfombra, como un buda. "Cuando está así, dijo Juanucha, no quiere que le molesten." "Entonces, volveremos mañana."

Al llegar aquí se me fueron las ganas de seguir inventando, y es como una valla tupida que se sitúa en medio del cerebro, y una dejadez del cuerpo, que necesita otra tarea a que entregarse. "Vamos a dar una vuelta." Lénutchka dejó de lado el lápiz y el papel. "Mira si llueve", me dijo. Le respondí sin moverme que sí. Se puso el impermeable y me arrojó el mío. Íbamos por la Carrera del Conde, silenciosos, cuando vimos pasar a Balbina Bendaña, con una cartera de libros. "Yo seré una vieja así", Lénutchka me apretó el brazo; "aunque espero consolarme con mejores recuerdos". Yo iba pensando, no sé por qué, en la muñeca erótica, y en otros detalles de la profecía del señor Samaniego; se me juntaron en alguna parte, inesperadamente, el recuerdo de Marcelo, la imagen de la muñeca y Balbina que acababa de pasar. "Se me está ocurriendo una escena hipotética. ¿Qué sucedería si ahora mismo Marcelo, con veinticinco años, y Balbina, con los sesenta que tiene, entrasen en relación con la muñeca erótica?" "La hipótesis, me respondió Lénutchka, es ampliable hasta el infinito. ¿Qué sucedería si metiésemos en la misma habitación, con la muñeca erótica, a la Mistinguette envejecida y a Maurice Chevalier con veinte años? ¿O al caballero Des Grieux con Isabel de Inglaterra en su lecho de muerte?" "Los personajes que citas me traen sin cuidado; pero, ¿qué sucedería, insisto, entre Balbina y Marcelo, con las edades que digo, y la muñeca por medio? Algo se está fraguando en mi imaginación." "Me parece más propio de la de don Justo Samaniego." "Con el mismo derecho con el que él se me apropió del padre Almanzora, puedo yo usar de su invención de la muñeca." "Y hasta pedir un ejemplar", me respondió, mosqueada, Lénutchka. Desvié la conversación, decidido, no obstante, al estudio de lo que pudiera dar de sí aquella combinación disparatada.

Fue en este mismo momento cuando irrumpió el escuadrón de los lanceros. En esta zarabanda de las imágenes, en este ir y venir, quedarse o escapar, no todas las que acuden, como creo haber explicado, pertenecen al tema que preocupa, sino que las hay adventicias y aun espúreas. Así las de aquel momento, que me pertenecían exclusivamente, ya que pregunté a Lénutchka que qué veía, y me respondió que nada de particular, sino gente, el jardín y la calle. ¡Nada de particular un escuadrón de lanceros que regresa de las maniobras y lleva al frente nada menos que al Krönprinz! El primogénito de Guillermo II traía una sonrisa triste en su rostro caballuno; sonrisa de mariscal vencido y maltratado por la Historia, y los jinetes le seguían cansinos, en columna de a cuatro. Atravesaron en diagonal aquella llanura inmensa, como que entraron por el ángulo superior derecho del cuadro de mi conciencia y salieron por el inferior izquierdo, sin entusiasmo, sin más ruido que el de los cascos contra el suelo, y ese apestume endemoniado que tienen los caballos. Salieron, y les siguió el vacío.

3 de noviembre

Cuando pasaron los del escuadrón, ya me fue difícil seguir escuchando a Lénutchka: la imagen de Marcelo, mezclada y como superpuesta a las de los últimos caballos, manoteaba y gritaba algo. Me pareció oír el nombre de Esclaramunda, eso fue todo. Ahora, hay que esperar a que se junten otra vez, quiero decir, las de Balbina y la muñeca a la del ciego, para ver lo que sucede: si tratan, como en principio parece, de tan antigua doncella, o de cosa inédita y distinta, como me inclino a creer, aunque nunca se tenga seguridad alguna, ya que sobre las imágenes se ejerce un gobierno muy escaso: se engendran en los deseos más hondos y desconocidos más que en la voluntad consciente, me lo parece, al menos, si tengo en cuenta algunas de las que llamo recurrentes, por su insistencia en regresar cada vez que se trata de alejarlas: por ejemplo, la de la muerte de Marcelo cuando vinieron los vikingos, imagen disparatada si las hay, ya que no sólo está muerto Marcelo, sino que los vikingos no han llegado aún ni espero que lleguen nunca. ¿Cómo juntarlos, pues? ¿Bastaría el deseo de Balbina para meter en el mismo escenario a la muñeca erótica y al ciego? Pero bien entendido que no puede darse el caso por pasado (estilo indirecto libre) ni por futuro (hipótesis posible o imposible), menos aún por presente. La verdad es que el idioma, al menos el español, carece de los tiempos y de los modos verbales aptos para un discurso semejante, en el que convendría tener en cuenta, como factores no sólo constantes sino constantemente conscientes, que Marcelo aparece con la edad en que verdaderamente murió y el año del deceso (1936), y Balbina como lo que ahora es: una profesora adjunta de la universidad no muy lejana de la jubilación, con aquella su hermosa cara bastante arrugadita, aquel su hermoso pelo cobrizo peinado muy tirante y ya grisáceo, y aquellas sus lindas tetas, comparables únicamente a las de doña Esclaramunda, al menos según la opinión expresa de Marcelo, hechas dos reducidos y vacíos fuelles de gaita. Creo además que éste su impepinable envejecimiento, del que tiene harta y resentida conciencia, es lo que mueve todo el sistema de imágenes a que me vengo refiriendo, porque hace cuarenta años, de haberse decidido a acostarse con Marcelo (cosa que ignoro si sucedió o si pudo suceder), lo hubiera hecho a cuerpo limpio y precisamente con el suyo, y no, como ahora, por el interpuesto de la muñeca erótica. Admitamos, pues (a mí no me cuesta trabajo alguno) que la cosa fue así: Balbina, entre el temor y el deseo, llevó a Marcelo a su finca de Boiro en su propio automóvil, del que podía disponer, pese al estado de guerra, como reconocimiento por la elevada suma con que había contribuido al presupuesto bélico suscribiendo un buen paquete de acciones de Mefessa (Muñeca erótica, fabricación en serie, sociedad anónima). En un lugar secreto de la casa tenía la muñeca apercibida. Durante el viaje, que era corto, se había mostrado especialmente cariñosa, más que de sólito, y había podido advertir cómo Marcelo, siempre desconfiado, había sin embargo terminado por concebir esperanzas, e incluso seguridades. Le preparó una

merienda, le puso música, le trajo la guitarra, le dejó que, cantando, se librase de sus penas, y cuando lo tuvo con el espíritu *ad hoc* y la carne caliente, se limitó a besarlo. Lo demás vino rodado. Pidió a Marcelo que le dejase desnudarlo: él no estaba para negativas. Pero cuando esperaba de ella el mismo comportamiento, ella se le escurrió de las manos, aunque en ropas menores, y se disculpó con la vergüenza que le daba, y que otra vez sería, y así atrajo a Marcelo hasta el lecho, hecha puro gemido, temblor y sollozo, y entonces le dio el cambiazo por la muñeca, que había perfumado con su perfume y que también gimoteaba, sollozaba y se estremecía, y así pudo también presenciar los transportes del ciego, escuchar las palabras que le hablaban de amor, y de que aquel momento le compensaba de todos los dolores de su vida, y el tocarla del no verla, y el tener entre sus manos sus pechos de las largas horas pasadas en los vericuetos subterráneos de la catedral y en la celda del laberinto, acariciando las tetas frías de doña Esclaramunda. Todo lo cual hizo que Balbina, acogida a un rincón detrás del lecho y sobrecogida, llegase a comprender la enorme vaciedad de su vida, ahora vieja, y no pudo contenerse, y dio un grito, y el grito sacó a Marcelo de su entusiasmo y le hizo comprender que estaba amando y acariciando a la muñeca (un ejemplar, precisamente, de ojos achinados y piel amarillenta, aunque dulcísima). Su rostro se crispó, insultó a Balbina, cayó al suelo en crisis de rabia y humillación y Balbina no se atrevió a socorrerle, sino que huyó aunque, eso sí, después de retirarle la muñeca, y allí quedó Marcelo abatido, y cuando empezó a sentir el frío, buscó con dificultad sus ropas diseminadas, y pudo vestirse a medias. Vinieron a buscarle criadas de Balbina.
Devuelto a Villasanta, Marcelo no salía de casa, ni comía, ni hacía otra cosa que fumar, y a veces rasguear la guitarra con insistencia en el bordoneo, y eso que su patrona,

doña Esmeralda, la viuda de Troncoso, que le amaba desde la desesperanza de sus cincuenta rollizos años, le socorría con su conversación, así como con caldos y chocolates, que él se negaba a admitir. Doña Esmeralda creía adivinar la causa de aquella pena, aunque de modo general y vago, y no hacía más que decir, en voz bien alta para que Marcelo la oyese, que a algunas mujeres habría que ahorcarlas, y que si no fuese por lo que era, no dejaría de visitar en su casa a cierta señorita muy empingorotada y decirle cuatro cosas bien dichas, y, si se terciaba, agarrarla del moño y arrastrarla, que bien merecido se lo tenía. Y en una de esas veces dijo a Marcelo que por qué no se animaba y se iba a la plaza de los Plateros, donde las tropas vikingas ofrecían al pueblo concentración castrense y concierto de fanfarrias. A esto le preguntó Marcelo que a qué hora era, que a lo mejor se decidía, y la doña Esmeralda le respondió que a las doce, que habría mucha gente, y que ya todo estaba tomado de antemano por centinelas, por si a los resistentes y comandos ciudadanos se les ocurría echar alguna bomba. "¿Alguna bomba?", le pregunta Marcelo, y ella le responde: "Y no sería la primera, ya sabe usted lo locos que son los francotiradores, cuatro muchachos desobedientes, no son más que eso." Marcelo lo estuvo pensando un rato, y luego le pidió que si tenía un ovillo de lana oscuro. "Pues, sí, alguno debe de haber, pero mejor le sería irse a escuchar la música que meterse otra vez en esos laberintos de la catedral, en que un día va a perderse." Le dio el ovillo, Marcelo lo guardó, se puso el abrigo, y salió. Las calles estaban llenas de gente que iba a la plaza de los Plateros, y se mezcló a ella, pero entró en la catedral por otra puerta, atravesó el claustro, se metió en sus habituales crujías oscuras, hasta llegar a una sala grande y destartalada, donde olía a humedad. Buscó el repecho de una ventana para sentarse, y allí se estuvo, quieto, mientras crecía el rumor de la gente y las cornetas y tambores iniciaban la parte más ruidosa del espectáculo. Todo quedó callado. Después, empezó el programa de músicas marciales: la *Marcha turca*, de Mozart; la *Militar*, de Schubert, la de *Tannhäuser*, y, después del intermedio, *Banderita tú eres roja*, y la de *Cádiz*. Marcelo, inmóvil, parecía dormido. Atacaban ya lo de "Soy valiente y leal legionario", cuando se levantó de un salto, abrió con tanto brío una ventana que se rompieron cristales, y se encaramó al repecho. El estrépito había interrumpido la música, la gente le miraba, alguien dijo: "Es el ciego". Alzó Marcelo los brazos, gritó: "¡Cabrones!" y arrojó el ovillo de lana. El grito del gentío apagó el tableteo de las metralletas, y el cuerpo de Marcelo, después de un brinco, estrellándose contra las losas.

Todo esto lo escribí de madrugada, para poder dormir. Cuando se lo leí a Lénutchka, lo rechazó, no sólo por las complejidades de la trama cuya inverosimilitud física superaba a la temporal, y aun a la ontológica, sino por el que ella llamaba erotismo subyacente, más sugerido que descrito, aunque eficaz, y que no dudó en atribuir a ciertas represiones personales mías, que acaso llegaran a aconsejar una visita al psicoanalista. Y nunca como entonces, y nunca después, se me pareció tanto Lénutchka a una muchacha americana como en aquella ocasión. Tuve el presentimiento de que me creía turbado por la muñeca erótica, que en tan mala hora había inventado el señor Samaniego para su profecía (la supongo inspirada en la Gran Ramera babilónica del Apocalipsis), pero me pareció más discreto callar sobre el asunto y desviar la conversación hacia la mera literatura. Defendí mis dos folios de la doble acusación de inutilidad difícil y de erotismo; lo primero, aduciendo que en una narración tan falta de unidad como la nuestra, el episodio no estorbaba, y que si bien las relaciones entre Marcelo y Balbina no quedaban muy claras, podría remediarlo si lograba encontrar

283

unas páginas viejas que, una vez incorporadas, dejarían este aspecto más clarificado y comprensible. En cuanto a lo segundo, mostré la limpidez de mis palabras, usadas pensando en Lénutchka y en su puritanismo teórico (en la práctica se mostraba más mujer que nadie), y afirmé que una escena como aquella no podía ser descrita con menos materiales que los usados, y que si pecaba de algo era de insuficiente. Le puse el ejemplo de la expresión "espíritu *ad hoc*", cuyo nivel de abstracción no podía superarse, cuando hubiera podido decir "espíritu tembloroso" o "ánimo cachondo", y al decir esto último, Lénutchka se echó a reír y me dio un beso largo, porque la palabra "cachondo" la divertía y ponía de buen humor. De modo que allí mismo terminó el incidente.

4 de noviembre

Lénutchka se pasó la tarde morriñosa, dale que tienes a la flauta, mientras yo corregía ciertas páginas. Le escuché algunos aires desconocidos, y otros que pude identificar, como un fragmento de Borodin (*Príncipe Igor*) que parecía tocado en una isba perdida en la monotonía de la estepa, o en la estepa también, pero sin isba, y que tenía algo de quena en la quejumbre. Cuando abandoné los folios, un poco desesperado a causa de una frase baladí que se me resistía, le pregunté si quería que fuésemos al cine o a tomar algo por ahí[1] y me respondió que no, que no tenía ganas, y que, si me apetecía, que fuese yo, aunque, en tal caso, que le dejase el manuscrito, pues quería echar un vistazo a unos pasajes. Se lo di, se enfrascó en él, y yo estaba a punto de salir cuando se me ocurrió, de súbito, que el Supremo, o Shopandsuck, o como fuese su nombre (mi tendencia era a llamarle Chupachup), se había pasea-

1. A efectos fónicos, léase "por ay". (*N. del A.*)

do por mi novela, mientras que yo lo ignoraba todo de la suya, y aunque no desease hallarlo y meterme con él en nuevos berenjenales, y aunque tampoco deseaba estorbar el trabajo del profesor Moriarty, un garbeíto por la ciudad no me vendría mal, falto como estaba de acicate.

Se lo expuse a Lénutchka, y ella, sin responderme, buscó las páginas destruidas por el profesor, lo que pudiéramos llamar la sima comunicante, y con ellas abiertas permaneció hasta que me sumí en ellas. La primera impresión fue de negrura, y cuando mis ojos se hubieron habituado, vi que me hallaba en una especie de túnel a cuyo final lejano clareaba. Pensé si regresar y volver provisto de linterna, pero como solamente la oscuridad incomodaba, y como no era tan absoluta que me impidiese caminar, eché para adelante, tentando, eso sí, el lugar donde ponía los pies, que resultó ser un pavimento de losas gastadas como las de las calles de Villasanta. Las paredes, que toqué, parecían toscas y lisas, y el techo no lo podía ver, sino sólo una especie de bóveda más oscura detrás de la cual había, quizás, otra bóveda de piedra: un túnel aburrido, como otros tantos de Villasanta, que podía llevarme a una iglesia, a un convento o a un palacio. No deseaba tropezarme con aventuras ni divertidas ni macabras que me distrajesen de mi propósito: la imaginación, afortunadamente, parecía dormida, o, al menos, obediente, de modo que me permitió terminar el paseo por el túnel sin novedades y pude llegar hasta el final, que daba a una placita para mí desconocida, de casas bajas y encaladas, con aleros y rejas: formas de arquitectura que no se dan en Villasanta: más como de Andalucía, pero con cierto regusto colonial que me dejó muy sorprendido, pero que, conforme me aventuré por las calles vacías, se me hizo familiar, y hasta gustoso, aunque al mismo tiempo me persuadía de que aquella ciudad no era mi Villasanta de la Estrella, aunque tuviera tal nombre, si lo tenía, y simultáneamente se me metió en la cabeza el pensamiento, pronto cambiado en temor, de que no fuera ciudad imaginada por Chupachup, sino por mí, y de que no hubiese entrado en el escenario de su novela, sino en una prolongación de la mía, algo así como una excrecencia salida en un costado, y que la comunicación apetecida no fuese más que una ilusión personal. Así o de otra manera, me hallaba puesto en el camino, y determiné seguirlo, y aunque la decisión hubiera sido la contraria, era ya tarde para el arrepentimiento o la rectificación, porque sin esperarlo me vi rodeado de cuatro o cinco sujetos de jetas mestizoides, o quizás mulatoides (el crepúsculo me impedía percibirlo) pintorescamente uniformados, que hablaban el castellano con dengues y suavidades tropicales, y antes de que me diera cuenta y pudiese evitarlo, me habían colocado unas esposas, la verdad es que sin muchos miramientos, y me llevaron consigo. Les pregunté que adónde; me respondieron que ya lo sabría. Empujado unas veces, otras casi arrastrado, llegamos a un cuartelillo de policía en el que me metieron, y mientras tres me vigilaban, el cuarto se puso al teléfono, que era de los de manivela, y dijo algo que no conseguí oír, porque entre lo bajo de su voz y el arrope de su acento, las palabras se me escamoteaban y confundían, y lo único que escuché con claridad fue el "¡A la orden!" final. Me arrojaron en el fondo de un *jeep* muy maloliente, donde yacían un negro y un inglés borracho, y empezamos a recorrer calles hasta pararnos frente a un gran edificio, antiguo monasterio sin duda, cuya fachada daba a un puerto con barcos de gran porte, anclados e iluminados: lo que me convenció de que aquello no era Villasanta, o no era al menos la mía. Atravesamos un zaguán hasta llegar a un claustro silencioso con árboles compactos y cantares de pajarillos, y allí nos dejaron en un banco de piedra, custodiados por dos de los cruzados,

al negro, al británico curda y a mí. El inglés roncaba suavemente, el negro canturreaba, y como el pajarillo lo hacía
un par de tonos más alto, pues a él atendí, y llegué a
embeberme en su canto tan peligrosamente que cuando el
ave (¿un ruiseñor? No recuerdo si vuelan por el aire de
los trópicos) saltó a otro árbol, y, de él, al alero, devol-
viéndome a mí mismo su silencio, temí con bastante fundamento que hubieran transcurrido dos o trescientos años.
No estoy aún convencido de que no haya sido así, e incluso de que el tiempo del lapso haya sido mayor, haya
sido infinito, y de que los policías que luego vinieron a
buscarme y me llevaron al piso alto por unas escaleras de
bella traza barroca, no fuesen la repetición, millones de
años después, de los que me habían traído, o de que no
nos hallásemos en uno de esos mundos reiterados en que,
según la revelación del bonzo, consiste el cosmos. Me suele suceder, cuando despierto de un sueño largo y tranquilo, una experiencia semejante, con la sospecha de haber dormido años-luz, y de que durante ellos el mundo
entero haya también dormido, lo cual, después de todo,
da lo mismo, porque de igual modo que tras el sueño, tras
el canto del avecilla las cosas se reanudan en el mismo
punto en que cesaron, y el mundo sigue. Otra cosa sería
sí, al despertar del sueño o del concierto, el mundo fuese
otro, como dicen en mi tierra que aconteció a San Ero de
Armenteira. Me llevaron, pues, a un antedespacho, donde
una señorita de rostro acaballado (que me recordó a la
hija del poeta Rilke), pero no desagradable, y un gran
aire de eficacia, me invitó a sentar y, con el lápiz en una
mano (en la izquierda) y un block en la otra, me sometió
a un interrogatorio superficial y minucioso, que iba desde
mi filiación a las enfermedades de mi infancia. Cuando
hubo terminado, pidió permiso para dejarme solo, y salió
por una puertecilla blanca incrustada en la pared tapizada
de raso rojo. Entonces, pude observar la habitación: en el

lugar más destacado y respetable había un gran retrato
del que yo había tenido por el Supremo, de Chupachup.
La secretaria regresó en seguida, pero no seria, sonriente,
y me invitó a entrar por la puerta por la que había salido.
Había un pasillito corto, y, después, un despacho iluminado, en verde y caoba, pero vacío de muebles, y, al extremo de la diagonal, una mesa de despacho, una silla
detrás y otra delante. A un lado, cerca ya de la pared, un
trípode con un fusil. Aquello me recordó el despacho de
Mussolini en el Palacio Venecia, que yo no he visto jamás, pero que me han descrito algunos visitantes, y colegí
que el ocupante, aquel hombrecillo que parecía muy atareado en leer unos papeles, lo imitaba. Pero no era el
Chupachup, como había creído, sino el profesor Moriarty.
Caminé, pues, libre de complejos, y le habría saludado
efusivamente si él no me hubiera hecho señal de que ca-
llase, llevándose el dedo a la boca. Cuando estuve a su
lado me susurró al oído: "Por todas partes hay micrófonos y toda clase de chivatos". Y en voz alta: "Haga el
favor de sentarse, profesor, y no tiemble usted, que aquí
no comemos a nadie". Siguió una repetición del interrogatorio, hecho con tono autoritario, a lo que yo respondí
con temblorosa voz, pero hecho cargo de la situación, de
modo que Moriarty sonreía complacido. Bruscamente se
interrumpió y dijo: "Bueno, conforme. Pasemos ahora a
la cuestión de las armas que usted nos quiere vender para
la policía. Pero será mejor que le lleve al cuartel general
y allí vea lo que tenemos". Tocó un timbre, citó un coche, me llevó consigo, y, durante un trayecto largo, sostu-
vimos una conversación sobre la hipotética venta de material para comandos represivos. Y el sitio a que me llevó
fue la antigua ciudadela, que debía de ser la alhaja de la
ciudad a juzgar por lo bien conservada e iluminada que
la tenían. Nos apeamos, y, ya solos, Moriarty se echó a
reír. "¡Vaya susto que se habrá llevado!" "Más que susto,

sorpresa, y, desde luego, turbación. No entiendo lo que sucede. ¿Qué ciudad es ésta, qué pasa en ella, qué pito toca usted en la jefatura de policía? Su propósito era acabar con el señor Shopandsuck: ahora le encuentro a su servicio, y al frente de unos agentes que me detienen nada más entrar en la ciudad y me arrojan al fondo de un *jeep* entre un negro y un borracho." "Soy el jefe supremo de policía, y a usted le han detenido como sospechoso de ser el profesor Moriarty. El profesor Moriarty, de quien usted tiene noticias — volvió a reír —, ha ejecutado un atentado terrorista contra el señor Shopandsuck, del que el interesado salió ileso incomprensiblemente. El atentado llevaba, como todos los suyos, la firma del autor, de modo que se pusieron a buscarlo como locos mientras Shopandsuck se refugiaba, rodeado de sus pretorianos, en su palacio de la Isla Margarita, que está ahí enfrente. Me vi en varios aprietos, estuve varias veces a punto de caer en manos de los esbirros, y, si no caí, fue porque el sistema policíaco, antes de mi llegada, adolecía de un par de imperfecciones que supe aprovechar. Mi inteligencia me hizo comprender la situación y la única salida. Escribí una carta a Shopandsuck denunciando los fallos. Me recibió en su palacio, me escuchó, lo dejé asombrado, y me respondió: «Me concedo un plazo de doce horas para convencerme a mí mismo de que, o debo fusilarlo o hacerle jefe de policía. Mientras tanto, pasará al calabozo». Fue una noche incómoda, pero, doce horas después de la entrevista, era nombrado jefe de policía con el encargo de fusilar a mi antecesor a causa de su negligencia, pero con un mes de plazo para encontrar a Moriarty. Y aquí me tiene."

Me miró de una extraña manera; me miró como si quisiera añadir: "Y también tengo a Moriarty". No lo dijo, pero estoy seguro de que lo pensó y de que estuvo a punto de decirlo. Me apresuré a hablar para evitar tales palabras; le pregunté cómo, habiendo venido a matar a Shopandsuck, se había puesto a su servicio. "El corazón del hombre, me respondió, es veleidoso. Sigue sus admiraciones más que sus convicciones, y Shopandsuck es admirable. Hubiera bastado, para tenerme de su parte, el cuidado que pone en la educación de los niños. Recorra usted la ciudad y no hallará uno solo abandonado ni famélico. Gasta en ellos la mitad del presupuesto, quiere tenerlos a todos rollizos y felices, y si alguno se le muere, se lleva un berrinchín. ¿Recuerda al ogro del cuento? Una cosa parecida." "¿Es que los come?", pregunté, asombrado del símil. "¡No sea usted imbécil, hombre! Shopandsuck, que, por cierto, no se llama exactamente así, sino algo que se aproxima a Chucuchú, es rigurosamente vegetariano, y de un ascetismo sólo comparable al mío. Sus únicas pasiones son la ciencia y la crueldad, a cuyo servicio pone todos sus actos políticos. En este país, proporcionalmente al número de sus habitantes, hay más centros de estudios superiores que en los Estados Unidos, aunque se hayan especializado en los sistemas de detección y de dominación. Hoy, por lo pronto, y gracias a los primeros, ni una sola palabra pronunciada por un ciudadano se escapa al control policíaco, y ellos lo saben; pero no falta mucho para que podamos también conocer sus pensamientos, realizando así el viejo ideal de Felipe Segundo y de todos los grandes gobernantes de la historia". "Sigo sin comprender, le dije, por qué lo comparó usted al ogro." "Shopandsuck, sigamos llamándole así, protege a los niños para contar con ciudadanos que devorar. Comprenderá que en un estado como éste, a todo ciudadano, incluso a los secuaces, incluso a la propia policía, se le escapa alguna vez una palabra contra el que manda. Y eso basta para ir a la muerte, cuyas formas aquí alcanzan una variedad infinita que pudiéramos llamar poética. La imaginación de Shopandsuck se empleó, primero, en inventar este estado, cuya concepción científica y, ahora, mi colaboración, han hecho perfecto; después, a la invención de nuevos modos de morir, quiero decir, de formas nuevas de tortura. Es muy curioso que, a este respecto, Shopandsuck prefiera lo intuitivo a lo intelectual, y que su inteligencia sólo la aplique a los detalles técnicos. Yo sé que se ha inspirado en las prácticas de los pueblos primitivos y en las de algunos dictadores americanos. ¿Sabe usted, por ejemplo, que por la selva que llega hasta la costa de enfrente, al otro lado de la Isla Presidencial, vagan hombres sin pellejo?" Di un alarido de espanto, pues mi imaginación, como un relámpago, me los había representado. "¡Oh, eso no es nada, no se asuste tan pronto! El juego con los caimanes es mucho más divertido, y en este país equivale, más o menos, a la fiesta de toros de ustedes, sólo que en ella nunca mueren los toros." Empezaba a llover, con esa subitaneidad y violencia de los climas calientes. "Venga, metámonos en una de esas garitas, pero habrá que cambiar de conversación. Hábleme del nuevo modelo de metralletas, en el que estoy muy interesado: se prevén graves motines para la próxima semana." "¿Motines? ¿Es que la gente se atreve?" "Tenemos nuestros agentes provocadores." "¿Y qué sacan con eso?" "Organizamos una algarada revolucionaria cuando las cárceles se hallan al cincuenta por ciento. Al jefe le gusta que estén llenas, aunque no rebosantes. Nuestro sistema carcelario es muy cuidadoso con los presos. Una muerte de recluso disgusta al jefe tanto como la de un niño, y un suicidio le deja de mal humor para una semana larga, pero lo mismo le sucede con los ciudadanos que permanecen en libertad. Que haya un enfermo le desazona, que alguien muera de infarto le desquicia. No comprende cómo la muerte puede robarle víctimas. Su ideal es convertirse en el Destino de todos, y el Destino, usted lo comprende bien, abarca la vida y la muerte. Pronto en este país la muerte se llamará Chucuchú, y, entonces, el jefe habrá alcanzado la cima de su gloria, que es ser como Dios." "Me explico que usted lo admire." "Sí, respondió modestamente Moriarty; a su lado soy un niño." Habíamos llegado a la garita, y me puse a inventar las propiedades y virtudes del nuevo sistema de metralletas que quería vender a la policía de Chupachup.

5 de noviembre

Moriarty me llevó a dormir aquella noche al hotel que tenían para los diplomáticos: un cinco estrellas instalado en un palacio colonial con patio interior y jardines, con arcadas y aleros de teja moruna, en cuya decoración los artífices indios habían dejado las huellas de su cosmovisión. Cuando me encontré solo, y antes de la cena, examiné la situación: largamente, acodado a un balcón de madera trabajada, mientras en el mar vecino, de un azul oscuro, cabrilleaba la luna y dejaban los tiburones crueles sus estelas de luz. En los mirtos del jardín circundante alumbraban los cocuyos con sus lámparas tenues, y, en la cubierta de un barco, tocaban un vals antiguo. "Si estoy verdaderamente en la novela de Chupachup, no saldré de ella jamás. Seré denunciado como Moriarty y acaso se me encargue de luchar contra un caimán. ¿Y por qué no desafiar a uno de esos tiburones a quién llega antes al portalón del barco? A los turistas les divertiría mucho." Lo que acababa de pensar, inmediatamente examinado, me llevó a la conclusión de que sus elementos, aunque modificados, no me pertenecían en su sustancia, pues aquella combinación de puerto colonial, nadador, tiburón y viajeros espectadores me la sabía muy bien por haberla leído en otra parte. "A lo mejor ando metido en aquella excrecencia que pensé antes, y todo el miedo pasado es gratuito, pues no va más allá de mi propia invención." Me tumbé en un diván, dispuesto a dominarme. Ah, unas lecciones de yoga, cómo me hubieran sacado del apuro! Pero algo vertiginoso y autónomo andaba ya por mi cabeza: una tropa de soldados con sombreros de paja y cananas, aunque descalzos, se desplegaban por la ciudad, rodeaban el hotel, subían por la anchurosa escalera, cubrían el pasillo hasta mi misma puerta, mientras, por otro lado, llegaban hasta el mismo muelle y hasta la laguna de los caimanes: codo con codo y en dos filas, con un pasillo en el medio por el que yo tendría que pasar hasta aquel punto en que se me invitaría a elegir la corrida de toros con el caimán o la competición estilo mariposa con un representante escogido de los escualos. Y, a todo esto, la ciudad entera había sido instruida, y se congregaba en el camino o elegía los mejores lugares para la contemplación: los turistas americanos del transatlántico cursaban telegramas cifrados a Washington para que, por vía diplomática, se consiguiera privarme de toda posibilidad de opción a fin de que ellos pudieran gozar de la carrera marítima, no sé si con inclusión de cucaña previa para dotarla de más variedad. Para consuelo mío, aunque no para mi salvación, un millonario provecto, general del *Salvation Army*, intentaba convencer a sus paisanos de que yo era necesariamente un impostor, porque Moriarty había muerto en tal fecha, y que, por lo tanto, mi competición con cualquiera de los bichos previstos carecía del menor interés histórico. Acababa yo justamente de enterarme de este contratiempo, cuando llamaron a la puerta del cuarto. Respondí "¡Un momento!", y, antes de abrir, vi en el espejo si mi aspecto conservaba la dignidad requerida por la muerte. Tuve que alisarme el pelo, un poco alborotado, y sólo entonces abrí. Un sargentazo oscuro, de blanca dentadura, me hizo una señal cortés de que saliera. Lo hice, vi la larga doble hilera de soldados, tal y como la había imaginado, y ante tal prueba de que eran mías aquellas imágenes, de que yo las había inventado, de que iba a una muerte a la que yo mismo me había condenado, me detuve, hice al sargento señal de que no se impacientara, y allí mismo, recostado en la jamba de la puerta, pensé en que, sin mí que la pensase, Lénutchka se desvanecería, y con ella todos mis personajes, y las acciones en proyecto y cuanto había motivado aquel conjunto de páginas y aquel mundo levantado con palabras, y que esto podía suceder sólo con seguir adelante, obedecer al sargento, y andar el camino que conducía a la orilla del muelle. ¿Y por qué no cambiar el proyecto y con él el curso de la aventura? ¿No era mío el ejército? Me aparté de la puerta, me puse rígido, y el sargento gritó: "¡Presenten... armas!". Y un millar de fusiles, o varios millares, vaya usted a saber, todos los que yo quisiera, en el hotel y en las calles, hasta la charca de los caimanes y la dársena de los tiburones, ante la sorpresa, el espanto y la alegría secreta del público, me rindieron los honores del jefe, y no tuve más que ordenarles el ataque a la Isla Margarita para que todos se lanzasen ululantes con la intención de derrocar al tirano y de colgarlo, de ser posible vivo, en una farola pública: cosa que no sé si finalmente sucedió, porque en el mismo instante en que los soldados empezaban el tiroteo me desentendí de ellos y de su suerte, porque llevarlos a la victoria era coincidir en el desenlace con tantas historias de dictador, y hacer que éste los derrotase, una injusticia poética a la que no me sentía dispuesto, de modo que allí quedaron, tiro va, tiro viene, y así estarán toda la vida, mientras yo me hallaba ya en mi casa, echado en el sofá, y, cerca de mí, Lénutchka, que terminaba la lectura de mis folios. No había más que una luz, la que le iluminaba los papeles, el suelto cabello rubio, una parte de la cara (la que yo no veía) y un hombro. Estuve contemplándola un rato largo, sin moverme, y, no sé por qué, tuve el presentimiento de que la iba a perder pronto. Pero como esta convicción de que, a mi edad, los amores son poco duraderos, la tenía desde el principio, me vino, en vez de tristeza, un estado melancólico y resignado, del que me arrebató el movimiento de Lénutchka al levantarse. "¿Ya has terminado?", le pregunté; y ella: "¿Estabas despierto?" "No hace más que un minuto." "Tuviste una pesadilla, ¿verdad? Te oí gritar." "Sí, soñé que Moriarty me arrojaba a un estanque de caimanes con sólo un palo para defenderme de ellos." "Eres injusto en tus sueños. No me pareció Moriarty hombre capaz de semejante crueldad. ¡Un hombre que se enternece con los niños!" Tardé una fracción de minuto en responderle que tenía razón.

"Pues he releído tus papeles, y tenemos bastante de qué hablar. Por lo pronto, no me siento capaz de darte un juicio objetivo, pues no sé si esto es una novela o el diario de un fracaso." "¿Y por qué no una historia de amor?" "Para eso, carece de algunos capítulos." "Tú lo has querido." "Y lo sigo queriendo." "Dime por qué se te ocurrió esa denominación de «diario de un fracaso». La encuentro, quizás, apropiada." "Y yo creo que lo es, y sólo como tal puede pasar. Porque, como novela, no es más que una serie de caminos iniciados y no continuados, de metas apuntadas y no perseguidas. A ver si me comprendes. Cierta vez me llevaste contigo en un viaje delicioso, a la busca de un monstruo al que llamabas «el Dragón feo». Lo trajimos a tierra, lo confinamos en la cueva del rey Cintolo. ¿Para qué? El dragón ha desaparecido de la narración y, a la altura en que está, no hay modo legítimo de encajarlo. He aquí un caso. Otro, Pablo Bernárdez. No una, dos novelas proyectaste con él como protagonista. Pues se fue por otro camino, y pronto lo habremos perdido, si persistes en que lleve a cabo su famosa expedición al otro mundo. Y así casi todos los demás. ¿Qué te proponías, por ejemplo, cuando identificaste al narrador de la historia con un agente secreto, con ese Maestro de las Pistas que se Bifurcan? ¿Sólo una pequeña ironía a cuenta de Borges?" "El proyecto inicial era que en cada capítulo de la novela alguno de los personajes se identificara como tal narrador. Se incluían el Supremo y el profesor Moriarty, pero pronto comprendí que el proyecto era irrealizable, y que con esa confusión de identidades repetía algo ya hecho." "¿Por quién?" "Por mí, entre otros." "La novela carece de capítulos. Lo único capitulado es la profecía del señor Samaniego." "Porque la novela no existe como tal, y la profecía es lo único medianamente articulado. Lo demás..." Me interrumpí unos segundos y la miré; "... lo demás son materiales con los que *podré* escribir la novela, pero a condición de no estar dentro de ella. Lo que la destruye es, ni más ni menos, mi condición de personaje". "¿Y por qué no sales de ella?" "Porque te perdería. Fuera de aquí somos dos seres lejanos que se escriben, que se imaginan, que experimentan el uno por el otro un sentimiento que hemos convenido en llamar amor, pero que no lo es. Coincidimos, al menos, en la creencia de que no puede haber amor sin que dos cuerpos se entiendan." "Sí, somos dos fantasmas." "Menos aún: somos palabras, palabras y palabras." "Como el mismo Hamlet, ¿no?" "Pero con menos fuerza. Mi capacidad poética no ha ido más allá de sus límites, y aun creo que no los ha alcanzado todavía." Quedamos en silencio. Por un momento me pareció que iba a desvanecerse, y que yo me reduciría a un hombre que escribe bajo una lámpara, mientras transcurren, por la calle, los automóviles. Un hombre que fuma y sueña: que fuma con peligro para su corazón y que sueña porque ya no puede hacer. Lénutchka debió adivinar lo que pensaba. "Espera aún. Piénsame con fuerza. Estoy aquí todavía." "Estás ahí y te amo." Lo que siguió me tiene prohibido contarlo. ¡Palabras!

6 de noviembre

Salí del trance amoroso con mente lúcida y palabra lo-
cuaz: uno de esos estados plácidos en que la vida fluye
sosegada y se mantienen alertas las potencias; aunque todo
esto, tan solemne, no haya preparado o asumido una visión del cosmos, menos aún la comprensión de la vida en
su tragedia, que, de haber sido así, me hubiera puesto a
decirlo en un soneto, o acaso en un poema informe, pero
profundo. Lo que me sucedió tuvo menos importancia:
me fue dado alcanzar conciencia entera de lo que mi novela podía ser; y los materiales hasta ahora acumulados, que
cada uno iba por su parte, se organizaron en un conjunto
orgánico que, sin embargo, me excluía; pero eso era lo de
menos. Costó la operación tres o cuatro pitillos, y un sue-
ñecito de Lénutchka, que interrumpí despiadadamente;
pero sabía que me lo iba a perdonar. Se puso muy contenta cuando le dije de qué se trataba, y me escuchó. "Verás.
Lo que ahora me estorba es lo de Pablo Bernárdez, que
tengo que terminar cuanto antes y dejarlo como una acción secundaria. Voy a centrarme en los anarquistas y desarrollar esta materia en dos direcciones únicas: para lo
cual habré de reformar bastante de lo escrito. En la primera, responden al desafío del enviado de Barcelona, re-
cuérdalo, aquel a quien mataron los Templarios, y se deciden a poner una bomba en cualquier parte; pero cuando
hacen la lista de las iglesias contra las que pueden atentar,
resulta que por fas o por nefas, todas merecen ser conser-
vadas, y aún protegidas; y lo mismo sucede con los palacios y monasterios. Esto me dará ocasión de describir indirectamente lugares y rincones. La voluntad terrorista
amenaza con frustrarse por falta de objetivo, cuando el
Dinamita los saca del apuro: poner la bomba — de escasa
potencia, eso sí — a la tarasca, quiero decir al Dragón feo
de madera pintada que espera en el claustro de la catedral

297

no sé qué procesión en la que tiene que salir, según costumbre secular. Y lo hacen, con tan buena fortuna que los desperfectos son mínimos, aunque suficientes para impedir de momento el uso procesional. En la ciudad, sin embargo, hay una conmoción, porque será la vez primera que no salga la tarasca y en que los niños no arrojen caramelos a sus fauces tremebundas. Entonces, se recuerda que, hace un montón de siglos, sobrevino una avería semejante, y que, a petición del arzobispo, el Dragón feo en persona se prestó a montar en el carrillo y a imitar a su retrato. Nadie se atreve, sin embargo, a proponerle al arzobispo actual que repita la petición, por sospechas que existen de que no cree en semejantes paparruchas. ¿No es, como todo el mundo dice, un arzobispo conciliar? Sin embargo, se atreve don Procopio, aunque no haciéndole la proposición directamente, sino contando lo que pasa. El arzobispo le escucha, ambos se ríen, ninguno de los dos cree. La víspera de la procesión, las gentes andan hoscas y mohínas y los confiteros se quejan de que ha bajado la venta de caramelos. A la mañana siguiente, sin embargo, el dragón está en su sitio, y nadie se atreve a tocarlo por si es un bicho de verdad. ¿Ha ido secretamente el arzobispo a hacer la petición? ¿Es un milagro? La gente no lo sabe, el narrador tampoco, la cosa queda así, pero no falta en la procesión la tarasca, la venta de caramelos crece con el entusiasmo, y la popularidad del arzobispo aumenta, para desesperación del padre Almanzora."

"La segunda dirección ilumina a los anarquistas más directamente. Es el encuadernador quien, después de una partida, y con el arzobispo delante, replantea la cuestión del ateísmo, que había quedado al margen a causa de la chifladura de Pablo. La certeza de que no existe Dios — si hemos de fiarnos de la revelación del bonzo, que nos fiamos — levanta una serie de cuestiones éticas y metafísicas, que no es legítimo dejar de lado, sino urgente dilucidar. Como la revelación del bonzo es conocida de todo el mundo, los restantes ateos de la ciudad, al menos los confesos, que suman en total cincuenta y siete, entre anarquistas, incalificados y burgueses, andan preocupados, buscándole a la cuestión salidas individuales e insatisfactorias, pues lo que se impone es adoptar una actitud colectiva y responsable. La cuestión podría resolverse con un congreso, al que se invitarían otros ateos de ciudades gallegas, Santiago, Tuy, Mondoñedo, Orense y Lugo, como sedes epicospales, y los de La Coruña, Ferrol y Vigo, ciudades industriales y modernas, todos los cuales, seguramente, podrían aportar luces y soluciones, o al menos fórmulas aceptables para la transición. Pero estuvieron todos de acuerdo en que la policía no daría el permiso, y fue entonces cuando intervino el arzobispo, que había permanecido silencioso, para decir que si aceptaban celebrar el congreso en la cripta de la catedral, donde la policía no podía ejercer jurisdicción, que él lo tomaría a su cargo, e incluso se prestaba a presidir las sesiones y actuar de moderador, aunque con el presentimiento de que le darían mucho trabajo, pues la cosa no era para menos y era de suponer que se levantarían discusiones muy movidas, e incluso violentas. «Y si ustedes lo aceptan, concluyó, me ofrezco a abrir las sesiones con una conferencia acerca de la muerte de Dios, que es un tema que preocupa a los teólogos», lo que aceptaron todos con entusiasmo.

"Hay una cuestión, sin embargo, por resolver, continué. Me gustaría que en el congreso actuase don Bernardino Bendaña, el tío de Balbina, del que recordarás la mención en las primeras páginas del diario. Pero está muerto, ha muerto en 1945, y yo no puedo resucitarlo, menos aún prolongarle la vida, y su intervención como personaje de la acción presente es por completo inverosímil, ya que hemos dicho que en su juventud acompañaba a don Alfonso XIII en sus partidas de caza y en sus expansiones ex-

traconyugales. Necesitaría yo el desparpajo de Valle-Inclán, que nos presenta al marqués de Bradomín más que centenario, en charla con Rubén Darío después de enterrado Max Estrella. Renunciar me priva de un parlamento patético, de las quejas del viejo hidalgo que lo esperaba todo de la providencia y ahora se encuentra con el cielo vacío y no tiene ante quién protestar de la injusticia."
Interrumpimos la exposición porque Lénutchka intentó aconsejarme que renunciase a la escena en aras de la verosimilitud, que a ella le importaba por encima de todo, y sobre la conveniencia o inoportunidad de mantener al personaje discutimos media hora, ya que Lénutchka seguía defendiendo la necesidad de escribir una novela realista, aunque fuera sin adjetivos. Y la discusión, como todas las nuestras, se agotó en sí misma, si bien me había obligado a confesar mi nostalgia del realismo, que evita al novelista muchas complicaciones, al aceptar los límites de la verosimilitud y la mimesis. "Mantengo, continué, una idea que anda por ahí consignada, precisamente el veinte de octubre, la de que Balbina cuente la historia de sus amores con el ciego, y precisamente de adelante hacia atrás, para que en la novela haya un contraste de tiempos. No la tengo bien pensada, o, mejor, recordada, pues ya sabes que esos amores fueron un tema de hace bastantes años, que tenía casi escrito y que, o se me perdió, o anda traspapelado. Me queda por estudiar el tema del padre Almanzora, del que sé poco, y al que me gustaría hacer una visita." "Yo le daría el tratamiento de figura secundaria." "Aun así, no puedo dejarlo aparte, porque hay un momento en que cobra importancia, cuando encabeza una conspiración contra el arzobispo precisamente a causa del congreso de ateos, del que se entera por su servicio de espionaje y con el que escandaliza a la ciudad, o, al menos, a una parte del clero y a todos los clericales." "Esas cuestiones, para mí, tienen un interés escaso. Quizás alcance a comprender que el

ateísmo, en un momento dado, pueda plantearse dramáticamente; pero todo lo del clericalismo me resbala y creo que tu insistencia en ese tema roza el arcaísmo." "Sin embargo, en mi sociedad, es un problema real." "Por eso no te digo que prescindas de él: si es una constante en tu sociedad, lo es también en tu literatura." "Sí."

Al día siguiente fui a la universidad y esperé a don Procopio, a quien no había visto desde el episodio del laberinto, y lo encontré muy divertido por algo que le había sucedido en clase. "Me alegro de verle, hombre. Cabalmente, tengo mucho que contarle." Me llevó al bar, ocupamos una mesa apartada del bullicio, y me dijo: "No sabe usted la que armó la otra tarde el Almanzora. ¿No recuerda que se lo mostré, curioseando, cuando usted y la muchacha rusa salían del laberinto? Pues se me fue derecho a la sacristía, donde media docena de canónigos estaban revistiéndose para un funeral de primera, de esos de órgano y coros, que iban a celebrar no sé por qué ricacho muerto, y empezó a armar un cristo que culminó precisamente a mi llegada, pues del desaguisado que estaba denunciando a gritos me hacía responsable: nada menos que se le ocurrió que, cuando usted fue en busca de la muchacha, yo no debía de haberle dejado, sino acompañarle y vigilarle, pues hallándose solos, lo más natural es que hubieran fornicado, con lo que la catedral quedaba inútil para el culto a causa del sacrilegio. ¿Qué le parece?" "Que tiene una mente sucia, el tal padre Almanzora." "Eso le di a entender, pero él, erre que erre: que usted era un sujeto inmoral, metido, a sus años, en amores con una comunista, y que había que poner el hecho en conocimiento de los prelados para que tomasen las medidas oportunas, y, la más urgente de ellas, suspender el funeral, lo que no hizo ninguna gracia a los presentes, que tenían repartidas las horas de la tarde y no les apetecía que una de ellas les quedase en blanco. Se me ocurrió, sin embargo, que había una solución. «Mire, le dije: si tiene escrúpulos, la cosa se remedia fácilmente. En esta catedral, en sus buenos tiempos, precisamente, se cometieron asesinatos, e incluso fornicaciones abominables, y con tanta frecuencia que había que mantener la iglesia cerrada por períodos indefinidos, lo cual no convenía a los comerciantes de la ciudad, que, sin peregrinos, veían sus ganancias muy mermadas. De modo que se fueron en comisión a Roma, y trajeron una bula por la que bastaba rociar el suelo de la catedral de agua bendita y ceniza para restaurarlo en su pureza. Voy a hacerlo ahora mismo.» «Tiene razón don Procopio», corearon algunos; de modo que llamé a un monago, y con el hisopo y la ceniza quedó la catedral limpia de aquella sospecha, y el padre Almanzora amoscado por su escaso éxito. ¡El escándalo que había preparado se le desvanecía en sus propias narices!"

"Pues sí que el preste estará de buen humor", le dije; y él me respondió: "Es la peor leche de la ciudad". "¡Y esto le sucede, comenté, cuando me proponía visitarlo!" "No creo que le reciba." "¿Me aconseja que no lo intente?" "Le aconsejo que no se haga ilusiones, pero, si quiere, vaya." El padre Almanzora vivía en el convento, o residencia, o como lo llamasen, de unas de esas monjitas que visten de paisano; mas por el bien parecer sus habitaciones se situaban al otro lado de la capilla, sin comunicación conocida, ni aún por la iglesia, pues la casa del capellán tenía puerta a la sacristía, y, la de las monjitas, al coro. No había error posible, y no lo cometí. Un fámulo vestido con un mono y una escoba en la mano me preguntó que qué quería; le respondí que ver al padre; me dijo que estaba en oración y que tenía orden de no interrumpirle; le pregunté que a qué hora; me dijo que no sabía. "¿No hay manera de verle, pues? "¡Si no le da una cita...!" "¿Y qué hay que hacer para que me dé una cita?" "¡Ay, eso no lo sé yo!" Se me olvidó decir que el sacristán aquel tenía ese aire maricallo de ciertos sacristanes, y una voz aflautada y catarrosa; pero le tuve lástima porque no me pareció muy bien alimentado. "Entonces, está bien. Retírese." Me obedeció, ¿cómo no?, y me dejó franca la puerta. Pude haber inventado, lo reconozco, un modo más audaz de acceso al difícil eclesiástico: pude haberme disfrazado de prelado doméstico, o entrar por la ventana como una golondrina, o por debajo de la puerta como un ratón, y confieso que esta última idea no dejó de tentarme cuando subía las escaleras, influido sin duda por un relato oral de Álvaro Cunqueiro en que cuenta los trámites pasados entre un demonio metido a ratoncillo y un fraile franciscano que había llegado a identificarlo. El juego era tan divertido que hubiera valido la pena repetirlo con alguien tan campanudo y escasamente ratonil como era el padre Almanzora, si no incurriese en plagio confeso y flagrante, y por esta razón me decidí por el modo civil y vulgar de llamar a la puerta. Y cuando oí que el padre preguntaba quién es, y no demasiado amablemente, abrí y entré. La celda no era tal, pues constaba de gran despacho y alcoba penumbrosa. El crucifijo, disimulado, que casi no se veía. En las paredes, diagramas de la bolsa por años, por meses y por semanas. En los anaqueles, anuarios de bancos, memorias de multinacionales, y máquinas calculadoras aquí y allá, de modelos recientes. El mobiliario, de acero y táblex, pero del caro: confortable y futurista. En la mesa, papeles, máquina de escribir, bolígrafos. Se había puesto de pie, el padre Almanzora, y me miraba con ira. Visto de cerca, saltaban sus ojos vivos y penetrantes, la dureza de su mandíbula aldeana. No era feo. Supongo que pertenece a esa clase de curas con entusiasta clientela femenina.

"¿Cómo se atreve?", me disparó. "Porque puedo." "¡Salga inmediatamente!" "Pruebe a expulsarme. Le prometo que no haré resistencia." ¡Qué fácil es desafiar a un personaje que se está inventando! Le hice moverse hacia mí y detenerse luego. "¿Lo ve?" "Despache pronto." "Traigo tela para rato." "¿Le parece correcto interrumpir mi oración?" "Estaba usted escribiendo, no rezando." "¿Y quién le dice que al escribir no rezo?" "¿Y quién le dice a usted que mi modo de orar no sea visitarle e interrumpirle?" "No es un modo legítimo." "Eso, ya lo veremos." Me iba saliendo bien la escenita, y de esa convicción recobré fuerza. "De pie o sentado, como prefiera, dígame lo que sea." "Sentado, por supuesto. Agradezco la invitación, y le prevengo de que no es una visita, hablando propiamente, sino que traigo la pretensión de interrogarle. Algo así como eso que se llama una encuesta en la jerga periodística." "¿Es de la profesión?" "En cierto modo." "¿Para un periódico?" "Para mi uso privado." "Lo encuentro impertinente." "¡Oh, yo también!, pero ni a usted ni a mí nos importa gran cosa." Nos habíamos sentado. Él sacó de una caja de plata un cigarro estrecho y largo y me ofreció. "Gracias. Prefiero cigarrillos." "De eso no tengo a mano." "Fumaré de los míos." Cuando hubimos encendido, de su mechero, nos miramos, cerca el uno del otro e inclinados sobre la tenue llama. "No tendrá más remedio que admitir que esta visita, pese a su impertinencia, es un reconocimiento de mi importancia." "Por supuesto. De lo contrario, ¿a qué había de venir?" "Supone que mi reputación ha trascendido." "No se equivoca." "Y que usted, nada amistoso hacia mí, se siente atraído por ella." "¿Por qué me atribuye esa mala intención?" "Porque acabo de reconocerle. Usted es ese periodista viejo que escandaliza a la gente por sus relaciones con una joven comunista." "No creo escandalizar a nadie." "¿Le parece una situación correcta?" "Me parece una cuestión personal en la que nadie tiene por qué meterse." "¿Y el ejemplo, amigo mío? ¿Qué me dice del ejemplo?" "Cuénteme de cuántos lo han seguido." "Le citaría a un profesor a punto de jubilarse que anda detrás de una muchacha jo-

304

ven, la cual, para más inri, pertenece a una congregación de religiosas." "Es una historia anterior a mí. Además, la hermanita está en trámites para secularizarse y casarse con el viejo profesor, historia de la que está usted bien informado." "Pero no de acuerdo. El viejo sátiro le arrebata un alma al Señor." "Le llevo la ventaja de que Lénutchka es atea." "¿Y usted?" "Yo, no." "¿No teme contaminarse? ¿No teme que la muerte le coja en pecado?" "Es, como la de antes, otra cuestión personal, pero mi riesgo de perdición eterna depende exclusivamente del grado de pecaminosidad que se atribuya a la palabra." "No le entiendo." "Es igual. No he venido a confesarme, sino..." Me interrumpió con energía: "¿A confesarme a mí?" "En cierto modo, aunque bien pudiera ser que los pasos fueran extraordinarios. Lo sé todo acerca de usted." Se rió. "¡No sea petulante!" Yo reí también. "¿Quiere que le diga qué está escribiendo?" "Le desafío." Sorbí una larga bocanada de humo y la solté con parsimonia: "Es la decimosexta de sus «cartas a Dios». Empieza, como todas, por un S.S.S., abreviaturas de «Soberano Señor Sacramentado», una vieja fórmula oratoria que ahora aplica usted al género epistolar. Original, sin duda. ¿Qué otra invocación era posible? No iba usted a comenzar sus cartas con un «Dios mío querido» o cualquier otro estereotipo monjil." Me pareció que se desazonaba. "Usted, me dijo, me tiene puestos espías." "¿Espías? Aquí, lo sabe usted perfectamente, no entra más que Dimas, el portero-sacristán, que es analfabeto. No cometa el error de despedirlo, menos aún de echarle una bronca, porque no tiene la culpa ni siquiera de mi presencia aquí." "¿Es usted brujo?" "¡Quizás!" "Pues si es brujo, adivine. No me arrancará una palabra." "Se equivoca, don Casto. Hablará cuando sea necesario." "¿Cómo lo sabe?" "A las pruebas me atengo." Cambió de lugar un libro, arregló unos papeles. "Me estoy sintiendo incómodo." "Acepte la situación." "¿Qué pretende de mí?" "No sé bien si escucharle o que me escuche. Aquí tienen que pronunciarse ciertas palabras, lo mismo da que las diga usted o que las diga yo. A usted le servirán para entenderse mejor; a mí para entenderle." "¿Para qué quiere entenderme?" "Lo comprendería si hubiese leído a Unamuno." Hizo una cruz con los dedos, espantado, y extendió el brazo. "¡*Vade retro*, Satanás! ¡No me nombre a ese hereje!" "Lamentándolo, no me queda otro remedio. Si pusiera mis cartas boca arriba, las escenas se parecerían como un huevo a otro huevo, salvo una pequeña diferencia, y le sería lícito acusarme de plagio. Manteniendo mis cartas en secreto, se queda en simple imitación y, si lo juzgamos de otro modo, en mera parodia. Yo me quedo con ella: es más legítima que la imitación y revela al menos un propósito íntimo de originalidad." "¡Me desespera usted y no lo entiendo!" "¡Si hubiera leído a Unamuno…!" Se santiguó y empezó a rezar en silencio. Después me dijo, con voz ligeramente desmayada: "¿Por qué no se marcha ya?" "Porque me queda la duda de si usted se conoce o no, y, por si acaso, voy a revelarle algunas intimidades de su corazón. Y vayamos con la primera: ¿reconoce que los famosos viajes al infierno de la hermana de aquí al lado son paparruchas de su invención?" Se puso en pie violentamente. "¡No me insulte, que a eso no tiene derecho! La que usted llama la hermana de aquí al lado es una criatura privilegiada de Dios que recibe limpiamente las revelaciones que el Señor se digna concederle." "¿Qué me dice de los textos del Dante de que hablaba *El Día* no hace mucho tiempo?" "Mera coincidencia." "Entonces, ¿por qué esconde usted detrás de aquellos libros una *Divina comedia*, con señales de papel en ciertas páginas? ¿Por qué, desde que se descubrió el pastel, la monja se ha quedado en casita durante el fin de semana? ¿Y por qué anda usted a la busca de textos escatológicos de los que nadie lee para sacar de ellos sus descripciones del infierno? Le han informado de que hay un padre griego en que podría hallar párrafos muy idóneos, pero, como no sabe griego, está a la espera de que le llegue una versión italiana. Le pregunto por qué no los inventa usted: sería menos comprometido." Había bajado la cabeza, pero no humildemente, porque la levantó de pronto, con algo de víbora que va a morder. "Usted habló de superchería como pudo hablar de truco. En cualquier caso, palabras escasamente adecuadas. Yo prefiero decir procedimientos pastorales de mi personal invención. Si la hermanita de aquí al lado dice que don fulano está en el infierno, es porque ese don fulano, pecador habitual o empedernido, si se muriera, al infierno iría sin remedio. Es un aviso para que cambie de conducta." "¿Y por qué piensa que el arzobispo, su superior jerárquico, a cuya mesa como todos los días, salvo cuando le invitan a casas de ricos, es pecador habitual o empedernido?" "El diablo lo ha elegido, con muchos otros, para destruir la Iglesia. Pero está dicho: Las puertas del infierno no prevalecerán contra ella." "De acuerdo, pero usted carece de autoridad para afirmar que el arzobispo sea una puerta del infierno." Dio un salto en el asiento. "¿Por qué, entonces, se opone a mí?" "¿Y usted, por qué se opone a Jesucristo?" Se llevó las manos a los ojos. "¡No diga blasfemias!" "En una de sus cartas a Dios, en la número 7, discute usted algunas afirmaciones del evangelio, precisamente aquellas en que aconseja la pobreza y el desasimiento de las cosas de este mundo." "¡Lo que discuto es la oportunidad de esa doctrina para la Iglesia y para los eclesiásticos de hoy. Sin dinero nada subsiste, ni siquiera la Iglesia. Una de las puertas del infierno que no prevalecerán es precisamente ésa, el consejo de pobreza. Si conoce algo de la historia eclesiástica, recordará las dificultades en que la pusieron propuestas como la de San Francisco, un lunático, o un soñador, como prefiera. Y si eso pasaba en el mundo medieval, ¿qué será ahora? ¿Qué sucedería si tomásemos en serio los consejos del último concilio a ese propósito? Afortunadamente, son declaraciones para la galería, cuyo alcance conoce la gente seria." "¿Quiere usted salvar a la Iglesia?" "Sí." "¿Piensa que lo va a hacer?" "Estoy seguro." "¿Aspira a mandar en ella?" "A que me escuchen, al menos." "¿No tiene miedo al Señor?" "El Señor no puede castigarme por servirle." "En el esquema que tiene usted preparado, ahí, en el cajón superior de la derecha, o en el esbozo, si lo prefiere, de la carta decimonona, se dedica un espacio de varias páginas a comentar la facilidad con que se salvan los ricos y las dificultades que tienen los pobres para salvarse. Le pregunto si cree que Jesús admitirá esa doctrina." "¿Jesús? Habla usted como un protestante." "Y usted piensa como Calvino." "¡No es usted nadie para acusarme de hereje!" "Ni usted a mí de pecador público." "¡Usted vive amancebado con una mujer incrédula!" "Un casuista del siglo XVII demostraría que no hemos pecado ni una sola vez." "De todos modos, me da usted asco. Pertenece a la clase ínfima, a la más despreciable, los fornicatarios." "¿Eso quiere decir que me desprecia?" "Sí." "Pues vaya a confesarse cuanto antes, porque el desprecio es más pecado que la fornicación." "En todo caso, será pecado de hombres superiores." "¿Cree que realmente existen?" "Me ha persuadido la experiencia."

No sé si me equivoco o no. La escena terminó aquí, o por cansancio, o por creer que, para retrato de un personaje, no necesita una línea más. Cuando se la leí a Lénutchka, esperando su aprobación, ya que el diálogo era vivo y fluido y los personajes se diferenciaban perfectamente, me dijo que estaba montada sobre un sistema de trucos: el primero, la referencia a Unamuno; el segundo, el hecho de que fuese yo el inventor de las dos partes del diálogo. "Al ser de tu invención el personaje, responde lo que quieres y lo que te conviene. Augusto Pérez es independiente de su autor; el padre Almanzora, no. Reconozco, sin embargo, que lo de Augusto Pérez es irrepetible, al menos dignamente. Has hecho lo que has podido."

8 de noviembre

Calculadas las páginas escritas, me pareció oportuno intercalar aquí una nueva secuencia profética, ya que las anteriores van situadas más o menos cada treinta y tantos folios. Fui a ver al cuchitril de la biblioteca al señor Samaniego. Le encontré alarmadísimo. "¿Cómo no ha venido antes? Tengo un montón de páginas escritas, y las cosas avanzan con tanta rapidez que me dan miedo." "Pero, hombre, hasta ahora todo se desarrolla pacíficamente, y a pesar de la máquina de matar pronto, nadie corre peligro." "Lea, lea lo escrito, y ya verá. No se puede confiar en las apariencias, y lo que tiene que ser, tiene que ser. Personalmente, me da miedo, y si no fuera por el compromiso adquirido con usted, pondría tierra por medio." "Pero, ¿no está contento con ese cargo de traductor? Le sitúa a cubierto de toda sospecha, y, por otra parte, no le creo capaz de meterse en líos de resistentes, si es que aparecen. Usted es una persona razonable." "Hasta ahora, sí, pero existen tentaciones... ¿Sabe que el rey Olaf, cuyo nombre al revés es falo, se lo digo por si no lo ha advertido, y que tiene cara de falo, me ha llamado para que le escriba y traduzca la historia de doña Esclaramunda? Parece que pretende que el escalda se la ponga después en verso y la incorpore a la saga de la conquista de Villasanta." "Pues más a mi favor. Es usted funcionario real." "O, como se decía antes, criado." "El nombre, póngale el que quiera." "¿Y por qué no el de historiador áulico?" "Antes, cronista o coronista, autor de crónicas o corónicas. Yo que usted, la de doña Esclaramunda la pondría en ro-

mances. Haría muy bonito." "Pues, mire, me da una idea. Tome, a cambio, mi profecía, y léala con atención, porque es el relato puntual de lo que va a pasar." "Por cierto, quería decirle que la secuencia anterior no está escrita en futuro, como las dos primeras." "Es que estaba cansado, y encontré un truco gramatical para contarlas en pasado." "No lo repetirá en ésta." "Pues no me acuerdo."
Me fui a un café y leí las páginas que siguen:

Cuarta secuencia profética

Todo irá bien durante unos cuantos días, todo irá bien. Los hombres de Villasanta celebrarán sus nupcias con la muñeca erótica y hallarán en la coyunda deleites insospechados, salvo los poco imaginativos, que les dará lo mismo. Todo irá bien porque tienen trabajo y hembra nueva, y la comida no falta. Por cierto que la fábrica la instalarán en esa maravilla barroca de San Procopio, cenobio en un principio, monasterio más tarde de Cluny, con una arquitectura generosa de espacios, rica en bóvedas y claustros, en claridades y penumbras, para solaz y penitencia. El taller general lo instalarán en el inmenso refectorio, capaz para cuatrocientos monjes, y en la celda del abad, el taller de costura. Capataces y maestros acucian a los obreros en el trabajo, conceden primas a la producción, duplican el valor de las horas extraordinarias: verdadero despilfarro a pesar del cual el coste de producción será dos veces menor que en el lugar de origen. Lo que se dice un negocio. ¡Y los primores de que serán capaces las muchachitas costureras, campeonas del hilván y del pespunte, mientras sueñan con el vikingo que las espera a la puerta! ¿Quién se acordará de Worth, de Paquin y de Elio Wermayer? Las muñecas quedarán vestidas que dará gloria. Se pagará por verlas: si no, al tiempo.

Los talleres donde la muñeca se remata estarán a cargo de varones, pronto maestros en el acabado irreprochable. Y los primeros días, esos del contento general, gastarán bromas a cuenta de las intimidades fabricadas. *"¡Ésta lo tiene morenito!"* *"¡Pues el de ésta es rosado!"* Y los insultos entre enemigos o rivales: *"¿Cómo se los pondremos a esta chata?"* *"¡Copia los de la puta de tu madre!"* Intervienen los guardias, y no sucede nada. Pierden los machos agresividad, y ya no se oye lo de *me moriré por ésa* o *voy a comerle a esa tía las tetas crudas.* Andarán sonrientes y felices, aunque hasta cierto punto, o, mejor dicho, hasta cierto momento. Andarán sonrientes y felices aunque tendrán que acatar las leyes importadas del tirano, hoy se prohíbe mirar al cielo, mañana se prohibirá mirar al suelo; esta semana los varones saldrán con el culo al aire, la semana que viene las hembras sacarán al sol los pechos; y cuando suene la música, a bailar todo dios, aunque le toquen polcas.

El punto empezará o, mejor, el momento, cuando la primera serie de muñecas se alinee, dentro de sus cajitas, a lo largo del claustro, al que darán la vuelta, como en una exposición. Serán todas distintas, como lo son las inflables de que disponen los obreros, cambiables cada quincena y reciclables; pero estas del claustro no son de las de soplar, porque encierran en su vientre levemente compacto una diminuta computadora que programa movimientos y quejidos. Todos lo han pensado durante el proceso de producción: *"¡Cómo nos vamos a poner en cuanto nos las entreguen!"* Y si en la metáfora sexual de cada uno la inflable ha actuado de sustituyente de una mujer, a partir de este momento a la que sustituye es a la esperada muñeca de primera, al modelo erótica X3, de tres agujeros dinámicos, suma de perfecciones posibles, dado el estado de *la industria y de la ciencia aplicada a la felicidad humana, etapa fulgurante en el camino de las dichas imaginables, en cuya concepción y realización trabajan nuestros equipos de investigadores, que hasta ahora han logrado crear un prototipo cuya escasa rentabilidad, dados los costes, la excluye de momento del mercado, pero que ya figura como realidad operable en el harén del rey Ólaf, el entre todos privilegiado: aunque ese prototipo se mantenga en el secreto de unos pocos y en la esperanza de infinitos. Empezará el momento, pues, cuando una comisión de operarios distinguidos, que hablará en nombre de todos sus compañeros, se dirija al capataz en súplica de que sus muñecas inflables sean sustituidas ya por el modelo X3, cuyo embalaje y envío a destinos desconocidos presencian con inquietud: "porque si siguen mandándolas al extranjero, como parece, no va a quedar stock para nosotros". El capataz tramitará la súplica, y, en la respuesta, se dirá a los aspirantes que no están excluidos, por supuesto, de la posesión y goce del modelo X3, pues no faltaba más, el vikingo es demócrata, a condición de que lo paguen, pues si consultan la copia de contrato que han suscrito, advertirán que se les reconoce el derecho a recibir gratis una muñeca inflable, modelo C27, y no la otra. A lo que habrá quien responda: "¡Para este viaje no necesitábamos vikingos, pues muñecas inflables ya las vi yo en Alemania cuando fui a trabajar, y hasta había alguno que la había comprado!" De lo que se deducirá un proceso de decepción colectiva, un decaimiento de la esperanza general, y un descenso de la producción que se podrá calcular en una media del ocho, coma, treinta y nueve semanal, con la curva hacia abajo. A lo que seguirá un estado de malestar latente con episodios de rencor, según se afirmará en el parte diario que recoge la situación moral y psicológica de los trabajadores, con estallidos esporádicos de cólera y algunos desperfectos en el utillaje. De lo que se derivarán leyes*

*más exigentes cada día, y el paso por la máquina de matar
pronto de un par de díscolos ingobernables, cuyos testículos, sin embargo, en sendos gruesos paquetes, se destina-
rán a gabinetes de estudio, y no a vulgares trasplantes:
serán como un clarín en la conciencia de los trabajadores,
estas ejecuciones, sin el consuelo de asistir a los entierros,
ya que, como se sabe, las piltrafas residuales de los cuerpos las volatizará la máquina. El día en que al rey se le
ocurra ordenar otra vez que todo el mundo mire al cielo,
más de siete serán detenidos por empeñarse en andar cabiz-
bajos, y otra vez en funciones la máquina de matar pronto,
con la obligación de que todos los hombres en edad militar
se congreguen en la plaza y asistan a las ejecuciones. Nadie
se atreve a gritar: "¡No hay derecho!"; todo el mundo lo
piensa. Y será en ese concilio donde corra la consigna de
reunirse aquella misma noche, antes del toque de queda,
en las catacumbas de la antigua inquisición, por ser lugar
ignorado de los vikingos con entrada por la cueva de una
taberna pobre: que aquella tarde vende más vino que en
todos los días de su vida.
No serán muchos los que se hayan atrevido. ¿Cincuenta,
setenta, cien? Por ahí anda la cosa. Asistirán los más bra-
gados, y pondrán centinelas para que no haya encerrona.
Alumbrados con velas y linternas, a veces con cerillas, esperarán con ansia no saben qué, y eso que no saben es precisamente la persona del Dinamita, miembro del comité
local del partido anarquista autónomo, que les dirigirá la
palabra. Todos le conocen, saben que su cabeza es clara, y
honrada su voluntad: el Dinamita, uno de los insoborna-
bles, tiene en su haber dolorosas experiencias carcelarias.
"¡Camaradas!", gritará, y se hará el silencio en los grupos; "¡Camaradas! Os he traído aquí porque la situación
se ha hecho insostenible, porque andáis desorientados y
confusos, y porque alguien tiene que tomar la palabra, y
gritar, en un mundo en que todos callan, donde el miedo*

cierra las bocas, donde la seguridad de la muerte atenaza la acción. Pero yo, todos me conocéis, no tengo miedo a la muerte, soy viejo amigo del dolor y no temo perder la pitanza, ya que estoy desempleado. Quiero deciros que el comité a que pertenezco, ya sabéis cuál, ha estudiado los últimos sucesos y se encuentra en disposición de explicaros qué sucede, que es por donde tenemos que empezar: ver claro antes de actuar recio. Pues después de prolongadas discusiones, y de escuchar el criterio de todos, y de aunarlos, estoy aquí para deciros: nos encontramos ante un episodio más de la lucha de clases, ante un caso de discriminación flagrante; en una palabra, ante la ofensa que nos infiere la desigualdad de un trato que sólo los más ilusos pudieron esperar de otra manera. Podéis creer que vuestro estado es el del macho celoso al que arrebatan la hembra preferida. ¡No seáis idiotas! ¿Quién ha podido esperar que esa mujer mecánica que os ha sido negada se haya pensado para vosotros? ¿Tenéis con qué pagarla? Como los coches de lujo, como los palacios suntuosos, como las casas cómodas y los buenos alimentos, se destina a los ricos, y a vosotros se os consuela con ese monstruo de aire al que dedicáis vuestras caricias. Me pregunto, camaradas, cómo os habéis dejado engañar así. ¿Es que no comprendéis el propósito del invasor? De los ricos, el dinero; de los pobres, el trabajo. Pero como todos los ricos se entienden, los nuestros no lo pasarán mal, y sabemos de muchos que confraternizan con los jefes vikingos, que les ofrecen fiestas y francachelas en que no hay muñecas, sino mujeres, como que ya han cobrado los primeros dividendos de su traición. Las cajas con la muñeca dentro salen de nuestro aeropuerto destinadas a todos los países de la tierra, donde otros ricos las compran con la sangre de nuestros hermanos de todas las latitudes. ¡Camaradas, no es nada nuevo lo que sucede, aunque ciertos detalles pudieran engañarnos! Un capítulo más en la cono-

cida historia de la explotación del hombre por el hombre."

Se detendrá a limpiar el gaznate y a refrescarlo con un sorbo de tinto. Mientras dura el silencio — el carraspeo no lo interrumpe — habrá murmullos, habrá suspiros, habrá palabras a media voz. Y volverán a callar cuando vean al Dinamita *apoyadas las palmas en la mesa, como si fuera a dar un salto. "Si alguno de vosotros es religioso, recordará que al principio de la misa se recomienda un acto de contrición. Aquí no estamos en misa ni esperamos nada de Dios, pero la recomendación nos vale. Examinad, camaradas, vuestra conducta: en un principio, habéis huido como cucarachas ante las armas de los vikingos; posteriormente os habéis dejado poner los cuernos, y no hay casa donde la esposa, la hija o la hermana no reciban cada noche a un soldado enemigo, mientras vosotros fornicáis con un buñuelo de viento. Y no os acuso de haber vendido vuestra libertad de proletarios por un jornal, porque ése es nuestro destino; pero sí de que vuestra conciencia proletaria haya naufragado en la esperanza de acostaros con una mujer de pasta. ¿Es que ya no sois hombres? ¿Es que los trabajadores de Villasanta han perdido los güevos? Pues si los conserváis aún, que a partir de esta noche sea otra vuestra conducta."*

Le interrumpirán murmullos y alguien gritará: "¿Qué podíamos hacer?" La mayoría mandará callar a los que hablaron. Y el Dinamita *continúa: "Por fortuna, hay quien piensa en vosotros y por vosotros. El comité local del partido anarquista autónomo reunido en sesión permanente vela mientras dormís. En su nombre os hablo. Y en su nombre os voy a dar las primeras consignas: nosotros no nos metemos en si queréis mujeres o preferís muñecas: cada cual con su gusto, y allá él; en todo caso, el modelo X3 figurará desde hoy a la cabeza de vuestras reivindicaciones. Segundo: perder la vida en rebeliones parciales,*

*sean desobediencias a la ley de cada día, sean sabotajes im-
provisados, escaso rendimiento, peleas y demás incidentes,
por cuanto que se condenan con la visita a la máquina de
matar pronto, son en resumen soldados que se restan a
la lucha, que se aproxima. Sea, pues, cauto cada cual, y no
se ponga en peligro inútilmente. Tercero: la lucha va a
empezar. ¿Mañana? ¿Un día de éstos? Cuando lo dispon-
ga el comité, que estudia la estrategia y la táctica de la revolución. Entre tanto, se irán organizando comandos ciudadanos y se instruirá a los posibles francotiradores. Pen-
saréis que quiénes somos nosotros para mandar, pero a eso
os respondo que sólo una acción concertada, como si fuera
la de un ejército, podrá llevarnos a la victoria. Cuarto: que
nadie tome la iniciativa, porque las iniciativas particulares
están condenadas al fracaso y sólo servirán para poner
alerta al enemigo. Admito que un hombre no pueda más
y se dispare, pero ése quedará entregado a su destino, ho-
locausto ofrecido al invasor. De modo que, hasta la hora
hache, todo dios quieto, y nada de confiarse a voceras y
matamoros espontáneos: la gente para la acción será cuidadosamente seleccionada. Y, por último: disolveros en
silencio, no forméis grupos, estar en vuestras casas antes
de que toquen la retreta. Si hay nueva reunión, se dará
la consigna de la hora y el lugar. En este de hoy, nunca
más."*

VI

*Antes de la llegada de la hora hache, los habitantes de
Villasanta escucharán con frecuencia el* allegretto *de la
Sinfonía séptima, lanzado a los cuatro vientos por los ba-
fles de la máquina de matar pronto, cuyo remate se ador-
nará cada vez de banderolas, como en proclamación de
angelitos al cielo. Y los varones en edad militar acudirán*

316

a la plaza y podrán admirar los restos mortales de sus amigos y compañeros deslizándose por la cinta sin fin en lujosos paquetes, plasma, hígados, ojos, glándulas y riñones, más las materias primas que componen el músculo con especial cuidado en las proteínas, y el agua destilada para los laboratorios. (Se dirá sotto voce que los paquetes de tripas son expedidos directamente para las fábricas de embutidos, donde se les estiman principalmente a causa de su consistencia.) Pero, como la música no cambia y el espectáculo es monótono, cada vez acudirá menos gente, reducida a los deudos y amigos del finado. Hasta la tragedia aburre.

La hora hache se preparará con la aparición de "pintadas" en las paredes de los grandes edificios: colores llamativos, fórmulas concisas y de fácil entendimiento, según este tenor:

¡¡El modelo X3 para el proletariado!!

O según este otro:

¡¡La muñeca para el que la fabrica!!

O este tercero:

¡¡Te esperan mis caricias, Margarita!!

pensado evidentemente por una persona culta, quizá el encuadernador, o por el sastre Ramiro, que es también muy leído.

Un piquete de muchachos, con pintura, pinceles y los moldes de las letras, será sorprendido a altas horas de la noche, o acaso con las primeras luces, por una ronda de vikingos, y allí mismo abatidos a tiros de metralleta.

La misma suerte correrá un pintor solitario, encima de cuya sangre, salpicado el blanco muro, quedará la mitad de la frase:

¡Abajo los

Ante el cambio de la situación, los caudillos y mandamases de los vikingos celebrarán un consejo de guerra, del

que saldrán medidas drásticas encaminadas a restaurar el orden. Sin embargo, su preocupación no será mucha, por cuanto el ritmo de la producción se mantiene según cifras previstas, y no hay síntomas de conflicto colectivo.
Al padre Almanzora le parecerá excesivo el optimismo de los nuevos señores: él, conocedor de su pueblo, sabe perfectamente que aquello no será más que el comienzo. Solicitará una entrevista con el escalda, en la que actuaré de trujamán, y, en ella, ofrecerá sus servicios como persona interesada que es en la buena marcha de la fábrica, en cuyas listas de accionistas figura como el primero. Propone la organización de comandos represivos reclutados entre los hijos de los interesados en el negocio: a los cuales convendrá entretener con acciones heroicas, ya que corren el riesgo de dejarse atraer por el heroísmo enemigo: ¡los jóvenes son así! Les gusta matar, pero prefieren hacerlo con un pretexto sublime, sea la libertad, sea el orden. Las palabras del abate serán serias y precisas. Se trae bien estudiada la papeleta.
Responderá el escalda que tendrá que consultarlo con los mayores responsables, pero que a él, en principio, no le parece mal la colaboración, pues si se matan entre ellos, allá ellos. (Esto último no se lo traduciré al padre Almanzora, no sé por qué.)
Después de una semana de pintadas, el primer acto terrorista: una bomba de procedencia ignorada que estalla en medio de una patrulla y tumba a media docena de soldados. Los niños que estén presentes, con esa inconsciencia e inocencia propia de sus años, caerán sobre los cascos cornudos y se los pondrán en la cabeza, muy satisfechos.
A la noche siguiente, una mujer, a quien cogieron en la cama con un joven invasor, saldrá a la calle enteramente afeitada, untada en miel y emplumada. El pecador que se la beneficiaba faltará, aquella noche, a la lista, y sospecharán que ha sido arrojado a un pozo.

Y así sucesivamente, o, si se prefiere, etcétera.

En la catedral habrá un salir y entrar de gente nada habitual, y en casa de Ramiro, todo será ajetreo: órdenes y consignas, fabricación de artefactos. Todo lo cual pasará inadvertido hasta que un sujeto cogido con las manos en la masa, y sometido al tercer grado, declarará que la bomba que no llegó a poner se la había entregado Ramiro, el sastre, y que según tenía entendido, era en la torre donde las fabricaban.

El responsable del orden público meditará largamente, con la mejilla apoyada en la mano, pues sin duda ha topado con la Iglesia.

Y, más tarde, paseará en silencio a lo largo y a lo ancho de su despacho, que es espacioso: veinte pasos al norte, veinte al oeste.

Tras de lo cual mandará que le traigan a don Casto Almanzora, y a mí, para que actúe de traductor.

Preguntará al cura si puede meter los soldados en la iglesia, y apoderarse del comité anarquista. El cura le responderá que no, salvo si el arzobispo le autoriza.

Entonces, el responsable del orden le pedirá, con muchos miramientos, que lleve el ruego al prelado, y que le haga ver la peligrosidad de los allí emboscados, y el dolor y al mismo tiempo la humildad, con que le pide que permita por una sola vez aquella medida de excepción.

El padre Almanzora irá corriendo a palacio, solicitará audiencia, y, diplomáticamente, expondrá la situación al arzobispo.

Éste responderá que no, que no hay tu tía, y que si los soldados violan el recinto sagrado, saldrá a la puerta de la catedral con todos los canónigos de su iglesia y lanzará el anatema. El cura intentará reargüirle, pero su ignorancia de los cánones antiguos y de los privilegios pontificios de que goza la basílica en ésta y otras materias restarán fuerza a su argumentación.

"Por cierto, le dirá el arzobispo; me han contado que emplea usted su dinero en cierta sociedad anónima que se dedica a la fabricación de muñecas nefandas."

Y responderá el cura que no, que eso es una calumnia, y que él no tiene dinero que meter en esa o en otras empresas comerciales, y que lo poco que recibe de las buenas almas lo gasta en el servicio divino.

"Pues dígales a los vikingos que en la catedral no entran, y que si intentan hacerlo, yo mismo iré a ponerles la bomba."

El padre Almanzora, sin embargo, lo callará. Y lo que yo traduzca al responsable del orden será un mensaje ambiguo, una de cal, otra de arena, del que se deducirá, sin embargo, que el arzobispo no se atreve, de pronto, a permitir la entrada de los soldados en el templo, y que aunque comprende la justicia de la petición, espera que el rey Olaf y sus ministros y funcionarios comprendan que se requiere una preparación de los fieles, fácil si se piensa que en las diarias homilías de la misa los curas reprocharán al pueblo su conducta y anunciarán fuertes sanciones espirituales, como la excomunión, por la parte eclesiástica, si continúa la campaña de terror. Lo cual garantizará Almanzora que, no sólo lo hará él mismo, sino un número crecido de prestes a los que comunicará el mandato directamente.

Con lo que el responsable del orden quedará algo más tranquilo, y al hacer el informe diario insistirá en la gran fuerza de la Iglesia y en la seguridad de que el prelado, hombre culto y moderno, acabará aliándose a los representantes de la civilización. Hasta entonces habrá que transigir.

El arzobispo, por su parte, aquella misma noche, advertirá a los jugadores de mus del cambio de la situación, y del temor que tiene de que los invasores quebranten los derechos de la Iglesia y los atrapen a todos. "Y si se les ocurre venir a la hora de la partida, me cogerán a mí también." "Pues póngase de paisano cuando venga de noche, señor arzobispo, porque estaría feo que lo pillaran con hábitos.", le dirá Rosina. Y en aquel momento se escucharán los redobles de tambores que preceden a las ejecuciones. Todos saldrán a la ventana, un hueco románico revestido por fuera de ringorrangos barrocos y de una baranda a la que se acodarán. Cesarán los tambores, comenzará el allegretto. El arzobispo trazará, en el aire, una cruz, como siempre; Ramiro, el sastre, dirá: "¡Cabrones!", mordiendo las palabras.

VII

"¿Conque muñeca nefanda? ¿Cómo se atreve a llamar nefando a un producto que renta el treinta por ciento?", pensará el padre Almanzora, en la soledad de su estudio, perplejo ante aquel índice de mollera escasa. "Es evidente que el Señor ciega a los que quiere perder. ¿No sería mucho más lógico emplear en acciones de la fábrica el dinero de la mitra? Así, saldría de pobre, podría mantener el culto con esplendor y pagar, asimismo, a los curas generosamente.
Pero lo que sucede es que, además de torpe, es tacaño, y como él se arregla con dos cuartos, piensa que todos tienen sus mismas necesidades, y, lo que es peor, sus mismas aspiraciones."
Jugará con el bolígrafo, hojeará un anuario, les echará un vistazo a las curvas y las estadísticas que cuelgan de las paredes.
"Sería una gran operación, y no me costaría gran trabajo convencer al obispo auxiliar, que es un alma de Dios, que lo tengo persuadido de que se irá al infierno si sigue comiéndose una chuleta cada noche, y que con la esperanza

de que le abra un poco la mano en las penitencias, hará lo que le diga."

"Sería necesario, sin embargo, ocultar de qué se trata. Le he infundido un saludable terror a todo lo femenino, y la mención de la muñeca le dejaría haciendo cruces."

"Estos clérigos vulgares no temen más que a la carne. Son flacos y serían incapaces de resistir a una hembra; menos aún a la muñeca, de quien predican tantas virtudes. ¡Me la habían de echar a mí! ¡Pues no iba yo a reírme poco de todas sus seducciones! En lo cual veo, más que en otros aspectos de mi fortuna, la mano del Señor. Me ha hecho invulnerable a las mujeres, y de ahí sale mi fuerza y el dominio que ejerzo sobre ellas."

"Aunque, la verdad sea dicha, nunca me he visto en trance de peligro. No recuerdo a ninguna que se me haya insinuado: debe ser el poder que emana de mi cuerpo, lo que las mantiene a raya. Mi cuerpo es santo. Pero puede quedarme alguna duda. ¿Y si, llegado el caso…?"

Se levantará de pronto; quedará quieto, con la mirada fija en un lugar del infinito.

"No tentarás al Señor, tu Dios, está escrito; pero, en todo caso, yo tentaría al diablo. Y la victoria obtenida sería una victoria sobre el maligno. Redoblaría mi fuerza, afirmaría mi seguridad, me tranquilizaría. Porque he de reconocer ante mí y mi conciencia que alguna duda me queda, ya que, si no, ¿a qué vienen esos sueños, tan repetidos, en que escapo de una mujer?"

"Son un hecho, y a los hechos no se les debe volver la espalda. Lo inteligente es asumirlos y sacar partido de ellos."

Dará una vuelta alrededor de la habitación; se detendrá a la puerta de la alcoba.

"¡Mi lecho purísimo!"

Y, después:

"No se enteraría nadie."

322

Arrebatado, rápido, se colocará la teja y saldrá poniéndose el manteo. Advertirá a Dimas de que no espere su vuelta, y de que puede acostarse. Atravesará las calles, llegará al palacio de Lampay, donde el escalda tiene establecido su estado mayor, solicitará una entrevista. Me llamarán para que la traduzca. He aquí el resumen de la gestión: "Una personalidad muy alta que quiere ocultar su nombre, desea conocer a fondo el negocio de la muñeca erótica, pues le sobran unos millones que puede emplear en él. Pide cifras de costo y comercialización, estadísticas de venta, previsiones a medio y a largo plazo, cualquier otro informe que pueda interesarle y, de ser posible, un ejemplar del producto para ser examinado". Le responderá el escalda que todo podrá tenerlo inmediatamente, tras de lo cual le entregará una carpeta repleta de folletos, la misma que se envía a los señores accionistas, en los que podrá ver la actualidad y las perspectivas del negocio. Añade que, oportunamente, se va a proceder a una ampliación del capital, y que a dicha personalidad, si se decide, se le reservarán acciones preferentes. Por último, que le diga adónde hay que enviar el ejemplar de la muñeca, que se escogerá entre las más seductoras. A lo que insinuará el padre la conveniencia de obrar con discreción, pues la materia es delicada, y que lo mejor sería sacar a la muñeca de su caja, envolverla en una manta o tela de buen tamaño, y si el escalda se dignaba poner un coche a su disposición, podría así transportarla a su domicilio personal, donde quedaría en depósito secreto hasta la noche siguiente, en que podrían pasar a recogerla con el mismo sigilo. Todo lo cual parecerá de perlas al escalda, que no deja de preguntarme que quién pienso yo que será esa personalidad tan encumbrada, a lo que respondo con la confesión de mi ignorancia. Traerán la muñeca, que será una bellísima mulata con galas de guajira, puntillitas y flecos a troche y moche, tetas articuladas para la rumba, que, además, canta, y

unos ojos profundos y soñadores. El cura la examinará indiferente a sus gracias y, una vez embalada en un mantón,
se la pondrá bajo el brazo en un alarde de fuerza corporal,
pues la muñeca pesa cincuenta kilos. El coche-patrulla se
los llevará a los dos. Serán las diez de una noche rica en
muertes y en pintadas. El allegretto habrá sonado desde
el atardecer. Las peticiones urgentes de los bancos de sangre habrán quedado satisfechas. Y una luna dulzona alum-
brará las calles desoladas: nadie verá al abate meter de
contrabando la muñeca en su casa; nadie, de verle, sospe-
charía.
Cerrará, por si acaso, con llave. La muñeca, arrojada a la
cama, permanecerá inmóvil. Y don Casto Almanzora, para
demostrarse a sí mismo que está tranquilo y que no tiene
prisa, estudiará sobre el mapa su plan estratégico de comandos urbanos, que le sale que ni Napoleón; fumará uno
de sus puros largos y finos, escribirá dos cartas, leerá tres
o cuatro aún sin abrir, y se pondrá a escribir la decimoc-
tava al Señor, que es de las más difíciles, a cuyo plan previsto añadirá un inciso en que, con velos y alegorías, se
aludirá a la situación en que se encuentra. ¡Nunca su inteligencia estará más alerta, jamás la pluma le habrá fluido con más levedad e ingenio! Después que vengan los
teólogos modernos, y que digan. Y de tal modo le apasio-
narán la mente ciertos sutiles argumentos a favor de sus
puntos de vista, que toda idea de desafío a la muñeca erótica se desvanecerá de su conciencia como de la juventud
afirma el tango, aunque en comparación con el humo del
pitillo. Tanto será así, que, una vez fatigado, horas altas
en el reloj, pasará por el cuarto de baño, hará su pis, se
limpiará los dientes y, puesto el pijama, se dirigirá a la
alcoba, y sólo al llegar a la puerta advertirá, en la penumbra, el cuerpo espatarrado de la mulata sobre la cama: en
posición inverosímil, tal y como él la dejó.
"¡Ah, picarona! ¡Y yo que te había olvidado! Llevas ho-

ras quietecita, esperando probablemente mis premuras, y yo, tan tranquilo. No lo tomes a descortesía, créeme: no es por desprecio, sino por indiferencia, por lo que no te hice caso. Y ahora tampoco te lo hago, es la verdad, y voy a envolverte en tus andrajos y dejarte en un rincón hasta que vengan, mañana, a rescatarte. Aunque... ¿no será por cobardía por lo que tomo tal decisión? ¿No será un autoengaño esa tranquilidad en que he permanecido tanto tiempo? ¿No será, escúchame bien, Casto, que tu propio miedo se ha revestido de indiferencia? Hay que tenerlo todo previsto. Las añagazas del maligno son sobre todo ingeniosas. Te dejo a un lado, me entrego al sueño, y, si no reapareces durante él, surges el día menos pensado en la persona de una devota. Y entonces volverán las zozobras, Casto. No, no. Es mejor hacer frente a la situación con las armas del valiente. ¿Dónde habré puesto el folleto?"

Lo buscará, lo encontrará, lo leerá. Y le llamará la atención aquella advertencia de que cada muñeca trae su secreto, que depende de una combinación azarosa. "¡Si en el secreto, Señor, se encierra la tentación más grande, guía mis manos!" Formulada así, la petición será bastante ambigua, pues no se sabe si solicita acierto o desacierto. El caso es que una vez expresada, sus dedos tranquilos hurgarán bajo las trenzas de la mulata y pulsarán, a lo que cae, media docena de botones: el efecto inmediato será que la muñeca se endereza, que se apoya en una mano, que suspira, que se levanta de un salto, que agarra las puntas del pañuelo y se pone a bailar. De su garganta saldrá la voz dulzona y áspera de guachinanga y cantará por lo bajo:

Chatita guapa, chatita guapa, chatita guapa,
no sé qué tienen tus bellos ojos que así me matan;
tus ojos negros, negritos, negros, que me maltratan,
¡ay, chatita guapa, chatita guapa, chatita guapa!

todo con meneo de tetas y caderas, con caída de ojos y pestañeo, y con ir y venir de piernas sandungueras. Suficiente para matar a un calvo. Pero el padre Almanzora habrá asistido al número sin pestañear siquiera, incluso con un bostezo. "No te dejes engañar. Esto no es más que el principio. El otro día has visto cómo una colega de ésta medio se desnudaba: lógico que lo repita." Y para no hurtarse al peligro, para no perder ripio, requerirá una silla y se colocará enfrente de la mulata. La cual, finido el baile, dirá con pícara sonrisa y guiño del izquierdo: "Me llamo Coro"; y pondrá en piña los labios, en oferta del beso que se comerán los aires, porque la boca del padre sólo se mueve para el hastío: como si ya estuviera de vuelta.

¡Ay, Almanzora, pero qué tonto eres! ¿Has visto alguna vez algo que la supere? Empieza por abajo o por arriba, del modo que te apetezca, fíjate ahora, en que se ha quitado los trapos y se ha quedado en braguitas y sostenes como una mujer cualquiera. Tiene todo el aire de que tampoco se dará prisa, pues anda ajetreada con dejar sus ropitas bien colocadas, como una chica casera y educada en los mejores principios; pero sus movimientos están calculados para que puedas estudiar sus dimensiones y experimentar en la nuca el golpetazo del deseo. Es hermosa, y apetece. ¡Si te lo diré yo, que conoces mis complejos, y, sin embargo, si estuviera seguro de no escapar a la hora de la verdad, ahora mismo te la robaba! Pero no puedo, ya lo sabes. Hace unos días quise acercarme a una, tan bonita como ésta, pero en rubio, y la voz del rey Olaf me gritó desde las profundidades del tiempo: "¿Qué vas a hacer, insensato, si es tu madre?" Y tuve que retirarme. ¡Almanzora, por lo que más quieras, no finjas! Es imposible que esas esplendideces no te perturben. Ni el más santo de los santos podría resistir como resistes tú, sin

pestañear, pero sin alterarse el pulso, sin ninguna de las modificaciones orgánicas en que se manifiesta la cachondez. ¿Es el resultado del poderoso análisis a que tu mente se ha entregado? Ahora mismo conoces lo que entontece a los hombres: lo conoces y lo calibras, y te preguntas cómo existen fornicarios, qué clase de sensibilidad será la suya que responde con entusiasmo a estímulos tan feos. ¡Porque son feos, Almanzora, en eso tienes razón! ¿Habrá algo más grotesco que el sexo femenino? ¡Y cómo lo enseña ésta, la muy puta! ¡Y tan modosa que parecía! En cuanto al pecho, no cabe duda: es un error de la naturaleza.

Almanzora, hijo mío, ¿tú crees verdaderamente que el Señor te agradece el esfuerzo que haces? ¿No será un acto de soberbia? Porque a San Antonio las mujeres desnudas se las mandó el diablo, menos hermosas que ésta, la verdad, al menos según los pintores, y su trabajo le costó defenderse, ya que contra su voluntad la naturaleza le respondía y tenía que pelear contra ella. Pero, en tu caso, has actuado de tentador y tentado, sujeto y objeto a la vez, sin que el diablo haya metido baza para nada: como un atleta que se propone batir su propia plusmarca sin que se lo imponga el entrenador y aun contra su consejo. ¡Fíjate ahora! Hace su pisecito (¿pero te ha mojado el suelo?) y va a entregarse a sus abluciones, pero vacila, porque no tiene bidet. Sin embargo, lo hace, hace los movimientos, porque no está en su mano·desobedecer a lo que le ordena la computadora. ¡Y se cae! ¡Cae patas arriba porque no ha buscado un apoyo para la espalda! Es una bestezuela sin pizca de inteligencia. Déjame, yo la enderezaré. Ya está. Veremos qué viene ahora. El secado, claro, con una toallita inexistente... ¡Todos esos adminículos figuran como ajuar en la caja que no has traído, por eso la función es incompleta! ¿Y ahora? Se deja caer en la cama, se despereza... ¡Y empiezan los gemidos,

Casto, con ésa su voz áspera y caliente, que ya no olvidaré jamás; Corito, vida mía, no te hagas ilusiones. El cura es imperturbable, está hecho de fibra de cristal, no se le para. ¡Un ángel entre los hombres, un espíritu puro! Almanzora, ¿no te cansas? La muñeca tiene cuerda para rato. Hay que decirle ¡basta!, como a los titiriteros cuando repiten el salto mortal, y, no contentos, van a darlo una vez más. ¡Basta, Almanzora, basta! El Señor del Sinaí y un servidor de ustedes sabemos ya de lo que eres capaz. Casto como capón. A otra cosa, Almanzora. Puedes subir al podio.

Pero sucederá entonces... La muñeca, que gemirá insinuante y moverá su cuerpo serrano en todas direcciones y con toda clase de estiramientos, se quedará de pronto quieta, se sentará en la cama, ligeramente espatarrada, y un notable cambio en su expresión: de suplicante a mandona. Puesta de pie adelantará los brazos. Se escuchará un ruido brusco, y un falo fastuoso, muy bien acompañado, le aparecerá entre las piernas, momento en que el padre Almanzora sentirá que en su cuerpo algo se revuelve como un guante, algo se le transmuta, porque caerá de rodillas, en éxtasis de adoración, y sus manos temblorosas se alzarán hacia el ídolo.

10 de noviembre

Tengo que reconocer, mal que me pese, que la cuarta secuencia profética me ha dejado perplejo y me ha impedido trabajar estos dos últimos días. Primero, la leí con regocijo, y me divirtió la trastada que don Justo Samaniego le jugó al padre Almanzora; pero inmediatamente me di cuenta de que lo había hecho precisamente a mi costa, y que al usar de mi personaje para su ficción me lo había destruido, o, al menos, dejado inservible para mis fines. Nada más lejos de mi propósito que atribuir al abate una insospechada personalidad perversa de tal naturaleza, pues si es cierto que lo había concebido como soberbio, es lo cierto también que lo había imaginado puro, y no pensaba sacar partido del dato inicial — revelado por el arzobispo — de que hubiera mandado retratar a su madre en una estatua de la Virgen: aunque comprenda que, a un narrador de distinta orientación que la mía, semejante suceso le hubiera bastado para montar un hermoso y acaso complicado complejo edipiano, con su final sublimación. Y si no había pensado dar semejante rumbo a mi relato, aun siendo consciente de ello, más se debió al hastío por esos temas que a otra cosa. La intervención de Samaniego la comparé a esos nidos que los niños manosean cuando los hallan con crías y a los que los padres no vuelven ya. Les llamábamos *asañados*, y ésa fue la palabra que usé cuando le dije a Lénutchka que Samaniego me había asañado el personaje. Ella pareció entristecerse de que mi infancia hubiera sido cruel con los pájaros, pero la tranquilicé asegurándole que en mi vida había logrado alcanzar un nido. "Supongo, me dijo, que no tendrás otro remedio que romper esas páginas de la cuarta secuencia." "¿De qué valdría? Rotas las páginas, el episodio de la muñeca me quedará en la memoria como formando parte, fatalmente, de la personalidad de Almanzora." "Veámoslo, sin embargo, de otra manera. Un pintor pinta un cuadro; otro de escuela diferente traza en él *unas líneas, unos volúmenes, o da unas pinceladas* disconformes con el *modelo* que el primero se había propuesto. Éste las elimina pintando encima, y sólo podrán verse a rayos X, cosa que no se le ocurre a ningún contemplador. Tú puedes, creo yo, rectificar, si no romper, las páginas de Samaniego, la última de ellas: suprimes la sorpresa del hermafroditismo y lo dejas en la victoria de Almanzora ante la tentación. Un nuevo San Antonio." "Es que *mi*

Almanzora hubiera tomado ante la muñeca una actitud distinta, y mis rectificaciones serían más amplias, porque ni suscribiría acciones de la fábrica ni menos aún desafiaría a la muñeca. Lo propio sería, pues, hacerlo desaparecer de las secuencias proféticas." "Hazlo." "No puedo..." "¿Por qué?" "No puedo si las consecuencias han de servirme de algo. Almanzora constituye uno de los hilos argumentales. Presiento que reaparecerá en la secuencia próxima, que tendría también que rectificar, y, a la postre, resultaría que las secuencias son mías y no de Samaniego." "Es un escrúpulo que no comprendo." Sobrevino un silencio, tras el cual dije: "Es como un robo. Samaniego me ha robado el personaje, y, lo que es peor, puede robarme otros. Tengo ese temor desde que he leído ese fragmento." "Hay una manera de evitarlo: que seas tú quien imagine su destino." "¿Piensas en Bernárdez?" "Sí, y en todos los demás, ya que de todos puede servirse. Cosa, por otra parte, natural, pues en Villasanta no hay otros personajes que los tuyos." "Podía haber llevado su historia por otros derroteros. Me hubiera gustado más un relato de personajes colectivos, vikingos contra nativos." "Se conoce que semejante concepción no le cabe en la cabeza a Samaniego. Y, por cierto, no has dicho nada de el *Dinamita*. También te lo ha robado." "Sí, pero ha sido fiel a su carácter: en esa situación, el *Dinamita* se hubiera portado de esa manera. Su discurso a los trabajadores no me estorba en absoluto." "Pues lo mejor entonces será que te pongas a escribir. ¿Tienes pensado algo?" "Sí, el desenlace de lo de Bernárdez." "Cuéntamelo."

Narración (VI)

Empecé a hablar con ganas, como si hablando recuperase lo que me habían robado o como si, al menos, protegiese del robo lo que me iba quedando. No me fue necesario buscar el hilo perdido de la narración, porque vino solo y Lénutchka recordaba el pasaje en que habíamos quedado. Imaginé un banquete de despedida a Pablo, al que acudieron todos los partidarios del mus, incluido el arzobispo. Habían comprado a escote carne, mariscos y vino, y Rosina preparara un asado cuyo olor recendía en aquel ámbito de piedra. Para empezar, unas cigalas, y el vino era del Rosal. Advirtió el arzobispo que su participación se limitaría a una loncha fina de carne, y que, a cambio, proponía que aceptasen para postre unos paquetes de chocolatinas que trajera consigo: lo que se recibió sin discusión. Rosina sacó el mantel de las fiestas, y el encuadernador aportó unos cubiertos de acero cromado, pues en casa de Ramiro sólo había los justos para la familia, excepto cucharillas, que sobraban. Se habían citado en la taberna de Andrés, para llegar juntos, salvo el propio Bernárdez, que tenía que arreglar algunas cosas antes de su viaje. El arreglo fue quedarse la tarde entera con sus padres, escuchar del alférez retirado, una vez más, el relato del desembarco de Alhucemas, con elogios a la inteligencia y al valor del general Primo de Rivera, y contemplar a su madre, que ajetreaba en la cocina una ensalada de grelos con huevos duros. Los abandonó ya cerca de las nueve: dio a su padre unas palmadas en el hombro y, a su madre un beso, y cuando se hallaba a mitad de la escalera, subió y dejó al alférez un paquete de tabaco casi entero, con el pretexto de que en la cena de amigos a que iba a asistir sobrarían los pitillos. Su madre le rogó que no volviera tarde, y él le respondió que no pasase cuidado, que se durmiese tranquila, porque él no haría ruido al entrar. El ánimo se le encogió mismo al cerrar la puerta, y cuando llegó a la calle pasó por los ojos el dorso de la mano. Juanucha le esperaba donde siempre: se había puesto los pantalones negros y un jersey y llevaba además un chaquetón oscuro que se había quitado y reposaba a su lado, junto a un macuto pequeño. Pablo le preguntó que qué llevaba allí, y ella le respondió que cuatro cosas indispensables, como eran avíos de costura, un par de mudas, y ciertos adminículos que a él no le importaban. "¿Y tú?" "Yo marcho con lo puesto." Se sentaron juntos; ella pidió café y, él, gaseosa, pues ella venía cenada, ya que, aunque no habían ocultado a nadie que sería la compañera de Pablo, no se le había invitado a la cena, probablemente porque Rosina no estaba muy conforme con sus costumbres anteriores, y dejara decir que no se explicaba cómo un hombre tan bueno como Pablo se había enamorado de ella, a lo cual su marido le respondiera que de esas cosas nadie entendía y que lo mejor sería no meterse y dejarlos que hicieran lo que quisieran. Pablo y Juanucha habían quedado en que ella hablaría al bonzo, y por eso Pablo le preguntó: "¿Qué te dijo tu padre?". "Pues me escuchó, y, al final, me preguntó si estaba segura de mí misma. Le respondí que sí, y, entonces, dijo que hacía bien, y que mi compañía te sería muy útil en el viaje y, sobre todo, a la llegada a París y durante el tiempo que estuviésemos allí. Me recomendó también que, en cuanto nos fuera posible, averiguásemos si en alguna iglesia de París había algún altar de San Cristóbal, por si decidíamos volver, y yo le dije que sí, porque en cuanto tú evitases la muerte de ese señor ya no teníamos nada que hacer; si decidíamos volver, me dijo, que lo mejor sería repetir el mismo procedimiento usado para ir allá, porque él cree que por alguna razón que no se le alcanza el altar de ese santo tiene alguna virtud especial para estos

332

viajes de un mundo a otro. Y me dijo también que si querías mandar algún recado, que lo hicieras pensando mucho lo que querías comunicar, porque estaba seguro de que él lo recibiría. Le llamó el mensaje." Entonces, Pablo se estuvo callado un rato, bebiendo sorbitos de gaseosa y fumando un cigarrillo que Juanucha le había dado, y después le preguntó si lo había pensado bien y si estaba decidida, y ella se limitó a sonreírle y a cogerle la mano. Y como ya se había hecho tarde, salieron de la taberna, fueron bajo la lluvia hasta el Arco de Ramírez, y por la puerta de siempre entraron en la catedral. Pablo llevó a Juanucha hasta el altar de San Cristóbal, y le dijo que esperase con paciencia hasta que terminara la cena, y que no se quitase el chaquetón, porque, aunque no hacía frío, había bastante humedad. "Si se te enfrían las manos, puedes llegarte hasta uno de esos farolillos rojos y calentarlas, pero teniendo cuidado de no caer al foso de las obras, que está bastante alto." Juanucha le contestó que bueno, que no se preocupase por ella, y Pablo marchó a la torre, a cuya puerta encontró a Manolito, que nada más le dijo que ya le estaban esperando. Le recibieron con albricias y continuaron la conversación, que trataba del congreso de ateos que venían proyectando y cuya organización estaba muy adelantada. "Supongo que lo llevarán todo en secreto, les dijo el arzobispo, sobre todo en la parte que me toca." "Pues no pase cuidado, señor arzobispo, que somos todos como tumbas, y nadie sospecha nada de lo que va a pasar." Y entonces dijo Pablo que sentía de veras no poder estar presente, cosa que le hubiera gustado, pues tenía algunas ideas personales acerca del particular, si bien todavía sin concordar, pues si por una parte le parecía natural e incluso justo que no existiese Dios, por la otra lo encontraba absurdo y terriblemente injusto, y que lo que más le sublevaba, desde que había escuchado al bonzo, era la convicción de que la historia del hombre era una monótona repetición que quitaba toda grandeza a "su ser y a su estar en la tierra", porque hacía de él una especie de marioneta del Destino; pero que algo en su interior se rebelaba contra semejante convicción, porque él había creído siempre en la libertad, y que era esta creencia la que le llevaba precisamente a oponerse al Destino y, al ejercer un acto libre, intentar que el hombre recuperase el albedrío, si lo había tenido alguna vez, o regalárselo aunque para ello fuese necesario su sacrificio. El párrafo le había salido muy elocuente, de modo que, en vez de comerse las cigalas, como hacían los demás, las había dejado enfriarse, hasta que Rosina le advirtió que estaban mejor calientes y que se las comiera. Mientras daban buena cuenta de la carne, el arzobispo, que había despachado su loncha y una o dos patatitas rápidamente, sacó un papel y les leyó un esbozo que había pergeñado de los temas a tratar en el congreso, y la enumeración que hizo de cuarenta y tantas o cincuenta consecuencias científicas les llenó de estupor, pues no habían imaginado que la simple negación de Dios pudiera traer tantas complicaciones, ya que ellos imaginaban que se reducían al problema cosmológico y al moral; de modo que cuando el arzobispo tomó la palabra para razonar someramente el contenido del papel, que ofrecía a los futuros congresistas como base o punto de partida de las posibles discusiones, el *Dinamita*, que le había escuchado sin pestañear e incluso sin comer, descargó un puñetazo en la mesa y exclamó: "¡Coño, lo que sabe este tío!", a lo que respondió Ramiro proclamando su calidad de verdaderos analfabetos con tantas muestras de humildad y autodesprecio, que tuvo Pablo que tomar otra vez la palabra y defender la grandeza de cualquier inteligencia que hubiera llegado al ateísmo por su propio esfuerzo, tras de lo cual se metió en una descripción lírica del universo vacío que no sólo mereció los aplausos de todos, el arzobispo incluido, sino una nueva intervención de Rosina diciéndole que si se enfriaban las patatas no le sabrían tan bien, y que puesto que se preparaba para un viaje tan largo, le convenía ir bien comido. La última parte de la cena se consumió en comentarios de la política del día, y de un acto que estaban preparando las derechas, dirigidas por el padre Almanzora, en el que intervendrían notables oradores de Madrid. "¿Usted asistirá, señor arzobispo?", preguntó el encuadernador, a lo que respondió el prelado que no, que a él no le invitaban a tales regocijos, y que lo agradecía, pues solían resultar muy aburridos. "No me extraña, comentó Rosina, pues tengo oído que, a usted, los curas no le quieren." "La mayor parte, al menos." "Y también de que quieren echarle." "Lo malo es que no lo consiguen. ¿Qué más quisiera yo que volver a mi monasterio? Pero, ya veis, me he metido en este lío, y en él tendré que terminar."

Llegaba la medianoche. Pablo empezó a acordarse de que Juanucha estaba sola y de que, a lo mejor, tenía frío, y dijo que ya era hora. Quisieron acompañarle, pero él se negó, justificándose con que quizás a Juanucha no le gustase verles llegar a todos: de modo que allí se despidieron, y cuando le llegó el turno al arzobispo, y Pablo le tendió la mano, el arzobispo le dijo que si le permitía bendecirle, y, Pablo, que no había inconveniente, de manera que el eclesiástico trazó una cruz en el aire y Pablo le dio las gracias y se marchó. Al llegar al cabo de la escalera, y cruzar la puerta abierta a la nave del crucero, Manolito, que seguía sentado allí, le dijo que si pensaba atravesar la catedral, que tuviera cuidado con los Templarios, que estaban a punto de llegar y que a lo mejor le atropellaban. Pablo le dio un ligero pescozón. "No te preocupes, que si vienen los caballos me esconderé hasta que pasen." Y se despidieron hasta mañana. El reloj de la torre dio entonces las doce menos cuarto, y el sonido

335

recorrió la catedral y la llenó, hasta que fue perdiéndose. "A lo mejor, a Juanucha le da miedo", y apuró el paso. La encontró acurrucada en el rincón entre el altar y la pared, y temblorosa. Le acarició el pelo y le preguntó si había tenido miedo. "Un poco de frío, nada más." Pablo se sentó a su lado, sin decir nada. Ella le preguntó: "¿Falta mucho?" "Unos minutos." "¿Crees que vamos a morir?" "Pienso que en estos momentos empieza una nueva vida para la humanidad." "¿Y para nosotros?" "Somos una parte de ella." Se levantó y tanteó el suelo con el pie: delante del altar, donde tenían que tenderse, había una alfombra raída, pero grande. "Mira, nos acostaremos encima y nos taparemos. Es gorda y nos abrigará." Juanucha dijo: "¿Ya?" "Sí. Debe de faltar poco para la medianoche." La empujó suavemente: Juanucha se arrodilló; después se sentó y se tendió por último. Pablo hizo lo mismo y, pasando el brazo por encima del cuerpo de Juanucha, atrajo la alfombra y la tapó. Hizo luego otro tanto con la parte que le quedaba por su lado, y no la había aún aproximado, cuando se planteó la cuestión de si debían acostarse con la cabeza hacia el levante o hacia el poniente, y explicó a Juanucha con pocas palabras por qué no era lo mismo y por qué, finalmente, se decidía por la cabeza hacia el levante. Entonces, ya acostados y tapados, ella le preguntó si podía cogerle la mano. "Creo que sí. Sí. No debe de haber inconveniente."

De momento, en la catedral no pasó nada: todo lo más, un pabilo cualquiera que expiró con humareda fuerte, con humareda que ascendía, retorciéndose, en las tinieblas súbitas; pero esto carece de importancia. Alcanzó, sin embargo, las narices de San Cristobalón, y fue como una señal: el santo estiró la cabeza y contempló los cuerpos alargados, rígidos, de Juanucha y Pablo, si bien las manos enlazadas, como estaban cubiertas por la alfombra, no se las vio. Las voces que pegó el santo alertaron a sus colegas, que fueron apeándose de sus altos altares y acercándose a aquella insignificante capilla donde nunca había sucedido nada memorable, de donde incluso se pensaba en retirar la efigie del gigante, un fresco bastante antiguo aunque muy restaurado, por haberse demostrado que no era un santo histórico y bien documentado, sino un mito pagano: no obstante lo cual, en tanto se decidía el cabildo, y no parecía tener prisa, el santo conservaba sus prerrogativas, entre ellas la de citar a concejo con unas cuantas voces. "¡Eh, venir, mirar a éstos!" Se sintieron llamados los más antiguos y populares, como Antón, Blas, Gonzalo y Rosendo, y se hicieron los remolones los más modernos y encopetados, como Genma, Bosco y Oriol, que tenían capillas nuevecitas en las que se sentían tan cómodos que les daba pereza acudir a una llamada que no fuera de importancia; pero vinieron los grandes monstruos del pórtico, con sus fauces de comeniños y tragabolas, y los cuatro profetas mayores, con sus barbas simétricas y sus palabras tremendas, y los ángeles músicos, y las santas mujeres, y el árbol de Jesé con todas sus hojas, y, por supuesto, el Sabio Salomón de la archivolta, tan sabio que imponía mirarle, seguido de la reina de Saba, imponente también a su manera, y llegaron muy cogidos del brazo y sin el menor disimulo de sus amores. En fin, que vino también la adúltera de la calavera, y el marido que la había matado, y el amante decapitado, y el rey David con su laúd y el manuscrito de sus nuevos poemas por si hallaba editor; una representación de los prelados y dignidades sepultados en el recinto, con mitra y báculo los primeros, y una verdadera muchedumbre de peregrinos de todos los tiempos y lugares, llegados durante los últimos mil años y en los mil años próximos, quietos ahora, y silenciosos, con sus caras ingenuas de creyentes, que obedecían las órdenes del guía y componían con todos los demás un círculo en cuyo centro, aproximadamente, la-

337

tían los corazones de Pablo y de Juanucha. "Estas estatuas que aquí ven, labradas en granito del país por un escultor del siglo XX, de nombre desconocido o por lo menos olvidado, representan a Pablo y Juana, quienes, en los albores de la tecnocracia y cuando ésta era apenas una esperanza utópica, partieron a civilizar a los restantes planetas habitados, y fueron presos y ejecutados en uno de ellos por el gigante Marat, que es esa figura descomunal que ustedes ven pintada en la pared con un niño en el hombro. Parece ser que el niño le nació a Juana en el curso del viaje y que el tirano Marat, sensible a las gracias del chiquillo, llamado Napoleón, lo adoptó tras la muerte de sus padres y lo nombró heredero; pero Napoleón se rebeló contra él, lo venció en la famosa batalla de la constelación del Cisne y se proclamó Emperador de los Mundos Conocidos, a los que dio sabias leyes, sobre todo su Código Civil, por el que se rige todavía el universo. Ya de viejo, se retiró a esta ciudad y mandó levantar este edificio y enterrar en él los huesos de sus padres, que Marat había diseminado por distintos planetas." Estas palabras las dijo el guía en francés, y fue inmediatamente sustituido por otro, que vestía exactamente igual, y que dijo en inglés lo mismo que el anterior había dicho. Y así también en alemán, en turco y en bastantes idiomas aparecidos durante el próximo milenio y de los que uno no sabe el nombre: tras de lo cual se fueron, y la catedral, otra vez solitaria, tardó unos cuantos minutos en escuchar las campanadas de las doce.

Los de la cena habían quedado bastante tiempo silenciosos, y el primero que habló fue el *Dinamita* para decir que Pablo se había olvidado de comerse la chocolatina, y que a su última cena le había faltado el postre. "Pues un poquito de dulce no le vendría mal para el viaje", añadió, "aunque ya lleva a Juanucha." El arzobispo frunció el ceño, pero no dijo nada. Y el encuadernador intervino:

338

"Ustedes lo toman a chacota, pero yo estoy preocupado."
"¿Teme que Pablo muera en el viaje?" "Temo lo que hará mañana, cuando se despierte y se encuentre en la catedral. ¿No lo comprenden? Se sentirá en ridículo." "Pero, ¿usted no cree…?" "No. No lo creo en absoluto. He pasado estas horas dándole vueltas a la cuestión, mientras ustedes hablaban. No es una locura lo que intenta hacer Pablo; es una estupidez." "¡Hombre!", le dijo el sastre; "no te pongas tan severo". "Es una estupidez de un hombre inteligente al que quiero porque, además, es bueno. Pero esta vez fue más allá de lo sensato." El *Dinamita* puso la mano encima del mantel, con energía. "Hay cosas raras, Salustiano. Tengo leído mucho de esos sitios de América donde parece que aterrizaban seres de otros planetas. ¿Quién sabe?" "A mí, todo eso se me antojan paparruchas." "Luego", intervino el sastre, "no crees en lo del bonzo". "En eso, sí; pero el bonzo no dijo que se pudiera ir de un mundo a otro más que como él fue: con el cuerpo astral." "A lo mejor, es así como va Pablo." "Si va con el cuerpo astral, perderá el viaje, porque con el cuerpo astral no impedirá la muerte de Marat. El cuerpo astral es espíritu." Entonces, Rosina, que iba y venía, se metió en la conversación. "Ustedes, mucho hablar de esto y de lo otro, pero a nadie se le ocurre que esas dos criaturas van a morir de frío. ¿Por qué no les llevan una manta?" Ramiro reconoció que su mujer llevaba razón, y le dijo que trajese una, bien gruesa, que él la llevaría; pero, cuando se levantó para hacerlo, el encuadernador le dijo que lo acompañaría, y allá se fueron, con la manta, en busca del altar de San Cristóbal. En la escalera se encontraron a Manolito, que subía. "¿Qué? ¿Hubo Templarios?" "Sí, señor, como siempre." "¿Y la hoguera?" "Hoguera, todavía no, pero la habrá. Lo tengo leído." Subió, y ellos bajaron. Olía, en la catedral, a humedad y a caballos. Fueron en silencio, bordeando la ba-

randilla de las excavaciones. Ramiro señaló el resplandor de una lámpara. "Es allí." Se acercaron. Había, en el suelo, un bulto oscuro. "¡Bernárdez, eh, Bernárdez, te traemos una manta!" Bernárdez no respondió. Ramiro, más cerca, repitió la advertencia. "Ahí no hay nadie", dijo el encuadernador. "¿Cómo?" "No. No hay nadie. No hay más que una alfombra revuelta." Se miraron en la penumbra. "¿Tú crees...?" "Yo, no. ¿Y tú?" "Yo, tampoco." "¿Entonces...?" "Pues está claro que se han marchado." El sastre se rascó la cabeza y dejó el envoltorio de la manta encima del altar. "Yo no creo a Bernárdez capaz..." El encuadernador alargó el brazo para mirar la hora. "Son las doce y veinticinco. Está claro. Pasó la medianoche, no sucedía nada, se dio cuenta de su ridículo, y se marchó." "Pero, marcharse, ¿adónde?" "¡Qué sé yo! Cada uno a su casa. Es lo más lógico." "Lo más lógico..." El sastre recogió la manta. "Vámonos." Iban por la mitad de la nave, uno detrás de otro, cuando el sastre dijo: "No digas nada mientras esté el arzobispo." "Bueno." "Es que... a mí me parece que el arzobispo esperaba un milagro. ¿Te fijaste con cuánta seriedad le echó la bendición?" "Sí." Pero, cuando llegaron, el arzobispo ya se había marchado.

Hasta aquí llegó mi narración. Lénutchka me había escuchado sin interrumpirme, y, al final, me preguntó si ya había terminado. "De momento, sí." "Me parece incompleta. El cuento requiere una solución. Además, si el destino de Bernárdez no llega a una conclusión definitiva, don Justo Samaniego o el Supremo podrán echar mano de él, si se les ocurre o si les apetece." "El destino de Bernárdez está previsto. A la mañana siguiente, al día siguiente, ni él ni Juanucha aparecen. No han vuelto a casa, no los encuentran en toda la ciudad. Y pasan días y días, y nadie vuelve a verles. Entonces, se convencen de que, avergonzado de su fracaso, se ha marchado a Madrid, llevándose a Juanucha. Y eso es lo que dicen a sus padres, alarmados por su desaparición y con el miedo de que lo hayan metido otra vez en la cárcel. Algunos mal pensados aseguran que todo fue un pretexto para escaparse con Juanucha a un lugar donde nadie la conociera, por aquello de su reputación." "¿Y si es así?" "¡Oh, yo no lo sé! ¡Yo no sé si verdaderamente han hecho el viaje a la Revolución francesa o a un lugar más cercano a Villasanta! Lo único que puedo decirte es que, delante del arzobispo, fingen creer que, en efecto, deben de estar en París cambiando el curso del mundo." "¿Y si estuvieran?" "Es otra posibilidad, que no descarto." "Pero esa posibilidad exige un remate, una certeza." "Está previsto." Algún tiempo después, el bonzo manda llamar al encuadernador y a algún otro de sus fieles, y les cuenta que ha recibido un mensaje de Pablo; que se hallaba como en éxtasis, y le llegó la voz de Pablo distintamente. El encuadernador le preguntó si podía saberse, y el bonzo, muy entristecido, le respondió que sí: Pablo le había hablado desde la cárcel, donde esperaba la muerte. Había llegado tarde: hacía unas horas que Marat había muerto, y a él le habían detenido por sospechoso, le habían juzgado y condenado a la guillotina. Una de aquellas mañanas vendrían a buscarle y se lo llevarían, con otros, en la carreta fatal. Entretanto, esperaba en un sótano abovedado de un edificio que llamaban *La Concièrgerie*. Había hombres y mujeres. A algunos, de vez en cuando, les daban ataques de miedo, y chillaban y se desesperaban, pero los más sabían esperar la muerte con serenidad, y él, Pablo, era uno de ellos. Había encontrado entre los presos a un hombre maduro que pertenecía a los Rosa-Cruz, según le había explicado, y que conocía la verdad del universo, más o menos como el bonzo. Este hombre le había confirmado que la vida se repetía inexorablemente en todos los universos, y que el mismo hombre, él, Pablo, iba de uno a otro a alterar el curso de la historia, y llegaba tarde, y moría en la guillotina. De modo que la cosa no tenía remedio; él, Pablo, iba a morir porque era su destino, y moriría sucesivamente todas las veces que la historia se repitiera. Había mandado recuerdos a los amigos. "¿Y Juanucha?", preguntó el encuadernador. "Juanucha tuvo más suerte. Como la vieron vestida de pantalones, la tomaron por la mujer del futuro, y creo que están enseñándole el francés para que les explique a las mujeres de no sé qué club, cómo va a ser el mundo. Se cuida de Pablo, le lleva la comida a la cárcel, y quiere morir con él, pero creo que no la dejan." "Pues no hay duda", dijo Lénutchka, "que con ese final quedas ya a cubierto de robos y mixtificaciones, y que al menos en parte la historia de Pablo la has desarrollado con bastante lógica." "¿Por qué dices en parte?" "Porque no debes olvidar que, en un momento dado, la torció el Supremo." "Sí, pero creo haberla recuperado." "Hay una cosa que no has contado aún. El mensaje del bonzo, ¿convence a los incrédulos?" "¡Oh, no, de ninguna manera! Piensan que se trata de una mentira piadosa que el bonzo inventa para justificar la ausencia de Juanucha y de Pablo. Lo utilizan, sin embargo, para informar al arzobispo, que lo escucha sonriente y que responde que ya sabía él que todo aquel asunto no era más que un milagro inútil." "El arzobispo no puede decir eso", me respondió Lénutchka con energía y levantando la cabeza. Le pregunté por qué. "Porque el arzobispo cree en los milagros, al menos en algunos, y sabe que no son inútiles. El arzobispo, además, tiene que aprobar el sacrificio de Pablo, si no por sus resultados, al menos por su intención." "Sí, pero el arzobispo no puede creer en la repetición de los mundos. Va contra la esencia misma de su fe." "Pues sería necesario que lo presentases viviendo esa contradicción." "Estás, como siempre, en lo cierto, pero no puedo hacerlo ahora porque no lo tengo pensado."

La verdad es que, al llegar a este momento, me encuentro sin materia sobre la que trabajar. La frase con que acabé la nota de ayer, "no lo tengo pensado", sigue valiendo: no tengo pensado el congreso de los ateos, que no será nada fácil, precisamente por la presencia del arzobispo y por esa ocurrencia mía de hacerle presentar un "esquema" de los posibles temas discutibles. Necesitaría saber toda la teología que sabe el arzobispo para inventarlo razonablemente, para que fuese el resumen de todas las cuestiones que de verdad plantea el ateísmo. ¡Y yo, que lo que más había proyectado era una escena de gran guiñol, con aditamentos patéticos si conseguía introducir a don Bernardino Bendaña! Quizás no tenga más remedio que suprimir del texto el anuncio del esquema, quizás me vea obligado a reducir el papel del arzobispo a lo que se pensó al principio: moderador irónico del congreso. Mientras tanto…
¿Qué puedo hacer mientras tanto? Las conversaciones con Lénutchka versan sobre lo escrito: no hace más que releerlo, fijarse en detalles, obligarme a tenerlos en cuenta, a reformarlos. ¡Qué minucioso es su talento, qué avispada! Se ve que sus maestros han sido concienzudos y que le han enseñado cómo se analiza una página, hasta desentrañarla, hasta destriparla si se quiere, pero siempre razonablemente. Si yo hubiera recibido una educación así, me hubiera dedicado a la crítica y habría dejado para otro estos líos de la invención. Pero no tuve esa suerte: carecí de maestros, perseguí a solas la verdad, no dispuse ni de una técnica elemental. Si alguna vez acerté, fue porque Dios lo quiso. Pero, ¡caray! Ya lo creo que me hubiera gustado. ¡Hay que ver, además, la precisión de conceptos con que Lénutchka se desenvuelve, y que yo soy incapaz de repetir! Traduzco sus palabras a las mías, les rebajo la precisión, las vulgarizo. Reconozco que a veces no la en-

tiendo, y ella lo nota y lo disimula. Cuando habla, parezco su discípulo.

Me señaló, por ejemplo, otro de mis cabos pendientes, de mis caminos interrumpidos. "Has dicho alguna vez (y cuando dice «alguna vez», precisa inmediatamente la página y la línea); has dicho alguna vez que convendría añadir cierto capítulo antiguo para que las relaciones entre Balbina y Marcelo, y también sus caracteres (lo de los caracteres no lo había dicho yo, pero se conoce que lo echaba en falta) quedasen aclarados, y que esas páginas las tienes ya escritas." ¡Claro que sí! Ésas y muchas otras, casi toda la historia de Balbina y Marcelo, aunque interrumpida y sin muertes. Mi viejo tema, frustrado por exceso de materiales, novela de incalculable longitud, de la que salió ya otra y pueden salir tres más. Revolví los viejos, innumerables cartapacios; llegué a darla por perdida. Apareció, por fin. "Aquí está." "¿Quieres leérmelo?" Un capítulo, sólo un capítulo, el primero en que aparece Balbina, quizá el segundo en que actúa Marcelo, que entonces se llamaba Marcelino, y lo de Marcelo se lo decía a veces ella, pero sólo ella, como nombre privado y secreto. Comenzaba la acción en la universidad. Balbina asiste a clase de don Martín, un profesor joven, muy atractivo. Se ha sentado al lado de Amalia, que aún no sabemos quién es...

"Don Martín dejó de apoyarse en la mesa y empezó a pasear. Hablaba con calma, con precisión fonética; daba a las palabras extranjeras el tono y el acento adecuados, y, a veces, las repetía y deletreaba. Tenía voz de barítono y sabía modularla: de sus lecciones quedaba a los alumnos una honda impresión musical. Llevaba ahora ambas manos en los bolsillos del pantalón y caminaba un poco inclinado; a veces, se detenía en el extremo del aula, junto a la puerta, debajo de una luz: sacaba la mano derecha, la levantaba, la movía en el aire, y todas las miradas la seguían: la luz de la lámpara proyectaba los movimientos contra la pared encalada, alargaba las sombras de los dedos. «Prescindo de una exposición más amplia porque, con lo dicho, creo haberles descrito suficientemente la época en que Marx nació y vivió, ese romanticismo que se revela en sus gustos literarios, tan exquisitos, a pesar de su afición a las novelas del capitán Maynard. El próximo día les expondré, de modo igualmente esquemático, las líneas esenciales de la cultura de entonces, y, con permiso de la autoridad competente, me detendré en la dialéctica hegeliana, sin la que la marxista no puede ser entendida. Nombrar a Hegel en esta universidad es como nombrar a Satanás, pero el nombre de Satán tiene que ser pronunciado, y descrito, y analizado en sus múltiples metamorfosis, ya que es al mismo tiempo la ciencia y la cultura, la técnica y el arte, es decir, todas esas entidades abstractas que ustedes vienen a conocer aquí. Recomiendo a los temerosos que se abstengan de asistir a este curso sin los debidos exorcismos y bendiciones. El contacto con el diablo es peligroso.» Paseó la mirada por el anfiteatro: unos alumnos sonreían, otros agachaban la cabeza. Tenía don Martín las gafas en la mano, a la altura del pecho; su mirada recorrió los bancos, estudió los rostros, y se detuvo un poco más al llegar a Balbina. «Hasta el próximo día. Les ruego que sean puntuales.» Caló las gafas, recogió la cartera y salió. «Me perdería por él», dijo Balbina con voz lánguida, grave; y Elvira, sonriente: «¿Se lo has propuesto ya?». Balbina amontonó los libros y los cuadernos desparramados por el pupitre. «Martín aún no ha cumplido los veinticinco años, y yo tengo ya veintisiete, y, además, me llamo Balbina. ¡Bal-bi-na! — silabeó —. ¿Imaginas a un hombre guapo e inteligente diciéndome: 'Balbina, te quiero'?» Amalia se echó a reír. «Me parece que exageras. Balbina y Martín. No suena mal. Mejor Martín y Balbina, como Romeo y Julieta.» Salieron. Los claustros, húmedos, se llenaban de barullo, y por la puerta entraba un viento helado. Amalia echaba aliento a las manos por la abertura del guante. Se quejó del frío. «¿Quieres que tomemos un café?» «¿Y la clase de lógica?» Un estudiante apresurado empujó a Balbina. «Comprenderás que, después de haber escuchado a Martín, no podemos ir ahora a la clase de ese cretino.» Había vuelto a llover. Balbina abrió el paraguas y cogió del brazo a Amalia. «No te importará ir conmigo, ¿verdad?» «¿Por qué?» «No estoy bien vista entre las amigas de mi madre, y más desde que vengo a la universidad.» «Para esa gente, yo no existo.» «Existirás en cuanto nos vean juntas.» «Hasta ahora me gobernaba bien sin ellos.»

"El Savoy estaba casi vacío. En un rincón, un estudiante tomaba notas de un libro. Alzó la cabeza, las miró y siguió trabajando. «Él viene aquí.» «¿Me has traído por eso?» «Claro.» Se sentaron. Amalia pidió café; Balbina, un coñac doble. «¿Por qué no me hablas de mi tío?» «¿Tu tío?» «Sí. Don Bernardino.» Amalia enrojeció y sus manos jugaron torpemente con el bolso. «No sabía que fueses su sobrina.» «Y, ahora, ¿te importa que lo sea?» «Según…» «Entonces, ¿no estabas enterada de quién soy?» «Una chica de filosofía y letras; más rica que yo porque va mejor vestida, y que, por tanto, estudia por deporte. Yo lo hago por necesidad. Soy maestra y quiero llegar a catedrático e irme lejos…» «Mi nombre, ¿no te hizo sospechar nada?» «No.» «¿El Maragato?» Amalia soltó una carcajada y pareció más segura. Dejó el brazo sobre la mesa. «¿Por qué te ríes?» «Porque, ahora, ya lo entiendo. Eres la hija de don Fernando.» «Y eso, ¿te hace reír?» «Es que, ¡no sabes las pestes que dice don Bernardino de tu padre!» «Las imagino.» «Perdona, sin embargo. Pero es que esta misma mañana le he oído. Fui a llevar unas cosas a mi madre, antes de entrar en el colegio, y me hallé metida en un escándalo que había alborotado a toda la vecindad. Resul-

346

ta que a una mujer que vive por aılí le faltaba una gallina, y culpaba a mi madre de habérsela robado para don Bernardino.» «¿Y era cierto?» «No lo sé. Pero lo que sí puedo asegurarte es que, gallina que entra en el patio, gallina que no vuelve a salir. Gallina, o conejo, o lo que sea. Hasta los gatos. Escándalos como el de esta mañana he visto muchos.» «Tú no vives con tu madre, ¿verdad?» «Hace dos años que me arreglo por mi cuenta.» «Y, don Bernardino, ¿qué decía?» «No salió de su cuarto. Cuando fui a saludarlo, me pidió dos duros, y me dijo que había llegado el momento de vender el Cristo. Que no aguantaba más, que tu padre es un descastado y un miserable, y que, aunque le duela en el corazón, no le quedaba más remedio que desprenderse de lo único valioso que le queda.» Balbina tomó un sorbo de coñac y pasó la lengua por los labios. «A mi padre, cuando se entere, va a darle un patatús. Si pudiera comprarle el Cristo a mi tío, lo compraría; pero, en casa, el dueño de los cuartos es mi abuelo, y a mi abuelo, el Cristo de Bendaña le importa un bledo.» «No digas nada.» «Por el contrario, lo diré en cuanto llegue. Me divierte ver sufrir a mi padre.» Amalia la miró largamente. Echó el azúcar al café y lo removió con calma. «¿No te llevas con él?» «Mi tío tiene razón en cuanto dice de mi padre. Mi edad me autoriza a juzgarlo, y estoy conforme ·con don Bernardino.» Amalia sonrió con tristeza. «A los padres, no conviene juzgarlos. Acaba una sufriendo. Comprenderás por qué lo digo.» Balbina no parecía escucharla. Sacaba un cigarrillo de una petaca de plata. «¿Fumas?» «No, gracias. Es un lujo que no puedo permitirme.» El encendedor de Balbina era de oro, y tenía piedras incrustadas. Daba al cigarrillo chupada tras chupada y se tragaba el humo. A veces soltaba un chorro por las narices, hacia abajo. Amalia bebió el café. «Supongo» — dijo Balbina —, «que ahora no tendrás inconveniente en seguir siendo mi amiga. Y en venir a mi casa alguna vez». «No les hará mucha gracia.» «No suelo contar con ellos para elegir mis amistades.» «Pero quizá ellos tampoco cuenten contigo para echar a una amiga que no les guste.» «No se atreverían.» Entraba un grupo de estudiantes. Balbina pareció interesarse, de momento, por los dibujos de la pitillera. Los estudiantes se acercaron a la barra del bar. Miraban hacia la mesa donde Amalia y Balbina se habían sentado; hablaban entre sí; dejaron luego de mirar. «¿Quieres contarme cómo vives?», preguntó Balbina. «¿Por qué te interesa?» «A lo mejor, me independizo también, y me gustaría saber…» «Tengo alquilada una habitación por la que pago diez duros, y como en una taberna de la calle de los Franceses. Treinta duros al mes, más o menos. Se come bien.» «¿Cuánto ganas?» «En el colegio, doscientas cincuenta pesetas. Luego, doy algunas clases particulares. Hay meses que salgo por las quinientas.» «Y, a tu madre, ¿no le das nada?» «Cien pesetas, llueva o truene. Pero ni un céntimo más, porque las gasta en dar de comer a tu tío.» «Entonces, ella y tu abuela, ¿de qué viven?» «Eso no lo sabe nadie. Supongo que, lo mismo que roban gallinas, robarán otras cosas. A veces, mi madre va a las aldeas, compra huevos, hortalizas, y viene a venderlas al mercado. Eso suele hacerlo a primeros de mes, cuando yo le doy el dinero. Otras veces, venderán algo de la casa.» «En la casa ya no queda más que el Cristo, según he oído a mi padre.» «Siempre aparecen trastos viejos por las buhardillas.» Balbina, los párpados entornados, enviaba la mirada al fondo oscuro del café, donde estaba el escenario de variedades. «Me das envidia.» «¿Por qué?» «Eres libre, y puedes hacer de tu vida lo que te plazca. Yo, en cambio…» «¿No te atreves?» «Me da miedo. Aquí, no podría. Y, en otra parte…» Cerró los ojos y sonrió tristemente. «¿Has oído alguna vez hablar de mi hermano?» «No.» «Está en la cárcel.» Amalia se sobresaltó. «¿Es posible? Un nieto de Maragato en la cárcel? ¿Por qué?» «Lo sabe poca gente, y, los que lo saben, fingen ignorarlo, porque están de acuerdo. Para los de aquí, incluso para tío Bernardino, mi hermano es un bala perdida, un sinvergüenza creído de que el dinero de su abuelo le daba salvoconducto para hacer lo que le viniese en gana. Para mí, que lo conozco bien, no es más que un hombre honrado avergonzado de su familia. Quiso independizarse, y acabó mal. Está en la cárcel en Barcelona. Mi abuelo se las compuso para enredarlo en una estafa y deshacerse de él. De cierto, no lo sabe nadie, pero yo estoy segura de que fue así.» Amalia sacó del bolso un pañuelo y se limpió las narices. «¿Por qué me cuentas eso?» «Para que sepas que en todas partes hay trapos sucios que esconder, y para que no te dé reparo de ser mi amiga. Te contaré más cosas. Porque, por la parte del Maragato, también hay lo suyo. Se sospecha que el primer dinero de los Cubero procede de un asesinato. ¡No te espantes! Es una historia de hace cien años, en León, y aquí no lo sabe nadie. Mi hermano la sabía; la averiguó, como otras muchas, como el trato que mi abuelo da a sus empleados. Mi hermano llegó a tener en sus manos el proceso y a leerlo. No sé cómo se las compuso, ni en qué archivo lo halló, ni a quién sobornó, pero, una vez, después de un viaje largo, me contó toda la historia. Y creo que también se la contó a mi abuelo. Fue un Viernes Santo. Mis tatarabuelos, él y ella, eran criados de una señora rica, y la ahogaron en la cama aprovechando el ruido de la procesión. No se les pudo probar, y los dejaron en libertad. Pero como nadie les dirigía la palabra, como todo el mundo les tenía miedo, emigraron a Villasanta de la Estrella. Aquí pusieron el primer almacén de coloniales Cubero. Aquel asesino fue el fundador de la dinastía, el primero en enriquecerse, de una manera sórdida, viviendo miserablemente. A su hijo lo mandó a estudiar, y su hijo amplió el negocio a La Coruña, a Vigo, a Lugo. En vida de mi bisabuelo, los 'Coloniales Cubero' llegaron ya hasta León y Palencia. Él les dio el último empujón, fundó la banca y metió también dinero en negocios de otra clase. Hoy, mi abuelo maneja todos los capitales de Villasanta, incluso las rentas de la mitra. En materia de curas, mi abuelo manda más que el arzobispo.» «Pero, ¿eso lo sabe la gente? ¿Lo sabe don Bernardino?» Balbina cogió una mano de Amalia. «¿No te has preguntado nunca por qué estoy soltera?» «¡Sólo hace ocho días que te conozco!» «A los veinte años, yo era una muchacha apetecible. Bonita, ¿comprendes?, muy bonita. No tenía en los ojos estas arruguillas de ahora y pesaba seis kilos menos. Teóricamente, estaba destinada a un gran matrimonio. ¡Imagínate! La mitad de los millones de don Balbino serán míos, y los millones de don Balbino nadie sabe cuántos son. Me mandaron a Suiza, a Alemania, a Inglaterra. Los colegios más caros de Europa... Conozco a todo el mundo. Cada vez que abro una revista extranjera, encuentro retratada en ella a una compañera de colegio. Teóricamente también, yo tenía que haberme casado nada más que llegar a España y ser presentada en sociedad. Porque a mí me presentaron en sociedad, ¿sabes?; en una gran fiesta donde todo el mundo me preguntaba si era la noche más feliz de mi vida y donde me aburrí soberanamente.» «Nunca he asistido a una gran fiesta, ni de lejos.» «¿Y no te apetece?» «He aprendido a no desear lo que no podré tener nunca.» «¿Ni siquiera un marido?» «Eso, espero tenerlo.» Se había armado una partida de dominó, y los jugadores golpeaban la mesa con las fichas y cantaban las jugadas. Un estudiante solitario escuchaba, ante la gramola, músicas estrepitosas. El que estudiaba en el rincón guardaba ya sus cuadernos y se disponía a marchar. Balbina dijo: «Tendremos que irnos de aquí. No soporto esta baraúnda.» «A mí me es igual. Estoy acostumbrada al ruido. ¡Si tuvieras que gobernar a gritos sesenta niñas de ocho a diez años…! ¡Y si sólo fuera el ruido! Pero no sabes cómo huelen, los angelitos.»

"Balbina se incorporó, y, de repente, volvió a sentarse. «¡Vamos a esperar un poco!», dijo. Miraba a una de las ventanas, más allá del cristal. Señaló a un hombre que de espaldas al café hablaba con otro. Un hombre alto, de espaldas anchas, con abrigo gris y sombrero negro. «¿Conoces a ése?» «¿Al de la gabardina?» «No, al del abrigo.» «Lo he visto algunas veces, por ahí. Es ciego, ¿verdad?» Balbina no respondió. El ciego dio la mano al de la gabardina. Amalia le vio pasar erguido, seguro, por delante de las ventanas, y entrar en el café. Llevaba en la mano un bastón del que no se servía. «Tiene muy buena facha.» El ciego fue derecho al fondo, y se detuvo ante el piano, bajo las candilejas del escenario de "variedades". En la cortina roja, de terciopelo envejecido, aparecían confusamente, alterado el contorno por los pliegues, las figuras de dos bailarinas y una alegoría de la música. El ciego, parsimoniosamente, se despojó del abrigo; lo dejó, con el bastón y el sombrero, encima de una mesa, y se sentó ante el piano. Levantó la tapa, puso las manos en el teclado… «¿Quieren callarse?», gritó; pero su voz se perdía en el tumulto. Entonces, golpeó la tapa, una, dos, tres veces. Los golpes secos conmovieron el ámbito, como órdenes tajantes. Se levantó, se volvió a los que metían ruido. «¿Quieren callarse de una vez? Voy a tocar.» Amalia se sintió acoquinada por aquella voz. El que escuchaba la gramola, la paró rápidamente. Los jugadores de chamelo interrumpieron el juego; los mirones hablaron en voz baja. Se oyó, en el salón, el pitido de la cafetera. «¡La cafetera, Enrique!» El ciego, entonces, volvió a sentarse y empezó a tocar. «Es la *Sonatina*, de Ravel», susurró Balbina al oído de Amalia. Amalia se encogió de hombros. «Lo que no entiendo es por qué los estudiantes le han hecho caso.» «Le tienen miedo.» «¿Al ciego?» «Le tiene miedo todo el mundo. Y tú se lo tendrás también cuando lo conozcas.» «No tengo interés alguno en conocerlo.» «Pues va a ser inevitable si no nos vamos en seguida. Y, si nos vamos, haremos algún ruido, y, entonces, nos insultará. Prefiero quedarme quieta y escuchar. ¿No notas que toca muy bien?» Amalia hizo un gesto indefinido. «¿No te gusta la música?», preguntó Balbina. «No lo sé. La que aprendí en la Normal no fue gran cosa. La verdad es que no entiendo.» «Un día te llevaré a mi casa para que escuches a Marcelino. Se llama Marcelino.» «¿A tu casa? ¿Es amigo vuestro?» «Marcelino entra en ella como si fuera suya. ¿No lo sabías? Y a todos nos desprecia igual.» «Creí que me habías traído a esperar a don Martín.» «Y así era. No sabía que Marcelino hubiera regresado. Estaba en Madrid.» Entró un cliente y pidió en voz alta una cerveza. Marcelino, allá en la penumbra que envolvía el rincón del escenario, cerró el piano de golpe, apoyó las manos en la tapa y la cabeza en las manos. «Me gustaría que no me descubriese.» «¿Por qué no nos vamos, entonces?» «Porque tengo ganas de hablarle.» Se volvió a Amalia. «Marcelino es mi confidente hace bastantes años, y yo soy su lectora. Habla tres idiomas, además del español, los mismos que yo, y le leo los libros que no están editados en alfabeto para ciegos. ¿Sabes que mi abuelo gastó con él más que conmigo? Cuando el dinero sangriento de los Cubero quiso emplearse en una caridad, y yo no podría explicarte por qué razones misteriosas mi abuelo se sintió una vez caritativo, eligió a Marcelino como víctima. Porque, para Marcelino hubiera sido mejor morirse pronto, quizá de hambre o de miseria, o quizá pedir limosna por las calles.» Balbina respiró hondamente y encendió un pitillo. «Lo recuerdo de niño. Era precioso, con sus ricitos rubios, y las señoras lo llevaban a las fiestas de caridad, donde le hacían recitar versos y tocar el piano. Su madre era prostituta, y el niño estaba en el orfelinato, al cuidado de unas monjas que lo adoraban. ¡Era tan mono y tan listo! A los niños de mi tiempo, cuando éramos desobedientes, nos ponían el ejemplo de Marcelino, nos atosigaban con él, y nosotras lo admirábamos y lo detestábamos. No podíamos comprender cómo nuestras madres nos ponían el ejemplo de un hospiciano. "¡Fijaos, el pobre, sin madre y viviendo de la limosna de las buenas almas!" A Marcelino lo llevaban a todas partes, porque, ciego y todo como era, a los diez años sabía más que todos los niños de Villasanta. Así entró en mi casa, y en las demás. Y, mi abuelo, cuando quiso hacer una hombrada, lo mandó al extranjero.»

"Marcelino permanecía inmóvil, allá en su rincón. Casi no se veía la mancha oscura de su chaqueta. Los estudiantes alborotaban de nuevo y el bebedor de cerveza se había marchado ya, después de limpiarse los labios con el dorso de la mano.

"«Cuando yo estudiaba en Londres, también estaba él, y un día se me ocurrió visitarle en su colegio e invitarle a que viniera al mío. Le llevé una tarde, vestido como un caballero y hablando un inglés precioso, un inglés que nos daba envidia a las chicas extranjeras. Mis compañeras se volvieron locas con él, quedaron fascinadas. ¡Era tan simpático, y tan inteligente, y tan guapo! Luego, el misterio que le daba la ceguera, y que él sabía explotar. No dije quién era, ni que mi abuelo le pagaba los estudios y corría con todos sus gastos. Le inventé una leyenda que lo hiciera atractivo, y todas las chicas me pedían que volviera a traerlo. Esto me halagaba y llegué a invitarlo todas las semanas. ¡También a las monjas del colegio las había fascinado! Pero, algún tiempo después, descubrí que otras muchachas compañeras mías, sin saberlo yo, le habían sacado a paseo, y que se habían acostado con él. Unas americanas.» Amalia pegó un bote en el asiento. «¿Es posible? ¡Con un ciego!» «Tú eres muy inocente, Amalia.

No eran las primeras. Marcelino había hecho antes muchas otras conquistas y las había aprovechado. Pero me dejó quedar mal, porque descubrió a mis compañeras que todo lo que yo había contado de él era una mentira. Se lo descubrió precisamente a las dos o tres que fueron sus amantes de una tarde. 'Soy hijo de una prostituta, y estoy ciego porque mi madre, al parirme, tenía blenorragias, y no me curaron los ojos.' ¿Te das cuenta?» Amalia había bajado la cabeza y jugaba nerviosamente con la pitillera de Balbina. «No me lo cuentes. ¡Qué horror! No puedo imaginarlo.» Balbina le quitó la pitillera y escogió un cigarrillo. «Marcelino es un genio. Su madre era una mala bestia, una prostituta aldeana, de la peor calidad. Pero, ¿quién habrá sido su padre? A veces pienso que si mi abuelo... Pero, no, no puede ser. No se sabe que mi abuelo haya tenido vicios. Tuvo una mujer y, desde que enviudó, estoy segura de que no volvió a acostarse con otra. Sería dinero tirado. ¡Fíjate ahora, ya verás!» Señalaba al fondo del café. Marcelino se había levantado, y daba la vuelta lentamente. Quedó quieto. Luego, empezó a mover la cabeza, a un lado y a otro, como un perro que ventea. «Ya me ha visto», dijo Balbina. «¿Que te ha visto?» «Ya me ha olido. Fíjate bien.» Marcelino buscaba el rastro en el aire. «No pierdas movimiento. Es maravilloso.» Amalia procuraba adivinar lo que, allá en el fondo, hacía Marcelino. Pero sólo adivinaba su figura. «Soy un poco miope, Balbina. No veo bien.» Balbina la cogió del brazo y le arrimó la cara. «Está oliendo. Conoce mi perfume y sabe que estoy aquí. Yo tenía que haber ido junto a él, tenía que haberle abrazado delante de todo el mundo, pero no me da la gana. Prefiero que me descubra solo. Ahora ha quedado con la cara quieta hacia aquí. Ya sabe dónde estoy. Ahora coge el bastón y echa a andar. ¿No le ves, contra la pared?» «Sí. Ahora le veo.»

"Marcelino caminaba tranquilamente entre dos filas de

mesas, con el bastón en la mano, sin tantear. Giró en ángulo, se despistó un instante, nada más que un instante; comprobó, con un toque de bastón, que había hallado el buen camino. Se acercó. Llevaba la cabeza alta, y parecía un hombre que mirase a lo lejos, si no es que las pupilas estaban muertas. Se detuvo ante la mesa. «¡Balbina!» Balbina no se movió. Tardó unos instantes en responder. Por el rostro del ciego pasó una ráfaga de incomprensión, una fugaz sorpresa. Repitió: «¡Balbina!» Y añadió: «¿No me habías visto?» «Sí.» «Entonces, ¿por qué no has ido?» «Prefería comprobar que conservas tus admirables facultades.» «¿Por qué había de perderlas?» «Desde junio no te veo; has estado fuera... ¡Vaya usted a saber!» Marcelino echó la mano al respaldo de una silla, la apartó y se sentó. «¿Quién es la chica que está contigo?» Tenía la cara vuelta hacia Amalia, como si la mirase. «Se llama Amalia, y estudia conmigo en la facultad.» «Es limpia y no se perfuma. Ni siquiera se pinta los labios. ¿Es posible?» «Dile quién eres, Amalia.» El ciego extendió el brazo sobre la mesa y abrió la palma. «Dime quién eres y dame la mano.» «Aunque te lo diga, no creo que me reconozcas.» «Dame la mano.» Mantenía la palma abierta, apoyado el dorso en la mesa. Los dedos eran largos, delgados, y las uñas, limpias, recortadas. Amalia puso la suya encima, la abandonó y dejó que el ciego la apretase. Nunca había estrechado mano más fina. «¿Por qué eres tan tímida? ¿Te doy miedo?» «No.» «Una muchacha normal, de tu edad, no tiene cien pulsaciones por minuto.» Soltó la mano de Amalia y retiró la suya. Amalia se le quedó mirando, sin pestañear, sin moverse. «Te doy miedo», repitió el ciego, e inmediatamente se volvió a Balbina y le dirigió una mirada inexistente, fijos en ella sus ojos muertos. Amalia sintió un escalofrío por la espalda, por las piernas. «Acabo de estar en tu casa. Me dijo tu madre que te has matriculado en la universidad, y me eché a reír. ¿Qué se te pierde a ti en medio de esos imbéciles? Y tú, Amalia, ¿por qué te acompañas de Balbina? ¿Es que pretendes ascender de clase? Has fregado la loza de tu casa hasta hace poco tiempo. Conservas todavía las asperezas de los dedos. ¿Sabes que eso se quita con paciencia y corteza de limón?» Amalia escondió las manos bajo la mesa. La voz del ciego era llena, grave, y hablaba con más seguridad que don Martín en el aula ante cincuenta alumnos estupefactos. «Es la hija de Remedios, Marcelino.» «Espera que recuerde…» Cerró los ojos y levantó la cabeza. «Remedios, Remedios… ¿La criada de don Bernardino? ¡Ahora me lo explico!» Sacudió un golpetazo en el mármol de la mesa; luego, señaló la puerta del café con un dedo enérgicamente extendido. «Amalia, vete y no vuelvas a acompañarte de Balbina. ¿No sabes que, a lo mejor, sois primas? Puedes ser hija de Fernando Bendaña, el que murió en el Gurugú. Tu madre no lo confesó jamás, pero no puedes ser hija de otro, al menos según los cálculos de las cotillas más respetables de la localidad. Bernardino estaba entonces en América, tirando al pichón. Era todavía un solterón guapo y conquistador, aunque ya empezaba a faltarle el dinero. Pasó allá más de un año, y, cuando volvió, se encontró con que su hermano había muerto heroicamente y con que tú habías nacido. Tú tienes ahora… veinticuatro años. Ya te conocía hace tiempo, aunque nunca había tenido el placer de hablarte. ¿Quieres decir algo? Un *no* no basta para reconocer el timbre de una voz, ni siquiera a mí.» Se levantó, pasó entre dos mesas y se sentó al lado de Amalia. «Yo me voy», dijo ella, e intentó levantarse; pero Marcelino la sujetó de una muñeca. «Quieta. No seas cobarde. No rechaces tu destino.» Balbina apartó del brazo de Amalia la mano del ciego. «Déjala, Marcelo. Eres farsante y cruel.» «¿Cruel? Estoy iniciando un acto de solidaridad con Amalia. La considero algo así como un alma gemela. Según los señores de Villasanta, es una chica que tiene mucho mérito, que es lo que decían de mí hace veinte años. Están dispuestos a alabarla por haberse elevado sobre su condición, siempre que no se eleve demasiado. Aprueban que sea maestra, y hasta que se licencie en filosofía y letras. Yo creo que, en su magnanimidad, podrían incluso tolerarle que ganase una oposición a institutos, sobre todo si la destinaban luego a las islas Canarias. Pero si el hijo de cualquiera de esos señores se enamorase de Amalia y quisiera casarse con ella pondrían el grito en el cielo, y le recordarían su origen para avergonzarla. Serían capaces de negar incluso que es hija del bravo militar caído en África, y la reducirían a la condición de hija de Remedios y de un caballero desconocido. Yo voy a enseñarle a no tener vergüenza, a sentirse superior a todo el mundo. Yo soy hijo de una ramera, Amalia; te lo digo así, crudamente, para no paliar la realidad; sin embargo, nadie en Villasanta de la Estrella ha intentado jamás hacerme bajar la cabeza. ¿Sabes por qué? Porque conozco todas las historias, las de los vivos y las de los muertos, los robos olvidados y los crímenes donde nunca se descubrió el asesino. Soy amigo de las queridas de los canónigos y estoy al tanto de las cuentas corrientes, de las letras protestadas, de las deudas que se arrastran, impagadas, desde hace años. Y sé de dónde viene la riqueza de los ricos, y por qué han empobrecido los que lo fueron y ahora son pobres. Estoy, incluso, enterado de los adulterios secretos, de los amancebamientos sórdidos, de las complacencias maritales. Y, puedes creerme, no lo busqué; fue un arma que me pusieron en la mano, que ellos mismos me entregaron para que la manejase contra los otros. Cuando venía a Villasanta de vacaciones, me convidaban en todas partes, porque les seguía haciendo gracia y porque empezaban a admirarme. Y en cada casa me contaban la historia de los vecinos; en cada pazo, la del pazo de al lado; en cada cu-

357

rato, la del cura de la parroquia próxima. Yo las escuchaba y almacenaba los cuentos en mi memoria implacable, y allí están. Cuando entro en una casa, los recuerdos correspondientes se suscitan, se levantan, y en el tono de voz se me nota que estoy al cabo de la calle, que lo sé todo, y que conmigo no valen pamemas, porque todos somos iguales. ¿Comprendes? Así llegué a convencerme de que ser hijo de una prostituta no era tan deshonroso, o que casi no lo es en absoluto cuando nadie está limpio de deshonra. Además, ¿para qué pensar en la honra? Eso es cosa de tenderos. La gente superior no necesita ser honrada, le basta ser superior. Tu madre no fue una prostituta, ni mucho menos, ni tampoco tu abuela. Tu madre es hija de don Luis Saavedra, cuñado del abuelo paterno de Balbina; y tú eres probablemente hija de Fernando Bendaña. Pero ni tu madre ni tu abuela se acostaron con otros hombres que con los de la casa. Sus cuerpos fueron propiedad de los hombres de la casa. Dormir con ellos formaba parte de su obligación de criadas jóvenes, saludables y devotas de los amos, del mismo modo que, ahora de viejas, se sienten todavía obligadas a robar al vecindario para que don Bernardino pueda comer. Historias como la tuya las hay en todas las casas de Villasanta, de Galicia, de España y del mundo. ¿Vas, pues, a avergonzarte? ¿Por qué? Fíjate en mí. Soy el hombre más poderoso de la ciudad. Me temen más que a las excomuniones del arzobispo. Me convidan en todas partes, toleran mis impertinencias y me justifican diciendo que hay que perdonarme porque soy ciego y tengo mucho talento. Sin embargo, esto tiene un límite, para mí como para ti. ¿Qué pasaría si un día se me ocurriera pedir a una de esas señoras que me adulan la mano de su hija?» Apuntó a Balbina con el dedo. «¿Qué diría tu madre si pretendiera casarme contigo? No lo consentiría. Tendrían que matarme, o hacer que alguien me matase.» Se le oscureció, repentinamente

la voz. «Quizá sea así como tenga que morir.» «Bueno, Marcelo, basta. Amalia ya tiene una idea exacta de quién eres.» «¿Y tú Balbina, qué me responderías si pretendiese casarme contigo?» Balbina había sacado cigarrillos, y ponía uno entre los dedos de Marcelino. «Yo soy la única persona que no te tiene miedo.» «Eso lo dices tú.» «Sabes que es cierto. Fuma, anda, y deja tranquila a Amalia. Para primera entrevista, ya está bien. ¿No quieres tomar nada?» El ciego sacó un encendedor, lo encendió y lo ofreció a Balbina; luego acercó la llama a la punta de su cigarrillo. Amalia miraba la llama y la mano segura que la sostenía. «Pide un tinto para mí.» Había montado una pierna; juntó las manos y las dejó reposar sobre el muslo. Balbina hizo una seña al camarero, y encargó el tinto. «¿No me preguntas qué hice durante el verano?» «Me lo sé de memoria: habrás conquistado a media docena de mujeres importantes; habrás comprobado en sus brazos que eres más importante que ellas, y, al final, habrás llegado una vez más a la conclusión de que Villasanta de la Estrella es el único lugar del mundo donde te importa que te reconozcan la importancia.»
"El camarero se acercó, sirvió el vino, y dejó el vaso junto a la mano del ciego. Marcelino tomó un sorbo y chascó la lengua. Luego cruzó los brazos, se echó atrás en el asiento y reclinó la cabeza en el respaldo. «Conquisté a una sola mujer, y no era importante, ni siquiera guapa, sino fea y desmedrada. La conquisté sin quererlo, y si, al fin, llegamos a algo, pecaminoso y divino, mas fue por obligación moral que por ganas de pecar con ella. Pero, ¡se había portado tan bien! Gracias a ella, estos cuatro meses fueron los de más intensa actividad intelectual de toda mi vida.» Balbina se mordió el labio, y cerró con fuerza el puño de su mano libre. «¿Una escritora?», preguntó con voz indiferente. «¡Ca! Una analfabeta, una mujer completamente vulgar, pero con la sensibilidad pictó-

rica más exquisita que jamás he conocido. Gracias a ella, he estudiado a fondo a Goya.» Quedó en silencio. Balbina afectaba no darse cuenta de lo que Marcelino acababa de decir. Amalia, en cambio, vuelta hacia él, le miraba embobada. «Pero, ¿usted... tú entiendes de pintura? ¿Cómo es posible?» «¿Por qué no? ¿Piensas que la ceguera puede ser un obstáculo? ¡Ése es un error de los videntes, que os creéis que, por ver, vuestro mundo es más rico! El espacio y las formas me son directamente accesibles. Al mundo del color he llegado indirectamente, por mi esfuerzo personal, pero sé de él mucho más que vosotros. Para mí, el parecido de un cuadro con la realidad no tiene sentido; para mí, el cuadro no es más que color, masa, volumen, armonía, discordancia... Yo sé de la pintura lo que saben los pintores, no lo que sabéis los papanatas...» Buscó la mano de Amalia y la cogió fuertemente. «Querida Amalia, tu mundo de buena chica honesta, tu mundo de maestra de primera enseñanza que aspira a licenciarse en letras es bastante limitado, y no creo que puedas ampliarlo mucho aunque aprendas latín e historia, e incluso acabes teniendo un amante. Pero si te acompañas de nosotros, te descubriremos las maravillas reservadas al conocimiento y al goce de los excepcionales. Mi talento y mi ceguera han hecho de mí un ser de excepción, me han abierto puertas vedadas al resto del mundo; pero esas puertas se abren para mí y para los que van conmigo. 'Yo no digo mi canción —más que al que conmigo va', como dice el marinero del romance. De mi mano, podrás escucharla, y te aseguro que vale la pena. Balbina, a quien llevo años cantando mi canción, te lo confirmará. Sin embargo, conmigo no te bastaría. ¡Yo mismo no me basto a mí mismo! Mi mundo es demasiado bello, demasiado lírico y, a veces, demasiado abstracto. Es necesario compensarlo, y para eso soy amigo de Balbina. Balbina es refinadamente mala; es una perversa razonable y clarividente; no como yo, que también soy malo, pero tumultuoso y desigual. La maldad de Balbina es equilibrada; la mía tiene altos y bajos. Yo soy capaz, a veces, de conmoverme; Balbina, no. Balbina tiene el corazón de piedra; yo lo tengo de fango, es decir, más blando que el suyo.» «¿Por qué no callas, Marcelino?», gritó Balbina; «voy a marcharme». «No. No te irás. Y si te vas, volveremos a vernos en seguida. Tu madre me ha invitado a comer, me ha prometido lenguado a la molinera; delante de mí ha mandado a buscar los mejores lenguados de la pescadería, para deleite de mi paladar.» «Entonces, deja de decir disparates delante de Amalia.» «Estoy vacunándola, y la primera dosis siempre resulta fuerte. No quiero que la contagie el mal aunque el mal la rodea. Quiero crear en ella la verdadera inocencia, el alma verdaderamente pura. Me gustaría hacer con ella lo que no conseguí hacer contigo, pero necesito de tu colaboración. Aspiro para Amalia a una inocencia que no ignore el mal, e incluso que pueda hacerlo inocentemente. ¿Lo imaginas, Balbina, hacer el mal sin contaminarse, hacer el mal sin perder la pureza del corazón?» «Suéltale la mano.» «Sólo teniéndosela cogida sé que lo que acabo de decirle le ha sorprendido menos que lo de antes. Ahora sólo alcanzó ochenta y cinco pulsaciones. Llegará a estar conmigo con la tranquilidad de los arcángeles.» «¡Eres teatral, Marcelino!» «Lo extraordinario es siempre teatral.» Soltó suavemente la mano de Amalia. «Te pido perdón, Amalia, por esta irrupción en tu vida, súbita y demasiado exclusiva. Otro día no hablaré tanto y te escucharé. Por lo poco que has dicho hoy sé que tu voz es bonita, y me gustará escucharte.» Había bajado el tono, lo había dulcificado. Amalia hizo un esfuerzo. «Posiblemente tarde mucho tiempo en atreverme a decir nada delante de ti.» «No importa. Es sólo cuestión de hábito, y, para acostumbrarte, Balbina es buena maestra, porque también habla mucho. Sólo

yo soy capaz de hacerla callar. ¿Verdad Balbina?» «Y yo
a ti.» «También es cierto, lo reconozco. Como enemigos,
estamos empatados.» Se levantó. «Voy a buscar mi abrigo. Espérame unos instantes.» Regresó al rincón del piano, derecho, hurtando el cuerpo a las mesas. Balbina
abrió rápidamente el bolso y sacó un billete. «Toma esto
y dáselo al viejo Bernardino con cualquier pretexto. Si
no eres capaz de inventarlo, dile que es de mi parte. Y no
hagas caso de nada de lo que Marcelino diga o pueda decir.» Amalia entornó los ojos. «Es fascinador, como dicen
que es el diablo.» Balbina le agarró fuertemente el brazo.
«Si llego a saber que te enamoras de él, soy capaz de ma-
tarlo.» Amalia sonrió. «No pases cuidado. Creo que tengo la cabeza firme; pero un mareo le da a cualquiera.» Se
ponía ya los guantes cuando añadió: «Sin embargo, me
explico que cualquier mujer se enamore de él». Balbina
miraba a la puerta y a la barra del bar; Marcelo, con el
abrigo y el sombrero puestos, se acercaba ya. «Mira, Amalia, dijo, lo natural es que a un ciego se le ofrezca el
brazo para caminar por la calle. No lo hagas nunca conmigo. Yo no necesito lazarillos en ninguna parte, y menos
en Villasanta de la Estrella. Puedes hacer la prueba
cuando quieras: me metes en un coche, me dejas en cualquier lugar, y verás cómo en seguida me oriento. Me bas-
tan los olores y los sonidos para saber dónde estoy. Tengo la ciudad dentro de mi memoria, con todos sus recovecos, y conozco además los lugares adonde nadie ha llegado por miedo a la oscuridad, esa Villasanta secreta de laberintos, de túneles, de estatuas rotas y quizás también de
monstruos. A mí no me dan miedo las tinieblas.» Balbina
se cogió del bracete de Elvira. «No le hagas caso.»
Doblé las páginas y las restituí a su cartapacio. Lénutchka
parecía distraída. No me atreví a preguntarle si le había
aburrido la lectura por miedo de obligarle a mentir, ¡ella,
tan veraz siempre! La entretuve con algunas precisiones

acerca del destino que daba a Amalia, y en ello andaba cuando me interrumpió. "¿Qué palabra has usado ayer, cuando dijiste que don Justo te había dejado inservible al padre Almanzora?" "Asañado, creo. Sí, asañado. Es una palabra gallega." "Pues no sé cómo te las compones para asañar los temas. Podrías contar entera y con detalle la historia del Cristo de Bendaña, que debe ser muy divertida, y que te daría pie para presentar a don Bernardino en todo su esplendor de gran farsante, y la has estropeado narrándola en cuatro líneas." Me citó la página. "Eso no me impide repetirla. Si consigo que valga por sí misma, no estorbaría el conocerla de antemano en su generalidad. Recuerda lo que dice Ortega…", y le hablé de Ortega largamente. "¿La tienes ya escrita?" "No, pero creo que podría hacerlo como lo hubiera hecho entonces. Aunque quizás con algunas variaciones de estilo." "Sólo en el caso, entiéndeme bien, de que no se te ocurra otra cosa. Pero me permito recordarte que lo más urgente es estudiar el tema del Congreso de los ateos." "Sí, pero es ahí justamente donde no se me ocurre nada. Quizás si visitase al arzobispo…" "El arzobispo no dirá más palabras que las que le atribuyas." "Sí, claro."

12 de noviembre

Sin embargo, no es lo mismo. Lénutchka tiene una gran experiencia crítica, pero lo ignora todo de la invención. No sabe lo que es hallarse ante el personaje, con su corporeidad: es uno el que inventa, cierto, pero parece que el personaje habla y hace, y a veces lo que dice no se le hubiera ocurrido a uno jamás. Lo tengo comprobado: esas figuras gozan de cierta autonomía. Parece como si preexistieran al acto mismo de la invención, y como si éste no fuera de creación, sino descubrimiento. Como quien dice: está ahí, lo veo, tiro de un hilo y sale entero. ¿Quién sabe si el arzobispo no me dirá, acerca de sus teologías, cosas que ignoro? ¿Quién sabe si será innecesario que me informe previamente? Por lo que fuese, logré desentenderme del tema del Santo Cristo, que me andaba rondando, y de don Bernardino, que vociferaba y manoteaba en mi interior, y fui a ver al arzobispo, a aquella hora en que le sabía solo, entre la cena y la partida de mus: hora de recogimiento y de chocolatinas, en que se tiene del mundo una visión ubicua y se llega a las grandes conclusiones entre Píndaro (Sé el que eres) y Shakespeare (Sé fiel a ti mismo). Entré sigilosamente y hallé el despacho vacío. "Habrá ido al retrete", pensé, y me puse a esperarlo, y sólo entonces se me ocurrió echar un vistazo alrededor y darme cuenta de que los muebles eran románticos, de caoba fina, y de que en las paredes había cuadros y grabados de buena calidad. ¿Sería cosa de entretenerse curioseándolos? Hacerlo, no se tiene por incorrecto: lo hice, pues, y antes que los cuadros, me atrajo una serie de litografías, lo menos treinta, sobre el tema de la vida de Jesús. Seguramente eran francesas, pero la luz lejana de la lámpara y mi gran miopía me impedían leer, no ya la firma del artista y el taller de impresión, sino la leyenda, bilingüe, de cada una (lo de bilingüe lo advertí porque el texto aparecía claramente partido, y los titulares latinos y franceses, en tipos de mayor tamaño, los podía leer). Y así consumí un buen rato, más del que necesita para hacer sus mayores un arzobispo, y sólo entonces se me ocurrió curiosear encima de la mesa, y pude ver que no había chocolatinas. "Pues se me ha ido a lo del mus más temprano." Recordaba el camino, no la situación de los conmutadores, de modo que hube de recorrer a tientas el pasillo, buscar la puerta de la escalera, y bajar ésta con precauciones infinitas, hasta que me vi en la catedral, que estaba vacía, aunque con el resplandor de algunas lámparas y cirios, y, más al centro, el rojizo de los faroles que flanqueaban las obras. Como no me era dado ir volando, di la vuelta a la girola, y a la entrada de la torre me encontré a Manolito sentado en un escalón. Me miró. "¿Adónde va?" "¿No están arriba?" "Se los han llevado a todos, esos del casco con cuernos." Y desvió la mirada. Quedé, más que perplejo, turulato. Y sentí necesidad inmediata de hablar con alguien que me ayudase a desenredar el barullo en que me hallaba metido, y que puede formularse así (aunque la brevedad de la fórmula prescinda de importantes matices): Yo soy un escritor que anda acopiando materiales para escribir una novela, y uno de mis personajes inventados tiene a su cargo la redacción de lo que pudiéramos llamar narración paralela. Por definición, ninguna de las narraciones debe encontrarse, si no es en el infinito, pero ahora no se trata de eso. Esto no obstante, mi personaje me roba materiales y los usa a su modo y según sus necesidades, lo cual puede decirse también de esta manera: me roba hombres y les cambia el destino, que es mucho más grave. La operación, hasta ahora, me ha incomodado o divertido, pero sólo esta vez me ha sacado de quicio, ya que, según todos los barruntos, los soldados vikingos han entrado en la catedral y se han llevado, ¿a la cárcel?, al comité local anarquista autónomo, arzobispo incluido. *Y yo no puedo saber dónde se encuentran, ni hacer nada por ellos*, hasta que el señor Samaniego me entregue la quinta secuencia profética, en cuya redacción debe estar entretenido. Y como ignoro en qué estado me los devolverá, si los devuelve, me asaltan serios temores de que la recuperación sea imposible. Esto es lo que voy pensando mientras me alejo de Manolito, mientras recorro, en dirección al oscuro pórtico, la nave lateral, mientras busco la salida que habrá de conducirme al Arco de Ramírez. Está lloviendo en la calle. El ámbito de la plaza lo inunda una luz azulada de resplan-

365

dor y orballo en que flotan los faroles. En esta misma plaza, según la narración de Samaniego, se levanta la máquina de matar pronto, cuadrada y negra, y se congregan los hombres que asisten forzosamente a las ejecuciones. Y el silencio lo quebranta, de tanto en tanto, el *allegretto* de la Sinfonía séptima, precedido de tambores. ¡Qué espanto!

¿Por qué no quiero buscar a Lénutchka y contarle lo que pasa? ¿Será que temo un reproche, o escuchar de sus labios, tan bonitos, la declaración fría de que me he quedado sin novela? Porque ésta es la verdad, y no hay vuelta que darle. El arzobispo y los anarquistas serían el eje capital de la construcción, o, de haberme decidido por la acción doble en sentido temporal inverso, uno de ellos. ¡Sí, permanece intacta — hasta ahora — la historia de Balbina y Marcelo, pero ésa ya la escribí casi entera hace casi veinte años, y — ¿por qué he de engañarme a mí mismo? — no me satisface. ¡Y yo que me las prometía tan felices con el Congreso de ateos al que acaso el espíritu burlón del arzobispo hubiera invitado, como observador, a don Casto Almanzora? ¡Y la madre Sinforosa, que traería, ¡por fin!, del infierno la noticia de que allí estaba el arzobispo, asándose en vivo! Todo un programa de humor y fantasía que don Justo Samaniego acababa de arrebatarme por falta de imaginación, sólo por eso. Porque si hubiera sido capaz de inventar sus personajes, no habría necesitado recurrir a los míos.

Me llegué, paseando bajo la lluvia, hasta la biblioteca de la universidad, oscura a aquellas horas. Había, sin embargo, una rayita de luz en una ventana encima de los magnolios. ¿Sería la de don Justo? ¿Estaría escribiendo mientras picoteaban las gallinas en los antiguos infolios? Empujé la puerta. Estaba cerrada. Quizá fuese la iluminada la ventana del bedel.

Amparándome bajo los aleros, porque arreciaba, gané una

rúa de soportales, y allí me sacudí la lluvia. Chorreaban ya las gárgolas, pasó un automóvil oscuro levantando raudales de agua. Encendí un cigarrillo y me dejé distraer por las gotas que golpeaban los charcos y las losas. El automóvil se perdió en el fondo de la calle, y quedé a solas con la lluvia. Arrimado a una columna, echaba al aire bocanadas de humo gris y pensaba con entera frialdad que había llegado al final, que mi carrera de escritor se había terminado, que ya no sería capaz de pensar una historia sin miedo a que me la robasen. Curiosamente insistían en mi memoria dos frases recordadas poco tiempo antes, "Sé el que eres" y "Sé fiel a ti mismo", pero no les hallaba aplicación a mi situación momentánea, ni tampoco a la inmediata ni a la futura. Todo lo que se me ocurría era que, tras unos meses de trabajo y de búsqueda, había llegado al final con las manos vacías.

Sentí pasos cercanos, pero no me volví: sería un socio del casino que salía por la puerta trasera. Pero, conforme se iba acercando, una particularidad del ruido me llamó la atención, aunque la reconocí en seguida: las muletas metálicas de don Felipe Segundo golpeaban las losas. Era la persona a quien menos deseaba ver, y, sin embargo, me volví cuando le tuve cerca y le saludé. "¡Hombre, qué bien me viene usted! Acaban de contarme en el casino un cuento extraordinario y no es de los más verdes, créame, aunque sea malsonante. ¿Me permite?" Se acomodó junto a mí, recogió las muletas bajo el brazo y refregó las manos enguantadas. "¡Hace un frío puñetero, verdad? Más que frío, humedad, pero le cala a uno hasta los huesos. El cuento es de Jaimito, ¿sabe?, de Jaimito, el niño cabrón. A mí me hacen mucha gracia, no sé quién los inventa. Pues sucedió que aquella mañana había poca agua caliente, y la madre de Jaimito lo bañó con su hermanita, de modo que la niña, cuando vio las cositas del hermano, cogió una perra, empeñada en que quería unas iguales.

«¡Anda, cállate, le dijo la madre; si eres buena, cuando seas mayor tendrás una para ti sola!» (La madre se lo dijo seguramente con cierto escepticismo.) Entonces, Jaimito, muy risueño, advirtió: «Y si eres mala, Pepita, tendrás todas las que quieras.» ¿Verdad que es bueno? ¡Ja, ja, ja! ¡Estos españoles son el diablo! ¡No sé de dónde sacan el ingenio!"

14 de noviembre

¿Quién es el hombre capaz de razonar independientemente de sus estados sentimentales, e incluso físicos? Yo, no, por supuesto. Y acabo de comprobarlo. Esta mañana me he levantado animoso, después de dos días decaído y morriñento, y lo he visto todo de otra manera y a otra luz. Fue la gastritis lo que me hizo pensar que todo había acabado; fue su dolor pertinaz lo que orientó mi pensamiento. Hoy, que estoy como unas rosas, no sólo comprendo que no todo se ha perdido, sino que he ganado bastante. Pensándolo bien, puedo perfectamente prescindir del Congreso de los ateos y reducirme a la historia de Bernárdez. En conjunción con la de Marcelo, da tela suficiente para una novela larga, y ahora se me está ocurriendo que puedo darles un tratamiento contrario a su naturaleza: es decir, extremando los detalles fantásticos en la de Marcelo, y los realistas en la de Pablo. Lo cual me obligará a conceder cierta importancia a los comentarios de sus amigos después de su desaparición y tras el mensaje trasmitido por el bonzo. De esto hablé con Lénutchka. Ella, naturalmente, no es partidaria de las soluciones ambiguas, y parece aconsejarme que mi punto de vista quede claro; pero yo insisto en dejarlo en la vaguedad, cierta vaguedad al menos.

Ahora voy a visitar a don Justo. Después de varios días

de lluvia, apareció una mañana radiante, el sol se refleja en los charcos y hace brillar los verdes, tan variados, de las paredes. Por cierto que delante de la ventana de don Justo hay un musgo de precioso color, que tendré ocasión de ver.

Confío en que habrá ya terminado la quinta secuencia profética. ¿Qué destino habrá dado a mis personajes? No sé por qué, me siento distanciado de ellos y un poco indiferente, y voy perdiendo interés en el Congreso de ateos. Al final, acabaré por estar agradecido a Samaniego.

Me he citado con Lénutchka a la hora de comer. Le leeré los folios.

Quinta secuencia profética

La ciudad estará como tomada militarmente: patrullas de vikingos recorrerán sus calles, cachearán a todo el mundo, pedirán la documentación, y vigilarán con especial cuidado el cumplimiento de las leyes absurdas, que estos días lo serán especialmente, porque en algunas calles habrá que caminar hacia atrás, a pique de romperse la crisma, y en ciertos lugares habrá que hacerlo sobre las manos, las patas al aire, sean hombres o mujeres. Las precauciones se multiplicarán a las entradas y salidas de la catedral: se instalarán equipos de control que le hurgarán las intimidades a cada quisque e incluso a cada quisca, en busca de puñales o artefactos explosivos. Comandos especiales registrarán las casas de la vecindad en demanda de pasadizos secretos, e incluso las alcantarillas serán objeto de atención. A pesar de lo cual, en la torre seguirán fabricando bombas, que estallarán en los lugares y a la hora prefijados. El diario de la tarde publicará un manifiesto firmado por el cronista oficial y por varias docenas de conspicuos, en protesta por los desperfectos causados en los monumentos nacionales, que no tienen la culpa. Y las escuadras del padre Almanzora, entrenadas en la lucha antiterrorista, o, al menos, eso dirán, aunque se sospeche que lo que en realidad defienden son las inversiones paternas en la fábrica de muñecas, evitarán catástrofes, perseguirán dinamiteros, abatirán en la calle a activistas rezagados y maquinarán nada menos que la voladura de la torre Berengaria, proyecto, sin embargo, que el abate guardará en su cartera como solución heroica por si le falla el plan que trae en el magín.

Porque el padre Almanzora fue lector de Machivalli, no para aprender de él, sino para comprobar que le supera en malicia y que sus mañas son bastante más sutiles. El padre Almanzora habrá descubierto que, cuando el arzobispo visita a los anarquistas de la torre, lo hace por los aires, y llevará al obispo auxiliar a que lo compruebe, y, en efecto, el buen prelado verá un gran pájaro oscuro que atraviesa los aires. "¿Y eso cómo se hace si no es con artes del diablo?", le preguntará el abate, y él bajará la cabeza y aceptará la evidencia. "¡Nadie lo hubiera supuesto de un hombre tan piadoso!" "¡Un terrorista vulgar o, por lo menos, un cómplice!" No hay más remedio que aceptarlo. Durante una semana, el obispo auxiliar habrá perdido las ganas de comer, y el arzobispo lo hará solo, aunque a veces Almanzora se le acerque con el pretexto de acompañarle, en realidad de tirarle de la lengua, a ver si el pez se muere por la boca. Pero al arzobispo no habrá quien le saque una palabra comprometida, lo cual estimará Almanzora como indirecta confesión. "Porque si fuera un hombre que piensa bien, ¿cómo no iba a condenar el terror?"

Tendrá puestos espías en todas partes, lo que le permitirá prevenir algunas acciones y coger a los protagonistas con *las manos en la masa — no en persona, por supuesto, sino por comandos interpuestos —. Y se demorará en la devolución de la mulata Coro con el pretexto de que la elevada personalidad la retiene en su poder; en realidad, porque no ha vuelto a acertar con la combinación secreta que hace a la muñeca manflorita y se pasa frenéticas horas nocturnas pulsando los botones a ver si acierta; pero será más explícito en sus informes, y el escalda quedará convencido de que es el arzobispo la elevada persona, e incluso sospechará que está usando a la mulata para solaces escondidos. El mismo cuerpo de espionaje será el que traiga noticias de que preparan un congreso de los ateos locales (de si asistirán o no los regionales no le han venido con el soplo); pero le bastará la nueva de que el arzobispo actuará de moderador para armar el monólogo en el silencio del gabinete episcopal y poner al obispo abrumado entre la espada y la pared: "Los invasores, con permiso o sin él, preparan el asalto de la torre. ¿Vamos a permitir un sacrilegio? No lo habría si su excelencia da el permiso oportuno. Creo que se encuentra en el deber moral de concederlo". Y el obispo auxiliar, que casi se desvanece cuando le llaman excelencia, vacila, pide un plazo, sugiere que se consulte al cabildo... "Me parece una idea excelente, porque he pulsado la opinión de los señores canónigos, y la mayor parte de ellos coincide con la mía de que es escandalosa y contraria a toda ley, no sólo la presencia de un arzobispo en esos contubernios, sino el uso de un territorio sagrado para salvaguardarse. Hay precedentes, señor obispo. No será la vez primera que un puñado de soldados penetra en nuestra santa iglesia a restaurar la ley de Dios."*

VIII

Vendrá a verme, una de esas mañanas, una muchacha rusa que enseña en la universidad. Se llama Lénutchka y es bastante bonita, aunque de ojos demasiado claros, esos ojos eslavos, de dibujo oriental, en que parece encerrarse todo el hielo del Mar Blanco. No sé por qué razón, al tenerla ante mí, no sentiré el menor deseo, a pesar de su esbeltez y del misterio indudable de su mirada. Pura y sencillamente, no es mi tipo.

Vendrá a verme a mi despacho, con el pretexto de que tenemos amigos comunes, aunque rogándome el secreto. Y después de unas palabras vagas y embarazadas, acabará por declararme que quiere hacerme unas preguntas acerca de la muñeca, pues me supone enterado. Le alargaré un folleto explicativo, de los que tengo docenas, que leerá en silencio, y me preguntará después, como si no se dirigiera a mí, si puede verla, y si la prestan para examen. Y sólo después de haberlo dicho se justificará asegurándome que en la Rusia soviética llevan bastante tiempo con la intención de inventarla, y que ya lo hubieran hecho si la industria astronáutica no requiriese la totalidad de los esfuerzos técnicos; pero que está segura de que una información detallada acaso condujese a la adquisición de la patente y a la fabricación en serie para el consumo doméstico, o, acaso, acaso, de los países del pacto de Varsovia, si su situación lo aconsejase, ya que la desaparición progresiva de la mujer-objeto plantea el problema con urgencia, en vista de que las perturbaciones sexuales de los varones causan graves quebrantos en la producción de armamentos. Y ella podría, al regresar a Rusia, hacer llegar un informe al Soviet Supremo, donde está segura de que lo tendrán en cuenta e incluso de que propondrán el negocio como instrumento de distensión militar. Puestos de acuerdo los diversos estados mayores, ¿qué resultados no podrían llegar

*a obtenerse, con la muñeca por medio, en orden a la paz?
La escucharé. ¿Por qué no? Su aire será de lo más razonable, y, el tono de su voz y el movimiento de sus manos,
convincentes. Y le diré que vuelva, porque la decisión depende del escalda, y hasta es posible que para dar una respuesta necesite acudir a instancias superiores. Ella me
dirá que bueno, que es natural, pero que, de ser posible,
no me demore mucho en la gestión, ya que su regreso está
próximo por razones de visado, y lo dirá con ansiedad visible, como quien teme perder un buen negocio. A mi pregunta de que si pertenece al partido comunista me dirá
que por supuesto, que de otra manera no se atrevería a
intervenir en el asunto, pero que si le piden el carnet no
lo podrá mostrar ya que, por precaución elemental, lo habrá dejado en su casa.
Aquella misma tarde, al despachar con el escalda, le pro-
pondré la cuestión y él me escuchará entre serio y sonriente, y me preguntará al final: "¿Es lesbiana esa señorita?" Pondré cara de estupor. "¿Lesbiana? ¿Por qué me lo
pregunta?" "Porque pudiera tratarse de una mera añagaza
para disponer unas horas de la muñeca. Lo de la compra
de la patente no pasa de pretexto. Como usted puede comprender, nuestro departamento de comercialización ha tratado a su debido tiempo de introducir el producto en Rusia, y lo hicimos previo regalo de un ejemplar escogido a
no sé qué autoridad: nos lo devolvieron con la respuesta
de que los planes quinquenales no incluyen en sus programas la pornografía. La cosa queda clara, ¿no?". "Puede
tratarse de otra clase de curiosidad, o quizá del deseo de
comprarla. El uso que vaya a darle después no creo que
nos preocupe." "No, por supuesto. En eso no nos metemos. Pero, ¿cree usted que esa señorita dispone de dinero
para el pago al contado?" "Pues no lo sé." "Se requeriría,
al menos, el pago del primer plazo para que pudiera ex-
perimentarla, bien entendido que, caso de devolverla, no*

se le reembolsará el dinero. Hay que tener en cuenta que cada ejemplar, una vez movidos sus resortes, es como si perdiera la virginidad." "¿Una virginidad metafórica o real?" "Según. Hay modelos con una sola virginidad, los hay perpetuamente vírgenes. Los musulmanes prefieren éstos, pero hay a quienes fatigan tantas dificultades. Los modelos destinados a Escandinavia no son vírgenes." "Pudiera, pues, entregarse a la muchacha uno de éstos." "Evidentemente, a ella le sería igual. Pero tenemos también, a punto de lanzar al mercado, ejemplares lesbianos. Y, ahora que lo recuerdo, no han sido probados todavía." Me miró con la cabeza alzada. "Podríamos nombrar probadora a esa señorita... en el caso de que tenga usted mucho interés." "Nada más que el normal, pero me permito advertirle que nos estamos moviendo en el terreno de las puras hipótesis. Ella presentó el asunto como enteramente político." El escalda me dio una palmada en el hombro. "¡Es usted un ingenuo, don Justo! Considere que la sociedad todavía no se ha decidido a conceder a los homosexuales estatuto de normalidad, y cada uno de ellos se disimula como puede." Revolvió unos papeles encima de la mesa. "Y, a propósito, ¿cómo va esa historia de doña Esclaramunda que le encargó su majestad? Me ha preguntado por ella un par de veces." "Como quien dice, en las últimas. Mañana se la entregaré." "Por duplicado, si no le importa. Un ejemplar para el rey, otro para mí. No olvide que tengo a mi cargo la versificación de la historia y su inclusión en la saga de Olaf Olafson."

Al llegar a este punto, en que terminaba el capítulo VIII de la quinta secuencia profética, dejé a un lado los papeles. Lénutchka no me miraba, y en su rostro había aparecido cierta hosquedad. "No soy el responsable, le dije, sino don Justo. Y ya está bien que me robe mis personajes, pero no toleraré que haga de ti una lesbiana." Ella se vol-

vió lentamente hacia mí. "Pero ya está hecho." "¡Insinuado nada más! No creo que en el resto del manuscrito se
vuelva a hacer referencia a la cuestión." Eché un vistazo
a las cuartillas de don Justo, que venían, como siempre,
mecanografiadas, aunque con muchas faltas. "Aquí, de lo
que trata ahora, es de la prisión y muerte de los anarquistas." "No tiene prisa. Mi noche de amor con la muñeca la
reserva para la sexta secuencia. Un narrador que se estime
no se precipita jamás y el señor Samaniego no es de los
peores. Ha lanzado una conjetura, ha creado un interés.
¿Será, no será? La solución, la semana que viene." Me
senté junto a ella y le cogí las manos. "Te puedo asegurar
que no se volverá a tratar de ti en el cuento de don Justo.
Iré a exigírselo." "¿Y qué? Recuerda tus propias teorías,
recuerda tu afirmación de que no vale romper lo escrito,
porque lo escrito queda, si no en palabras, al menos en el
recuerdo. Yo ya no podré pensarme a mí misma sin esa
petición vergonzosa, y cada vez que me pienses o me re-
cuerdes se introducirá en tu pensamiento, y, lo que es
peor, en tu sentimiento. También yo estoy asañada..." Se
le endureció el gesto, y, de pronto, se echó a llorar. Gemía
y aseguraba, entre sollozos, que no era homosexual y que
no lo sería nunca porque no le salía del alma, y que la página de don Justo era como una calumnia. "Las calumnias
se borran y las palabras también. ¿Ves?" Busqué la página y la rompí. "¿Y qué has sacado en limpio? ¿Vas a ol-
vidarte?" "¡Claro que me olvidaré!" "Pues a mí no me
será posible. Siento mi cuerpo besuqueado por los labios
de goma de ese monstruo inexistente, por esa invención
endemoniada de don Justo Samaniego. ¡La que tanta gracia nos hacía!" Y le dio un repeluzno como de repugnan-
cia. Se llevó las manos a la cara. "¡Qué horror!" Lo oportuno era borrar con besos míos las imaginarias huellas de
los labios de la muñeca, aunque teniendo en cuenta que
mis labios eran asimismo imaginarios, como los besos. Lo

hice. Pero me sucedió algo así como si una manada de lobos rodeara una calva del bosque desde el límite al que llega el resplandor de la hoguera. No los veía, pero sabía de su presencia, y, de vez en cuando, me lo advertía un aullido apagado. Y, más aún: sentí que algo se terminaba para siempre y que el final estaba empezando. No me faltó pasión; incluso la redoblé, aunque conscientemente, como si fuera la pasión de la despedida.

Dejé a Lénutchka calmada, al menos en apariencia. A solas, no pude apartar de mí el pensamiento, quizá el temor, más bien la seguridad, de que, pasados unos días, don Justo me entregaría otro montón de cuartillas y que en ellas se describiría, con tantos detalles al menos como la aventura del abate, lo que Lénutchka había llamado su noche de amor con la muñeca. ¡Justo lo que necesito para que mi narración se equipare a esas novelas que intentan compensar su intelectualismo excesivo con una escena erótica abundante en pelos y señales! Pero no estoy dispuesto, no. ¿Cómo lo voy a permitir, después de haber sacrificado al pudor de Lénutchka hasta la más remota alusión a nuestra intimidad? Tengo que visitar a don Justo y decirle: "Lo siento, pero la chica rusa ha tenido que marcharse, de modo que dígale usted al escalda..." Para lo cual es indispensable que *Lénutchka se marche*.

No es difícil. Basta con que no piense en ella, con que no vuelva a nombrarla como presente, con que mi sentimiento por ella sea de añoranza y lejanía, sea de recuerdo. Pero, para alcanzarlo, necesito de una *decisión* que en este momento no veo fácil. Y del ánimo lo suficientemente recio como para aceptar una doble derrota, un fracaso doble: como autor de una novela que jamás escribiré, y como amante de una mujer que no veré jamás. Aceptado esto, ¿qué me queda?

15 de noviembre

No sé qué pensaré mañana. Ahora no puedo hacerlo. Me arrebata la marea sentimental, me rodean los recuerdos de hace una hora. Estoy bajo mi lámpara, delante de la máquina. Me van saliendo las palabras torpemente. Algo se me revuelve dentro, acaso mi insensatez. Pero se impone una convicción, una evidencia, más fuerte que los recuerdos y las rebeldías. *Tengo la obligación de evitar que la figura de Lénutchka, personaje de este diario, invención mía como todo lo demás, quede manchada.* Si fuera capaz ahora de abstraerme a mis sentimientos, de pensar fríamente, seguro que me echaría a reír. Porque, ¿no resulta que he caído en mi propia trampa? Invento un personaje, le doy libertad, le atribuyo una historia y unos hábitos, incluso un carácter, le confío le redacción de una parte de mi cuento, por otro lado innecesaria; porque, ¿qué razón me movió a imaginar la invasión de los vikingos? El ánimo juguetón, ni más ni menos. "¡Pues sería divertido...!" ¡Ya lo creo que lo es! Y mucho más atribuir la historia a un alma sucia como don Justo, incapaz de superar su frustración sexual, o de sublimarla al menos. ¿Qué otra cosa podría esperarse de él? Me roba mis personajes, me los falsea, me los corrompe y me los mata. Acabo de leer las páginas restantes de la quinta secuencia: cuenta en ellas cómo el padre Almanzora logra por fin arrancar al vacilante obispo auxiliar la autorización para que los vikingos penetren en la iglesia y prendan a los anarquistas. "¡Le pido de favor que lo hagan cuando no esté con ellos el arzobispo!" ¡Qué ingenuo, el pobre obispo! Pues lo que el abate quiere, más que prender a los anarquistas, es que el señor arzobispo aparezca en la redada, comparezca ante la policía, sufra la acusación de terrorista y dinamitero, y acabe sus días en la máquina de matar pronto. Todo lo cual sucede: los prenden, los juzgan, los condenan, los matan. Pero al arzobispo lo han cogido de paisano; en la declaración da su nombre escueto: don Atenágoras Martínez, que ni siquiera es el suyo, sino el monacal... En la plaza habrá más gente que de costumbre. Verán al comité local anarquista autónomo, esposados sus miembros, orgullosos y serenos, esperar el concierto de Beethoven. ¡La apoteosis de la danza! Uno tras otro van entrando, el arzobispo, Rosina... por la puerta oscura: les precede la tamborada, les sucede la música, y los espectadores imaginan que los cuerpos danzan antes de descomponerse en sus factores — ¡el rápido e increíble proceso químico de desintegración y división! —, que salen ordenadamente por la cinta sin fin hacia destinos remotos y escogidos: los testículos de Atenágoras Martínez llevan la lis dorada de las piezas excepcionales. Y, después, el silencio. En los cubículos donde los rebeldes se reúnen, cunde la desolación y la desesperanza: toda revolución necesita un estado mayor, y el de ésta se lo ha tragado el servicio de correos.

Todo lo cual relata don Justo en cinco folios. No los transcribo por rabia que le tengo al bibliotecario. Pienso que, como información, basta con esta síntesis.

16 de noviembre

¡Qué pocas cosas he escrito sobre Lénutchka! Si alguna vez releo estas notas, necesitaré echar mano de mis recuerdos no escritos para que el esqueleto abstracto en que ahora consiste cobre toda su carne. No es la primera vez que lo advierto, pero siempre he pensado en que el futuro me traería ocasión de dotarla de una presencia más enérgica que hiciese resaltar su figura, de perfiles tan nítidos: pero el futuro está a punto de acabar. Tal vez sea necesaria la distancia para que el tiempo devore lo accesorio y me deje la persona esencial; pero también es cierto que el recuerdo olvida lo cotidiano, y lo que hace a Lénutchka precisa son los pequeños detalles: su manera de coger un vaso, por ejemplo, delicada al tiempo que funcional, o el modo que tiene de pasarse la mano por el pelo cuando le cubre la cara, y echárselo hacia atrás: entonces le queda al descubierto la clara frente, que sólo se oscurece cuando la colma la melancolía y canta sus canciones. "Ésta es antigua", me dice; "ésta es muy popular, y la cantan en la región del Volga". ¡Se me atiborran en la memoria los aires rusos! Es muy notable su postura en el diván, cuando más intelectual se siente, cuando más profesora: se sienta, entonces, con las piernas cruzadas, mete los brazos por debajo de los muslos y baja la cabeza: entonces es temible y le fluyen las citas de Tynianov. Sería insoportable de escuchar sin aquella postura tan escasamente convencional. Me gusta también como camina su cuerpo elástico, trabajado por la gimnasia sueca y el deporte: como si pretendiera eliminar toda cachondería, que, sin embargo, se mantiene en el movimiento de sus caderas. Si no me atase la promesa solemne del silencio, podría consignar aquí muchas otras de sus gracias, aquellas precisamente que le brotan espontáneas y jamás repetidas cuando se olvida de que yo soy escritor, de que ella ejerce la función crítica en una universidad y quedamos reducidos a varón y mujer. ¿Se me ofenderá mucho si menciono, sin comentarios, sus tetas respingonas? Caso de que lo haga, con tacharlo está listo.

Me gusta su seriedad profunda, disimulada por una risa casi constante, o por una sonrisa abierta de persona sin trastienda. ¡Pues buen trabajo le daría al psicoanalista que quisiera explorarla! Su subconsciente, por lo que pude colegir, es como un jardín bien ordenado, más penumbroso que sombrío. Los complejos inevitables los resolvió sin cicatrices, y la medida de su madurez me la dio esta frase que alguna vez me dijo: "Admito sin turbación que mi madre haya gozado el engendrarme, y el buen trato, el afecto tranquilo que siempre advertí en mis padres lo atribuyo a un buen entendimiento sexual". Esta claridad interior no está conforme con el figurín más corriente de las mujeres rusas según la literatura, pero la creo conforme con la realidad, en la que no todo serán Kyras y Nietochkas. Admito, sin embargo, haberla embellecido un poco; pero, ¿qué menos puede hacer un artista con su invención?

Estuve a ver a don Justo. Le hallé más rodeado de gallinas que nunca, pues las tenía hasta en los hombros y encima de la cabeza. "¿Viene usted en busca de sus cuartillas?" "No. Vengo a decirle que esa muchacha rusa a la que prestó atención en la última entrega, acaba de regresar a su país, de modo que es inútil volver a mencionarla." Pareció muy contrariado. "¡No me diga! ¿Por qué se marchó tan pronto? ¿Es que la tratábamos mal? No me extrañaría que alguien lo hiciese: ya conoce usted nuestra intransigencia. Y más aún si es lesbiana." "Estoy seguro de que no lo es y estoy persuadido de que, en este caso, su imaginación falseó la realidad sin razón suficiente." "¡Oh, a mí la realidad me trae sin cuidado! Invento lo que se me ocurre y escribo lo que invento. Por cierto que esta noticia me llega tarde, pues tengo ya escrito el capítulo correspondiente en que esa muchacha se acuesta con la muñeca. ¿Quiere que se lo lea?" "¡No, no, de ninguna manera! Y más sabiendo que es mentira." "¿Mentira? La literatura, como usted debe saber, no es mentira ni verdad, no es más que eso, literatura." "Aún así..." "Pues lo siento de veras, créame. Fue un capítulo que me dio mucho trabajo. Como usted puede suponer, de lesbianas lo ignoro todo, aunque esté bien informado de otros aspectos de la pornografía. De manera que me puse a imaginar, y lo que salió es verdaderamente fantástico, casi sobrerrealista. Las mejores páginas de mi vida. Ya las leerá usted." Mi mano cayó tajante encima de la mesa, con gran alboroto de volátiles. "Le ruego que las suprima; de lo contrario, seré yo quien lo haga." "¿Es su última palabra?" "Por supuesto." Pareció resentirse de esa tristeza que sobreviene a los grandes fracasos. "Le aseguro que, cuando las escribía, estaba pensando en usted como la única persona capaz de comprender su gran belleza." Se detuvo un momento. "¿Y si tacháramos el nombre? Lo dejaremos en una mujer innominada, enamorada de la muñeca." "No." Pareció vencido. "Bueno... Pero no las romperé. A lo mejor, cualquier día cambia de opinión. Es de sabios cambiar. De manera que si usted es sabio... me las puede pedir." Y, de pronto, soltó una alegre carcajada. "¿Sabe que ya soy un hombre hecho y derecho? Mañana pediré a la profesora adjunta de lingüística su bella mano. Quiero casarme." "¡Hombre! ¿Y cómo ha sido?" "¡Ah, la virtud catártica de la palabra! Algo que he escrito: uno de los capítulos de nuestras secuencias proféticas." "Eso, puede leérmelo, ya ve." "¿Leérselo? ¿No prefiere que se lo cuente?" "El modo, es cosa suya." "Mire, no sabe bien en qué lío me he metido con eso del relato en futuro. La gramática no es mi fuerte, y a veces, ya lo habrá advertido, cometo errores." "Sí, pero de poca monta." Una gallina roja, instalada encima de la carpeta de don Justo, me miraba estupefacta. Hice un movimiento con la mano para alejarla, pero la gallina continuó impertérrita. "Serán de poca monta, pero me obligan a andar corrigiendo, y lo que sucede ahora es que esa parte aún no la he repasado." "Haga lo que le parezca." "Y también que, a lo mejor, al hilo de la narración, se me ocurren nuevos detalles. Cada vez que corrijo, siempre quito y siempre añado. De viva voz, los ripios se notan menos." "Pues, adelante." Se entretuvo, sin embargo, en preparar el café y el aguardiente, y a propósito de éste me recordó que no se me ocurriera ver gallinas, justo en el momento en que una de ellas volaba desde un anaquel y se posaba en mi cabeza. Me la sacudí con el pretexto de alisarme el pelo, y la cosa quedó disimulada. Pero don Justo todavía llevó a cabo algunas acciones secundarias, como beberse el café, sorber el aguardiente y encender un pitillo antes de comenzar. Arrancó, por fin:

"Usted ya está enterado de que el rey con el escalda de intermediario, me encargó que le redactase la historia de doña Esclaramunda y de su muerte alevosa, víctima involuntaria de los prejuicios morales, porque, ¿qué más le daba al mariscal que a su hija la desvirgase un obispo u otro cualquiera? La historia está llena de doncellas ilustres amancebadas con clérigos; si no, ahí tiene usted la dinastía de los Fonseca. Pero aquel mariscal debía de ser un sujeto cerril, y como tal lo presento en mi narración, que es un primor de *pastiche*, porque remedo en su prosa la de las crónicas latinas de aquel tiempo con tanta autenticidad, que bien pudiera ser el traslado de una de ellas. De esa manera contada, la historia da para poco, pero todo cuanto en ella puse está garantizado por la documentación que del caso nos ha llegado. No es mucha: un capítulo bastante ambiguo del *Codex Ferdinandi*, y otro, un poco más explícito, del Ramirense, que no hay que confundir con la crónica del rey Ramiro, ya que es la historia del primer arzobispo de Villasanta, que, como usted no ignora, se llamaba Ramírez. En esencia, dicen lo que sabemos. Viene después el contrato con el escultor que labró el sepulcro, y algunas cuentas de las obras del laberinto. Nada más. Con todo eso pergeñé un buen relato, equilibrado, escueto y elegante en lo que cabe: lo que necesitaría el escalda para ponerlo en verso e incorporarlo a la saga del rey Olaf, que, al parecer, lleva al día, de modo que en ella cuenta, en pasado, lo que yo cuento en futuro. Pues bien: entregué los papeles al dicho escalda, los leyó y le gustaron, sobre todo por su aire medieval y por la riqueza de su vocabulario. «Se lo entregaré a su majestad», y ahí quedamos. Pasaron unos días. Eran los de la revolución, cuando andaban preocupados por el orden público y no pensaban en otra cosa. Pero el jaleo acabó con la ejecución del comité anarquista, las aguas volvieron a su cauce y el rey tuvo que vagar para entregarse a sus recuerdos sentimentales. Leyó mi crónica y no le gustó: eso me dijo el escalda. «¿Y qué le falta?» «No me lo ha dicho, pero quiere hablar con usted.» «¿Cree que nos entenderemos?» «Confío en que sí: usted habla bastante bien el danés poético.» «Y, si está disgustado, ¿me mandará a la máquina de matar pronto?» «No le oí nada al respecto.» «Bueno.» Esperé un par de días, y, por fin, el escalda me mandó recado de que el rey me recibiría. Me dio una serie de consejos acerca del protocolo, y que no tuviera miedo, y que hablase sin levantar la mirada, y que dijera a todo que sí, y que no olvidase el tratamiento, salvo si el rey me ordenaba apearlo, y un sinfín de etcéteras de que tomé buena nota en la memoria, pues no quería deslizarme en visita tan peliaguda. Me pasó a una antesala, guardada de dos soldados cornudos, me hizo esperar un rato; cuando salió dejó la puerta abierta y me introdujo ante el poderoso vengador de los antepasados, que éste era el título más amado del rey Olaf: palabra que, nada más verlo, se me invirtió, a causa de su obscena cara de capullo, de la que ya está usted informado. El palacio en que vivía era el de un marqués, el más suntuoso de toda Villasanta, arzobispal incluido, y quedaba tal cual, salvo los aditamentos de cuernos vikingos en lugares visibles. Mudo ante él, con la cabeza gacha, no le veía la cara, sino las manos ajetreando en unos papeles. Nada de eso, sin embargo, me atrajo, sino una plegadera como un puñal, con el pomo enjoyado, que yacía encima de la mesa. «¿Es usted el bibliotecario?», me preguntó después de unos minutos. «Sí, majestad.» «¿Es usted el

383

que escribió estos papeles?» «Sí, majestad», le respondí temblando. «¿Y no se ha dado cuenta de que yo no figuro en ellos?» «Están tomados de la documentación más fidedigna.» Apartó el puñal de un movimiento brusco y me mandó levantar la cabeza. Lo hice con timidez. «La historia no se hace con documentaciones, sino con fantasía al servicio de la política, y el texto que usted me envió está necesitado de muchos aditamentos. Por ejemplo, usted se calla la verdadera razón de aquella entrada que terminó en la batalla de Catoira: no era por pillar y matar, como puede suponer quien lea sus páginas, sino para librar a Esclaramunda de la prisión en que se hallaba. Mis emisarios habían llegado hasta ella, le habían pintado mi amor, y ella me correspondió. Habíamos convenido, por agentes secretos, en que yo acudiría a raptarla y que me la llevaría conmigo a ser reina de un pueblo navegante. A ella le hacía mucha ilusión un viaje por mar. Y de todo esto, a última hora, se enteró el mariscal, y por eso la mató. Del obispo Sisnando no se habla para nada, porque eso de que la amaba no pasa de leyenda. Usted responderá con el argumento del sarcófago y del laberinto, pero yo le aseguro que uno y otro fueron construidos por artistas contratados por mí en París, y que vinieron adrede. París era ya entonces la capital del mundo artístico.» Supongo que, conforme él iba inventando, a mí se me ponía cara de estúpida sorpresa. Cuando terminó, apenas si me atreví a decirle: «Ninguno de esos hechos, majestad, figura en nuestras crónicas». «Porque son falaces, y estaban destinados a engañar al pueblo, por temor de que se apasionase de un rey poderoso capaz de una expedición tan larga por amor a una mujer. Reconozco que mi popularidad formaba parte de mis planes: yo proyectaba apoderarme de Galicia y establecer en ella un reino, como otros compañeros míos los fundaron en Sicilia y en Normandía. Fue una lástima que se perdiera aquella ocasión, porque el porvenir de la Península hubiera sido distinto.» Una idea me andaba bullendo en la cabeza: «Majestad — osé decir —, y la batalla de Catoira ¿está contada escrupulosamente?» «Es cierto que la perdimos, pero no a causa de las saetas y las lanzas de los soldados, sino de un ejército de brujas que encantó a mis soldados y los paralizó. Fue una hazaña de Sisnando, este recurso a la magia, que no se cuenta para no desacreditarle. Pero era un brujo, también él.» Movió de tal manera la mano izquierda, que el puñal plegadera cayó al suelo. Me incliné a recogerlo. Y sólo cuando lo hube empuñado me recordé de que, la vez primera que le había visto como tal rey Olaf, lo había identificado con mi padre. El complejo tantas veces arrastrado me dio fuerzas y audacia. Al levantarme, la mano armada llevaba propósito homicida. Él lo comprendió así. Se echó un poco atrás en el sillón, que era de los pesados, con pasamanería antigua y bolas encarnadas. «¿Qué vas a hacer, desgraciado?» «Matarte, padre, aquí mismo, sin escapatoria.» «¿Por qué me llamas padre?» No me dio tiempo a responderle, porque ya la hoja se le había clavado en la garganta: de la que salió algo así como un oscuro estertor. No me tomé el trabajo de arrancarle el puñal de la herida: salí por una puerta que había en la pared frontera, y di sin esperarlo con el dormitorio del difunto, en cuya cama endoselada yacía, espatarrada y desnuda, una muñeca parecida a Esclaramunda. Me arrojé sobre ella. «¡Madre!», exclamé, y allí mismo, al poseerla, se me acabaron los complejos.''

26 de noviembre

Sobrevino un viaje, inevitable, por tierras de Andalucía, que me impidió trabajar, pues si bien es cierto que llevé conmigo la carpeta con el ánimo más dispuesto, lo es también que no me dejaron hora libre ni momento de sosiego. Pensaba en Lénutchka por las noches, y en su destino; tracé planes, pero no escribí una línea. Pude, al fin, regresar, y aún me tardó un par de días la inspiración, si así se llama a las ganas de escribir y a la abundancia de imágenes e ideas. Los proyectos elaborados durante varios duermevelas coincidían en que al final de todos ellos, Lénutchka se iba de la novela; pero el cómo y el cuándo divergían: había un regreso en avión, con despedida tierna en el aeropuerto; un viaje a Madrid con vagas promesas de regreso, e incluso llegué a pensar en que una tarde cualquiera, al visitarla en su casa, se hubiera marchado sin dejar señas; pero ésta la rechacé por inadecuada a su naturaleza, ya que siendo como era un amasijo de palabras e imágenes, si iba a buscarla era porque estaba allí. Aunque, bien mirado, si inventaba la casa vacía y algunas cosas por las mesas, que me hubiera dejado de recuerdo, la escena, una vez contada e inserta aquí, tendría consistencia. Pero no me gustaba aquel modo cobarde de hacerla escapar, ni tampoco las despedidas triviales en la estación o en el aeropuerto. Quizás fuesen adecuadas a la sencillez de nuestras relaciones, ni extravagantes ni extraordinarias, pero, en cualquier caso, no me satisfacían como escritor. Quería inventar un final más romántico, no por eso menos cruel, con escenario poético y palabras escasas.

Pasé la mañana de hoy dándole vueltas a una imagen muy vaga en que lo único concreto eran unos colores, el amarillo y el verde. De su oscura masa cruzada de una franja dorada, saqué la idea de un jardín, que inventé para Villasanta y para nuestra despedida. Le llamaban de la condesa, y lo había donado una señora de título a la ciudad: pazo y parque; el pazo, para museo y archivo municipal. El jardín, siempre desierto, quedaba lejos, y si a eso unimos la preferencia de los villasantinos por la piedra contra lo vegetal, su soledad queda explicada. Es un jardín muy grande, con estatuas de piedra — faunos, y ninfas, y otros recuerdos clásicos —, y un rumor de riachuelo que lo atraviesa, y es todo él de árboles traídos de ultramar por uno de los condes, que fue virrey y aficionado a la botánica, y lo plantó de magnolios y camelios, con el tiempo grandes y copudos, distribuidos por caminos que al cruzarse engendran plazoletas en cuyo centro un diosecillo oculta su desnudez de granito bajo el verdín. Pero plantó también, en la vereda central, chopos de la meseta, con un criterio autumnal y decorativo, para que las hojas amarilleasen y alfombrasen de oro la avenida, a cuyo fondo se levanta el palacio. Banquillos, cenadores, glorietas, mirtos recortados, así como puentes y grutas penumbrosas, armonizando el gusto francés con el inglés. Los únicos en visitar este asombro de vegetal organizado son los turistas, pero en el otoño no abundan, de modo que al llegar Lénutchka y yo, nos encontramos en la soledad buscada. Caía un solecito tibio, reflejado en los charcos y en los estanques. Los pájaros aún piaban en la floresta, y en algún lugar remoto, el guarda, cabe una hoguera, se había dormido, de modo que transía el aire un olor a jara quemada. Lénutchka, al hollar las hojas muertas, se creyó que pisaba los bosques de su tierra, o algo así, porque dejó caer algún gemido, o sollozo, o quizás un grito de alegría, y se lanzó a corretear por las veredas, trepó a algún árbol, hundió la mano en el agua de un estanque y arrancó una ramita seca a su alcance, todo con la bufanda al viento y la melena. Yo la seguía, regocijado de su felicidad, riñéndole cuando se subía al balaustre de un puente, de miedo que resbalara y cayera al riachuelo, y ayudándole a trepar al árbol cuando se le antojó: lo hubiera hecho sin mí, pero, como es tan mirada, solicitó mi ayuda inútil. (Alguna vez me dijo que los de Leningrado se tienen por más corteses que los restantes rusos, y aunque quizá sea una presunción, ¿por qué voy a llevarle la contraria?)

Exploramos el jardín hasta los últimos rincones; miramos las estatuas, ella se prendió al pecho unos botones de camelias, que eran como unas grumitos blancos sobre el rojo del suéter, y, por último, cansados, nos acogimos al refugio de un cenador, en cuya puerta hice un montón de ramas y de hojas. Saqué del bolsillo mis cuadernos secretos y le pregunté por los suyos. "Aquí los tengo", y los buscó en el bolso; pero al tendérmelos, me miró con tristeza. "¿No me los podré llevar?" "Desaparecerían contigo. La verdadera Lénutchka no los conocerá jamás, y estos míos, que son los únicos reales, deben seguir la misma suerte, si hemos de ser fieles al pacto." Hice un hoyo en el montón de hojarasca y los escondí allí. Después, le prendí fuego. Estuvimos callados mientras la hoguera se consumía. Cuando no fue ya más que ceniza y unas briznas de brasa aquí y allá, nos levantamos. Antes de darnos la mano, pisoteó el rescoldo, hasta extinguirlo. "No vaya a plantar fuego al bosque", justificó. Con las manos cogidas, nos miramos. Se me fue desvaneciendo, lo último los ojos: quedó en el aire el molde de su figura: un vientecillo lo arrugó; súbito lo abatió y lo barrió con la ceniza y las hojas. Dejé de verlo.

Había quedado su bufanda encima de la bancada. Me la envolví al cuello: sería para mí testimonio y fetiche. Recorrí las veredas del jardín, hacia la gran portada de escudos y columnas. Se veía, desde aquel altozano, Villasanta de la Estrella, que no era una, sino dos: la mía, acostada en la niebla que empezaba a caer, y la de don Justo Samaniego, con la bandera de los vikingos en lo alto de la torre Berengaria. De mí partían dos caminos. Hice lo que se hace en estos casos — dudar — cuando no se tiene a Rocinante entre las piernas. Mi Villasanta ya no me importaba: quedaba en ella don Procopio, sí, y también Balbina. ¿Qué podía hacer con ellos? ¿Una novela psicológica de la atracción y repulsa sentida por la muchacha hacia Marcelo, cuyo final ya sabía, y por partida doble? Cabía también la posibilidad de desentenderme de ellos y comenzar de nuevo, buscar otros personajes menos escurridizos y livianos, y, sobre todo, más míos. Que se rigieran por las leyes de la realidad o por las suyas propias, que acabarían siendo las que yo les inventase. Sería una tarea larga, y no me sentí con fuerzas, y no me lo confesé en el momento, porque acordé aplazar la decisión. Me atraía, en cambio, la otra Villasanta, la de don Justo. ¿Qué habría sucedido tras la muerte del rey? Ondeaba aún su bandera, y sólo se veía humo en alguna chimenea. El sendero que conducía a esta Villasanta era el de la derecha.

27 de noviembre

Me sorprendieron, a la entrada, la soledad de las calles y el silencio. Oí, sin embargo, unos disparos súbitos: me acogí a un rincón de las arcadas y esperé. A la izquierda, de una calleja, venían como voces. Asomé la cabeza por la esquina, y vi a un hombre muerto y a unos soldados. Me pregunté si mi naturaleza estrictamente verbal me ponía a cubierto de agresiones y decidí que sí, aunque acaso en el mundo de don Justo las leyes no coincidiesen con las del mío. Confiado, salí del escondite, y a caminar por el centro de la calle. Un poco más allá, una moza preñada lloraba ante un soldado despectivo, y al entrar en una plazoleta, sorprendí a un grupo de vikingos que jugaban a echar niños al aire y balearlos. También vi hombres colgados de las farolas y mujeres inmóviles en decúbito supino. Eso y otras escenas semejantes fue lo que me encontré en las calles vacías. A veces, a mi paso, se movían las cortinas de un mirador; de una ventana entreabierta me gritaban que me escondiese, y cerraban. Al verme continuar tranquilo, no sospecharon que ejercía funciones de cronista: me habrán atribuido, sin duda, alguna complicidad. Llevaba más de una hora en mi paseo macabro, interrumpido el silencio por algunos disparos sueltos, cuando se escuchó una fortísima retreta, algo así como si diez mil pares de cornetas y tambores sonasen al mismo tiempo, y aparecieron grupos de soldados que gritaban a todo el mundo a la calle, y a congregarse en la plaza. Se abrían las ventanas: ellos repetían la orden y amenazaban con voces y tiros al azar. Iba saliendo la gente: empavorecida, corría hacia la catedral. Cuando llegué, la plaza estaba mediada, y la gente se organizaba bajo las bayonetas alrededor de un círculo vacío, marcado por soldados. Algunos miraban ya al cielo, donde pude entrever — a causa de la niebla — un punto oscuro que parecía descender y agrandarse. Pronto todo el mundo lo miraba, empezaron las conjeturas y la novedad distrajo del pavor. Cuando la plaza ya se había llenado, y la gente afluyente quedaba en las calles aledañas, se pudo ver que era una enorme campana, cuyo descenso frenaban unos inmensos paracaídas de gajos multicolores: delicia de mirar si el sol hubiera alumbrado su superficie de seda (o de nylon brillante. ¡Vaya usted a saber!); pero la niebla rojiza los apagaba. Dos helicópteros, salidos no sé de dónde, guiaban, con largas pértigas, la caída, que se produjo solemnemente en el centro de la plaza. La gente se quedó estupefacta de aquella precisión, y hubo algunos que aplaudieron. La campana era grande como una iglesia, se apoyaba en unos como pies de gruesa goma, y remataba por arriba en dos cuernos de bronce. Hubo gente que se santiguó; otros dijeron que era la campana del diablo.

Vinieron unos soldados altos y empezaron a abrir un espacio entre la muchedumbre. El círculo se había roto, y los niños golpeaban con piedras la superficie sonora. Llegaron los primeros escuadrones lentos: se detenían ante la máquina de matar pronto, cada soldado se hacía cargo de su pieza, y, recobrado el orden de formación, marchaban al son de marchas fúnebres que la banda tocaba fuera. Un redoble profundo precedió la aparición del féretro del rey Olaf, llevado por cuatro jacos con gualdrapas de luto, y el casco con cuernos de oro encima de la caja: a su paso, los soldados presentaban armas, y se cerraban detrás en tristes batallones. Tardaron un par de horas en salir: así era de refrenado y melancólico su paso. La gente los seguía, y se congregó en un altozano desde donde se veía un buen pedazo de carretera, y allí continuó hasta que los últimos soldados se perdieron en la postrera vuelta del camino. Entonces, un júbilo inmenso se levantó a los cielos, y la gente empezó a abrazarse y a cantar. De alguna parte surgieron botas de vino. Pasaban de unas manos a otras, los mozos aturuxaban, y sólo lloraban en silencio las mozas embarazadas de vikingo: se iban juntando todas en una esquina, quizá instintivamente, y una vieja furiosa gritaba que no había que tenérselo en cuenta, y que ella había oído decir que siempre, tras el paso de los soldados, quedaban mozas encintas, y que había que olvidar y perdonar, etc.: discurso cientos de veces repetido a lo largo de los últimos veinte mil años.

Se fueron apaciguando. Muchachos de veloces piernas, que habían seguido a la tropa de lejos, traían la noticia de que marchaba por la carretera de Madrid, y que nadie miraba atrás. Otros traían el número de los muertos hallados en la calle, que con los de ayer y los de anteayer, sumaban tantos. Alguien consideró que, como venganza por un rey asesinado, no eran muchos y que hubiera podido ser peor. Las puertas de la catedral se entreabrieron, salieron acólitos curiosos y tonsurados medrosos, y las mujeres entraron a dar gracias a Dios por haber librado cada una su pelleja. Se había hecho de noche, y alguien mandó que se iluminasen los monumentos como en día de fiesta, y que se diera comida y bebida a tutiplén, que el municipio corría con los gastos. La emisora local puso músicas alegres. Hubo parrandas nocturnas, tunos rondadores y cantores solitarios. De madrugada, Villasanta se había apaciguado. Me encontré a don Justo Samaniego echando los bofes. Traía de la mano, encendida, a la profesora adjunta de Lingüística moderna. "¡Espere, hombre, que no va a perder el tren!" "¿Usted qué sabe? Le presento a mi novia." "¿Van a casarse?" "Voy a ver si convenzo a don Procopio de que se venga a Madrid conmigo y se traiga el manuscrito del *Beato*." "Pero, ¿tanta prisa le corre?" Se limpió el sudor de la frente. "¿Usted ha visto esa campana? ¿No le recuerda al caballo de Troya? Por lo que truene, pongo tierra por medio antes de que sea tarde. Haga lo mismo." Dio un tirón a su novia y salió corriendo hacia la catedral. Pensé que acaso tuviera razón.

La primera campanada sonó al amanecer: cayeron muchos pináculos y todas las veletas. A la gente, dormida, se le rompieron los tímpanos y ensangrentaron las almohadas. Tardó un minuto la segunda, y, a esa misma distancia, las demás: era un sonido profundo, que conmovía el aire como un tornado; y más alto que cualquiera imaginable, cuyo número de vibraciones no soportaban los oídos, ni los nervios, ni los tejidos cerebrales, ni la contextura de la piedra, ni nada natural o humano: se venían abajo las ramas de los magnolios como las torres, y los troncos se desintegraban como la piedra misma. De la catedral, a la tercera campanada, quedaron algunos arcos, que se desmoronaron tres campanadas después; y, una vez en el suelo, los perpiaños reventaban hasta quedar hechos polvo. A la salida del sol, Villasanta era un montón humeante de ruinas: el polvillo, en el día claro, se levantaba hasta cubrir el cielo, y, a cada nueva campanada, se movía en remolinos espesos de tendencia ascensional. Siguió tocando la campana durante todo el día. Al crepúsculo, el sol rojizo alumbró una montaña deleznable. Lo había dicho el bonzo: "En el lugar de Villasanta no había más que polvo y viento, y barro cuando llovía". No lo había aquella tarde, por ventura, y cuando terminaron las campanadas, el aire se tranquilizó, el polvo fue sosegando, y algo así como un crepúsculo apacible quedó flotando sobre la desolación. Iba a marcharme ya, cuando advertí que, cerca de donde me encontraba, algo se remejía. No era verosímil que nadie sobreviviese (yo, si estaba allí, a mi condición verbal se debía). ¿Un animal, acaso prehistórico, testigo de otros cataclismos? Esperé, curioso: vi salir una mano delgada, otra después; las siguió un sombrerete como una bacinilla, y, debajo de él y por partes, la figura de don Felipe Segundo, mancillada, pero entera, sin que le faltasen las muletas, las cuales, al afirmarse, no produjeron ruido. "¿Y usted?", me preguntó. "Eso digo yo. ¿Y usted?" "No se muere más que una vez." "Tampoco cuando se está hecho de palabras, mientras las palabras subsistan." "Difícil de creer, ¿no le parece?" "Su caso no es tampoco de los fáciles." "Bueno. No vamos a ponernos a discutir. ¿Qué piensa hacer?" "Regresar a mí mismo. ¿Y usted?" "A La Coruña, las campanadas habrán llegado amortiguadas. Todo lo más, rotura de cristales. Hay allí un casino del que soy socio, y tengo varios amigos. Y, si no es en La Coruña, no faltará un lugar en donde pueda contar mis cuentos. A propósito, ¿sabe que estaba empezando uno cuando se organizó el jaleo? Uno de los mejores que oí jamás, y no es de los verdes. ¿Tiene prisa?" "Más o menos, como usted." "Entonces, escuche. Era un tonto de pueblo, una especie de rigor de las desdichas: cojo de un pie, torcido del otro, bizco, un poco jorobeta, con las manos tullidas y un hablar tartajeante. Se acercó a un señorito a pedirle limosna, y el señorito le dijo que no, y no me des la lata. Insistió el tonto, y ante las negativas reiteradas, concluyó: «Lo que pasa es que usted es un hijo de puta». «¡Que te va a castigar Dios, Francisco!», terció un presente. «¿Más? ¡Como no me dejen preñado...!» Quedó serio don Felipe, mirándome. "¿Verdad que es bueno? De lo mejor que escuché nunca. ¡Estos españoles...!" Esperó mi carcajada. No me reí, sino que dije: "Lo encuentro un poco amargo". Se encogió de hombros. "Bueno. Suerte. Si va por La Coruña, ya sabe..." Dio la vuelta y se dirigió hacia un camino imaginario: el pie y las muletas se le hundían en el polvo. Yo, por mi parte, empecé a pensar en otra cosa.

"La Romana", 28 de julio;
Salamanca, 14 de diciembre, 1976

Apéndice

La primera campanada sonó al amanecer: se destruyeron
del susto algunos perifollos retóricos, metáforas y cosas de
ésas. A la gente, dormida, el ruido la despojó del nombre,
que fue un alabar a Dios, en aquella luz dudosa, el
remontarse del santoral desmenuzado, como una inmensa
bandada de gorriones oscuros que alzan el vuelo al primer
rayo de sol; de modo que los hombres, sin enterarse,
perdieron su identidad, yo soy Juan, tú eres Pedro, él es
Pancracio, y con ella el ser, porque no eran más que eso,
mero nombre, o apodo: doña Julia, Mercedes, La Carra-
cha. Y así se fueron, con su nombre, los curas, los militares
y los paisanos, y a aquella primera campanada, la ciudad
quedó sin gente, aunque con algún gato espeluznado al que
no había llegado la campanada aún. Tardó un minuto la
segunda, y, a esa misma distancia, las demás: era un sonido
profundo, que removía el aire como un tornado; y más alto
que cualquiera imaginable, cuyo número de vibraciones
no soportaban los sintagmas, menos aún los períodos, ni
por supuesto los sustantivos y los adverbios, que se
descomponían: en partes de la oración, en sílabas, en
monemas, fonemas y semantemas, de manera que todo mi
edificio de significaciones quedaba como arrasado, Co
ventry del lenguaje, y donde yo había escrito «torre», se
desvaneció la torre, y si había dicho «magnolio», el
magnolio se descompuso en tronco, en ramas, en hojas, en
flores, que, a su vez, se quebrantaron y dejaron volar los
elementos constitutivos, así los sonoros como los gráficos,
pero de tal manera descoyuntados que por un lado iba el
sonido y por otro el signo escrito, de suerte que el A no se
correspondía con el A, definitivamente separados. Éste fue
el turno de los gatos, de los canarios flauta y de los perros
amigos de los hombres, como de todo lo que se nombra: la

catedral y los palacios, las ménsulas y las columnas, las bóvedas y los arcos; así se desmembraron los personajes, ya ni siquiera sombras de sombras, sino chatarra lingüística: aquellos que habían sobrevivido a la máquina de matar pronto: don Procopio, el Supremo, el Bonzo y doña Matilde Peinado, la que enseñaba el culo a don Excelso Figueiras, muerto de muerte natural, y que ya no tenía a quien enseñar el culo. Villasanta, al mediodía, era un montón apagado de ruinas. El polvo mate de las palabras, en el silencio, se levantaba hasta cubrir el cielo, y a cada nuevo golpe del badajo invisible se removía en remolinos espesos de tendencia ascensional: entonces, una especie de música formada por todos los sonidos autónomos, palatales, labiales y guturales, con las restantes combinaciones, prepalatales y postlinguales, sin ningún punto de apoyo, atravesaba el silencio. Siguió tocando la campana, inútil ya: el verbo había sido aniquilado, en el Fin no era nada: el sol rojizo del crepúsculo alumbró una montaña deleznable, ni siquiera montaña, ni siquiera materia, ni siquiera ruina, porque si fuera algo sería una palabra, sería todo otra vez. Lo había predicho el Bonzo: «En el lugar de Villasanta no había más que polvo y viento, y barro cuando llovía». No llovía aquella tarde, por ventura, y cuando terminaron las campanadas, se tranquilizó el silencio, y algo así como una nada apacible quedó flotando sobre la desolación. Iba a marcharme ya cuando advertí que, cerca de donde me encontraba, algo se remejía. No era verosímil que alguien sobreviviese, y fue en aquel momento cuando yo me interrogué, espantado, sobre mi propia supervivencia, porque yo, lo mismo que todo lo demás, no era más que palabras, y sin embargo estaba aún, tenía conciencia y podía testimoniar. ¿Un animal sería, acaso prehistórico, superviviente de otros cataclismos, lo que empezaba a moverse? ¿Algo, al fin, que pudiera todavía ser nombrado? Esperé, curioso, después de haber relegado al fondo de mi conciencia la angustia de la pregunta, y lo que surgió fue una mano delgada, otra después; las siguió un sombrerete como una bacinilla, y, debajo de él, y por partes, la figura de don Felipe Segundo, mancillada la ropilla de reminiscencias gráficas y sonoras, pero entero todavía, sin que le faltasen las muletas, las cuales, al afirmarse, no produjeron ruido. «¿Y usted?», me preguntó. «Eso digo yo: ¿y usted?» «No se muere más que una vez». «Pero usted estaba hecho de palabras, como yo, y las palabras quedaron destruidas.» «Pues nos habremos equivocado, y tanto usted como yo estaremos hechos de otra materia, puesto que la campana nos dejó enteros.» «Difícil de creer, ¿no le parece?» «Por lo que a mí respecta, no me cuesta trabajo: los fantasmas somos de material invulnerable y la palabra con la que se nos nombra, un accidente. En cuanto a usted, será usted mismo, supongo, el que tenga que buscarse una explicación.» «Bueno. No vamos a ponernos a discutir. ¿Qué piensa hacer?» «Marcharme a La Coruña, que está hecha de madera y cristal, no de palabras. Allí hay un casino del que soy socio y en el que tengo amigos. Y si no es en La Coruña, no faltará un lugar en el que pueda contar mis cuentos. A propósito, ¿sabes que estaba contando uno cuando se organizó el jaleo? Uno de los mejores que oí jamás, y no es de los verdes. ¿Tiene prisa?» «Más o menos como usted.» «Entonces, escuche. Era un tonto de pueblo, una especie de rigor de las desdichas: cojo de un pie y torcido del otro, bizco, un poco jorobeta, con las manos tullidas y un hablar tartajeante. Se acercó a un señorito a pedirle limosna, y el señorito le dijo que no, y no me des la lata. Insistió el tonto, y, ante las negativas reiteradas, concluyó: «Lo que es usted es un hijo de puta». «¡Que te va a castigar Dios, Francisco!», terció un presente. «¿Más? ¡Como no me deje preñado...!» Quedó serio don Felipe, mirándome. «¿Verdad que es bueno? ¡De lo mejor que escuché nunca! ¡Estos españoles...!» Esperó mi carcajada. No me reí, sino que dije: «Lo encuentro un poco amargo». Se encogió de hombros. «Bueno, suerte. Si va por La Coruña, ya sabe...» Dio la vuelta y se dirigió hacia un camino imaginario: el pie y las muletas se le hundían en aquel polvo de silencio. Yo, por mi parte, empecé a interrogarme sobre mí mismo, y sólo encontré palabras como respuesta.